Cuentos completos

Truman Capote

Cuentos
completos

EDITORIAL ANAGRAMA

BARCELONA

Título de la edición original:
The Complete Stories of Truman Capote
Random House
Nueva York, 2004

Traducción de:
José María Álvarez Flórez
Paula Brines
Benito Gómez Ibáñez
Enrique Murillo
Ángela Pérez
Juan Villoro
Jaime Zulaika

Diseño de la colección: Julio Vivas y Estudio A
Ilustración: foto © Henri Cartier-Bresson, de Truman Capote
   en Nueva Orleans, 1947

Primera edición en «Panorama de narrativas»: noviembre 2004
Primera edición en «Compactos»: mayo 2013

ISBN: 978-84-339-7725-0
Depósito Legal: B. 7785-2013

Printed in Spain

Liberdúplex, S. L. U., ctra. BV 2249, km 7,4 - Polígono Torrentfondo
08791 Sant Llorenç d'Hortons

INTRODUCCIÓN:
RESPUESTAS UTILIZABLES

Estados Unidos no ha sido nunca un país de lectores, no, en todo caso, de lo que se llama narrativa literaria. Y en el siglo XX sólo dos narradores de calidad consiguieron ser nombres conocidos: Ernest Hemingway y Truman Capote. Los dos obtuvieron esta dudosa distinción por medios entre los que apenas figuraban sus libros, a menudo excelentes. Hemingway –fornido, barbudo y risueño– llegó a la mayoría de los hogares en las páginas de las revistas *Life, Look* y *Esquire,* con una escopeta o una caña de pescar en la mano o un desventurado toro bravo cerca de él y a punto de que lo mataran. Tras la publicación de su relato de no ficción sobre un asesinato múltiple en la Kansas rural, Capote (con su cuerpo endeble y su voz aguda) se convirtió al instante en la estrella de numerosos programas televisivos de entrevistas, una fama que conservó aun después de que el consumo de alcohol y drogas le transformara en una abotagada sombra de sí mismo. E, incluso hoy –muerto ya Hemingway en 1961 de la herida causada por un arma disparada por él mismo, y muerto Capote en 1984 a causa de sus excesos implacables–, la mejor obra de ambos sigue siendo gravemente denigrada por críticos y lectores sin duda desafectos. Sin embargo, muchos de los lúcidos cuentos de Hemingway y como mínimo tres de sus novelas rozan el máximo nivel de perfección que la prosa puede alcanzar, y Capote nos legó no sólo un fascinante relato criminal, sino una obra de ficción temprana (tres novelas breves y un puñado de cuentos) que aguarda la atención detenida y la justa admiración que desde hace mucho merece.

Están reunidos en este volumen los cuentos de Capote; abarcan la mayor parte de su vida creativa hasta el éxito devastador de *A sangre fría,* publicada en 1965, cuando el autor tenía poco más de cuarenta años. Gracias al filón de publicidad, brillantemente gestionada por él mismo, que le proporcionó aquella apasionante crónica de un crimen, Capote no sólo aterrizó en millones de mesas de hogares norteamericanos y en todas las pantallas de televisión, sino que además se granjeó el afecto de los asiduos de la sociedad mundana y las desnutridas reinas de la moda a las que con tanta frustración él había perseguido años antes.

No tardaría en anunciar su intención de publicar una novela larga que exploraría la sociedad de los americanos ricos tan despiadadamente como Marcel Proust había retratado la alta sociedad francesa de fines del siglo XIX y principios del XX. Y quizás empezó a trabajar en este proyecto. Pero existía una consideración crucial (de la que Capote parece no haber hablado nunca, o sobre la cual nunca le interrogaron en público) en el fracaso final de su visión (si alguna vez tuvo alguna). La sociedad de Proust estaba unida por lazos de *sangre,* se cimentaba en posiciones inquebrantables de prominencia social francesa, labradas desde hacía siglos con dinero, patrimonio y poder real sobre la vida de otros seres humanos. La sociedad de Capote se limitaba a tambalearse sobre los cimientos insustanciales y a la larga intrascendentes de la riqueza económica; ropa elegante, casas, yates y alguna que otra vez belleza física (las mujeres eran a menudo hermosas, los hombres muy rara vez). Todo estudio narrativo extenso de un mundo semejante tenía posibilidades de desplomarse por culpa de la trivialidad intrínseca del tema.

Cuando emergió de agotadores períodos de actividad social y sexual frenética y empezó a publicar fragmentos de su novela

–menos de doscientas páginas–, Capote descubrió que prácticamente todos sus amigos ricos le abandonaban de la noche a la mañana, y se refugió en un túnel de pesadilla hecho de drogas, alcohol y sexo que le causaron graves daños físicos. A pesar de numerosos intentos de rehabilitarse, sus adicciones fueron agravándose, y cuando murió, como un alma desdichada, al borde de la vejez, dejó sólo unas páginas del alto rimero de manuscrito que afirmaba haber escrito de su gran novela. Si existió algo más de este texto, él debió de destruir las páginas antes de su muerte (y sus amigos más íntimos consideraban muy poco probable que existiera un número de páginas significativo).

Este arco trágico tienta a cualquier observador a conjeturar sobre su causa, y lo que sabemos de los primeros años de Capote nos ofrece un gráfico casi perfecto para cualquier discípulo de Freud que vaticine que una madurez desastrosa es el resultado casi inevitable de una infancia desgraciada. Y la meticulosa biografía de Gerald Clarke rastrea precisamente la niñez desplazada, solitaria y emocionalmente desvalida de Capote, su juventud y su primera madurez. Truman fue, en esencia, un niño desamparado por una madre demasiado joven y sexualmente aventurera y un padre canalla que le abandonó en una pequeña ciudad de Alabama, en una casa llena de primas solteras (primas y vecinos que al menos le recompensaron con un útil material de buenos cuentos).

Cuando su madre volvió a casarse y llamó al Truman adolescente para que se reuniera con ella en sus casas de Connecticut y Nueva York, cambió su apellido de casada, Parsons, por el de su segundo marido, Joe Capote, un cubano de notable encanto pero fidelidad exigua. El chico, físicamente raro –su voz y gestos, obvia y alarmantemente afeminados, consternaban a su madre–, asistió a buenas escuelas del Norte donde sacaba notas muy bajas en casi todas las asignaturas menos en redacción y lectura. Resuelto a emprender una carrera de escritor, descartó matricularse en la universidad, consiguió un pequeño empleo en la sección de arte del *New Yorker,* se zambulló en algunos de los círculos sociales, mutuamente excluyentes, de la literatura y las juergas nocturnas de la gran ciudad y empezó a trabajar de firme en los relatos que le darían una fama prematura.

Los cuentos más antiguos recopilados aquí reflejan claramente sus lecturas de la obra de sus contemporáneos, en especial de la narrativa muy reciente de sus paisanas sureñas, Carson McCullers, de Georgia, y Eudora Welty, de Mississippi. La «Miriam» de Capote, con su atmósfera de misterio, quizás un tanto facilona, y «La botella de plata», con su cariñoso ingenio de ciudad pequeña, tal vez recuerden los primeros relatos de McCullers. Y «La forma de las cosas», «Mi versión del asunto» y «Niños en sus cumpleaños» pueden muy bien leerse como historias de Welty no del todo acabadas, en particular «Mi versión del asunto», tan parecido al famoso «Por qué vivo en la Oficina de Correos», de Welty.

Con todo, la infancia de Capote, transcurrida en un mundo blanco de clase media, tan similar al de Welty y McCullers –y en un hogar increíble, como el que describe Welty en sus monólogos cómicos–, bien podría haber extraído tales relatos de un joven escritor con talento, aun cuando nunca hubiese leído un cuento de Welty o McCullers (Welty me dijo que en 1972, cuando la estaban entrevistando para *Paris Review,* George Plimpton le propuso que el entrevistador formulara una pregunta sobre la influencia que ella habría ejercido en la obra temprana de Capote, y ella se negó a hablar de este tema porque no quería fomentar ninguna hipótesis de una dependencia de ella por parte de otro escritor).

En general, sin embargo, hacia los últimos años de 1940 Capote tenía ya una voz claramente suya. Su primera novela, extrañamente poderosa –*Otras voces, otros ámbitos,* de 1948–, construida como está sobre las bases convencionales de la moderna escuela gótica sureña, acaba poseyendo una estructura indudablemente original que, incluso hoy, es una contundente afirmación de su dolorosa soledad infantil y su desconcierto ante los misterios sexuales y familiares que habían empezado a socavar su confianza y que a la larga contribuirían en gran medida a su hundimiento final en una angustiosa vergüenza, aun en medio del gran éxito posterior artístico, social y económico. Los mismos dilemas se exponen parcialmente en cuentos como «El halcón decapitado», «Cierra la última puerta» y «Un árbol de noche».

Pero dado que la homosexualidad era por entonces una realidad cotidiana y problemática para Capote, y dado que las revistas norteamericanas eran todavía reacias a ofrecer un retrato sincero del problema, quizás comprendamos ahora por qué esos cuentos precoces carecen de un claro centro emocional. Si hubiera escrito cuentos tan francos sobre la homosexualidad como lo era su primera novela, casi con certeza no se los habrían publicado, al menos no en las revistas femeninas que contaban con un gran número de lectores y que contenían gran parte de la mejor narrativa breve de la época. Ya en su segunda novela –*El arpa de hierba,* de 1951–, descubrió un medio maduro de utilizar áreas importantes de su pasado para enriquecer una ficción investida de una convincente verdad personal. Esas áreas no se centraban en la sexualidad, sino en la atención profundamente alentadora que recibió en la infancia de una prima en particular y de los lugares que frecuentaban en sus juegos y aficiones. La prima se llamaba Sook Faulk y era una mujer de afectos y preocupaciones tan contados que muchos la juzgaban simplona, aunque sólo era (y admirablemente) simple; y en los años en que ella y Truman compartieron un hogar, ella le hizo el enorme obsequio de un amor lleno de dignidad: un regalo que no había recibido de ningún pariente próximo.

Entre esas historias, donde más visibles resultan esa hondura de sentimiento y su expresión magistral en la prosa memorablemente clara que sellaría la restante obra de Capote, es en su famoso relato «Un recuerdo navideño» y en los menos conocidos «El invitado del día de Acción de Gracias» y «Una Navidad»: puede que este último resulte algo dulzón para los gustos contemporáneos, pero, aun así, es igual de conmovedor en su revelación de otra herida temprana, infligida esta vez por un padre irresponsable y lejano. Es probable que la mayoría de sus compatriotas conozca «Un recuerdo navideño» a través de un excelente telefilme magníficamente interpretado por Geraldine Page; pero quienquiera que lea el cuento original descubre una hazaña más difícil que cualquier actuación ante las cámaras. Por medio de su prosa cristalina y una brillante economía del ritmo narrativo, Capote elimina todo posible sentimentalismo de un pequeño elenco de personajes, acciones y emociones que podrían haber sido empalagosos en manos menos vigilantes y diestras. Sólo Chéjov nos viene a la memoria como un escritor igualmente dotado para el tratamiento de un asunto parecido.

Pero una vez en posesión de los recursos para expresar la amplitud de emociones que buscaba, Capote no se limitó a referir un recuerdo de la infancia, más o menos real o inventado. Al igual que muchos otros narradores, con el paso del tiempo escribió cada vez menos relatos: la vida se vuelve a menudo mucho más intrincada de lo que puedan abarcar las formas breves. Pero una historia, «Mojave», encarna de una manera brillante y terrible las intuiciones adquiridas en los años que pasó entre ricos. De haber vivido para escribir más vislumbres rápidos y sesgados de ese mundo aborrecible, nunca nos habría dejado con esa sensación de algo incompleto que nos produjeron los rumores frustrados de una extensa novela.

Y si los decenios que pasó alejado de la fuente sureña de toda su mejor narrativa –larga y corta– no le hubieran privado del interés o incapacitado para escribir más sobre aquel mundo primordial, habríamos tenido más motivos de gratitud por su obra. De hecho, sin embargo, si colocamos la ficción de Capote encima de la pila que incluye *A sangre fría* y un sólido puñado de artículos no narrativos, habremos reunido un corpus diverso que igualan muy pocos de sus contemporáneos norteamericanos de la segunda mitad del siglo XX.

Este hombre que adoptó el papel de exótico payaso en los años tempranos y más privados de su carrera y que luego –presionado por la pesada carga de su pasado– se convirtió en el payaso público y enloquecido de sus últimos años, nos legó, pese

a todo, una obra tan extraordinaria que ahora podemos situarle
–decenios de frialdad después de su muerte– mucho más arriba
de lo que presagiaba su cuerpo menudo y menospreciado. En
1966, cuando había empezado a anunciar que estaba trabajando en una novela larga –y a recibir por ella pingües anticipos
de su editor–, dijo que la titularía *Plegarias atendidas*. Y afirmó
que este título era una expresión que había encontrado entre
los escritos de Santa Teresa de Ávila: *Se derraman más lágrimas
por las plegarias atendidas que por las no atendidas.* Hay pocos
indicios de que las oraciones a Dios o a algún santo intercesor
–pongamos, una mística española proclive a los trances o Sook,
la prima simple– fuesen en algún momento una preocupación
constante en la vida de Truman Capote, pero su empeño vitali-
cio en alcanzar la riqueza y una amplia atención tuvo un éxito
atroz. Antes de cumplir cuarenta años, había conseguido ambas
cosas, con una abundancia de marea y un desencanto absoluto.

En su naufragio final, esta escasa colección de cuentos podría haberle parecido a Capote el menor de sus logros; pero, en
el terreno de la expresión del sentimiento humano, representan
su victoria más admirable. Del tormento de una vida que here-
dó, primero, de un padre tremendamente negligente y de una
madre que nunca debería haberlo sido y, segundo, de su propia
negativa a vencer sus obsesiones personales, extrajo estas historias que, en el campo de batalla de la prosa inglesa, constituirán
durante muchos años tanto plegarias serenas y perdurables
como gracias obtenidas: a la libre disposición de todos los lectores.

Reynolds Price*

[Traducción de Jaime Zulaika]

* Reynolds Price (Macon, 1933) ganó el Premio William Faulkner
con su primera novela, *Una vida larga y feliz,* en 1962. Con la sexta, *Kate
Vaiden,* 1986, obtuvo el National Book Critics Circle Award. Es miembro
de la American Academy of Arts and Letters y su obra se ha traducido a diecisiete lenguas.

LAS PAREDES ESTÁN FRÍAS
(1943)

–... así que Grant les ha dicho que vinieran a una fiesta fantástica y, bueno, ha sido así de fácil. La verdad, creo que ha sido una genialidad recogerlos, sólo Dios sabe que podrían resucitarnos de la tumba.

La chica que estaba hablando dio unos golpecitos a su cigarrillo para que la ceniza cayera a la alfombrilla persa y miró con aire contrito a su anfitriona.

Ésta enderezó su traje negro y elegante y frunció los labios, nerviosa. Era muy joven, menuda y perfecta. Un lustroso pelo negro enmarcaba su cara pálida, y su barra de labios era una pizca demasiado oscura. Eran más de las dos y estaba cansada y quería que se largasen todos, pero no era pan comido deshacerse de treinta personas, sobre todo cuando la mayoría estaba empapuzada del scotch de su padre. El ascensorista había subido dos veces para quejarse del ruido y ella, entonces, le había dado un whisky, que era lo que él quería, a fin de cuentas. Y ahora los marineros..., oh, al diablo todo.

–Está bien, Mildred, de verdad. ¿Qué son unos marinos de más o de menos? Dios, espero que no rompan nada. ¿Quieres volver a la cocina y ocuparte del hielo, por favor? Veré lo que puedo hacer con tus nuevos amigos.

–La verdad, querida, no creo que sea necesario. Por lo que he visto, se aclimatan con gran facilidad.

La anfitriona se encaminó hacia sus invitados repentinos.

Apiñados en un rincón de la sala, no hacían más que mirar y no tenían aspecto de sentirse muy a gusto.

El más guapo del sexteto giró su gorra, nervioso, y dijo:

–No sabíamos que había una fiesta así, señorita. Quiero decir que sobramos, ¿no?

–Pues claro que sois bien recibidos. ¿Qué demonios pintaríais aquí si yo no quisiera que os quedaseis?

El marino estaba azorado.

–Esa chica, la tal Mildred y su amiga, nos han ligado en alguno de los bares y no teníamos la menor idea de que veníamos a una casa así.

–Qué ridiculez, qué ridiculez más absoluta –dijo la anfitriona–. Sois del Sur, ¿verdad?

Él se encajó la gorra debajo del brazo y pareció más tranquilo.

–Yo soy de Mississippi. Supongo que nunca ha estado allí, ¿verdad, señorita?

Ella apartó la mirada hacia la ventana y se pasó la lengua por los labios. Estaba cansada, cansadísima de aquello.

–Oh, sí –mintió–. Un estado precioso.

Él sonrió.

–Debe de confundirlo con algún otro sitio, señorita. No hay gran cosa que ver en Mississippi, excepto quizás en la zona de Natchez.

–Claro, Natchez. Fui a la escuela con una chica de Natchez. Elizabeth Kimberly, ¿la conoces?

–No, no puedo decir que la conozca.

De repente ella se percató de que se había quedado sola con el marinero; todos sus compañeros se habían acercado al piano donde Les estaba tocando algo de Porter. Mildred tenía razón en lo de aclimatarse.

–Ven –dijo ella–. Te pondré una copa. Ellos saben apañárselas. Me llamo Louise, así que por favor no me llames señorita.

–Mi hermana también se llama Louise. Yo soy Jake.

–Vaya, ¿no es encantador? Me refiero a la coincidencia.

Se alisó el pelo y sonrió con los labios pintados de un tono demasiado oscuro.

Entraron en el tugurio y supo que el marinero estaba observando cómo se balanceaba su vestido alrededor de las caderas. Se agachó para pasar por la puerta que llevaba al otro lado del mostrador.

–Bueno –dijo–, ¿qué va a ser? Me olvidaba, tenemos scotch y whisky de centeno y ron; ¿qué te parece una copa de ron y Coca-Cola?

–Si tú lo dices –sonrió él, deslizando la mano a lo largo de la superficie del mostrador, que se reflejaba en el espejo–. ¿Sabes?, nunca había visto un sitio como éste. Parece salido de una película.

Ella revolvió rápidamente con un bastoncillo el hielo dentro de un vaso.

–Si quieres, te lo enseño entero por cuarenta centavos. Es bastante grande; para ser un apartamento, me refiero. Tenemos una casa de campo que es mucho, mucho más grande.

No sonó bien. Era demasiado altanero. Se volvió y repuso en su hueco la botella de ron. Veía en el espejo que él la miraba, a ella o quizás a través de ella.

–¿Qué edad tienes? –preguntó él.

Ella tuvo que pensarlo un minuto, pensarlo de verdad. Mentía tan continuamente sobre su edad que a veces ella misma olvidaba la verdadera. ¿En qué cambiaba las cosas que él supiera o no su edad? Así que se la dijo.

–Dieciséis.

–¿Y nunca te han besado...?

Ella se rió, no del tópico sino de su propia respuesta.

–O sea, violado.

Ella estaba frente a él y vio en su cara sobresalto y después diversión y después algo distinto.

–Oh, por lo que más quieras, no me mires así. No soy mala chica.

Él se sonrojó y ella volvió a cruzar la puerta y le tomó de la mano.

—Ven, te enseñaré todo esto.

Le llevó por un largo pasillo flanqueado de espejos a intervalos y le mostró una habitación tras otra. Él admiró las alfombras mullidas, de color pastel, y la discreta mezcla de mobiliario modernista con muebles de época.

—Ésta es mi habitación —dijo ella, manteniendo la puerta abierta para que él la viera—. No mires el desorden, no todo lo he hecho yo, casi todas las chicas se han arreglado aquí.

Para él no había nada fuera de su sitio, la habitación estaba en perfecto orden. La cama, las mesas, la lámpara eran blancas, pero las paredes y la alfombra eran de un verde oscuro y frío.

—Bueno, Jake..., ¿qué te parece, me va bien este cuarto?

—No he visto nunca uno igual, mi hermana no me creería si se lo contara..., pero no me gustan las paredes, si me disculpas que te lo diga..., ese verde... parece tan frío...

Ella pareció perpleja y, sin saber del todo por qué, extendió la mano y tocó la pared al lado de su tocador.

—Tienes razón en lo de las paredes: están frías.

Levantó la vista hacia él y por un momento su cara compuso una expresión tal que él no supo con certeza si iba a reírse o a llorar.

—No quería decir eso. Mierda, ¡no sé muy bien qué quiero decir!

—¿No lo sabes o sólo estamos empleando un eufemismo?

Como no obtuvo respuesta, ella se sentó en el lado de su cama blanca.

—Siéntate aquí y fuma un cigarrillo —dijo ella—. ¿Qué ha sido de tu bebida?

Él se sentó a su lado.

—La he dejado en el mostrador. Aquí detrás se está muy tranquilo, después de todo ese jaleo de ahí delante.

—¿Cuánto tiempo llevas en la marina?

—Ocho meses.

—¿Te gusta?

—No importa mucho si me gusta o no... He visto muchos sitios que de otro modo no habría visto.

—¿Por qué te alistaste, entonces?

—Oh, iban a reclutarme y la marina era más de mi gusto.

—¿Lo es?

—Bueno, te diré, no me acostumbro a este tipo de vida, no me gusta que me mandoneen otros. ¿Y a ti?

En lugar de responder, ella se metió un cigarrillo en la boca. Él le sostuvo la cerilla y ella dejó que su mano rozara la de él. La mano de él temblaba y la luz no era muy firme. Ella inhaló y dijo:

—Quieres besarme, ¿verdad?

Ella le miró atentamente y vio cómo se extendía lentamente el rubor por su cara.

—¿Por qué no lo haces?

—No eres de esa clase de chicas. Me daría miedo besar a una chica como tú. Además, sólo me estás tomando el pelo.

Ella se rió y expulsó una nube de humo hacia el techo.

—Ya basta, lo que dices suena a melodrama barato. De todos modos, ¿qué significa «esa clase de chicas»? Sólo una idea. Que me beses o no no es intrascendente. Lo podría explicar, pero ¿para qué? Seguramente acabarás pensando que soy una ninfómana.

—Ni siquiera sé lo que es eso.

—Mierda, a eso me refiero. Eres un hombre, un hombre de verdad, y yo estoy harta de chicos afeminados y débiles como Les. Sólo quería saber qué se siente, eso es todo.

Él se inclinó hacia ella.

—Eres una niña rara —dijo, y ella se le echó en los brazos. Él la besó y deslizó la mano por su hombro y le apretó el pecho.

Ella se volvió y le asestó un empujón violento, y él cayó despatarrado sobre la alfombra verde y fría.

Ella se levantó, se puso a su lado y los dos se miraron de frente.

—Eres una basura —dijo ella. Y le abofeteó en la cara desconcertada.

Abrió la puerta, se detuvo, se alisó el vestido y volvió a la fiesta. Él se quedó sentado en el suelo un momento y luego se levantó y encontró el camino hasta el vestíbulo y entonces se acordó de que se había dejado la gorra en la habitación blanca, pero le dio igual, porque lo único que quería era marcharse de allí.

La anfitriona miró dentro de la sala e hizo una seña a Mildred de que saliera.

—Por el amor de Dios, Mildred, saca a esa gente de aquí; esos marineros, ¿qué se piensan que es esto..., la función para la tropa?

—¿Qué pasa, te estaba molestando ese chico?

—No, no, no es más que un paleto gilipollas que nunca ha visto nada como esto y al que le ha hecho un efecto raro en la sesera. Es sólo un pelmazo insoportable y me duele la cabeza. ¿Quieres sacarlos de aquí, por favor..., a todos?

Ella asintió y la anfitriona desanduvo el pasillo y entró en la habitación de su madre. Estaba tendida en la chaise longue de terciopelo y miraba al Picasso abstracto. Cogió una diminuta almohada de encaje y la apretó contra su cara lo más fuerte que pudo. Iba a dormir allí aquella noche, donde las paredes eran de un rosa pálido y estaban calientes.

[Traducción de Jaime Zulaika]

UN VISÓN PROPIO
(1944)

Mrs. Munson terminó de retorcer una rosa de lino en su pelo de color caoba y retrocedió unos pasos desde el espejo para apreciar el efecto. Después se recorrió las caderas con las manos..., el único problema era que el vestido le quedaba un poco demasiado prieto. «Unos arreglos no volverán a salvarlo», pensó, furiosa. Tras una última mirada de desdén a su reflejo, se volvió y entró en el cuarto de estar.

Por las ventanas abiertas entraban gritos muy fuertes, sobrenaturales. Vivía en el tercer piso y al otro lado de la calle estaba el patio de recreo de una escuela. A última hora de la tarde el ruido era casi insoportable. ¡Dios, si lo hubiera sabido antes de firmar el contrato de alquiler! Cerró las dos ventanas con un pequeño gruñido y, si fuera por ella, podían quedarse cerradas durante los dos años siguientes.

Pero estaba tan emocionada que no podía disgustarse de verdad. Vini Rondo venía a verla, figúrate, Vini Rondo..., ¡y esa misma tarde! Al pensarlo sentía un aleteo en el estómago. Habían pasado casi cinco años y Vini había estado todo ese tiempo en Europa. Cada vez que Mrs. Munson se encontraba en un grupo que hablaba de la guerra, su anuncio era invariable: «Bueno, como saben, en este mismo minuto tengo en París a una amiga muy querida, Vini Rondo, ¡estaba allí mismo cuando entraron los alemanes! ¡Tengo auténticas pesadillas cuando pienso en lo que debe de estar pasando!» Lo decía como si fuera su propio destino el que se pesaba en la balanza.

Si había alguien en el grupo que no conociese la historia, se apresuraba a explicar lo referente a su amiga.

–Verá –empezaba–, Vini era la chica con más talento del mundo, interesada en el arte y todas esas cosas. Bueno, como tenía un montón de dinero se fue a Europa a pasar un año, como mínimo. Al final, cuando su padre murió hizo las maletas y se fue para siempre. Caray, tuvo una aventura y se casó con algún conde o barón o algún título. Quizás haya oído hablar de ella... Vini Rondo... Cholly Knickerbocker la mencionaba continuamente.

Y seguía perorando, como si fuera una lección de historia.

«Vini, de vuelta en América», pensó, con un regocijo incesante por la fantástica noticia. Amontonó sobre el sofá las almohadillas verdes y se sentó. Examinó la habitación con ojos penetrantes. Es curioso que no veamos realmente nuestro entorno hasta que esperamos una visita. Bueno, Mrs. Munson suspiró satisfecha, aquella chica nueva, cosa rara, había restituido pautas de antes de la guerra.

De pronto sonó el timbre. Sonó dos veces antes de que ella pudiera moverse, de tan emocionada que estaba. Por fin se serenó y fue a abrir.

Al principio no la reconoció. La mujer que tenía delante no llevaba aquel peinado tan chic, recogido en un moño..., por el contrario, lo llevaba más bien lacio y parecía desgreñado. ¿Y un vestido estampado en enero? Mrs. Munson procuró que su tono no delatase decepción cuando dijo:

–Vini, querida, te habría reconocido en cualquier parte.

La mujer seguía plantada en el umbral. Debajo del brazo llevaba una caja grande de color rosa y sus ojos grises miraban con curiosidad a Mrs. Munson.

–¿Sí, Bherta? –Su voz era un extraño susurro–. Qué amable, muy amable. Yo también te habría reconocido, aunque has engordado bastante, ¿no?

Aceptó entonces la mano extendida de Mrs. Munson y entró. La anfitriona estaba azorada y no supo qué decir. Entraron del brazo en el cuarto de estar y se sentaron.

–¿Te apetece un jerez?

Vini sacudió su cabecita morena.

–No, gracias.

–¿Un scotch, quizás? –preguntó Mrs. Munson, desalentada. El reloj con forma de estatuilla encima de la falsa repisa de chimenea sonaba débilmente. Hasta entonces no había notado lo fuerte que podía sonar.

–No –dijo Vini, con firmeza–, nada, gracias.

Mrs. Munson, resignada, volvió a recostarse en el sofá.

–Ahora, querida, cuéntamelo todo. ¿Cuándo has vuelto a los Estados?

Le gustaba cómo sonaba aquello: «los Estados».

Vini colocó la caja grande y rosa entre sus piernas y enlazó las manos.

–Llevo aquí casi un año –hizo una pausa y luego se apresuró, al ver la expresión sobresaltada de su anfitriona–, pero no he estado en Nueva York. Desde luego, me habría puesto en contacto contigo antes, pero estaba en California.

–Oh, California, ¡me encanta California! –exclamó Mrs. Munson, aunque en realidad Chicago era lo más al este que había estado.

Vini sonrió y Mrs. Munson advirtió lo irregulares que tenía los dientes y decidió que no les vendría nada mal un buen cepillado.

–Así que cuando volví a Nueva York la semana pasada pensé en ti al instante. Me ha costado horrores encontrarte porque no me acordaba del nombre de tu marido...

–Albert –dijo, sin que hiciera falta, Mrs. Munson.

–... pero por fin me acordé y aquí estoy. Verás, Bertha, la verdad es que empecé a pensar en ti cuando decidí deshacerme de mi abrigo de visón.

Mrs. Munson vio un rubor súbito en la cara de Vini.

–¿Tu abrigo de visón?

–Sí –dijo Vini, levantando la caja rosa–. Te acordarás de él.

Siempre te gustó mucho. Siempre decías que era el abrigo más bonito que habías visto en tu vida.

Empezó a desatar la raída cinta de seda alrededor de la caja.

—Pues claro, sí, claro —dijo Mrs. Munson, dejando que el «claro» se fuera apagando poco a poco.

—Me dije: «Vini Rondo, ¿para qué demonios necesitas este abrigo? ¿Por qué no se lo queda Bertha?» Ya ves, Bertha, me compré en París un abrigo maravilloso de marta cibelina y comprenderás que no necesito para nada dos abrigos de piel. Además, tengo mi chaqueta de zorro plateado.

Mrs. Munson observó cómo Vini separaba el papel de seda dentro de la caja, vio el esmalte mellado de sus uñas, vio que no llevaba joyas en los dedos y comprendió de golpe muchas otras cosas.

—Así que pensé en ti y si no lo quieres tú lo guardaré sólo porque no soporto la idea de que lo tenga otra persona.

Giró en el aire el abrigo, a derecha e izquierda. Era precioso; la piel brillaba, suntuosa y muy tersa. Mrs. Munson extendió la mano y pasó los dedos por ella, erizando a contrapelo la pelusa diminuta. Dijo, sin pensar:

—¿Cuánto?

Retiró la mano rápidamente, como si hubiera tocado una llama, y escuchó la voz de Vini, suave y fatigada:

—Me costó casi mil. ¿Mil es demasiado?

Mrs. Munson oía el griterío ensordecedor del patio de la escuela y por una vez lo agradeció. Le ofrecía algo distinto en lo que concentrarse, algo que aliviaba la intensidad de sus sentimientos.

—Me temo que es demasiado. No puedo permitírmelo —dijo, distraída, mirando aún el abrigo, con miedo a levantar los ojos y ver la cara de la otra mujer.

Vini arrojó el abrigo sobre el sofá.

—Bueno, quiero que te lo quedes. No es tanto por el dinero, pero creo que debería recuperar algo de mi inversión... ¿Cuánto podrías pagar?

Mrs. Munson cerró los ojos. ¡Oh, Dios, aquello era horrible! ¡Era un auténtico horror!

–Cuatrocientos, quizás –respondió con voz débil.

Vini volvió a levantar el abrigo y dijo, con un tono animado:

–A ver cómo te sienta.

Entraron en el dormitorio y Mrs. Munson se probó el abrigo delante del espejo de cuerpo entero del armario. Con unos pocos retoques y acortando las mangas, quizás recobrase su brillo original. Sí, la verdad es que no le sentaba mal.

–Oh, creo que es precioso, Vini. Has sido un encanto al pensar en mí.

Vini se apoyó en la pared y en su cara pálida había dureza a la intensa luz del sol de las ventanas del espacioso dormitorio.

–Puedes extender el cheque a mi nombre –dijo, con desinterés.

–Sí, por supuesto –dijo Mrs. Munson, volviendo a la tierra de repente. ¡Imagina a Bertha Munson con un visón propio!

Volvieron al cuarto de estar y rellenó el cheque para Vini. Ésta lo dobló con cuidado y lo depositó en su bolsito de cuentas.

Mrs. Munson se esforzó en darle conversación, pero cada nuevo intento se estrellaba contra una pared fría. Una de las veces dijo:

–¿Dónde está tu marido, Vini? Tienes que traerle para que charle con Albert.

–¡Ah, él! –había respondido Vini–. No le veo desde hace siglos. Que yo sepa, sigue en Lisboa.

Y ahí quedó todo.

Por fin, Vini se marchó, después de haber prometido que telefonearía al día siguiente. Cuando se hubo ido, Mrs. Munson pensó: «¡Vaya, pobre Vini, no es más que una refugiada!» Luego cogió su abrigo nuevo y entró en el dormitorio. No podía decirle a Albert cómo lo había conseguido; estaba descartado. ¡Puf, se pondría furioso al saber el precio! Decidió esconderlo en lo más recóndito de su ropero y un buen día lo sacaría y diría: «Albert, mira qué maravilla de visón me he comprado en una subasta. Por un precio irrisorio.»

Tanteando en la oscuridad del ropero, colgó el abrigo en una percha. Dio un pequeño tirón y escuchó horrorizada la rasgadura. A toda prisa encendió la luz y vio que la manga estaba desgarrada. Sujetó el roto y tiró con suavidad. Se desgarró un poco más y luego otro poco. Con una desolación rabiosa supo que el abrigo entero estaba podrido. «¡Oh, Dios mío!», dijo, agarrando la rosa de lino que llevaba en el pelo. «¡Oh, Dios mío, me han timado, timado como a una incauta y no puedo hacer absolutamente nada!» Porque de pronto Mrs. Munson comprendió que Vini no llamaría por teléfono al día siguiente ni nunca más.

[Traducción de Jaime Zulaika]

LA FORMA DE LAS COSAS
(1944)

Una mujer menuda, blanca, el pelo con permanente, recorrió balanceándose el pasillo del vagón restaurante y se acomodó en un asiento al lado de una ventanilla. Terminó de escribir
a lápiz su pedido y dirigió una mirada miope, a través de la
mesa, a un marine de mejillas coloradas y a una chica con la
cara en forma de corazón. De un golpe de vista vio un anillo de
oro en el dedo de la chica y una cinta de tela roja enroscada en
el pelo y decidió que era una chica ordinaria; mentalmente la
etiquetó como esposa de guerra. Con una débil sonrisa la invitó a conversar. La chica sonrió a su vez:

–Ha tenido suerte de venir tan pronto porque está llenísi-
mo. No hemos podido almorzar porque había soldados rusos
comiendo... o algo así. ¡Jopé, debería haberlos visto, parecían
Boris Karloff, se lo juro!

La voz sonaba como el silbido de una tetera y hacía que la
mujer carraspease.

–Sí, en serio –dijo–. Antes de este viaje nunca pensé que
hubiese tantos en el mundo, soldados, me refiero. No te das
cuenta hasta que subes a un tren. No paro de preguntarme, ¿de
dónde han salido?

–De las oficinas de reclutamiento –dijo la chica, y se rió
como una tonta.

Su marido se ruborizó, disculpándose.

–¿Va hasta final de trayecto, señora?

–Se supone, pero este tren es lento como..., como...

–¡Una tortuga! –exclamó la chica, y añadió, sin resuello–: Puf, no se imagina lo emocionada que estoy. Llevo todo el día pegada al paisaje. En Arkansas, de donde yo soy, todo es más bien llano, así que me da un escalofrío por todo el cuerpo cuando veo esas montañas. –Y volviéndose hacia su marido–: Cariño, ¿crees que estamos en Carolina?

Él miró por la ventana, en cuyo cristal se espesaba el crepúsculo. Se juntaba aprisa la luz azul y las jorobas de las colinas se mezclaban y se devolvían ecos. Desvió la mirada hacia el comedor iluminado.

–Debe de ser Virginia –conjeturó, y se encogió de hombros. De improviso, desde los vagones de tercera, un soldado se les acercó dando bandazos y se desplomó sobre el asiento libre de la mesa como una muñeca de trapo. Era un hombre bajo y el uniforme se le desbordaba en pliegues arrugados. Su cara, flaca y de facciones afiladas, formaba un pálido contraste con la del marine, y su pelo negro, cortado al rape, brillaba a la luz como una gorra de piel de foca. Sus ojos cansados escrutaron nebulosamente a los tres ocupantes de la mesa como si hubiera un biombo entre ellos, y con un gesto nervioso se tiró de los dos galones que llevaba cosidos en la manga.

La mujer se removió, incómoda, y se apretó más contra la ventanilla. Con semblante pensativo lo etiquetó de borracho, y al ver que la chica arrugaba la nariz supo que compartía su veredicto.

Mientras el negro con delantal blanco descargaba su bandeja, el cabo dijo:

–Lo que yo quiero es café, una cafetera grande y un tazón doble de nata.

La chica hundió el tenedor en el pollo con bechamel.

–¿No te parece carísimo todo lo que sirven aquí, querido?

Y entonces empezó. La cabeza del cabo empezó a balancearse con sacudidas cortas e incontrolables. Hizo una pausa y la cabeza se le quedó grotescamente inclinada hacia delante; una convulsión muscular le impulsó el cuello hacia un costado.

La boca se le estiró de un modo horrible y se le tensaron las venas del cuello.

–Oh, Dios mío –exclamó la chica, y la mujer soltó el cuchillo de la mantequilla y automáticamente se protegió los ojos con una mano sensible. El marine miró con aire ausente durante un momento y luego, reponiéndose enseguida, sacó un paquete de tabaco.

–Toma, chico –dijo–. Mejor que fumes uno.

–Por favor, gracias..., muy amable –murmuró el soldado, y después estampó contra la mesa un puño con los nudillos blancos. Temblaron los cubiertos de plata, el agua desbordó de los vasos. Un silencio se prolongó en el aire y una carcajada lejana se esparció por el vagón, cortada en rebanadas iguales.

La chica, entonces, consciente de la atención, se alisó un mechón de pelo detrás de la oreja. La mujer levantó la mirada y se mordió el labio cuando vio que el cabo trataba de encender el cigarrillo.

–Déjeme –se ofreció ella.

La mano le temblaba tanto que la primera cerilla se apagó. Cuando el segundo intento tuvo éxito esbozó una sonrisa forzada. Al cabo de un rato, él se sosegó.

–Estoy tan avergonzado... Perdóneme, por favor.

–Oh, lo comprendemos –dijo la mujer–. Lo comprendemos perfectamente.

–¿Le ha dolido? –preguntó la chica.

–No, no duele.

–Estaba asustada porque pensé que dolía. Lo parece, desde luego. ¿No es como una especie de hipo?

Dio un respingo súbito, como si alguien le hubiese dado una patada.

El cabo recorrió con el dedo el borde de la mesa y poco después dijo:

–Estaba bien hasta que subí al tren. Me dijeron que estaría bien. Me dijeron: «Estás bien, soldado.» Pero es la emoción, saber que ya estás en tu país y libre y que la maldita espera ha terminado.

Se frotó un ojo.

–Lo siento –dijo.

El camarero depositó el café y la mujer trató de ayudarle. Él le apartó la mano, con un pequeño empujón irritado.

–No haga eso, por favor. ¡Sé hacerlo yo!

Confundida por el sofocón, la mujer se volvió hacia la ventanilla y vio su cara reflejada en ella. Estaba serena y le sorprendió, porque sentía una irrealidad vertiginosa, como si se columpiase entre dos puntos de sueño. Encauzando sus pensamientos hacia otro sitio, siguió el trayecto solemne del tenedor del marine desde el plato hasta la boca. La chica comía ahora con voracidad, pero a la mujer se le estaba enfriando su comida.

Entonces empezó otra vez, aunque no fue tan violento como antes. En el resplandor crudo del foco de un tren que se acercaba, se tornó borroso el reflejo de la cara, y la mujer suspiró.

Él estaba jurando en voz baja y sonaba más como si rezase. Se agarró como un poseso los lados de la cabeza entre el fuerte torno de las manos.

–Oye, chico, más vale que te vea un médico –sugirió el marine.

La mujer estiró una mano y la apoyó en el brazo levantado del cabo.

–¿Puedo hacer algo? –dijo.

–Lo que hacían para que parase era mirarme a los ojos..., se me pasa si miro a los ojos de alguien.

Ella inclinó la cara hacia él.

–Así –dijo él, y se calmó al instante–, así, ya. Es usted un encanto.

–¿Dónde fue? –dijo ella.

Él frunció el ceño y dijo:

–Hubo cantidad de sitios..., son mis nervios. Están destrozados.

–¿Y adónde va ahora?

–A Virginia.

–Allí está su casa, ¿no?

–Sí, allí está.

La mujer sintió un dolor en los dedos y aflojó de repente la presión intensa sobre el brazo del cabo.

—Allí está su casa y tiene que recordar que lo demás no es importante.

—Usted sí que sabe —susurró él—. La quiero. La quiero porque es muy tonta y muy inocente y porque nunca conocerá nada más que lo que ve en las películas. La quiero porque estamos en Virginia y casi he llegado a casa.

La mujer apartó la mirada bruscamente. Una tirantez ofendida se engastó en el silencio.

—¿O sea que piensa que eso es todo? —dijo él. Se inclinó sobre la mesa y se pasó la mano por la cara, soñoliento—. Hay eso, pero también hay dignidad. Y cuando pasa delante de gente que conozco de siempre, ¿entonces qué? ¿Cree que quiero sentarme a la mesa con ellos o con alguien como usted y producirles náuseas? ¿Cree que quiero asustar a una niña como esta de aquí y meterle ideas en la cabeza sobre su hombre? He esperado meses, y me dicen que estoy bien pero la primera vez...

Se detuvo y arqueó las cejas.

La mujer deslizó dos billetes encima de su cuenta y empujó hacia atrás su silla.

—¿Me deja pasar, por favor? —dijo.

El cabo se levantó y se quedó de pie, mirando el plato intacto de la mujer.

—Cómase eso, maldita sea —dijo—. ¡Tiene que comérselo!

Y luego, sin mirar atrás, desapareció en dirección a los vagones.

La mujer pagó el café.

[Traducción de Jaime Zulaika]

LA BOTELLA DE PLATA
(1945)

Saliendo del colegio me iba a trabajar a Valhalla. El dueño era mi tío, Mr. Ed Marshall. Lo llamaba «Mr. Marshall» porque todo el mundo, incluida su esposa, lo llamaba así. Con todo, era un hombre simpático.

Tal vez la cafetería fuera un poco anticuada, pero era amplia, oscura y fresca: en los meses de verano no había en el pueblo sitio más agradable. A la izquierda, según entrabas, había un mostrador con cigarrillos y revistas donde generalmente se encontraba Mr. Marshall, un hombre regordete, de cara cuadrada, piel color de rosa y bigotes blancos, viriles, retorcidos en las puntas. Más allá del mostrador estaba la hermosa fuente de soda. Era muy antigua y estaba hecha de mármol fino, color amarillo claro, suave al tacto, sin el menor brillo barato. Mr. Marshall la compró en una subasta en Nueva Orleans, allá por 1910, y estaba sencillamente orgulloso de ella. Cuando te sentabas en aquellos taburetes altos y gráciles te veías reflejado de un modo tenue, como a la luz de las velas, en una serie de espejos antiguos enmarcados en caoba. Todas las mercancías eran exhibidas en cajitas de cristal que parecían vitrinas de anticuario y se abrían con llaves de bronce. En el aire siempre flotaba un aroma a almíbar, nuez moscada y otras delicias.

El Valhalla fue el lugar de reunión del condado de Wachata hasta que un tal Rufus McPherson llegó al pueblo y abrió un segundo café, justo en el lado opuesto de la plaza del juzgado.

El viejo Rufus McPherson era un villano, es decir, le ganó el negocio a mi tío. Hizo instalar un equipo muy moderno: ventiladores eléctricos, luces de colores, autoservicio y emparedados de queso fundido para llevar. Aunque obviamente hubo quienes se mantuvieron fieles a Mr. Marshall, la mayoría no pudo resistirse a Rufus McPherson.

Durante un tiempo, Mr. Marshall decidió ignorarlo: si mencionabas a McPherson emitía una especie de ronquido, se llevaba los dedos al bigote y desviaba la vista. Pero era evidente que estaba furioso. Y cada vez más. Un día, a mediados de octubre, entré en el Valhalla y lo encontré en la fuente de soda jugando al dominó y bebiendo vino con Hamurabi.

Hamurabi era egipcio y más o menos dentista; no tenía muchos clientes porque, gracias a un elemento del agua de aquí, los de estos alrededores tienen unos dientes excepcionalmente fuertes. Pasaba gran parte del tiempo en el Valhalla y era el mejor amigo de mi tío. Tenía muy buena pinta: piel morena y casi dos metros de estatura. Las matronas del pueblo encerraban a sus hijas bajo llave y aprovechaban para mirarlo ellas. No tenía el menor acento extranjero; siempre pensé que era tan egipcio como un marciano.

El caso es que allí estaban, dando cuenta de una enorme botella de vino tinto italiano; una escena inquietante, pues Mr. Marshall era un abstemio consumado. Obviamente pensé: Al fin Rufus McPherson le ha hecho perder los estribos. Sin embargo, no era así.

–Ven, hijo –me llamó–, toma un vaso de vino.

–Claro –dijo Hamurabi–, ayúdanos a acabarlo. Es comprado; no podemos desperdiciarlo.

Mucho más tarde, cuando la botella se secó, Mr. Marshall dijo, poniéndola en alto:

–¡Ahora veremos! –Y así desapareció en la tarde.

–¿Adónde va? –pregunté.

–Ah –fue todo lo que Hamurabi pudo decir. Le gustaba fastidiarme.

Pasó media hora antes de que mi tío regresara. Traía una

carga que lo hacía encorvarse entre gemidos. Colocó la botella sobre la fuente y retrocedió, frotándose las manos, sonriente.

–Y bien, ¿qué os parece?

–Ah –musitó Hamurabi.

–¡Caramba! –dije.

Era la misma botella de vino, pero maravillosamente distinta, pues ahora estaba repleta de monedas de diez y de cinco centavos que lanzaban un brillo opaco a través del grueso vidrio.

–Es bonita, ¿no? –dijo mi tío–. Me la han llenado en el banco. Las monedas más grandes que han entrado son las de cinco centavos; pero bueno, ahí hay mucho dinero.

–Pero... ¿para qué, Mr. Marshall? –pregunté–, quiero decir, ¿de qué se trata?

La sonrisa de Mr. Marshall se transformó en una mueca.

–Es una botella de plata...

–El tesoro al final del arco iris –interrumpió Hamurabi.

–... se trata, como tú dices, de que la gente adivine cuánto dinero hay ahí. Pongamos que compras por valor de veinticinco centavos; pues ya tienes una oportunidad de adivinar. Cuanto más compras, más oportunidades tienes. De aquí a Navidad voy a llevar todas las apuestas en un libro de cuentas, y el que se acerque más a la cifra se llevará el montón.

Hamurabi asintió con solemnidad.

–Hace de Santa Claus, un Santa Claus astuto –me dijo–. Voy a casa a escribir un libro: *El ingenioso asesinato de Rufus McPherson.*

A decir verdad, Hamurabi escribía relatos de vez en cuando y los enviaba a revistas. Siempre se los devolvían.

Fue casi milagrosa la forma en que el condado de Wachata se aficionó a la botella de plata. El Valhalla no había dado tanto dinero desde que el pobre Tully, el jefe de estación, se volvió loco y dijo que había encontrado petróleo detrás de la estación, y el pueblo se llenó de perforadores de pozos. Hasta los haraganes del billar, que jamás gastaban un céntimo en algo no relacionado con el whisky o las mujeres, invirtieron sus ahorros en batidos de leche. Algunas damas ya entradas en años condenaron públicamente la iniciativa de Mr. Marshall por considerarla un juego de azar, pero no causaron mayor problema y algunas incluso encontraron un rato libre para visitarnos y aventurar una apuesta. Los de mi clase enloquecieron con el asunto, y yo me hice muy popular entre ellos, pues creían que sabía la respuesta.

–Te diré lo que pasa –me dijo Hamurabi, encendiendo uno de los cigarrillos egipcios que compraba por correo a un estanco de Nueva York–. No es lo que te imaginas, no se trata de codicia. No. Lo que fascina es el misterio. Si ves todas esas monedas no piensas «¡Qué dineral!» sino «*¿Cuánto* debe haber?». Es una pregunta profunda de verdad; puede significar cosas distintas para gente distinta. ¿Entiendes?

En lo que respecta a Rufus McPherson, ¡vaya si estaba enfurecido! Cuando se hacen negocios se cuenta con la Navidad para obtener buena parte de las ganancias anuales. Ahora estaba más que obligado a encontrar clientes, así que trató de imitar lo de la botella, pero era tan tacaño que la llenó con monedas de un centavo. También escribió una carta al director de *The Banner,* el semanario del pueblo, diciendo que Mr. Marshall merecía ser «embarrado de brea, emplumado y ahorcado por convertir a niñitos inocentes en apostadores empedernidos y conducirlos al camino del averno». Obviamente fue el hazmerreír del pueblo; no suscitó otra cosa que desprecio. Así, para mediados de noviembre, se limitaba a sentarse en la acera, frente a su tienda, y mirar con amargura la algarabía al otro lado de la plaza.

Por esa época llegó Appleseed, en compañía de su hermana. Era un desconocido, al menos nadie recordaba haberlo visto antes. Después le oiríamos decir que vivía en una granja a un kilómetro y medio de Indian Branches, que su madre apenas pesaba treinta kilos y que tenía un hermano dispuesto a tocar el violín en cualquier boda a cambio de cincuenta centavos; aseguró que solamente se llamaba Appleseed (semilla de manzana) y que había cumplido doce años (pero Middy, su hermana, dijo que ocho). Tenía el pelo lacio y rubio, un rostro enjuto, curtido por el clima, con ansiosos ojos verdes que miraban de un modo sagaz y penetrante; era pequeño, frágil, y siempre iba vestido del mismo modo: jersey rojo, pantalones de dril azul y botas de adulto que hacían clop clop a cada paso.

Aquel primer día en que entró en el Valhalla estaba lloviendo; el pelo se le había aplastado como una gorra sobre su cabeza y sus botas estaban embadurnadas del barro rojizo de los caminos del condado. Fue contoneándose hasta la fuente como un vaquero y Middy le siguió. Yo estaba secando vasos.

–Oí lo de la botella esa llena de dinero que regalan –dijo, mirándome directamente a los ojos–. Ya que la regalan, nos la pueden dar a nosotros. Me llamo Appleseed; mi hermana Middy.

Middy era una niña triste, muy triste, de rostro pálido y lastimero, bastante más alta que su hermano: un verdadero espárrago. Le habían dejado el pelo color de estopa cortado como un casquete, llevaba un vestido de algodón deshilachado que ni siquiera le cubría sus huesudas rodillas y tenía algún defecto en los dientes que trataba de ocultar presionando los labios como una señora vieja.

–Lo siento –dije–, tienes que hablar con Mr. Marshall.

Y así lo hizo. Pude oír cómo mi tío le explicaba lo que había que hacer para ganar la botella. Appleseed escuchaba con atención, asintiendo de vez en cuando. Finalmente regresó, se puso frente a la botella, la tocó apenas y dijo:

–¿Verdad que es bonita, Middy?

Middy dijo:

–¿Nos la darán?

–Hay que adivinar cuánto dinero hay dentro. Hay que gastarse veinticinco centavos para poder apostar.

–Uy, ¿de dónde vas a sacar veinticinco centavos?

Appleseed encogió los hombros y se rascó la barbilla.

–Eso es muy fácil, déjamelo a mí. Pero no puedo correr riesgos, tengo que *saberlo*.

Regresaron a los pocos días. Appleseed trepó a un taburete y pidió atrevidamente dos vasos de agua, uno para él, otro para Middy. Entonces fue cuando habló de su familia:

–... y luego está Papi Pa, el pobre de mi mamá. Es un indio cajun porque no habla bien inglés. Mi hermano, el del violín, lleva tres veces en la cárcel..., por su culpa tuvimos que irnos de Louisiana. Le dio un mal pinchazo a un tío en una pelea a navajazos por una mujer diez años mayor que él. Ella era rubia.

Middy, que estaba a sus espaldas, dijo nerviosa:

–No deberías andar contando nuestros asuntos personales de ese modo, Appleseed.

–Tú te callas. –Y se calló–. Es muy buena –añadió, volviéndose para darle una palmada en la cabeza–, pero hay que controlarla. Deja de hacer rechinar los dientes y ve a ver los libros de dibujitos. Appleseed tiene que hacer cálculos.

«Hacer cálculos» significó contemplar la botella fijamente, como si quisiera devorarla con los ojos. La examinó un buen rato, la barbilla apoyada en su mano, sin parpadear una sola vez.

–Una señora de Louisiana me dijo que yo podía ver más cosas que otros porque nací con una vuelta de cordón.

–A que no ves cuánto hay ahí –le dije–. ¿Por qué no dejas que te venga un número a la cabeza? Tal vez sea el bueno.

–No, no –dijo–, es arriesgadísimo. No puedo arriesgarme; sólo hay una manera, contar las monedas.

–¡Contar!

–¿Contar qué? –preguntó Hamurabi, que acababa de entrar y se estaba acomodando junto a la fuente.

–Este chico dice que va a contar cuánto hay en la botella –expliqué.

Hamurabi miró a Appleseed con interés.

–¿Cómo piensas hacerlo, hijo?

–Pues contando –aclaró como algo obvio.

Hamurabi rió.

–Deberías tener rayos X en los ojos, chico. Es todo lo que puedo decirte.

–Qué va. Sólo has de nacer con una vuelta de cordón. Me lo dijo una señora de Louisiana. Era una bruja y me quería tanto que cuando mi mamá no quiso dejarme con ella le echó una maldición y ahora sólo pesa treinta kilos.

–Qué in-te-re-san-te –comentó Hamurabi, mirándolo con desconfianza.

Entonces intervino Middy mostrando un ejemplar de *Secretos de la pantalla*. Le señaló una determinada fotografía a Appleseed y dijo:

–A que es la mujer más guapa del mundo. Mira, Appleseed, mira qué dientes tan bonitos. Ni uno fuera de sitio.

–Ten quietos los tuyos.

Cuando se fueron Hamurabi pidió una naranjada y se la bebió lentamente mientras fumaba un cigarrillo.

–¿Crees que ese chico está bien de la azotea? –preguntó finalmente, con voz intrigada.

Los pueblos son lo mejor para pasar la Navidad; enseguida se crea el ambiente y su influjo los hace revivir. Para la primera semana de diciembre, las puertas de las casas estaban decoradas con coronas y los escaparates relumbraban con campanas de papel rojo y copos de nieve de gelatina centelleante; los chicos iban de excursión al bosque y regresaban arrastrando fragantes árboles de hoja perenne; las mujeres se encargaban de hornear pasteles de fruta, destapar frascos de compota de manzana y pasas, abrir botellas de licor de uva y de zarzamora; en la plaza habían adornado un enorme árbol con celofanes plateados y focos de colores que se encendían de noche; ya entrada la tarde se podía oír el coro de la iglesia presbiteriana ensayando los villancicos para la función anual; en todo el pueblo florecían las camelias japonesas.

La única persona que parecía al margen de esa atmósfera cordial era Appleseed. Insistía en su tarea declarada: contaba el dinero de la botella con sumo cuidado. Iba todos los días al

Valhalla a concentrarse en la botella, frunciendo el entrecejo y farfullando para sí. En un principio esto fue causa de asombro, pero después de un tiempo nos aburría y ya nadie hacía el menor caso. Appleseed no compraba nunca nada, parecía incapaz de reunir los veinticinco centavos.

A veces hablaba con Hamurabi, que le había cobrado afecto y de vez en cuando le invitaba a un caramelo, a una barrita de regaliz.

—¿Todavía cree que está loco? —le pregunté.

—No estoy seguro —dijo Hamurabi—, pero te diré una cosa: no come lo suficiente. Le voy a pagar un plato de carne asada en el Rainbow.

—Seguramente él le agradecería más que le diera veinticinco centavos.

—No. Lo que necesita es un plato de carne. Sería mejor que no se hubiera propuesto adivinar nada. Un chico tan excitable, tan raro... No me gustaría ser el responsable de que se chalara. Sería de verdad una lástima.

Debo admitir que en aquel tiempo Appleseed sólo me parecía extravagante. Mr. Marshall le tenía compasión y los chavales habían tratado de burlarse de él, pero se dieron por vencidos al ver que no reaccionaba.

Que Appleseed estaba allí, sentado en la fuente de soda con el rostro arrugado y los ojos siempre fijos en la botella, era algo tan claro como el agua, pero se abstraía tanto que en ocasiones causaba la macabra impresión de, bueno, de no estar allí. Y apenas sentías esto, despertaba para decir algo como «¿Sabes?, ojalá ahí dentro haya una moneda con búfalo, de las de 1913; un tipo me dijo que sabe un sitio donde las monedas con búfalo valen cincuenta dólares», o «Middy será toda una estrella de cine; las estrellas de cine ganan mucho dinero, nunca más volveremos a comer col verde. Pero Middy dice que mientras sus dientes no sean bonitos no podrá hacer películas».

Middy no siempre lo acompañaba. En esas ocasiones en que iba solo, Appleseed no era el mismo; se comportaba con timidez y se marchaba pronto.

Hamurabi mantuvo su promesa y le invitó a un plato de carne asada en el café.

–Mr. Hamurabi es muy bueno –diría Appleseed–, pero tiene unas ideas raras; se cree que si viviera en ese sitio, Egipto, sería rey o algo así.

Y Hamurabi dijo:

–El chico tiene la fe más conmovedora del mundo, es una maravilla verlo, pero todo este asunto empieza a hartarme. –Hizo un gesto señalando la botella–. Es cruel despertar esa clase de esperanza en cualquier persona, y me arrepiento de haber tenido que ver en ello.

El pasatiempo más popular relacionado con el Valhalla consistía en decidir lo que uno haría si ganaba la botella. Entre los involucrados en esto se encontraban Solomon Katz, Phoebe Jones, Carl Kuhnhardt, Puly Simmons, Addie Foxcroft, Marvin Finkle, Trudy Edwards y un hombre de color llamado Erskine Washington. Algunas de las respuestas: un viaje a Birmingham para hacerse la permanente, un piano de segunda mano, un pony Shetlan, un brazalete de oro, una colección de libros *Rover Boys* y un seguro de vida.

En una ocasión, Mr. Marshall le preguntó a Appleseed qué compraría.

–Es un secreto –contestó. No había súplicas suficientes para hacerle hablar, pero fuera lo que fuese, era obvio que lo necesitaba muchísimo.

En esta parte del país el verdadero invierno no llega hasta fines de enero, y suele ser bastante moderado y corto. Pero en el año del que escribo, recibimos las bendiciones de una ola de frío una semana antes de Navidad. Hay quienes todavía hablan de eso, tan terrible fue: las tuberías se congelaron; muchos tuvieron que pasar días enteros acurrucados bajo sus edredones por no haber recogido leña a tiempo; el cielo cobró ese extraño tono gris opaco que precede a las tormentas y el sol era más pálido que una luna evanescente; un viento afilado hacía que las ramas, secas desde el último otoño, cayeran a pedazos en el suelo helado, y en dos ocasiones el pino de la plaza del juzgado perdió sus adornos navideños; respirabas y el vaho formaba nubes humeantes.

En las afueras donde vivía la gente pobre, cerca de la hilandería, las familias se apretujaban por las noches y contaban cuentos para olvidarse del frío. En el campo los granjeros cubrían sus plantas delicadas con sacos de yute y luego rezaban. Algunos aprovecharon el clima para sacrificar sus cerdos y llevar al pueblo salchichas frescas. Mr. R. C. Judkins, nuestro borracho local, se disfrazó con un traje rojo e hizo de Santa Claus en un almacén. Judkins era padre de una familia numerosa, de modo que todos se alegraron al verlo suficientemente sobrio para ganarse un dólar. Hubo muchos actos en la parroquia, y en uno de ellos Mr. Marshall se encontró frente a frente con Rufus McPherson. Hubo intercambio de palabras pero no de golpes.

Como ya dije, Appleseed vivía en una granja, a kilómetro y medio de Indian Branches, es decir, estaba a unos cinco kilómetros del pueblo. Sin embargo, a pesar del frío, iba al Valhalla todos los días y se quedaba hasta la hora de cerrar, cuando ya era de noche, pues los días se habían vuelto más cortos. En ocasiones se iba con el capataz de la hilandería, pero eso sucedía rara vez. Se le veía cansado, tenía arrugas de preocupación en las comisuras de la boca; siempre tenía frío y temblaba mucho; no creo que usara ropa de abrigo bajo el jersey rojo y el pantalón azul.

Tres días antes de Navidad anunció de improviso:

—Bien, ya he terminado. Sé cuánto hay en la botella. —Lo dijo de forma tan absolutamente segura y solemne que era difícil ponerlo en duda.

—¡Cómo! ¿A ver? No, espera un momento, hijo. —Hamurabi estaba presente—. Es imposible que lo sepas, te equivocas si lo crees: sólo tendrás un disgusto.

—No me sermonee, Mr. Hamurabi. Sé lo que me hago. Una señora de Louisiana me dijo...

—Sí, sí, sí, pero debes olvidarlo. Yo que tú me iría a casa, me estaría tranquilo y me olvidaría de la maldita botella.

–Esta noche mi hermano va a tocar el violín en una boda en Ciudad Cherokee y me va a dar el dinero –dijo con terquedad Appleseed–. Mañana apostaré.

Cuando Appleseed y Middy llegaron al día siguiente, me sentí emocionado. Tenía, en efecto, la moneda de veinticinco centavos cosida al pañuelo rojo que llevaba en la cabeza. Deambularon ante las vitrinas, tomados de la mano, intercambiando murmullos para ver qué adquirían. Finalmente se decidieron por una botella de loción de gardenia del tamaño de un dedal. Middy la abrió de inmediato y vació en su pelo casi todo el contenido.

–Huelo como... ¡Virgen María, no había olido nada tan dulce! Appleseed, déjame ponerte un poco en el pelo. –Pero él no se dejó.

Mr. Marshall sacó la libreta donde llevaba las apuestas; mientras tanto, Appleseed trepó a la fuente y acarició la botella. Sus ojos brillaban y sus mejillas estaban rojas de excitación. Casi todos los que estaban en el Valhalla se le acercaron. Middy se quedó al fondo, en silencio, rascándose una pierna y oliendo la loción. Hamurabi no estaba.

Mr. Marshall lamió la punta de su lápiz y sonrió:

–Bueno, hijo, ¿qué dices?

Appleseed respiró hondo.

–Setenta y siete dólares y treinta y cinco centavos –espiró.

Era original escoger una cifra tan irregular; normalmente las apuestas eran cifras redondas. Mr. Marshall repitió la cifra solemnemente mientras la anotaba.

–¿Cuándo sabré si he ganado?

–En Nochebuena –dijo alguien.

–Es mañana, ¿no?

–Sí, claro que sí –dijo Mr. Marshall, en tono neutro–. Ven a las cuatro.

Por la noche el termómetro descendió aún más, y hacia la madrugada hubo una de esas lluvias rápidas que parecen tormentas de verano; así, el día siguiente amaneció despejado y muy frío. El pueblo parecía la tarjeta postal de un escenario nórdico, con carámbanos que brillaban blanquísimos en los árboles y flores de escarcha que cubrían todas las ventanas. Mr. R. C. Judkins se levantó temprano, sin motivo aparente, y recorrió las calles haciendo sonar una campana para la cena; de vez en cuando se detenía a tomar un trago de la pinta de whisky que llevaba en el bolsillo. Como no hacía viento, el humo se alzaba perezoso en las chimeneas hacia un cielo todavía congelado, quieto. A media mañana el coro presbiteriano estaba en pleno apogeo y los chicos del pueblo (con máscaras terroríficas, como en la víspera de Todos los Santos) se perseguían incansablemente alrededor de la plaza con tremendo alboroto.

Hamurabi llegó al mediodía para ayudarnos a arreglar el Valhalla. Había comprado en el camino una rolliza bolsa de castañas que comimos entre los dos, arrojando las cáscaras a una estufa barrigona recién instalada en medio de la sala (un regalo que Mr. Marshall se había hecho a sí mismo). Entonces mi tío cogió la botella, la limpió bien y la colocó en una mesa situada en un lugar prominente. Después no fue de gran ayuda, pues se pasó horas atando y desatando una raída cinta verde en torno a la botella. Hamurabi y yo tuvimos que hacer lo demás: fregamos el suelo, limpiamos los espejos y las vitrinas y colocamos guirnaldas verdes y rojas de papel crepé de pared a pared. Cuando terminamos, el local tenía un aspecto sumamente refinado y elegante, pero Hamurabi contempló nuestra obra con tristeza y dijo:

–Bueno, creo que es mejor que me vaya.

–¿No te quedas? –preguntó Mr. Marshall, muy asombrado.

–No, no –dijo Hamurabi, negando con la cabeza–. No quiero ver la cara de ese niño. Estamos en Navidad y tengo intenciones de pasar un rato alegre; no podría con eso en la conciencia. ¡Diablos!, no podría ni dormir.

–Como quieras –dijo Mr. Marshall, encogiéndose de hombros, pero era obvio que estaba ofendido–. Así es la vida y, quién sabe, tal vez gane.

Hamurabi suspiró desolado:

–¿Cuánto ha dicho?

–Setenta y siete dólares con treinta y cinco centavos –dije.

–Es fantástico. –Hamurabi se sentó en una silla junto a Mr. Marshall, cruzó las piernas y encendió un cigarrillo–. Si hay chocolatinas Baby Ruth me comería una, tengo la boca amarga.

Nos quedamos los tres en la mesa, y a medida que avanzaba la tarde nos fuimos sintiendo cada vez más tristes. Apenas cruzamos palabra. Cuando los chicos se alejaron de la plaza del juzgado el único sonido provino del reloj que tañía las horas en el campanario. El Valhalla estaba cerrado, pero la gente no dejaba de pasar ni de asomarse por el ventanal. A las tres Mr. Marshall me dijo que abriera la puerta.

En veinte minutos el sitio quedó atestado. Todo el mundo iba endomingado y el aire se impregnó de un aroma dulce, pues las chicas de la hilandería se habían perfumado con vainilla. Había gente apoyada en la pared, subida a la fuente, apretujada como podía; pronto la multitud se extendió a la acera y a la calle. La plaza estaba circundada de camionetas y Fords modelo T en los que habían venido los granjeros y sus familias. Menudeaban las risas, los gritos, las bromas (algunas damas se quejaron de las groserías y los burdos modales de los muchachos, pero nadie se fue). En la entrada lateral había una pandilla de chicos de color; parecían ser los más divertidos. Todo el mundo trataba de sacarle el mayor provecho al acontecimiento, y es que aquí todo está siempre tan tranquilo: no suelen pasar cosas. No me equivoco si digo que todo el condado de Wachata estaba presente, salvo los inválidos y Rufus McPherson. Entonces busqué a Appleseed y no lo encontré por ningún lado.

Mr. Marshall se abrió paso y dio una palmada de atención.

Esperó hasta que se hizo el silencio y el ambiente estuvo apropiadamente tenso, alzó su voz como un subastador y dijo:

–Escuchen todos, en este sobre que ven en mi mano –sostenía un sobre manila sobre su cabeza–, bien, ahí está la *respuesta* que hasta ahora sólo conocen Dios y el First National Bank, ja, ja, ja. Y en este libro –lo alzó con la otra mano– tengo escritas sus apuestas. ¿Alguna pregunta? –Un silencio absoluto–. Bien. Veamos, necesitaríamos un voluntario...

No hubo alma que se moviera un centímetro, fue como si una espantosa timidez se apoderara de la multitud, incluso los más fanfarrones del lugar se limitaron a arrastrar los pies, intimidados. Luego una voz aulló. Pertenecía a Appleseed:

–Dejadme pasar..., apártese, por favor, señora. –Appleseed empujaba desde atrás. A su lado iban Middy y un muchacho larguirucho de ojos soñolientos, el hermano violinista, evidentemente. Appleseed iba vestido igual que siempre, pero se había frotado hasta hacer que su cara cobrara una rosácea pulcritud. Tenía las botas lustradas y el pelo peinado hacia atrás y engominado.

–¿Llegamos a tiempo? –jadeó.

Pero Mr. Marshall dijo:

–¿Conque tú deseas ser el voluntario?

Appleseed lo miró perplejo; luego asintió vigorosamente.

–¿Alguien tiene algo en contra de este joven?

Como hubo absoluto silencio, Mr. Marshall dio el sobre a Appleseed, quien lo aceptó con tranquilidad. Se mordió el labio interior mientras lo examinaba un momento antes de rasgarlo.

A no ser por una tos ocasional o por el suave tintineo de la campana para la cena de Mr. R. C. Judkins, ningún sonido perturbaba la congregación. Hamurabi se apoyaba en la fuente, mirando al techo; Middy estaba embobada mirando por encima del hombro de su hermano; cuando éste empezó abrir el sobre dejó escapar un sofocado gritito.

Appleseed sacó una hoja de color rosa, la sostuvo como si fuera muy frágil y murmuró para sí mismo el mensaje escrito.

De repente, su rostro empalideció y las lágrimas brillaron en sus ojos.

–Vamos, muchacho, ¡habla! –exclamó alguien.

Hamurabi se adelantó y casi le arranca la hoja. Carraspeó y comenzó a leer hasta que su expresión cambió de la manera más cómica.

–¡Válgame Dios...! –dijo.

–¡Más fuerte!, ¡más fuerte! –exigió un coro molesto.

–¡Atajo de miserables! –gritó furioso R. C. Judkins, que para entonces ya estaba bien dosificado–, si él huele algo celestial, yo huelo a rata.

Súbitamente el aire se llenó de silbidos y abucheos.

El hermano de Appleseed se volvió con el puño en alto:

–A callar. A callar antes de que os parta la cabeza y os salgan chichones del tamaño de un melón, ¿entendido?

–¡Ciudadanos! –gritó el alcalde Mawes–, ciudadanos, oídme, estamos en Navidad..., Dios que...

Mr. Marshall subió a una silla y se puso a patear y dar palmadas hasta que se restableció un mínimo de orden. Cabe señalar que después se supo que Rufus McPherson había pagado a R. C. Judkins para que iniciara el revuelo. De cualquier forma, contenido el alboroto, aquel sobre quedó nada menos que en mi poder. Cómo, no lo sé.

Sin pensar, grité:

–Setenta y siete dólares con treinta y cinco centavos.

Naturalmente, la emoción hizo que yo mismo tardara en captar el sentido de mis palabras. Al principio sólo era un número, pero el hermano de Appleseed lanzó un alarido triunfal y entonces me di cuenta. El nombre del ganador se propagó con rapidez, seguido de una llovizna de murmullos de admiración.

Daba lástima ver a Appleseed; lloraba como si estuviera herido de muerte, pero cuando Hamurabi lo alzó en hombros para que lo viera la multitud, se secó los ojos con las mangas del jersey y empezó a reír. R. C. Judkins gritó:

–¡Tramposo! –Pero fue ahogado por una ensordecedora ronda de aplausos.

Middy me tomó del brazo.

–Mis dientes –musitó–, ahora sí que voy a tener dientes.

–¿Dientes? –dije, un poco aturdido.

–De los falsos –dijo ella–. Es lo que compraremos con el dinero, una hermosa y blanca dentadura postiza.

Pero en aquel momento sólo me interesaba averiguar cómo lo había sabido Appleseed.

–Dime... –le dije a Middy, desesperado–, por Dios bendito, dime cómo sabía que eran setenta y siete dólares con treinta y cinco centavos, exactos.

Middy me dirigió una mirada *extraña*.

–Vaya. Si ya te lo dijo él –respondió muy seria–. Contó las monedas.

–Sí, pero ¿cómo?, ¿cómo?

–¡Caray!, ¿es que no sabes contar?

–¿Y no hizo nada más?

–Bueno –dijo, después de un momento de reflexión–, también rezó un poquito. –Se dirigió hacia la puerta, luego se volvió y gritó–: Además, nació con una vuelta de cordón.

Y eso fue lo más cerca que estuvo nadie de resolver el misterio. A partir de entonces, si uno le preguntaba a Appleseed: «¿Cómo lo hiciste?», sonreía de un modo extraño y cambiaba de tema. Muchos años después se mudó con su familia a algún lugar de Florida, y no se volvió a saber de él.

Pero en nuestro pueblo su leyenda florece todavía. Mr. Marshall murió en abril pasado. Cada año, por Navidad, la escuela baptista le invitaba para que contara la historia de Appleseed en la clase de religión. En una ocasión, Hamurabi escribió a máquina una crónica y la envió a varias revistas. No se la publicaron. El director de una de ellas le escribió: «Si la chica se hubiera convertido en estrella de cine, tal vez su historia tendría interés.» Y esto no fue lo que sucedió, así que ¿para qué mentir?

[Traducción de Juan Villoro]

MIRIAM
(1945)

Desde hacía varios años Mrs. H. T. Miller vivía sola en un agradable apartamento (dos habitaciones y una cocina pequeña) de un viejo edificio de piedra recién rehabilitado, cerca del río Este. Era viuda: el seguro de Mr. H. T. Miller le garantizaba una cantidad razonable. Le interesaban pocas cosas, no tenía amigos dignos de mención y rara vez se aventuraba más allá del colmado de la esquina. Los otros habitantes del edificio parecían no reparar en ella: sus ropas eran anodinas; sus facciones, simples, discretas; no usaba maquillaje; llevaba el pelo gris acerado corto y ondulado sin mayor esmero, y en su último cumpleaños había cumplido sesenta y uno. Sus actividades rara vez eran espontáneas: mantenía inmaculados los dos cuartos, fumaba algún cigarrillo de vez en cuando, cocinaba ella misma y cuidaba del canario.

Entonces conoció a Miriam. Nevaba aquella noche. Después de secar los platos de la cena, hojeó un periódico vespertino y dio con el anuncio de una película en un cine de barrio. El título sonaba bien. Le costó trabajo ponerse su abrigo de castor, se anudó las botas impermeables y salió del apartamento. Dejó una luz encendida en el vestíbulo: nada le molestaba tanto como la sensación de oscuridad.

La nieve era fina, caía con suavidad, se disolvía en el pavimento. El viento del río sólo dejaba sentir su filo en las esquinas. Mrs. Miller se apresuró, abstraída, la cabeza inclinada,

49

como un topo que cavara un camino ciego. Se detuvo en una farmacia y compró una caja de pastillas de menta.

Había bastante cola frente a la taquilla; se puso al final. Tendrían que esperar un poco (gruñó una voz cansada). Mrs. Miller hurgó en su bolso de cuero hasta que reunió el importe exacto de la entrada. La cola parecía que iba para largo; miró a su alrededor, buscando algo que la distrajera; de repente descubrió a una niña bajo el borde de la marquesina.

Su pelo era el más largo y extraño que había visto jamás: de un blanco plateado, como el de un albino; le caía hasta la cintura en franjas sueltas y uniformes. Era delgada, frágil. Su postura –los pulgares en los bolsillos de un abrigo de terciopelo ciruela hecho a medida– tenía una elegancia natural, peculiar.

Sintió una curiosa emoción, y cuando sus miradas se cruzaron, sonrió afectuosamente.

La niña se le acercó:

–¿Podría hacerme un favor?

–Con mucho gusto, si está en mi mano –dijo Mrs. Miller.

–Oh, es bastante sencillo. Sólo quiero que me compre una entrada; si no, no me dejarán entrar. Tome. Tengo el dinero.

Y le tendió graciosamente dos monedas de diez centavos y una de cinco.

Entraron juntas en el cine. Una acomodadora las llevó al vestíbulo; faltaban veinte minutos para que terminara la película.

–Me siento como una auténtica delincuente –dijo Mrs. Miller en tono alegre; se sentó–. Quiero decir que esto es ilegal, ¿no? Espero no haber hecho nada malo. ¿Tu madre sabe que estás aquí, amor? Lo sabe, ¿no?

La niña guardó silencio. Se desabrochó el abrigo y lo dobló sobre su regazo. Llevaba un cursi vestidito azul oscuro; una cadena de oro prendía de su cuello; sus dedos, sensibles, como los de un músico, jugaban con ella. Al examinarla con mayor atención, Mrs. Miller decidió que su verdadero rasgo distintivo no era el pelo, sino los ojos: color avellana, firmes, nada infantiles, tan grandes que parecían consumirle el rostro.

Mrs. Miller le ofreció una pastilla de menta:

–¿Cómo te llamas?

–Miriam –dijo, como si, de un modo extraño, repitiera una información conocida.

–¡Vaya, qué curioso!, yo también me llamo Miriam. Y no es precisamente un nombre común. ¡No me digas que tu apellido es Miller!

–Sólo Miriam.

–¿No te parece curioso?

–Medianamente. –Miriam presionó la pastilla con su lengua.

Mrs. Miller se ruborizó. Se sentía incómoda; cambió de conversación.

–Tienes un vocabulario extenso para ser tan pequeña.

–¿Sí?

–Pues sí. –Cambió de tema precipitadamente–. ¿Te gustan las películas?

–No sé –dijo Miriam–, no había venido nunca.

El vestíbulo se empezó a llenar de mujeres. Las bombas del noticiario explotaron a lo lejos. Mrs. Miller se levantó, presionando el bolso bajo su brazo.

–Más vale que me apresure a encontrar asiento –dijo–. Encantada de haberte conocido.

Miriam asintió apenas.

Nevó toda la semana. Las ruedas y los pies pasaban silenciosos sobre la calle; la vida era como un negocio secreto que perduraba bajo un velo tenue pero impenetrable. En aquella caída sosegada no había cielo ni tierra, sólo nieve que giraba al viento, congelando los cristales de las ventanas, enfriando los cuartos, mitigando, amortiguando la ciudad. Había que tener una luz encendida a todas horas. Mrs. Miller perdió la cuenta de los días: imposible distinguir el viernes del sábado; el domingo fue al colmado: cerrado, por supuesto.

Esa noche hizo huevos revueltos y un tazón de sopa de tomate. Luego, tras ponerse una bata de franela y desmaquillarse

51

la cara, se acostó y se calentó con una bolsa de agua caliente bajo los pies. Leía el *Times* cuando sonó el timbre. Seguramente se trataba de un error; quienquiera que fuese enseguida se iría. Pero el timbre sonó y sonó hasta convertirse en un zumbido insistente. Miró el reloj: poco más de las once. No era posible; siempre se dormía a las diez.

Le costó trabajo salir de la cama; atravesó la sala con premura, descalza.

–Ya voy, ¡paciencia!

El cerrojo se había trabado, trató de moverlo a uno y otro lado, el timbre no paraba.

–¡Basta! –gritó.

El pasador cedió. Abrió la puerta unos centímetros.

–Por el amor de Dios, ¿qué...?

–Hola –dijo Miriam.

–Oh..., vaya, hola. –Mrs. Miller dio unos pasos inseguros en el recibidor–. Si eres aquella niña.

–Pensé que no iba a abrir nunca, pero no he soltado el botón. Sabía que estaba en casa. ¿No se alegra de verme?

No supo qué decir. Vio que Miriam llevaba el mismo abrigo de terciopelo ciruela y una boina del mismo color. Su cabello blanco había sido peinado en dos trenzas brillantes con enormes moños blancos en las puntas.

–Ya que me he esperado tanto, al menos déjeme entrar –dijo.

–Es tardísimo...

Miriam la miró inexpresivamente:

–¿Y eso qué importa? Déjeme entrar. Hace frío aquí fuera y llevo un vestido de seda. –Con un gracioso ademán hizo a un lado a Mrs. Miller y entró en el apartamento.

Dejó su abrigo y su boina en una silla. Era verdad que llevaba un vestido de seda. De seda blanca. Seda blanca en febrero. Mangas largas y una falda hermosamente plisada que producía un susurro mientras ella se paseaba por la habitación.

–Me gusta este sitio –dijo–, me gusta la alfombra, mi color favorito es el azul. –Tocó una rosa de papel en el florero de la mesa de centro–: Imitación –comentó con voz lánguida–, qué triste. ¿Verdad que son tristes las imitaciones? –Se sentó en el sofá, extendiendo su falda con delicadeza.

–¿Qué quieres? –preguntó Mrs. Miller.

–Siéntese –dijo Miriam–, me pone nerviosa ver a la gente de pie.

Se dejó caer en un taburete.

–¿Qué quieres? –repitió.

–¿Sabe?, creo que no se alegra de verme.

Por segunda vez carecía de respuesta; su mano se movió en un vago ademán. Miriam rió y se arrellanó sobre una pila de cojines lustrosos. Mrs. Miller advirtió que la niña no era tan pálida como recordaba; sus mejillas estaban encendidas.

–¿Cómo has sabido dónde vivía?

Miriam frunció el entrecejo.

–Eso es lo de menos. ¿Cuál es su nombre?, ¿cuál es el mío?

–Pero si no estoy en la guía telefónica.

–Ah. ¿No podemos hablar de otra cosa?

–Tu madre debe de estar loca para dejar que una niña como tú vaya por ahí a cualquier hora de la noche, y con esa ropa tan ridícula. Le debe faltar un tornillo.

Miriam se levantó y fue a un rincón donde colgaba de una cadena una jaula encapuchada. Atisbó bajo la cubierta.

–Es un canario –dijo–. ¿Puedo despertarlo? Me gustaría oírlo cantar.

–Deja en paz a Tommy –contestó ansiosa–. No te atrevas a despertarlo.

–De acuerdo –dijo Miriam–, aunque no veo por qué no puedo oírlo cantar. –Y luego–: ¿Tiene algo de comer? ¡Me muero de hambre! Aunque sólo sea pan con mermelada y un vaso de leche.

–Mira –Mrs. Miller se levantó del taburete–, mira, si te hago un buen bocadillo, ¿te portarás bien y te irás corriendo a casa? Seguro que es más de medianoche.

–Está nevando –le echó en cara Miriam–. Hace frío y está oscuro.

Mrs. Miller trató de controlar su voz:

–No puedo cambiar el clima. Si te preparo algo de comer, prométeme que te irás.

Miriam se frotó una trenza contra la mejilla. Sus ojos estaban pensativos, como si sopesaran la propuesta. Se volvió hacia la jaula.

–Muy bien –dijo–. Lo prometo.

¿Cuántos años tiene? ¿Diez? ¿Once? En la cocina, Mrs. Miller abrió un frasco de mermelada de fresa y cortó cuatro rebanadas de pan. Sirvió un vaso de leche y se detuvo a encender un cigarrillo. *¿Y por qué ha venido?* Su mano tembló al sostener la cerilla, fascinada, hasta que se quemó el dedo. El canario cantaba. Cantaba como lo hacía por la mañana y a ninguna otra hora.

–¿Miriam? –gritó–, Miriam, te he dicho que no molestes a Tommy.

No hubo respuesta. Volvió a llamarla; sólo escuchó al canario. Inhaló el humo y descubrió que había encendido el filtro... Atención, tenía que dominarse.

Entró la comida en una bandeja y la colocó en la mesa de centro. La jaula aún tenía puesta la capucha. Y Tommy cantaba. Tuvo una sensación extraña.

No había nadie en el cuarto. Atravesó el gabinete que daba a su dormitorio; se detuvo en la puerta a tomar aliento.

–¿Qué haces? –preguntó.

Miriam la miró; sus ojos tenían un brillo inusual. Estaba de pie junto al buró, y tenía delante un joyero abierto. Examinó a Mrs. Miller unos segundos, hasta que sus miradas se encontraron, y sonrió.

–Aquí no hay nada de valor –dijo–, pero me gusta esto. –Su mano sostenía un camafeo–. Es precioso.

–¿Y si lo dejas en su sitio...? –De pronto sintió que necesitaba ayuda. Se apoyó en el marco de la puerta. La cabeza le pesaba de un modo insoportable; sentía la presión rítmica de sus latidos. La luz de la lámpara parecía a punto de desfallecer.

–Por favor, niña..., es un regalo de mi marido...

–Pero es hermoso y lo quiero yo –dijo Miriam–. *Démelo.*

Se incorporó, esforzándose en formular una frase que de algún modo pusiera el broche a salvo; entonces se dio cuenta de algo en lo que no había reparado desde hacía mucho: no tenía a quien recurrir, estaba sola. Este hecho, simple y enfático, la aturdió completamente; sin embargo, en esa habitación de la silenciosa ciudad nevada había algo que no podía ignorar ni (lo supo con alarmante claridad) resistir.

Miriam comió vorazmente; cuando se terminó el pan con mermelada y la leche, sus dedos se movieron sobre el plato como telarañas en busca de migajas. El camafeo refulgía en su blusa, el rubio perfil parecía un falso reflejo de quien lo llevaba.

–Estaba buenísimo –asintió–, ahora sólo faltaría un pastel de almendra o de cereza. Los dulces son deliciosos, ¿no cree?

Mrs. Miller se mantenía en precario equilibrio sobre el taburete, fumando un cigarrillo. La red del pelo se le había ido ladeando y le asomaban mechones hirsutos. Tenía los ojos estúpidamente concentrados en nada; las mejillas con manchas rojas, como si una violenta bofetada le hubiera dejado marcas perdurables.

–¿No hay dulce, un pastel?

Mrs. Miller sacudió el cigarrillo; la ceniza cayó en la alfombra. Ladeó la cabeza levemente, tratando de enfocar sus ojos.

–Has prometido que te irías si te daba de comer –dijo.

–¿En serio? ¿Eso he dicho?

–Fue una promesa, estoy cansada y no me encuentro nada bien.

–No se altere –dijo Miriam–. Es broma.

Cogió su abrigo, lo dobló sobre su brazo y se colocó la boina frente al espejo. Finalmente se inclinó muy cerca de Mrs. Miller y murmuró:

–Déme un beso de buenas noches.

–Por favor..., prefiero no hacerlo.

Miriam alzó un hombro y arqueó un ceja:

–Como guste. –Fue directamente a la mesa de centro, tomó el florero que tenía unas rosas de papel, lo llevó a donde la dura superficie del piso yacía al descubierto y lo dejó caer. Ella pisoteó el ramo después que el cristal reventara en todas direcciones. Luego, muy despacio, se dirigió a la puerta. Antes de cerrarla se volvió hacia Mrs. Miller con una mirada llena de curiosidad y estudiada inocencia.

Mrs. Miller pasó el día siguiente en cama. Se levantó una vez para dar de comer al canario y tomar una taza de té. Se tomó la temperatura: aunque no tenía fiebre, sus sueños respondían a una agitación febril, a una sensación de desequilibrio, presente incluso cuando miraba el techo con los ojos muy abiertos. Un sueño se colaba entre los otros como el esquivo y misterioso tema de una compleja sinfonía; le traía escenas de precisa nitidez que parecían trazadas por una mano de intensidad virtuosa: una niña pequeña, vestida de novia y ataviada con una guirnalda, encabezaba una procesión, una hilera gris que descendía por una montaña; había un silencio inusual hasta que una mujer preguntaba desde atrás: «¿Adónde nos lleva?» «Nadie lo sabe», respondía un viejo que caminaba delante. «Pero ¿verdad que es hermosa?», intervenía un tercero. «¿Acaso no es como una flor congelada..., tan blanca y deslumbrante?»

El martes por la mañana ya se encontraba mejor. El sol se colaba por las persianas en haces incisivos, arrojando una luz que desbarataba sus nocivas fantasías. Abrió la ventana y descubrió un día de deshielo, templado como en primavera; una hilera de nubes limpias, nuevas, se arrugaba contra el inmenso azul de un cielo fuera de temporada, y más allá de la línea de azoteas podía ver el río, el humo de las chimeneas de los remolcadores que se curvaba en un viento tibio. Un enorme camión plateado cepillaba la nieve amontonada en la calle; el aire propagaba el ronroneo del motor.

Después de arreglar el apartamento fue al colmado, hizo

efectivo un cheque y siguió hacia Schrafft's, donde desayunó y conversó alegremente con la camarera. Ah, era un día maravilloso —casi como un día festivo—, hubiera sido una tontería regresar a casa.

Tomó un autobús que iba por la Avenida Lexington hasta la calle Ochenta y seis. Había decidido ir de compras.

No tenía idea de lo que quería o necesitaba; caminó sin rumbo fijo, atenta sólo a la gente que pasaba; se fijó en que iban con prisa y tensos, hasta que se sumió en una incómoda sensación de aislamiento.

Aguardaba en la esquina de la Tercera Avenida cuando le vio. Era viejo, patizambo, iba agobiado por una carga de paquetes a reventar. Llevaba un desleído abrigo color café y una gorra de cuadros. De repente se dio cuenta de que intercambiaban una sonrisa: nada amistoso, sólo dos fríos destellos de reconocimiento. Sin embargo, estaba segura de no haberlo visto antes.

El hombre estaba junto a una columna del tren elevado. Cuando atravesó la calle, él se volvió y la siguió. Se le acercó bastante; de reojo, ella veía su reflejo vacilante en los escaparates.

Luego, a mitad de una manzana, se detuvo y lo encaró. También él se detuvo, irguió la cabeza, sonriendo. ¿Qué podía decirle? ¿Qué podía hacer allí, a plena luz del día, en la calle Ochenta y seis? Era inútil; aceleró el paso, despreciando su propia identidad.

La Segunda Avenida se ha vuelto una calle deprimente, hecha de restos y sobras, parte asfalto, parte adoquines, parte cemento; su atmósfera de abandono es permanente. Caminó cinco manzanas sin encontrar a nadie, seguida por el incesante crujido de las pisadas en la nieve. Cuando llegó a una floristería el sonido seguía a su lado. Se apresuró a entrar. Le miró a través de la puerta de cristal: el hombre siguió de largo, sin aminorar el paso, la mirada fija hacia el frente, pero hizo algo extraño y revelador: se alzó la gorra.

—¿Seis de las blancas, dice? —preguntó la florista.

—Sí —dijo ella—, rosas blancas.

De ahí fue a una cristalería y escogió un florero, presunto sustituto del que había roto Miriam, aunque el precio era desmedido y el florero mismo (pensó) de una vulgaridad grotesca. Sin embargo, había iniciado una serie de adquisiciones inexplicables, como quien obedece a un plan trazado de antemano, del que no tiene el menor conocimiento ni control.

Compró una bolsa de cerezas escarchadas, y en una confitería llamada Knickerbocker se gastó cuarenta centavos en seis pastelillos de almendra.

En la última hora había vuelto a hacer frío; las nubes ensombrecían el sol como lentes borrosas y el cielo se teñía con la osamenta de una penumbra anticipada; una bruma húmeda se mezcló con la brisa; las voces de los últimos niños que corrían sobre la nieve sucia amontonada en la calle sonaban solitarias y desanimadas. Pronto cayó el primer copo. Cuando Mrs. Miller llegó al edificio de piedra, la nieve caía como una cortina y las huellas de las pisadas se desvanecían nada más impresas.

Las rosas blancas quedaron muy decorativas en el florero. Las cerezas escarchadas brillaban en un plato de cerámica. Los pastelillos de almendra, espolvoreados de azúcar, aguardaban una mano. El canario aleteaba en su columpio y picoteaba una barra de alpiste.

A las cinco en punto sonó el timbre. *Sabía* quién era. Recorrió el apartamento arrastrando el dobladillo de su bata.

—¿Eres tú? —preguntó.

—Claro. —La palabra resonó aguda desde el vestíbulo—. Abra la puerta.

—Vete —dijo Mrs. Miller.

—Dése prisa, por favor..., que traigo un paquete pesado.

—Vete.

Regresó a la salita, encendió un cigarrillo, se sentó y escuchó el timbre con toda calma: una y otra y otra vez.

—Más vale que te vayas, no tengo la menor intención de dejarte entrar.

Al poco rato el timbre dejó de sonar. Mrs. Miller permaneció inmóvil unos diez minutos. Luego, al no oír sonido alguno, pensó que Miriam se habría ido. Caminó de puntillas; abrió un poquito la puerta. Miriam estaba apoyada en una caja de cartón, acunando una bonita muñeca francesa entre sus brazos.

—Creí que ya no vendría –dijo de mal humor–. Tome, ayúdeme a meter esto, pesa muchísimo.

Más que a una fascinación sucumbió a una curiosa pasividad. Entró la caja y Miriam la muñeca. Miriam se arrellanó en el sofá; no se molestó en quitarse el abrigo ni la boina; miró distraídamente a Mrs. Miller, quien dejó caer la caja y se detuvo, vacilante, tratando de recuperar el aliento.

—Gracias –dijo Miriam. A la luz del día parecía agotada y afligida; su pelo, menos luminoso. La muñeca a la que hacía mimos tenía una exquisita peluca empolvada, sus estúpidos ojos de cristal buscaban consuelo en los de Miriam–. Tengo una sorpresa –continuó–. Busque en la caja.

Mrs. Miller se arrodilló, destapó el paquete y sacó otra muñeca, luego un vestido azul, seguramente el que Miriam llevaba aquella primera noche en el cine; sobre el resto dijo:

—Sólo hay ropa, ¿por qué?

—Porque he venido a vivir con usted –dijo Miriam, doblando el rabillo de una cereza–. ¡Qué amable, me ha comprado cerezas!

—¡Eso no puede ser! Vete, por el amor de Dios, ¡vete y déjame en paz!

—¿... y las rosas y los pastelillos de almendra? ¡Qué generosa, de verdad! ¿Sabe? Las cerezas están deliciosas. El último lugar donde viví era la casa de un viejo tremendamente pobre; jamás teníamos cosas buenas de comer. Creo que aquí seré feliz. –Hizo una pausa para estrechar a su muñeca–. Bueno, dígame dónde puedo poner mis cosas...

La cara de Mrs. Miller se disolvió en una máscara de arrugas rojizas; empezó a llorar: un llanto artificial, sin lágrimas, como si, no habiendo llorado en mucho tiempo, hubiera olvidado cómo se hacía. Retrocedió cautelosamente. Siguiendo el contorno de la pared hasta sentir la puerta.

Atravesó el vestíbulo y corrió escaleras abajo hasta un descansillo. Golpeó frenéticamente la puerta del primer apartamento a su alcance. Le abrió un pelirrojo de baja estatura. Entró haciéndolo a un lado.

—Oiga, ¿qué coño es esto?

—¿Pasa algo, amor? —Una mujer joven salió de la cocina, secándose las manos. Mrs. Miller se dirigió a ella:

—Escúchenme —gritó—, me avergüenza comportarme de este modo, pero..., bueno, soy Mrs. Miller y vivo arriba y... —Se cubrió la cara con las manos—. Resulta tan absurdo...

La mujer la condujo a una silla mientras el hombre, nervioso, revolvía las monedas en su bolsillo.

—¿Y bien?

—Vivo arriba. Una niña ha venido a verme, creo que le tengo miedo. No quiere irse y yo no puedo..., va a hacer algo horrible. Ya me ha robado un camafeo, pero está a punto de hacer algo peor, ¡algo horrible!

—¿Es pariente suya? —preguntó el hombre.

Mrs. Miller negó con la cabeza:

—No sé quién es. Se llama Miriam, pero en realidad no la conozco.

—Tiene que calmarse, guapa —le dijo la mujer, dándole golpecitos en el brazo—. Harry se encargará de la niña. Date prisa, amor.

Ella dijo:

—La puerta está abierta: es el 5 A.

El hombre salió, la mujer trajo una toalla y le humedeció la cara.

—Es usted muy amable —dijo—. Lamento comportarme como una tonta, pero esa niña perversa...

60

–Claro, guapa –la consoló la mujer–. Más vale tomárselo con calma.

Mrs. Miller apoyó la cabeza en la curva de su brazo; estaba tan quieta que parecía dormida. La mujer puso la radio: un piano y una voz rasposa llenaron el silencio. La mujer zapateó con excelente ritmo:

–Tal vez deberíamos subir nosotras también –dijo.

–No quiero volver a verla. No quiero ir a ningún sitio del que ella pueda estar cerca.

–Vamos, vamos, ¿sabe qué debería haber hecho? Llamar a la policía.

Precisamente entonces oyeron al hombre en las escaleras. Entró a zancadas, rascándose la nuca con el ceño fruncido.

–Ahí no hay nadie –dijo, sinceramente embarazado–. Debe haberse largado.

–Eres un imbécil, Harry –exclamó la mujer–. Hemos estado aquí todo el tiempo y habríamos visto... –Se detuvo de golpe; la mirada del hombre era penetrante.

–He buscado por todas partes –dijo–, y la verdad es que no hay nadie. Nadie. ¿Entendido?

–Dígame –Mrs. Miller se incorporó–, dígame, ¿ha visto una caja grande?, ¿o una muñeca?

–No. No, señora.

La mujer, como si pronunciara un veredicto, dijo:

–Bueno, para haber pegado ese alarido...

Mrs. Miller entró despacito en su apartamento y se detuvo en medio de la salita. No, en cierto modo no había cambiado: las rosas, los pastelillos y las cerezas estaban en su sitio. Pero era una habitación vacía, más vacía que un espacio sin muebles ni familiares, inerte e inanimado como un salón fúnebre. El sofá emergía frente a ella con una extrañeza nueva: su vacuidad tenía un significado que hubiera sido menos agudo y terrible de haber estado Miriam allí hecha un ovillo. Fijó la mirada en el lugar donde recordaba haber dejado la caja. Por un momento, el taburete giró angustiosamente. Se asomó a la ventana; no había duda: el río era real, la nieve caía. Pero a fin de cuentas uno nunca podía ser testigo infalible: Miriam, *allí* de un modo tan vivo, y, sin embargo, ¿dónde estaba? ¿Dónde, dónde?

Como en sueños, se hundió en una silla. El cuarto perdía sus contornos; estaba oscuro y no había manera de impedir que se hiciera más oscuro; no podía alzar la mano para encender una lámpara.

Cerró los ojos y sintió un impulso ascendente, como un buzo que emergiera de profundidades más oscuras, más verdes. En momentos de terror o de enorme tensión sobrevienen instantes de espera; la mente aguarda una revelación mientras la calma teje su madeja sobre el pensamiento; es como un sueño, o como un trance sobrenatural, un remanso en el que se atiende a la fuerza del razonamiento tranquilo: bueno, ¿y qué si no había conocido nunca a una niña llamada Miriam? ¿Se había asustado como una estúpida en la calle? A fin de cuentas, igual que todo lo demás, eso tampoco importaba. Miriam la había despojado de su identidad, pero ahora recobraba a la persona que vivía en ese cuarto, que se hacía su propia comida, que tenía un canario, alguien en quien creer y confiar: Mrs. H. T. Miller.

En medio de esa sensación de contento, se percató de un doble sonido: el cajón del buró que se abría y se cerraba. Le parecía estar escuchándolo con mucho retraso: abrirse, cerrarse. Luego, a este ruido áspero le siguió un susurro tenue, delicado; el vestido de seda se aproximaba más y más, se volvía tan intenso que hasta las paredes vibraban. El cuarto cedía bajo una ola de murmullos. Mrs. Miller se puso rígida, y abrió los ojos ante una mirada hueca y fija:

–Hola –dijo Miriam.

[Traducción de Juan Villoro]

MI VERSIÓN DEL ASUNTO
(1945)

Sé lo que se dice de mí y es cosa suya si se ponen de mi parte o de la de ellos. Es mi palabra contra la de Eunice y la de Olivia-Ann. Cualquiera que tenga ojos para ver se da cuenta enseguida de quién es el que está en sus cabales. Mi única intención es que los ciudadanos de los Estados Unidos sepan la verdad. Eso es todo.

Los hechos: el domingo 12 de agosto de este año de Nuestro Señor, Eunice trató de matarme con la espada de la guerra civil de su padre y Olivia-Ann hizo pedazos todo lo que encontró por aquí con un cuchillo de matar cerdos, de treinta centímetros de largo. Y eso por no mencionar muchas otras cosas.

Todo empezó hace seis meses cuando me casé con Marge. Ése fue mi primer error. Nos casamos en Mobile, y hacía solamente cuatro días que nos conocíamos. Dieciséis años teníamos los dos; ella había venido a ver a mi prima Georgia. Ahora que he tenido tiempo suficiente para pensarlo, me hago cruces de cómo pudo llegar a gustarme. No tiene bonitas facciones ni cuerpo ni cerebro. Pero es rubia natural, y tal vez ésa sea la respuesta. El caso es que llevábamos tres meses de casados cuando Marge salió con que estaba embarazada; fue el segundo error. Luego armó un escándalo y dijo que tenía que irse con su madre, aunque no tiene, sólo dos tías: Eunice y Olivia-Ann. De modo que me obligó a renunciar a mi excelente puesto de empleado en el Cash'n'Carry y a mudarme aquí a Admiral's Mill que, se mire por donde se mire, no es más que un maldito agujero en el camino.

El día en que Marge y yo nos bajamos del tren en la estación llovía a cántaros, ¿y creen que alguien vino a recogernos? ¡Para eso desperdicié cuarenta y un centavos en un telegrama! Ahí me tienen, con mi esposa embarazada, hemos de recorrer diez kilómetros bajo la tormenta. Marge se llevó la peor parte porque yo casi no puedo cargar nada debido a mis terribles dolores de espalda. Reconozco que la casa me impresionó a primera vista. Es grande, amarilla y tiene auténticas columnas en la parte de delante, camelias rojas y blancas alineadas en el jardín.

Eunice y Olivia-Ann nos habían visto llegar y estaban esperando en el porche. ¡Ojalá pudieran verlas, a esas dos! ¡Se caerían de culo, se lo juro! Eunice es así de gorda y vieja, con un trasero que debe de pesar cien kilos al menos. Llueva o truene, deambula por la casa en una bata pasada de moda que ella llama «quimono» (pero no es otra cosa que una andrajosa bata de franela). Además masca tabaco y trata de disimular escupiéndolo a escondidas. Siempre anda fanfarroneando sobre su espléndida educación; es así como intenta ponerme de mal humor, aunque la verdad es que me importa un pito, pues sé de alguien que no puede leer las historias sin deletrear cada palabra (aunque, eso sí, sabe sumar y restar dinero con tal rapidez que podría estar en Washington D.C. trabajando donde fabrican la cosa). Y no crean que no tiene dinero. Claro que lo niega, pero yo sé que tiene porque un día encontré casualmente cerca de mil dólares escondidos en un tiesto del porche lateral. Yo no toqué un centavo, pero Eunice dice que le robé un billete de cien dólares, ¡una mentira apestosa, de cabo a rabo! Sin embargo, todo lo que dice Eunice es ley: en Admiral's Mill no hay ser viviente que se atreva a negar que le debe dinero, y si dijera que Charlie Carson (un ciego de noventa años que no ha dado un paso desde 1896) la tiró al suelo y la violó, todos y cada uno de los habitantes del condado jurarían lo mismo sobre una pila de Biblias.

Y Olivia-Ann es peor, de verdad, aunque no está tan mal

de los nervios como Eunice. Olivia-Ann es idiota de nacimiento y debería estar encerrada en un desván: tan pálida y flaca, y tiene bigote. Se pasa el tiempo sacándole punta a un palo con su cuchillo de treinta centímetros de matar cerdos, cuando no está ocupada haciendo una maldad como la que hizo a Mrs. Harry Steller Smith. Había jurado que jamás diría nada acerca de eso, pero cuando se atenta contra la vida de una persona, mando al diablo las promesas.

Mrs. Harry Steller Smith era el canario de Eunice, llamado así en honor de una mujer de Pensacola que prepara el brebaje curalotodo que Eunice toma para la gota. Un día oí un tremendo alboroto en la sala y cuando fui a investigar, a quién me encontré sino a Olivia-Ann. Con una escoba obligó a Mrs. Harry Steller Smith a salir por la ventana (la puerta de la jaula estaba abierta de par en par). Si yo no hubiese entrado justo en ese momento quizás nunca la habrían descubierto. Tuvo miedo de que se lo fuera a contar a Eunice, y se descolgó con que era injusto tener encerrada a una criatura de Dios y que detestaba el canto de Mrs. Harry Steller Smith. La verdad sea dicha, me inspiró algo de compasión; además me dio dos dólares por ayudarla a inventar una historia que contar a Eunice (obviamente sólo acepté el dinero convencido de que eso tranquilizaría su conciencia).

Las *primeras* palabras que pronunció Eunice cuando puse el pie en esta casa fueron:

—¿O sea que te escapaste para casarte con esto, Marge?

Entonces Marge dice:

—¿Has visto qué cosa tan guapa, tía Eunice?

Eunice me mira de a-rri-ba a-ba-jo y dice:

—Dile que se dé la vuelta.

Mientras le doy la espalda, Eunice dice:

—La verdad es que te has quedado con las sobras de la basura. Pero si esto no llega ni a un hombre.

¡Nunca en mi vida me han tratado tan mal! Sí que soy un poco rechoncho, pero es que aún no he acabado de crecer.

—Claro que es un hombre —dice Marge.

Y Olivia-Ann, que está ahí con la boca tan abierta que las moscas podrían entrar y salir zumbando, dice:

—Ya has oído lo que ha dicho mi hermana. Ni a hombre llega. ¡Habráse visto, un enano que pretende ser un hombre! ¡Ni siquiera es del sexo masculino!

Marge dice:

—Pareces olvidar que se trata de mi esposo, del padre de mi futuro hijo.

Eunice hace un ruido vulgar, de esos que sólo ella domina.

—Yo lo único que digo es que no me jactaría de ello.

¿No es una hermosa bienvenida? Y encima después de renunciar a mi excelente puesto de empleado en el Cash'n'Carry.

Pero esto es una insignificancia comparado con lo que vendría esa misma noche. Después de que Bluebell retirara los platos de la cena, Marge preguntó, todo lo amable que fue capaz, si nos prestaban el coche para ir a Phoenix a ver una película.

—¿Estás loca? —dice Eunice, como si le pidiéramos que se levantara el quimono para enseñar su trasero.

—¿Estás loca? —dice Olivia-Ann.

—Son las seis —dice Eunice—, y si crees que voy a dejar a este enano que conduzca mi Chevrolet del 34 (¡que está como nuevo!) hasta el retrete y volver, es que te has vuelto completamente loca.

Ese lenguaje hace llorar a Marge, naturalmente.

—No llores, amor mío —digo—, ya he conducido muchos Cadillacs.

—Hmm —dice Eunice.

—Sí —digo yo.

Entonces Eunice dice:

—Si éste ha conducido siquiera un arado yo me como una docena de ardillas fritas en aguarrás.

—No permito que hables así de mi marido —dice Marge—. ¡Estás haciendo el mamarracho! A ver si te crees que me cuelgo del primero que pasa.

—A quien le pique que se rasque —dice Eunice.

—¿Es que piensas que nos chupamos el dedo? —dice Olivia-

Ann con su rebuzno personal, imposible de diferenciar del de un burro en celo.

—No hemos nacido ayer, sabes —dice Eunice.

Y Marge dice:

—A ver si os enteráis: estoy legalmente casada con este hombre, hasta que la muerte nos separe, según un certificado de hace tres meses y medio expedido por un juez de paz. Pregúntaselo a quien sea. Y otra cosa, tía Eunice, él es libre, blanco y tiene dieciséis años. Y más aún, a George Far Sylvester no le gusta que hablen así de su padre.

George Far Sylvester es el nombre que le íbamos a poner al bebé. Suena bien, ¿no creen? Pero en la actual situación eso ya no me importa nada.

—¿Cómo una chica va a tener un hijo con otra chica? —dice Olivia-Ann, en un estratégico ataque contra mi virilidad—. Todos los días se ve algo nuevo, no cabe duda.

—Vamos, ¡a callar! —dice Eunice—. Basta de hablar de películas en Phoenix.

Marge llora.

—Oh-h-h, pero si es de Judy Garland.

—No importa, amor mío —digo yo—, seguramente ya la habré visto en Mobile hace diez años.

—Ésa es una mentira deliberada —grita Olivia-Ann—. Ah, eres un sinvergüenza, eso es lo que eres, Judy no lleva diez años haciendo cine.

A sus cincuenta y dos años Olivia-Ann no ha visto ni una sola película (nunca dice la edad pero yo presenté una solicitud en el registro civil de Montgomery y me contestaron muy amables), pero está suscrita a ocho revistas de cine. Según Mrs. Delancey, la esposa del cartero, es la única correspondencia que recibe, además de los catálogos de Sears & Roebuck. Siente un amor enfermizo por Gary Cooper y tiene un baúl y dos maletas llenas de fotos suyas.

Nos levantamos de la mesa y Eunice va a la ventana y se asoma para mirar el árbol del paraíso:

—Los pájaros ya están poniéndose en sus ramas; es hora de

dormir. Tu cuarto es el de siempre, Marge; a este caballero le colocamos un catre en el porche de atrás.

Pasó un minuto largo antes de que esta frase hiciera mella.

—Si no es mucho atrevimiento, ¿cuál es la objeción a que duerma con mi esposa legítima? —dije.

Entonces las dos empezaron a gritarme. De vez en cuando intervenía Marge, histérica.

—¡Basta, basta, bastaaa! ¡No puedo más! Anda, mi niño, duerme donde ellas dicen. Mañana ya veremos.

—Después de todo, no me extrañaría que el niño naciera sin una pizca de juicio —comenta Eunice.

—Pobrecilla —dice Olivia-Ann, abrazando a Marge de la cintura mientras la lleva al cuarto—, pobrecilla, tan joven, tan inocente. Vamos a llorar a gusto en el hombro de Olivia-Ann.

Pasé las noches de mayo, junio, julio y casi todo agosto sudando en ese maldito porche, sin un centímetro de mosquitera. ¡Y Marge! No ha abierto la boca para protestar, ni siquiera una vez. Esta parte de Alabama es espantosa, y los mosquitos son capaces de matar a un búfalo a la menor provocación, por no hablar de las peligrosas cucarachas voladoras y de la cuadrilla de ratas locales, tan grandes que podrían arrastrar un vagón de tren de aquí a Timbuctú. Ah, si no fuera por el futuro George hace tiempo que habría ahuecado el ala. Quiero decir que no he estado cinco segundos a solas con Marge desde aquella primera noche. Las tías hacen de carabinas por turnos y la semana pasada se subían por las paredes cuando Marge se encerró en el baño y no me encontraban. La verdad es que me entretuve mirando a unos negros que embalaban algodón, pero sólo por molestar a Eunice le insinué que Marge y yo no habíamos hecho nada nuevo. A partir de entonces hicieron que Bluebell también vigilara.

En todo este tiempo ni siquiera he tenido dinero para cigarrillos. Eunice me acosa a diario para que consiga un empleo.

—¿Por qué no sale a conseguir un trabajo decente este gorrón? —dice ella. Como tal vez hayan notado, nunca se dirige personalmente a mí, aunque lo normal es que yo sea el único presente junto a su alteza real–. Si fuera digno de ser llamado «hombre» estaría tratando de buscar un mendrugo para la boca de esa niña en vez de atragantarse con mis víveres.

Creo que debo aclararles que durante tres meses y trece días he estado viviendo casi exclusivamente a base de batatas fritas y sobras de sémola. He ido dos veces a la consulta del doctor A. N. Carter: no está totalmente seguro de si tengo escorbuto o no.

En cuanto a lo de no trabajar, quisiera saber lo que un hombre de mi capacidad, que tenía un espléndido empleo en Cash'n'Carry, podría encontrar en un costal de pulgas como Almiral's Mill. Aquí sólo hay una tienda y el propietario, Mr. Tubberville, es tan holgazán que le duele tener que vender algo. También está la iglesia baptista Estrella Matutina, pero ya tienen predicador, un viejo granuja llamado Shell que Eunice trajo un día para ver si me podía salvar el alma. Con mis propios oídos le oí decir que yo ya estaba perdido.

Pero la gota que derramó el vaso fue lo que Eunice le hizo a Marge. La puso en mi contra de un modo tan vil que no puede describirse con palabras. Marge llegó al extremo de contradecirme, pero le pude parar los pies con un par de bofetadas. ¡Ninguna esposa me va a faltar al respeto! ¡Ni hablar!

El frente enemigo está bien definido: Bluebell, Olivia-Ann, Eunice, Marge y el resto de Almiral's Mill (342 habitantes). Aliados: ninguno. Ésta era la situación el domingo 12 de agosto, cuando se atentó contra mi propia vida.

Ayer fue un día tranquilo, hacía un calor que achicharraba. El problema empezó exactamente a las dos. Lo sé porque Eunice tiene uno de esos relojes de cuco tan estúpidos que siempre me espantan. Estaba en la sala, sin molestar a nadie, componiendo una canción en el piano vertical que Eunice le compró a Olivia-Ann. También le puso un profesor que venía de Columbus, Georgia, una vez a la semana. La esposa del cartero (que era amiga mía hasta que pensó que tal vez no era conveniente) dice que una tarde el elegante maestro salió corriendo de la casa como si el mismísimo Adolf Hitler le pisara los talones, subió a su Ford cupé y nunca más se volvió a saber de él. Como decía, estaba en la sala, ocupado en mis asuntos, y de repente veo a Olivia-Ann que llega con la cabeza llena de bigudíes:

–¡Acaba con ese escándalo infernal, ahora mismo! ¿Es que no puedes dejar que la gente descanse ni un minuto? ¡Y sal de mi piano! Es *mi* piano y si no te largas volando tendré el gusto de llevarte a juicio el primer lunes de septiembre.

No son más que celos porque soy un músico nato y las canciones que se me ocurren son absolutamente maravillosas.

–Mira lo que has hecho con mis teclas de marfil auténtico –dice ella, trotando hacia el piano–, casi todas echadas a perder, por pura maldad, ¿lo ves?

Ella sabe perfectamente que cuando llegué a esta casa el piano estaba listo para el desguace.

–Ya que usted es una sabelotodo, Miss Olivia-Ann, tal vez le interese saber que yo también tengo unas cuantas cosas que contar, y que a ciertas personas les encantaría oírlas. Como lo que pasó a Mrs. Harry Steller Smith, por ejemplo.

¿Se acuerdan de Mrs. Harry Steller Smith?

Entonces hace una pausa y mira la jaula vacía:

–Tú me juraste... –Se vuelve, con la cara del más espantoso color púrpura.

–Puede que sí, puede que no –digo–. Fue una maldad traicionar a Eunice de ese modo, pero si cierta persona dejara en paz a cierta persona, tal vez podría pasarlo por alto.

Pues bien, señoras y señores, ella se marchó todo lo *callada* y *amable* que puedan imaginar. Me tendí en el sofá, el mueble más horrible del mundo y que forma parte de un juego que Eunice compró en Atlanta en 1912; le costó dos mil dólares, pagados a tocateja, según dice. Son unos muebles de felpa de color negro y verde oliva que huelen a gallina mojada en un día lluvioso. En un rincón de la sala hay una mesa grande con dos fotografías, el padre y la madre de las señoritas E. y O.-A. Él es más o menos guapo pero, aquí entre nosotros, estoy seguro de que tiene sus gotas de sangre negra. Fue capitán en la guerra civil, algo que nunca olvidaré por la espada que hay sobre la chimenea y que juega un papel decisivo en la escena que viene a continuación. La madre tiene pinta de idiota, de borrego a punto de degollar, como Olivia-Ann, pero debo decir que lo lleva mejor.

Me acababa de dormir cuando oigo gritar a Eunice:

–¿Dónde está? ¿Dónde está? –A continuación veo a Eunice bajo el umbral de la puerta, con las manos plantadas a plomo en esas caderas de hipopótamo y el resto de la pandilla apretujado detrás de ella: Bluebell, Olivia-Ann y Marge.

Pateó el suelo con su pie, enorme, viejo y descalzo, lo más rápida y furiosamente que pudo, y se abanicó su gorda cara con la postal en cartulina de las cataratas del Niágara.

–¿Dónde están? –dijo–. ¿Dónde están los cien dólares que se llevó cuando le volvía la espalda, confiada?

–*Ésta* es la gota que derrama el vaso –dije, pero tenía demasiado calor y cansancio para ponerme de pie.

Entonces veo que sus ojos de escarabajo están a punto de salirse de sus órbitas.

–Y no es lo único que se va a derramar. El dinero es para mi funeral y quiero que me lo devuelvas. ¡Robarle a los muertos, habráse visto!

–Tal vez no lo cogió él –dice Marge.

–Tú te callas, señorita –dice Olivia-Ann.

–Me lo ha robado, está tan claro como el agua –dice Eunice–. Mira sus ojos, ¡negros de culpa!

Bostecé y dije:

–Como dicen en los juicios: si la primera parte levanta un infundio a la segunda, la primera parte puede ir a parar a la cárcel si la cámara legislativa está ahí, como debe ser, para la protección de todos los involucrados.

–Dios le castigará –dice Eunice.

–Vamos, hermana, ¡no esperemos a Dios! –Estas palabras de Olivia-Ann hacen que Eunice avance hacia mí con la mirada más rara del mundo, arrastrando por el suelo su sucia bata de franela. Olivia-Ann la sigue, Bluebell lanza un aullido que deben de haber oído en Eufala y Marge se queda ahí, retorciéndose las manos y lloriqueando.

—Oh-h-h —gime Marge—, por favor, devuélvele el dinero, mi niño.

Entonces digo:

—*Et tu Brutte?* —Que es de William Shakespeare.

—Hay que ver, los de su calaña —dice Eunice—. Todo el día tumbados, ¡no valen ni para pegar sellos!

—Vergonzoso —masculla Olivia-Ann.

—Tal parece que es él quien va a tener un bebé y no esa pobre niña. —Eunice al habla.

Bluebell pone su grano de arena:

—Pues es verdad.

—¡El burro hablando de orejas! —digo yo.

—Después de hacer el vago durante tres meses, este enano todavía tiene la audacia de calumniarme —dice Eunice.

Yo me limito a quitarme un poco de ceniza de la manga y a decir con gran aplomo:

—El doctor A. N. Carter me ha dicho que mi escorbuto está en una fase peligrosa y que no me exponga a la menor excitación, de lo contrario puedo echar espuma por la boca y morder a alguien.

Lo cual hace que Bluebell diga:

—¿Por qué no lo manda de vuelta a su Mobile de pacotilla, Miss Eunice? Estoy harta de vaciarle el orinal.

Claro, esa negra carbonífera me pone tan furioso que se me nubla la vista, conque me pongo de pie, más tranquilo que un pepino, cojo un paraguas del perchero y le doy en la cabeza hasta que el paraguas se parte en dos.

—¡Mi sombrilla de seda japonesa auténtica! —chilla Olivia-Ann.

Marge llora:

—¡Has matado a Bluebell, has matado a la pobre Bluebell!

Eunice toma a Olivia-Ann del brazo y dice:

—¡Se ha vuelto majareta, hermana! Corre a buscar a Mr. Tubberville.

–Tubberville me cae mal –dice, testaruda, Olivia-Ann–. Voy por mi cuchillo. –Y se dirige hacia la puerta; yo me juego el todo por el todo, me tiro en plancha y la hago caer. Me dolió la espalda una barbaridad.

–¡La matará! –vocifera Eunice con suficiente fuerza para que se caiga la casa–. ¡Nos matará a todos! Te lo advertí, Marge. Rápido, niña, ¡dame la espada de papá!

En eso que Marge coge la espada de papá y se la da a Eunice. ¡Y luego hablan de fidelidad conyugal! Para colmo, Olivia-Ann me propina un rodillazo tremendo y tengo que soltarla. Un instante después está en el patio cantando himnos a voz grito:

> Mis ojos han visto
> el glorioso advenimiento del Señor,
> Él está hollando la vendimia
> de las uvas de la ira...

Mientras tanto Eunice va de un lado a otro del cuarto blandiendo la espada como una fiera; no sé cómo pero logro trepar al piano y Eunice se sube al taburete del piano, ¿cómo un trasto tan endeble pudo soportar a un monstruo como ella? No seré yo quien lo diga.

–Baja de ahí antes de que te atraviese, cobarde –dice ella y me pega un pinchazo (tengo un corte de dos centímetros para probarlo).

Para entonces Bluebell ya se ha recobrado y se une a la ceremonia de Olivia-Ann en el patio delantero. Supongo que esperaban mi cadáver y Dios sabe lo que habrían conseguido si Marge no se llega a desmayar.

Es lo único bueno que puedo decir de Marge.

No logro recordar muy bien qué sucedió después, excepto que Olivia-Ann reapareció con su cuchillo de treinta centímetros y un montón de vecinos. Pero de repente la atracción estelar era Marge; me imagino que la cargaron a cuestas hasta su cuarto. El caso es que tan pronto salieron cerré la puerta y levanté una barricada.

He logrado atrancar la puerta con todos esos muebles de felpa negra y verde oliva, la mesa grande de caoba que debe pesar un par de toneladas, el perchero y muchas otras cosas. He cerrado las ventanas y tengo las persianas bajadas. También he encontrado una caja de dos kilos de bombones Sweet Love; en este preciso instante estoy masticando una jugosa y cremosa cereza cubierta de chocolate. A veces se acercan a la puerta y tocan y gritan y suplican. Ahora se han puesto a cantar una canción bien distinta, sí, señor. En cuanto a mí, de vez en cuando interpreto una melodía al piano para que sepan que estoy contento.

[Traducción de Juan Villoro]

LA LEYENDA DE PREACHER
(1945)

Una nube que desfilaba hacia el sur ocultó el sol y una franja de oscuridad, una isla de sombra, se cernió sobre el campo, gravitó sobre el risco. Poco después empezó a llover: una lluvia estival, teñida de sol, que duró poco tiempo; el suficiente para asentar el polvo y abrillantar las hojas. Cuando escampó, un anciano de color –se llamaba Preacher–[1] abrió la puerta de su cabaña y miró al campo en cuya tierra fértil crecía abundante maleza; a un patio rocoso, sombreado por melocotoneros, cornejos y paraísos; a una carretera de arcilla roja, llena de socavones, que rara vez veía un coche, un carro o un ser humano; y a un ruedo de colinas verdes que se extendían, quizás, hasta el borde del mundo.

Preacher era un hombre bajo, chiquitín, con un millón de arrugas en la cara. Matas de lana gris brotaban de su cráneo azulado, y tenía ojos tristes. Estaba tan encorvado que parecía una hoz herrumbrosa, y su piel poseía el amarillo de un cuero superior. Mientras examinaba lo que quedaba de su granja, su mano importunaba su barbilla con un ademán juicioso, aunque a decir verdad no pensaba en nada.

Reinaba el silencio, por supuesto, y como el aire fresco le hizo tiritar entró en la cabaña, se sentó en una mecedora y se envolvió las piernas en un hermoso centón con un motivo ver-

1. *Preacher* significa predicador o pastor eclesiástico. *(N. del T.)*

de rosa y de hojas rojas, y se quedó dormido en la casa silenciosa, con todas las ventanas abiertas de par en par y el viento removiendo calendarios de colores vivos y tiras cómicas que él había pegado en las paredes.

Un cuarto de hora después se despertó, porque nunca dormía demasiado rato y los días pasaban en una serie de cabezadas y despertares, de sueño y luz que apenas se diferenciaban uno de otra. Aunque no hacía frío encendió el fuego, llenó su pipa y empezó a mecerse con la mirada errática por la habitación. La cama doble de hierro era un revoltijo irreparable de centones y almohadas, y estaba salpicada de motas de pintura rosa; ondeaba, desolado, un brazo de la butaca misma donde estaba sentado; la boca rasgada de una chica rubia que sostenía una botella en una foto de cartel maravillosa daba a su sonrisa un aire malvado y lascivo. Los ojos de Preacher se posaron en el rincón donde se acurrucaba una cocina llena de hollín y carbonizada. Tenía hambre, pero la cocina, sobre la cual había una pila de cazuelas, le quitaba incluso las ganas de pensarlo. «Qué remedio me queda», dijo, a la manera en que algunos viejos se pelean consigo mismos; «hasta la coronilla de coles y lechuguillas. Morir de hambre aquí sentado, es lo que te espera... Pero me juego un dólar a que naide se apena por eso, ni hablar.» Evelina siempre había sido muy limpia y muy ordenada y muy buena, pero llevaba dos primaveras muerta y enterrada. Y de los hijos sólo quedaba Anna-Jo, que tenía un empleo en Cypress City, donde vivía, y salía de juerga todas las noches. O, al menos, es lo que creía Preacher.

Era muy religioso, y en el curso de la tarde cogió la Biblia de la repisa de la chimenea y siguió la letra impresa con un dedo paralítico. Le gustaba fingir que sabía leer y continuó durante un rato: urdía sus propias historias y escudriñaba las ilustraciones. Esta costumbre había sido motivo de gran preocupación para Evelina.

–¿Por qué gastas tanto tiempo mirando el Libro Santo, Preacher? Te digo que no tienes seso... Sabes leer tanto como yo.

—Porque, cariño —explicaba él—, todo el mundo sabe leer el Libro. Él lo arregló para que todos supieran.

Era una afirmación que había oído al pastor de Cypress City y que le satisfacía por completo.

Cuando la luz del sol sembró una huella precisa desde la ventana hasta la puerta, cerró la Biblia encima del dedo y salió renqueando al porche. Tiestos de helechos, azules y blancos, colgaban del techo, de unas cuerdas de alambre, y su floración llegaba hasta el suelo, arrastrando como colas de pavo real. Despacio, y con mucho tiento, bajó cojeando los escalones, hechos con troncos de árboles, y se plantó, frágil y encorvado con su mono y su camisa caqui, en medio del patio. «Y llego. No lo habría jurado... No me parecía estar con fuerzas hoy.»

Un olor de tierra húmeda flotaba en el aire y el viento volteó las hojas del paraíso. Cacareó un gallo, y su cresta escarlata atravesó corriendo las hierbas altas y desapareció debajo de la casa.

—Más te vale correr, bichejo, porque si saco el hacha te juegas el pescuezo. ¡Fijo que sabes a gloria!

Las hierbas le acariciaban los pies descalzos y se agachó para arrancar un puñado.

—Más te arrancan y más rebrotas, plaga asquerosa.

Cerca de la carretera el cornejo estaba en flor y la lluvia había dispersado pétalos que sentía blandos bajo los pies y se le metían entre los dedos. Caminaba con ayuda de un bastón de sicómoro. Tras cruzar la carretera y atravesar el soto de pacanos silvestres, enfiló el sendero, como acostumbraba, que conducía a través del bosque al riachuelo y al *sitio*.

El mismo viaje, el mismo trayecto y a la misma hora: al caer la tarde, porque así le daba algo que esperar. Los paseos habían empezado un día de noviembre en que tomó la *decisión* y prosiguieron durante todo el invierno, cuando la escarcha cubría la tierra y las agujas de pino heladas se le adherían a los pies.

Ahora era mayo. Seis meses habían transcurrido y Preacher, nacido en mayo y casado en mayo, pensó sin duda que era el mes en que veía el final de su misión. Tenía la superstición de que un signo señalaba aquel día concreto; siguió, por tanto, el sendero, más rápido que de costumbre.

El sol lanzaba sus rayos, le prendía en el pelo, cambiaba el color de la barba española, que colgaba lacia y larga como bigotes de unas ramas a otras, del gris al perla, al azul y al gris. Cantó una cigarra. Otra respondió. «¡Ese pico, chinches! ¿A qué tanta escandalera? ¿Andáis solos?»

El sendero era traicionero, y a veces difícil de seguir, porque en realidad no era más que un hilo de tierra pisoteada. En un punto descendía hacia un agujero que olía a resina dulzona y allí empezaba un tramo, espeso como una viña y oscuro como brea, donde los matorrales temblaban con un no sé qué. «¡Quítense del estorbo, diablos! Aún tiene que nacer el que asuste a Preacher. ¡Buitres y fantasmas, mucho ojo! Si os desmandáis..., ¡Preacher os revienta esa cabeza y os arranca el pellejo y os saca los ojos y tira los despojos a las brasas del fuego!» Pero de todos modos su corazón latía más aprisa, tanteaba con el bastón el camino de delante; la fiera acechaba detrás; ¡ojos terribles, brillando en el infierno, observaban desde sus madrigueras!

Recordó que Evelina nunca creyó en los espíritus y que eso a él le enfadaba. «Chitón ya, Preacher», decía, «no te escucharé una pizca de todos esos paliques de fantasmas. Caray, señor, no más los hay en tu sesera.» Ah, qué temeraria había sido, porque ahora, tan seguro como que Dios estaba en los cielos, ella moraba entre los cazadores y los ojos voraces que aguardaban en lo oscuro. Hizo un alto, llamó: «¿Evelina? Evelina..., que me respondas, tesoro.» Y apresuró el paso, con el temor repentino de que algún día ella no le oyese y, al no reconocerle, lo devorase entero.

No tardó en oír el sonido del riachuelo; desde allí al *sitio* sólo había unos pasos. Apartó una ortiga pinchuda y, con gemidos de angustia, bajó hasta la orilla y cruzó la corriente, una piedra tras otra, con precisión calculada. Nerviosas bandadas de pececillos hacían incursiones melindrosas a lo largo de la orilla clara y somera y dragones con alas esmeralda picaban en la superficie. En la ribera opuesta, un colibrí agitaba sus alas invisibles y se comía el corazón de un lirio tigrado gigante.

Así que los árboles raleaban y el sendero se ensanchaba en un claro pequeño y cúbico. El sitio de Preacher. Antaño, antes de que cerrara el aserradero, había sido una lavandería para las mujeres, pero de eso hacía mucho tiempo. Una cascada de golondrinas pasó por encima y en algún lugar cercano sonaron los trinos extraños y tenaces de un pájaro.

Estaba cansado y sin aliento, y se dejó caer de rodillas, apoyando el báculo en un tocón podrido de roble sobre el cual crecían racimos de hongos. Desdoblando la Biblia hasta las páginas marcadas por una cinta plateada, juntó las manos y levantó la cabeza.

Varios minutos de silencio, con los ojos bien amusgados, fijos en el anillo del cielo, las hebras humeantes de nubes, como rizos dispersos de estopa, que apenas parecían moverse sobre la pantalla azul, más pálidas que un cristal.

Después, casi en un susurro:

—¿Señó Jesús? ¿Señó Jesús?

El viento susurró a su vez, desraizando hojas sepultadas por el invierno que se tornaron ruedas de carros furtivas sobre el suelo verde musgo.

—Aquí presente otra vez, señó Jesús, puntual como un reloj. Por favor, señó, atiende al viejo Preacher.

Seguro de su auditorio, sonrió con tristeza y saludó con la mano. Era hora de recitar su texto. Sabía que era un viejo; no sabía cómo de viejo, noventa o cien años, quizás. Y su negocio acabado y todos sus familiares idos. Si todavía tuviese a la familia, las cosas tal vez fueran distintas. ¡Hosanna! Pero Evelina había fallecido y ¿qué había sido de los hijos? ¿De Billy Boy y Jasmine y de Landis y Le Roy y de Anna-Jo y Beautiful Love? Algunos a Menphis y a Mobile y a Birmingham, algunos a la tumba. De todas formas no estaban con él; habían abandonado la tierra que él había labrado con tanto sudor y los campos estaban yermos y de noche él pasaba miedo en la vieja cabaña sin más compañía que los chotacabras. Y por eso era tan cruel tenerle allí cuando lo que ansiaba era estar donde estuviesen los demás. «Alabado seas, señó Jesús. Soy tan viejo como la tortuga y todavía más viejo...»

En los últimos tiempos había contraído el hábito de exponer sus cuitas muchas veces, y cuanto más se prolongaban tanto más aguda y más urgente se volvía su voz, hasta que cobraba un filo tan feroz y exigente que las urracas, posadas en las ramas del pino, alzaban el vuelo, enfurecidas y aterradas.

Se detuvo de golpe, ladeó la cabeza y escuchó. Se repetía: un sonido raro y turbador. Miró a un lado y a otro y entonces vio un milagro: una cabeza llameante, que se balanceaba sobre la maleza, flotaba hacia él; tenía el pelo rizado y rojizo; una barba brillante fluía de su cara. Peor aún otra aparición, más pálida y luminosa, seguía a la primera.

Confusión e intenso pánico atiesaron el semblante de Preacher, y gimió. Nunca en la historia de Calupa County se había oído un sonido tan desdichado. Un perro de motas blancas y canela, con las orejas recortadas, irrumpió en el claro, lanzó miradas fieras y gruñó con sogas de saliva colgando de la boca. Y dos hombres, dos desconocidos, surgieron de la sombra, con camisas verdes abiertas en la garganta y tirantes de piel de serpiente sujetando sus pantalones de cuero. Los dos eran bajos pero de constitución fornida, y uno tenía el pelo rizado y lucía una barba anaranjada, y el otro era rubio y tenía las mejillas tersas. Un gato montés muerto colgaba entre ellos, en un palo de bambú, y en los costados llevaban altas escopetas.

No le faltaba nada mejor a Preacher, y volvió a gemir y se puso en pie de un salto y se adentró en el bosque y alcanzó el sendero corriendo como una liebre. Tan grande fue su prisa que dejó el bastón apoyado contra el tocón de roble y la Biblia abierta encima del musgo. El canelo se abalanzó hacia el libro, olisqueó las páginas y emprendió la persecución.

—¿Qué demonios es esto? —dijo el Rizos, recogiendo el libro y el bastón.

—Es lo más raro que he visto en mi vida —dijo el Pajizo.

Cargaron sobre sus hombros anchos al gato montés, que se

columpiaba en el palo, atadas las zarpas con cáñamo, y el Rizos dijo:

–Supongo que será mejor seguir al perro: para echarle una bronca, por lo menos.

–Supongo –dijo el Pajizo–. Sólo que daría algo por descansar un poco... Tengo una ampolla grande como medio dólar que me está matando.

A trompicones bajo el peso de las escopetas y la presa, empezaron a cantar y avanzaron hacia los pinos que se oscurecían, y los ojos vidriados, fijos del felino captaban y reflejaban la luz del sol menguante, despedían su fuego.

Entretanto, Preacher había recorrido una distancia considerable. En verdad no había corrido tan rápido desde el día en que le había perseguido la serpiente desde allí hasta el día del Juicio Final. Ya no era un hombre decrépito, sino un velocista que desplegaba todo el dinamismo que uno quiera. Sus piernas macizas y seguras hollaban el sendero, y es de señalar que una torsión horrible de la espalda, de la que había sufrido veinte años, se disolvió aquella tarde y nunca volvió a aparecer. Pasó sin percatarse el agujero oscuro y al vadear el arroyo los pantalones del mono aletearon como locos. Oh, estaba herido de miedo y la suela de sus pies raudos era un tambor estruendoso.

Justo cuando ya llegaba al cornejo, tuvo un pensamiento tremebundo. Era tan grave y aplastante que tropezó y cayó contra el árbol, que desperdigó lluvia y le dio un susto de muerte. Se frotó el codo lastimado, se lamió los labios con la lengua y asintió. «Dios en lo alto», dijo, «¿qué has hecho que me hagan a mí?» Sí. Sí, lo sabía. Sabía quiénes eran los desconocidos –lo sabía por el Libro Santo–, pero le consolaba menos de lo que cabía suponer.

De modo que se puso en pie reptando y cruzó corriendo el patio y subió los escalones.

En el porche se volvió a mirar atrás. Silencio, todavía: sólo se movían las sombras. El atardecer se desplegaba como un abanico sobre el risco; el color creciente difuminaba campos, árboles, maleza y viña; el púrpura y el rosa, los pequeños melocotoneros eran de un verde plateado. Y no muy lejos el perro estaba aullando. Por un momento, Preacher pensó en salvar corriendo los kilómetros que había hasta Cypress City, pero sabía que así no se salvaría nunca. «Nunca en este mundo.»

Cierra la puerta, corre el cerrojo; ¡eso, así está bien! Ahora las ventanas. Pero ¡oh, los postigos se han roto y no están!

Y se quedó impotente y derrotado, mirando los cuadrados vacíos donde la vid de luna trepaba sobre el alféizar. ¿Qué era aquello? «¿Evelina? ¡Evelina! ¡Evelina!» Pezuñas de ratones en las paredes, sólo el viento flirteando con una hoja de calendario.

Así que rezongó con violencia y fue de un lado a otro de la cabaña ordenando, quitando el polvo, amenazando. «Arañas y sabandijas, se me escondan que no os vean... Está al llegar importante visita.» Encendió una lámpara de queroseno de latón (regalo de Evelina, 1918) y cuando la llama se aceleró la colocó en la repisa de la chimenea, al lado de una fotografía borrosa (tomada por el fotógrafo ambulante que pasaba por allí una vez al año) de una Evelina pícara, sonriente, con la cara colorada de morapio y la curva de una redecilla blanca en el pelo. Después palmeó una almohada de raso (gran premio de centones, concedido a Beautiful Love, romería de Cypress, 1910) y la depositó con orgullo en la mecedora. No quedaba nada más por hacer; atizó el fuego, añadió un leño y se sentó a esperar.

No mucho tiempo. Pues enseguida se oyó una canción; voces graves cantando acordes que resonaban y resonaban con una potencia inmensa y alegre: «He trabajado en el FERROcarril la jornada *completa*...»

Preacher, con los ojos cerrados y las manos dobladas solemnemente, midió el avance jovial de los intrusos: en el soto de pacanos, en la carretera, debajo del paraíso...

(Decían que, la víspera de la muerte de su papá, un pájaro de grandes alas rojas y un pico temible había entrado en la habitación como por ensalmo, sobrevoló dos veces la cama del anciano y desapareció ante los propios ojos del observador.)

Preacher esperaba a medias un símbolo parecido.

Pisaron los escalones, sonaron las pesadas botas sobre las tablas combadas del porche. Suspiró cuando llamaron; tendría que dejarles entrar. Así que sonrió a Evelina, pensó brevemente en su indignante prole y con movimientos cada vez más lentos llegó a la puerta, retiró la tranca y la abrió de par en par.

El Rizos, el que tenía una barba larga y anaranjada, fue el primero en entrar, enjugándose la cara quemada y cuadrada con un pañuelo de garganta. Saludó como si tocase un sombrero invisible.

–Buenas, señó Jesús –dijo Preacher, bajando la cabeza todo lo que pudo.

–Buenas –dijo el Rizos.

Le siguió el Pajizo, desenfadado y silbando, con un cimbreo de gallito en los andares y las manos hundidas hasta el fondo de los bolsillos de su pantalón de pana. Miró a Preacher de la cabeza a los pies, ceñudo.

–Buenas, señó Santo –dijo Preacher, distinguiéndolos de un modo arbitrario.

–Hola.

Y Preacher les siguió con un trote inquieto, hasta que los tres estuvieron apiñados delante del fuego.

–¿Cómo se encuentran los señores? –dijo.

–No nos quejamos –dijo el Rizos, admirando en la pared la tira cómica y la foto de la chica del calendario–. Se ve que tiene buen ojo para las mozas, abuelo.

–No, señó –dijo Preacher, serio–. En ninguna me fijo, ¡no, señó! –Y movió la cabeza, para recalcarlo–. Soy cristiano, señó Jesús: un baptista cabal, miembro entero de pago del Mornin'Star de Cypress City.

–No quería ofender –dijo el Rizos–. ¿Cómo se llama, abuelo?

–¿Cómo me llamo? Señó Jesús, sabe que soy Preacher. El Preacher en persona que lleva casi seis meses de conversa con ustedes.

–Sí, claro que lo sé –dijo el Rizos, y le dio una palmada cordial en la espalda–. Desde luego.

–¿Qué es *esto?* –dijo el Pajizo–. ¿De qué demonios estáis hablando?

–Me ha pillado –dijo el Rizos, encogiéndose de hombros–. Mire, Preacher, hemos tenido un día duro y estamos algo sedientos... ¿No podría ayudarnos?

Preacher sonrió con picardía, levantó un brazo, dijo:

–No he envasado trago en toda mi vida, la verdad sea dicha.

–Hablo de agua, abuelo. De pura agua potable.

–Y que el cucharón esté bien limpio –dijo el Pajizo. Era un tipo muy maniático y un poco ácido, a pesar de su desenvoltura–. ¿Para qué tiene ese fuego encendido, abuelo?

–Por cuenta de mi salú, señó Santo. A la menor, me vienen tiritonas.

–Es como esa gente de color que sale de un automóvil –dijo el Pajizo–, siempre mareados y con ideas raras.

–Mareado no estoy –dijo Preacher, radiante–. ¡Estoy fino! ¡Nunca en mi vida más fino que ahora, palabra! –Acarició el brazo de la mecedora–. Venga a sentarse en mi linda mecedora, señó Jesús. ¿Ve qué almohada preciosa? Al señó Santo... le reservo la cama.

–Muy agradecido.

–Me basta con sentarme un rato, gracias.

El Rizos era el mayor y el más agraciado: cabeza de hermosa hechura, ojos de un azul profundo y afable, cara llena y recia que exhibía una expresión más bien seria. La barba le prestaba un toque de auténtica majestad. Separó mucho las piernas y encajó una encima del brazo de la mecedora. El Pajizo, de facciones más acusadas y una tez más pálida, se desplomó en la cama y rezongó por esto y aquello. El fuego produjo un sonido somnoliento; la lámpara chisporroteó con suavidad.

–¿Dejaré mis pertenencias, me supongo? –dijo Preacher, con una voz muy tenue.

Al no recibir respuesta extendió el centón en un rincón alejado y en silencio, con cierto secretismo, empezó a recoger la foto de Evelina, su pipa, una botella verde que había contenido el vino moscatel para celebrar su aniversario y ahora siete guijarros rosas de la buena suerte y una red de polvo y telarañas, una caja vacía de caramelos y otros objetos, igualmente valiosos, que amontonó encima del centón de retazos. Luego revolvió en un arcón de cedro, oloroso a años, y encontró una gorra reluciente de piel de ardilla y se la puso. Era cómoda y caliente: el viaje podría resultar muy frío.

Mientras Preacher hacía todo esto, el Rizos se hurgaba metódicamente en los dientes con el cañón de una pluma de gallina que había cogido de un tarro, y observaba los movimientos del viejo con un ceño perplejo. El Pajizo estaba silbando otra vez; no acertaba una nota de la melodía.

Al cabo del largo rato que Preacher consagró a su actividad, el Rizos carraspeó y dijo:

–Espero que no se haya olvidado de aquel vaso de agua, abuelo. Lo apreciaríamos mucho.

Preacher renqueó hasta el cubo del pozo escondido entre los trastos de la cocina.

–Estoy alunado, como quien dice, señó Jesús. Como si dejara la cabeza fuera cuando entro.

Tenía dos pocillos y los llenó hasta el borde. Cuando el Rizos terminó de beber, se enjugó la boca y dijo: «Fresca y rica», y empezó a balancearse, dejando que sus botas se arrastraran por la lumbre, con un ritmo somnoliento.

A Preacher le temblaban las manos mientras ataba el centón, y necesitó cinco intentos. Luego se subió a un leño vertical entre los dos hombres, y sus piernas cortas apenas rozaban el suelo. Sonreían los labios desgarrados de la chica rubia que sostenía la botella en la foto, y la luz de la lumbre proyectó un mural atractivo en las paredes. Por las ventanas abiertas se oían insectos que hacían ganchillo en los hierbajos y diversas cadencias nocturnas que para Preacher eran rumores de toda la vida. Oh, qué hermosa parecía su cabaña, qué maravilloso era lo que él había llegado a despreciar. ¡Qué equivocado estaba! ¡Qué majadero redomado! Nunca podría marcharse, ni ahora ni nunca. Pero allí delante había cuatro pies calzados con botas y la puerta bien cerrada detrás de ellos.

—Señó Jesús —dijo, cuidando el tono—. Le vengo dando vueltas a todo este negocio y creo que no quiero irme con los señores.

El Rizos y el Pajizo intercambiaron miradas extrañas y el Pajizo se levantó de la cama, se inclinó sobre Preacher y dijo:

—¿Qué le pasa, abuelo? ¿Tiene fiebre?

Mortalmente avergonzado, Preacher dijo:

—Por favor, señó, me perdone usted... No quiero ir a parte ninguna.

—Escuche, abuelo, no disparate —dijo el Rizos, con un tono afable—. Si está enfermo, con mucho gusto le traemos un médico de la ciudad.

—Ni modo —dijo Preacher—. Si acabóse el tiempo, acabado está... Más a mi sabor sería quedarme en mi sitio.

—Lo único que queremos es ayudarle —dijo el Pajizo.

—Desde luego —dijo el Rizos, y lanzó al fuego un gargajo gordo—. Lo que yo digo es que se está poniendo terco. Ni por asomo nos tomamos tantas molestias por hacerle un favor a todo el mundo.

—Gracias así y todo, señó Jesús. Sé que causo más fatigas de la cuenta.

—Vamos, abuelo —dijo el Pajizo, bajando la voz varias notas—, ¿qué pasa? Se ha metido en un lío con alguna moza.

—No le bromees al abuelo —dijo el Rizos—. Lo único que le pasa es que ha estado demasiado tiempo al sol. Si no es eso, nunca he visto un caso igual.

—Yo tampoco —dijo el Pajizo—. Pero nunca se sabe con estos viejos negros; son capaces de perder los estribos en cuestión de un parpadeo.

Preacher se encogió cada vez más, hasta que casi estuvo doblado en dos y la barbilla empezó a darle tirones.

—Primero sale pitando como si hubiera visto al diablo —dijo el Pajizo—, y ahora se comporta como yo qué sé.

—Ná d'eso —exclamó Preacher, con los ojos desorbitados por la alarma—. Sé que vienen los dos del Libro Santo. Y este viejo es *buen* hombre. Bueno como el que más..., nunca hice mal a naide...

—Ahh —tareó el Pajizo—. ¡Me rindo! Abuelo..., no vale la pena discutir con usted.

—Está claro —dijo el Rizos.

Preacher bajó la cabeza y se apartó de la mejilla una cola de ardilla.

—Yo sé —dijo—. Sí, señó, yo sé. He sido un gran botarate y así habla el Evangelio. Pero me consientan quedarme en mi sitio y arranco las cizañas por el suelo del patio y el campo y vuelvo a labrar y le atizo a la Anna-Jo una tunda que se vuelve a casa a cuidar de su papá como quien debe.

El Rizos se tiró de la barba y chasqueó los tirantes. Sus ojos, muy azules y sin expresión, encuadraron la cabeza entera de Preacher. Por fin dijo:

—No parece que lo entienda.

—Pues es facilísimo —dijo el Pajizo—. Tiene metido al demonio en el cuerpo.

—Soy un baptista cabal —les recordó Preacher—, miembro del Mornin' Star de Cypress City. Y no más tengo setenta.

—Oiga, abuelo —dijo Pajizo—. Tiene cien años como poco. No cuente esas trolas. Recuerde que las apuntan en ese libro gordo y negro.

—Cuitado de mí —dijo Preacher—. ¿Soy o no soy el pecador más mísero?

—Pues no lo sé —dijo el Rizos. Sonrió, se levantó y bostezó—. Le diré una cosa. Sospecho que tengo tanta hambre que me comería setas venenosas. Vámonos, Jesse, mejor que volvamos a casa antes de que las mujeres tiren nuestra cena a los puercos.

—Cristodopoderoso —dijo el Pajizo—, no sé si puedo dar un paso; tengo esta ampolla en carne viva. —Y a Preacher le dijo—: Supongo que también tendremos que dejarle en su desgracia, abuelo.

Y Preacher sonrió de tal manera que enseñó los cuatro

dientes de arriba y los tres inferiores (incluida la funda de oro de Evelina, Navidad de 1922). Parpadeó furiosamente. Como un niño marchito y algo raro, fue bailando hasta la puerta e insistió en besar las manos de los hombres según salían.

El Rizos bajó los escalones, volvió a subirlos y alargó a Preacher su Biblia y su bastón; el Pajizo, entretanto, aguardaba en el patio, donde el atardecer había corrido pálidas cortinas.

–Ahora apóyese en estos dos, abuelo –dijo el Rizos–, y que no le pillemos otra vez en los bosques de pinos. Un viejo como usted puede meterse en cantidad de líos. Sea bueno.

–Je, je, je –se rió Preacher–. Cuente que seré bueno y gracias, señó Jesús, y al señó Santo también... gracias. Ya me anticipo que naide me creerá si cuento esto.

Cargaron las escopetas al hombro y levantaron al gato montés.

–Mucha suerte –dijo el Rizos–. Vendremos algún que otro día, a tomar un vaso de agua, quizás.

–Larga vida y feliz, viejo chivo –dijo el Pajizo cuando atravesaban el patio en dirección a la carretera.

Preacher, que les observaba desde el porche, se acordó de repente y les llamó:

–¡Señó Jesús..., señó Jesús! Si ve sencilla la cosa de hacerme un favor, mucho apreciaría que gaste una gota de tiempo en buscarme a la costilla... Evelina se llama... y me la saluda de parte de Preacher y le diga qué feliz hombre que soy.

–Es lo primero que haré por la mañana, abuelo –dijo el Rizos, y el Pajizo soltó una carcajada.

Y la sombra de los dos se proyectó en la carretera y el canelo subió desde un barranco y les siguió al trote. Preacher les gritó y les despidió con la mano. Pero ellos se estaban riendo tan fuerte que no le oyeron, y su risa volvió con el viento mucho después de que hubieran sobrepasado el risco donde las luciérnagas bordaban lunas pequeñas en el aire azul.

[Traducción de Jaime Zulaika]

UN ÁRBOL DE NOCHE
(1945)

Era invierno. Una hilera de bombillas desnudas, desprovistas del menor asomo de tibieza, iluminaba el pequeño andén azotado por el viento. Había llovido esa tarde, y en el edificio de la estación los carámbanos colgaban del alero como los malignos dientes de algún monstruo de cristal. El andén estaba desierto a excepción de una muchacha, joven y más bien alta, que llevaba un traje de franela gris, un impermeable y una bufanda de cuadros escoceses. Su pelo, primorosamente peinado con raya en medio, era de un brillante color castaño. Aunque tenía el rostro tirando a enjuto, resultaba atractiva, pero no demasiado. Entre sus cosas, además de un surtido de revistas y un bolso de ante gris con unas complicadas letras de bronce que deletreaban «Kay», destacaba notablemente una guitarra acústica de color verde.

El tren emergió de la oscuridad, arrojando vapor deslumbrante de luz, y se detuvo en el andén. Kay reunió su parafernalia y subió al último vagón.

El vagón era una reliquia: gastados interiores, viejos sillones de felpa roja muy raídos, y unas descortezadas molduras color yodo. La antigua lámpara de cobre que colgaba del techo parecía fuera de lugar y le daba un toque romántico. En el aire flotaba un humo totalmente lóbrego, y la calefacción acentuaba el olor rancio a bocadillos abandonados, corazones de manzana y mondaduras de naranja. La basura –tazas de cartón, botellas y refrescos, periódicos arrugados– se amontonaba en el largo pasillo. De un garrafón de agua adosado a la pared goteaba al suelo sin parar un chorro delgado. Los pasajeros, que miraron aburridamente a Kay cuando llegó, no parecían conscientes de la menor incomodidad.

Resistió la tentación de taparse la nariz y caminó con cuidado por el pasillo, tropezando una vez –sin mayores consecuencias– con la pierna extendida de un gordo. A su paso dos hombres insulsos se volvieron con interés y un niño se subió de pie al asiento gritando «¡Mamá, mira qué banjo!, ¡oiga, señora, déjeme tocar el banjo!» hasta que su madre lo hizo callar de una bofetada.

Sólo había una plaza desocupada. Estaba al final del vagón, en un departamento aislado. Un hombre y una mujer tenían los pies perezosamente apoyados en el asiento libre. Kay dudó un segundo, luego dijo:

–¿Les importa que me siente?

La mujer alzó el rostro como si en vez de hacerle una simple pregunta le hubieran pinchado con un alfiler. Sin embargo, logró esbozar una sonrisa.

–Por mí, que no se diga –dijo, retirando los pies. Con un curioso desapego retiró los del hombre, que estaba mirando por la ventana sin prestar la menor atención.

Dio las gracias a la mujer, se quitó el abrigo y se aposentó (el bolso y la guitarra a su lado, las revistas en su regazo): estaba bastante cómoda, aunque hubiera preferido tener un cojín en la espalda.

El tren se movió; un fantasma de vapor acarició la ventana; poco a poco se disolvieron las empañadas luces de la estación desierta que se perdía a lo lejos.

–Caray, qué agujero –dijo la mujer–, no hay pueblo ni hay nada.

–El pueblo está a unos kilómetros –dijo Kay.

–¿Sí? ¿Vives ahí?

No. Explicó que había ido al funeral de un tío suyo. Un tío cuyo testamento –aunque no lo dijo, por supuesto– sólo le dejaba la guitarra verde. ¿Adónde iba? Oh, de regreso a la universidad.

Después de rumiar el asunto, la mujer concluyó:

–¿Qué vas a aprender en un sitio como ése? Déjame que te diga, querida; yo soy la mar de culta y nunca he pisado la universidad.

–¿No? –murmuró cortésmente Kay, y luego cortó el tema abriendo una de sus revistas. Había una luz débil para leer y ningún artículo interesante, pero como no quería verse metida en una conversación maratoniana siguió hojeándola estúpidamente hasta que sintió un furtivo golpecito en la rodilla.

–No leas –dijo la mujer–. Necesito hablar con alguien. No tiene nada de divertido hablar con *él*. –Agitó un pulgar en dirección al hombre–. Está impedido, el pobre: sordo y mudo, ¿entiendes?

Kay cerró la revista y miró a la mujer en realidad por primera vez. Era pequeña, sus pies apenas llegaban al suelo. Como muchas personas de baja estatura, tenía una constitución deforme; en su caso la cabeza era demasiado grande, realmente inmensa. El colorete le alegraba tanto el rostro fofo y carnoso que era difícil calcular su edad: tal vez cincuenta, o cincuenta y cinco. Los grandes ojos bovinos miraban de soslayo como si desconfiaran de lo que estaban viendo. Se notaba mucho que llevaba el pelo teñido de rojo, y lo tenía rizado en gruesos tirabuzones quemados. Un sombrero azul claro, que alguna vez debió de ser elegante, le colgaba absurdamente a un lado de la cabeza (y ella se empeñaba en colocar en su sitio un racimo de cerezas de celuloide cosidas al ala, que insistía en desplomarse). Llevaba un sencillo vestido azul, más o menos harapiento. Algo despedía un penetrante olor dulzón a ginebra: era su aliento.

–¿Quieres hablar conmigo, verdad, querida?

–Claro –dijo Kay, no demasiado divertida.

–Claro que sí. A que sí. Es lo que me gusta de los trenes. Los que viajan en autobús son un montón de idiotas con la boca cerrada, pero en el tren se ponen las cartas sobre la mesa, siempre lo he dicho. –Tenía una voz alegre, sonora, ronca como la de un hombre–. Pero *por él* siempre procuro que nos den estos asientos; es más íntimo, un departamento estupendo, ¿no?

–Es muy agradable –convino Kay–. Gracias por dejarme ir con ustedes.

–Con mucho gusto. No abunda la compañía; hay gente que se pone nerviosa de estar con él.

El hombre hizo un sonido extraño, áspero, en lo más profundo de su garganta, como si quisiera refutarla, y le tiró de la manta.

–Déjame en paz, corazón –dijo ella, como si hablara con un niño malcriado–. Estoy bien, sólo estamos charlando un poco. Pórtate bien o esta chica guapa se irá; es rica, va a la universidad. –Y guiñando un ojo añadió–: Cree que estoy borracha.

El hombre se hundió en el asiento, se volvió hacia Kay y la miró con todo detenimiento por el rabillo del ojo. Aquellos ojos –un par de borrosas canicas azules– tenían las pestañas gruesas y eran extrañamente bellos. Sin embargo, el rostro lampiño carecía de otra expresión que una cierta lejanía; se diría que era incapaz de experimentar o reflejar la más mínima emoción. Tenía el pelo gris muy corto y peinado hacia delante en mechones desiguales. Llevaba un raído traje de sarga azul, un reloj de Mickey Mouse en la muñeca y se había untado de una loción barata e infame. Parecía un niño que hubiera envejecido de repente por algún procedimiento misterioso.

–Cree que estoy borracha –repitió la mujer–, y lo más chistoso es que lo estoy. Pues a ver, algo tiene que hacer una, ¿verdad? –se inclinó hacia ella–, ¿verdad?

Kay seguía embobada con el hombre; le molestaba la forma en que la miraba, pero no podía apartar sus ojos de él.

–Supongo que sí –dijo.

–Entonces vamos a tomar un trago –sugirió la mujer.

Introdujo la mano en un bolso de hule y sacó una botella de ginebra medio llena. Empezó a quitar el tapón, pero pareció pensarlo mejor y le dio la botella a Kay.

–Caray, me olvidaba que tengo compañía –dijo–, voy a por unos vasos de papel.

Antes de que Kay pudiera protestar y decir que no quería beber, la mujer ya iba (con pasos no muy seguros) rumbo al garrafón de agua.

Kay bostezó y apoyó la frente en la ventanilla, rasgueando ociosamente la guitarra con sus dedos: las cuerdas cantaron una sorda melodía arrulladora, de una monotonía tan sedante como el paisaje sureño que se deslizaba fuera, tiznado de oscuridad; en el cielo, una helada luna de invierno despuntaba sobre el tren como un leve aro blanco.

Luego, de improviso, sucedió algo extraño: el hombre se estiró y le acarició la mejilla con suavidad. A pesar de la sobrecogedora delicadeza del gesto, éste fue algo tan atrevido que ella no supo cómo reaccionar: sus pensamientos se dispararon en tres o cuatro direcciones inverosímiles. El hombre se inclinó hasta que sus extraños ojos estuvieron muy cerca de los suyos; el tufo de su loción era insoportable. El sonido de la guitarra se interrumpió mientras intercambiaban una mirada de reconocimiento. De repente, algún resorte de compasión se activó en ella y sintió una profunda lástima, pero también una repulsión incontenible, un odio absoluto: había algo en él, una cualidad esquiva que no sabía definir, algo que le recordaba... ¿qué?

Después, el hombre retiró su mano con solemnidad y la dejó caer en el asiento; una mueca estúpida transfiguró su cara, como si hubiera hecho una hábil acrobacia y mereciera un aplauso.

–¡Adelante, en marcha, mis vaqueros! –La mujer se sentó y proclamó a voz en cuello que estaba mareada como una bruja, totalmente rendida. ¡Uffff! Tomó dos vasos del puñado que había traído y se metió los restantes en el escote–: Hay que mantenerlos en lugar seco y seguro, ja ja ja... –Sufrió un acceso de tos; cuando terminó de toser parecía más calmada–: ¿Te ha hecho compañía mi novio? –preguntó tocándose el busto con orgullo–. Es tan cariñoso... –Parecía a punto de desmayarse, y Kay lo hubiera preferido.

–No quiero beber –dijo Kay, rechazando la botella–. No bebo, no me gusta el sabor.

–No seas aguafiestas –dijo con firmeza la mujer–. Toma, sostén el vaso como una buena chica.

–No, por favor...

–Que lo sostengas fuerte, *pordiosanto*. ¡Habráse visto, tener nervios a tu edad! Yo sí que tiemblo como una hoja, y tengo mis razones, ¡ay, Dios, vaya si las tengo!

–Pero...

Una peligrosa sonrisa crispó el rostro de la mujer.

–¿Qué pasa? ¿Es que no tengo suficiente categoría para beber contigo?

–Por favor, no me interprete mal –dijo Kay con voz trémula–. Es que no me gusta que me obliguen a hacer algo que no quiero. Puedo darle esto al caballero, ¿eh?

–¿A él? No, señor: necesita el poco cerebro que tiene. Vamos, querida, da un trago y adentro.

Viendo que no había salida, Kay se rindió para evitar una escena. Tomó un sorbo y se estremeció. Era una ginebra terrible; le quemó la garganta hasta que sus ojos se llenaron de lágrimas, y en un momento en que la mujer no estaba mirando vació el vaso por la boca de la guitarra. El hombre la vio. Kay se dio cuenta y le hizo señas inquietas con los ojos, suplicándole que no la delatara. Su expresión ausente no reveló si le había entendido.

–¿De dónde eres? –La mujer reanudó la conversación.

Siguieron unos segundos de perplejidad en que fue incapaz de ofrecer una respuesta; los nombres de varias ciudades se precipitaron en su mente hasta que logró extraer uno de la confusión:

–Nueva Orleans. Soy de Nueva Orleans.

La mujer rebosaba de alegría:

–¡Ahí es donde quisiera ir yo cuando me corte la coleta! Una vez, bueno, sería 1923, puse un bonito local en Nueva Orleans. De adivina. A ver, era en St. Peter Street. –Hizo una pausa, se agachó y colocó la ginebra en el suelo; la botella rodó hasta el pasillo y se meció de acá para allá con un sonido ahogado–. Yo me crié en Texas, en un rancho enorme. Mi padre era rico. Nosotros siempre tuvimos lo mejor, hasta ropa de París, Francia. A que tú también tienes una casa bárbara. ¿Tienes jardín? ¿Con flores?

–Sólo lilas.

En eso entró un revisor en el vagón, y al abrir la puerta una fría bocanada de viento agitó la basura del pasillo y por unos segundos aligeró el aire viciado; avanzaba pesadamente, deteniéndose a picar un billete o a conversar con un pasajero. Era medianoche pasada. Alguien tocaba muy bien la armónica; otro discutía sobre las virtudes de cierto político; un niño gritó en sueños.

–No tendrías tantos remilgos si supieras quiénes somos –dijo la mujer, sacudiendo su enorme cabeza–. Nosotros somos «alguien», vaya que sí.

Kay abrió nerviosamente un paquete de cigarrillos y encendió uno. Se sentía avergonzada y se preguntó si no habría un asiento libre en el vagón delantero; ya no podía soportar a la mujer ni al hombre un minuto más. Sin embargo, nunca había estado en una situación siquiera remotamente parecida.

–Discúlpeme –dijo–, tengo que irme. Ha sido muy agradable, pero le prometí a una amiga que nos encontraríamos en el tren...

La mujer agarró a la muchacha de la muñeca a una velocidad casi invisible.

–¿Es que tu madre nunca te ha dicho que mentir es pecado? –murmuró teatralmente. El sombrero azul claro se le cayó de la cabeza, pero no hizo ningún intento por recogerlo. Sacó la lengua y se mojó los labios. Kay se puso de pie y ella aumentó su presión–. Siéntate, querida..., no hay tal amiga... Tus únicos amigos somos nosotros, y por nada del mundo permitiríamos que nos dejaras.

–De verdad, yo no les mentiría.

–Siéntate, querida.

Kay dejó caer el cigarrillo y el hombre lo recogió. Se acurrucó en el rincón y se quedó absorto, expulsando una cadena

95

de espesos anillos de humo que ascendieron como ojos huecos y se ensancharon hasta disiparse.

–¿No querrás ofenderlo abandonándonos ahora? –canturreó la mujer suavemente–. Siéntate. Eso, como una niña buena. Vaya, qué guitarra tan, pero que tan bonita... –Su voz se desvaneció ante el estruendo de un segundo tren. Por un instante se apagaron las luces del vagón; en la oscuridad las ventanillas doradas del tren que pasaba parpadearon negro-amarillo-negro-amarillo-negro-amarillo. El cigarro del hombre latió como el brillo de una luciérnaga, y sus anillos de humo siguieron ascendiendo calmosamente. Fuera, una campana repicó con violencia.

Cuando volvió la luz, Kay se masajeaba la muñeca donde los recios dedos de la mujer le habían dejado una dolorosa marca, como un brazalete. Estaba más sorprendida que enojada. Decidió preguntar al revisor si podía conseguirle otro asiento, pero cuando llegó para pedirle el billete, farfulló una incoherente petición.

–¿Dígame?

–Nada –dijo.

Y él se fue.

Los tres se miraron en misterioso silencio hasta que la mujer dijo:

–Te voy a enseñar una cosa, querida. –Una vez más hurgó en su bolso de hule–. Te olvidarás de tanto remilgo cuando le eches un ojo a esto.

Le tendió un papel tan amarillento y viejo que parecía tener siglos de antigüedad. En letras frágiles, excesivamente vistosas, decía:

LÁZARO

EL HOMBRE QUE ES ENTERRADO VIVO
¡MILAGRO!
VÉALO USTED MISMO

Adultos, 25 centavos – Niños, 10 centavos

–Siempre canto un himno y leo un sermón –dijo la mujer–. Es horriblemente triste: algunos se ponen a llorar, en especial los viejos. Voy de lo más elegante: un velo negro y un vestido negro que me sientan muy bien. *Él* se pone un maravilloso traje de novio hecho a medida, un turbante y mucho talco en la cara. Tratamos de que parezca un funeral con todas las de la ley, ¿entiendes? Pero caray, hoy en día sólo te vienen unos cuantos sabihondos a burlarse de ti; de verdad, a veces me alegro de que esté impedido, si no tal vez se ofendería.

–¿Quiere decir que trabajan en un circo, en una feria o algo así?

–No, solos –dijo la mujer mientras recogía el sombrero caído–. Lo hemos hecho años y años; actuábamos en todos los puebluchos del Sur: Singasong, Mississippi; Spunky, Louisiana; Eureka, Alabama... –Estos y otros nombres salieron de su boca musicalmente, fluyendo como lluvia–. Después del himno y del sermón, lo enterramos.

–¿Es un ataúd?

–Algo así. Es maravilloso, hasta tiene estrellas color de plata pintadas encima de la tapa.

–¿Y no se asfixia? –dijo Kay, sorprendida–. ¿Cuánto tiempo permanece enterrado?

–All dice que dura como una hora, sin contar el «cebo», claro.

–¿El cebo?

–Es lo que hacemos la víspera del espectáculo. Mira, escogemos una tienda, cualquier tienda vieja que tenga escaparate vale, y le pedimos permiso al dueño para que él se hipnotice a sí mismo ahí en el escaparate; se queda toda la noche, más tieso que un jugador de póquer; y la gente va a verlo. Se cagan de miedo... –Al hablar se hurgaba la oreja con un dedo, que retiraba de vez en cuando para examinar sus hallazgos–. Una vez un granuja que hace de sheriff en Mississippi trató de...

La historia que siguió fue desconcertante y parecía no venir al caso: Kay no se molestó en escuchar. Sin embargo, lo que ya había oído la transportó a un ensueño, a una vaga recapitulación del funeral de su tío, suceso que, a decir verdad, no la había afectado mucho, pues apenas le conocía. Y así, mientras miraba distraídamente al hombre, en su mente apareció el rostro de su tío, casi tan pálido como el cojín de seda del ataúd. Al observar las dos caras simultáneamente, la del hombre y la de su tío, creyó distinguir un extraño parecido: el hombre tenía la misma quietud asombrosa, embalsamada y secreta, como si, en cierto sentido, estuviera realmente expuesto en una jaula de cristal, satisfecho de que le mirasen, sin ningún interés por mirar.

–Perdóneme, ¿qué ha dicho?

–Que me encantaría que nos prestaran un cementerio auténtico. Tal como están las cosas, tenemos que hacer el espectáculo donde nos dejan..., por lo general en solares que nueve de cada diez veces están al lado de una gasolinera maloliente, lo cual no es una gran ayuda, verdad, pero, como te digo, nuestra actuación es estupenda. La mejor. Tendrías que venir a vernos cuando puedas.

–Ah, me encantaría –dijo Kay, distraída.

–Ah, me encantaría –la imitó la mujer–. ¿Y quién te ha invitado? ¿Eh? –Se alzó la falda y se sonó la nariz con entusiasmo en el dobladillo gastado de la combinación–. No creas que es una manera sencilla de hacer dinero. ¿Sabes cuánto ganamos el último mes? ¡Cincuenta y tres dólares! A ver si puedes vivir con eso algún día, querida. –Sorbió por la nariz, poniéndose bien la falda con una considerable delicadeza–. Seguro que un día de éstos mi muchacho se morirá allí dentro, y todo y con eso alguien dirá que es un timo.

En ese momento el hombre sacó del bolsillo algo parecido a un hueso de melocotón finamente lacado y lo hizo bailar en la palma de su mano. Miró a Kay para asegurarse de que le prestaba atención, abrió mucho los ojos y empezó a frotar y acariciar el hueso de un modo indefiniblemente obsceno.

Kay se estremeció:

–¿Qué pretende?

–Que se lo compres.

–Pero ¿qué es?

–Un talismán –dijo la mujer–, un talismán de amor.

El de la armónica paró de tocar. Entonces afloraron otros sonidos menos precisos: un ronquido, el acompasado rodar de la botella de ginebra, una discusión de voces soñolientas, el murmullo distante de las ruedas del tren.

–¿Dónde vas a encontrar un amor más barato?

–Es bonito, quiero decir que es lindo... –dijo Kay, tratando de ganar tiempo. El hombre se frotaba el hueso en el pantalón y le sacaba brillo, inclinando el rostro en un ángulo lastimero, suplicante; finalmente colocó el hueso entre sus dientes y lo mordió, como si fuera una pieza de plata sospechosa–. Los talismanes siempre me traen mala suerte. Y además..., por favor, ¿por qué no hace que pare de una vez?

–No te asustes –dijo la mujer, en voz más baja que nunca–. No te va a hacer daño.

–¡Que pare de una vez!

–¿Qué quieres que haga? –dijo la mujer encogiéndose de hombros–. Eres la rica, la única que tiene dinero. Sólo te pide un dólar.

Kay se metió el bolso debajo del brazo.

–Tengo lo justo para regresar a la escuela –mintió, levantándose deprisa. Salió al pasillo. Se quedó allí un momento, esperando que empezara el follón. Pero nada sucedió.

La mujer dio un suspiro y cerró los ojos con una indiferencia bastante deliberada; poco a poco el hombre se fue tranquilizando y guardó el talismán; luego estiró la mano para tomar la de la mujer en un flojo apretón.

Kay cerró la puerta y se encaminó hacia la plataforma exterior. Hacía mucho frío al aire libre y había dejado el impermeable en el departamento. Se aflojó la bufanda para cubrirse la cabeza con ella.

Aunque nunca había hecho aquel viaje, el tren pasaba por una región extrañamente familiar: altos árboles, brumosos, pálidos, bañados por la aviesa luz de la luna, que se alzaban sin interrupción ni hueco alguno. Arriba, el cielo era de un azul profundo, inexorable, tachonado de estrellas que se desvanecían aquí y allá. El humo salía en jirones de la locomotora como largas nubes de ectoplasma. En un rincón de la plataforma, un farol rojo de queroseno arrojaba una sombra llena de color.

Encontró un cigarrillo y trató de encenderlo: el viento apagaba cerilla tras cerilla hasta que ya sólo le quedó una. Fue al rincón donde estaba el farol y ahuecó las manos para proteger la última cerilla: la llama chisporroteó, relumbró y se murió. Enojada, Kay arrojó el cigarrillo y el paquete vacío; toda su tensión se concentró en un impulso exasperante: golpeó la pared con el puño y empezó a llorar, suavemente, como una niña nerviosa.

El frío intenso le provocó dolor de cabeza. Pensó en regresar adentro y ponerse a dormir en el vagón tibio. Pero no podía, al menos de momento; no tenía sentido preguntar por qué, ya que conocía muy bien la respuesta. En parte para impedir que sus dientes castañetearan y en parte porque necesitaba el consuelo de su propia voz, dijo en voz alta:

–Creo que estamos en Alabama y mañana estaremos en Atlanta y tengo diecinueve años y cumplo veinte en agosto y soy universitaria... –Miró la oscuridad en derredor, buscando señales del amanecer, pero seguía encontrando la misma muralla infinita de árboles, la misma luna helada–. Lo odio, es horrible y lo odio... –Calló, avergonzada de su estupidez, demasiado exhausta para evadir la verdad: tenía miedo.

De repente sintió un curioso impulso de arrodillarse y tocar el farol. La grácil pantalla de vidrio estaba caliente, y el resplandor rojo refulgió a través de sus manos, encendiéndolas. El calor le desheló los dedos y subió por sus brazos.

Estaba tan preocupada que no oyó la puerta. Las ruedas del tren que murmuraban clic-ti-clac-clac-ti-clic acallaron las pisadas del hombre.

La sutil sensación de estar en un momento crítico hizo que al fin se diera cuenta, pero pasaron unos segundos antes de que se atreviera a mirar hacia atrás.

Él estaba allí, con un mudo distanciamiento, la cabeza alzada, los brazos caídos. Al ver su rostro indefenso, insulso, brillantemente enrojecido por la luz del farol, Kay supo de qué tenía miedo: un recuerdo de la infancia, terrores que una vez, hacía mucho, se habían cernido sobre ella como las fantasmales ramas de un árbol hecho de oscuridad. Tías, cocineras, desconocidos..., todos ansiosos de un cuento o un verso de aparecidos, muertes, presagios, espíritus, demonios. Y ahí estaba también la infalible amenaza del hombre del saco: si te alejas de casa vendrá el hombre del saco y te comerá. El hombre del saco vivía en todas partes, en todas partes había peligro. De noche, en la cama: ¿oyes cómo llama a la ventana? ¡Escucha!

Se levantó muy despacio, aferrada a la baranda. El hombre asintió y extendió la mano en dirección a la puerta. Kay respiró hondo y dio un paso. Entraron juntos.

El aire del vagón estaba cargado de sueño: ahora una sola luz iluminaba el coche, creando una suerte de penumbra artificial. No había otro movimiento que el perezoso bamboleo del tren y un furtivo temblor de periódicos abandonados.

Sólo la mujer estaba completamente despierta. Era evidente que estaba muy inquieta: jugaba con sus bucles y sus cerezas de celuloide, y sus pequeñas piernas regordetas, cruzadas en los tobillos, se movían de arriba abajo. No advirtió la presencia de Kay. El hombre se sentó sobre una pierna en el asiento y se cruzó de brazos.

Kay cogió una revista en un intento de parecer natural, pero se dio cuenta de que el hombre la miraba; no le quitaba ojo de encima ni un instante; sabía lo que pasaba, eso que le daba tanto miedo aceptar. Quería gritar y despertar a todos los del vagón. ¿Y si no la oían? ¿Y si no estaban dormidos *de verdad?* Sus ojos llenos de lágrimas agrandaron y distorsionaron la ilustración de una página hasta convertirla en una mancha brumosa. Cerró la revista con feroz brusquedad y miró a la mujer.

–Se lo compro –dijo–. El talismán, digo. Lo compro, si es eso, pero sólo eso, todo lo que quiere.

La mujer no dijo palabra; sonrió con apatía mientras giraba la cabeza para mirar al hombre.

Kay observó que la cara del hombre se transformaba, como si se alejara, parecida a una roca en forma de luna que se hundiera con suavidad en el agua. Se sumergió en una tibia languidez. Apenas estaba consciente cuando la mujer le quitó el bolso y le acomodó el impermeable sobre el rostro con delicadeza, como una mortaja.

[Traducción de Juan Villoro]

EL HALCÓN DECAPITADO
(1946)

> Forman parte de los rebeldes a la luz: no han co-
> nocido los caminos y no se volvieron por sus sen-
> deros.(...) En las tinieblas perforan las casas, de día
> se ocultan, sin conocer la luz. Para ellos el alba es
> la sombra: el clarear del día les aterra.
>
> Job 24: 13, 16, 17

1

Vincent apagó las luces de la galería. Después de cerrar la puerta, ya afuera alisó el ala de un elegante panamá y se encaminó a la Tercera Avenida, golpeando la acera ligeramente con la caña de su sombrilla. Desde el amanecer una promesa de lluvia había oscurecido el día; ahora un cielo de abultadas nubes cubría el sol de las cinco de la tarde; pero hacía un calor tan húmedo como bruma tropical y las voces resonaban en esa calle gris de julio de un modo extraño, embozado, que delataba un trasfondo de inquietud. Vincent sintió como si avanzara bajo el mar. Los autobuses que atravesaban la ciudad por la calle Cincuenta y siete parecían peces de vientre verde, los rostros de los pasajeros se asomaban, meciéndose como máscaras sobre una ola. Examinó a los transeúntes hasta que finalmente la vio con su impermeable verde. Estaba en la céntrica esquina de la Cincuenta y siete y la Tercera Avenida, fumando un cigarrillo; daba la impresión de tararear una melodía. El impermeable era transparente. Llevaba pantalones negros de pinzas, sandalias sin calcetines, una camisa blanca de hombre. Su pelo era color de ante y lo llevaba cortado como un muchacho. Cuando vio que Vincent cruzaba la calle en dirección a ella, tiró el cigarrillo y caminó deprisa hacia la puerta de una tienda de antigüedades.

Vincent aminoró el paso. Sacó un pañuelo y se lo llevó a la

frente; ojalá pudiera escapar, ir al Cabo, tenderse al sol. Compró un periódico de la tarde, y se le cayó parte del cambio; las monedas rodaron por la acera hasta una alcantarilla donde desaparecieron silenciosamente de la vista.

—Pero si sólo son unos centavos —le dijo el vendedor de periódicos, pues Vincent (en realidad indiferente a su pérdida) parecía angustiado. En los últimos días se había sentido así, incapaz de establecer un contacto real con las cosas, sin saber si un paso lo llevaría atrás o adelante, arriba o abajo. Reanudó su camino, con parsimonia, el mango del paraguas en su brazo y los ojos concentrados en los titulares del periódico (¿pero qué diablos decía?). Una mujer morena, cargada con la bolsa de la compra, le empujó, le miró ferozmente y refunfuñó en italiano con ruda vehemencia: su voz áspera parecía venir a través de varias capas de lana. Conforme se acercó a la tienda de antigüedades donde aguardaba la muchacha del impermeable verde, caminó aún más despacio, contando uno, dos, tres, cuatro, cinco, seis (en el seis se detuvo ante el escaparate).

El escaparate era como el rincón de un desván, los desechos de toda una vida se amontonaban en una pirámide de valor indefinido: marcos sin cuadros, una peluca de color azul, góticos tarros de afeitar, lámparas con abalorios. Una máscara oriental suspendida de una cuerda giraba lentamente con la brisa del ventilador eléctrico encendido en la tienda. Vincent alzó la vista poco a poco hasta encontrar los ojos de la muchacha. Ésta se había detenido en la entrada de cristal: vio su atuendo verde distorsionado por el vidrio doble de la puerta. El elevado retumbó sobre sus cabezas y el escaparate vibró. La imagen de la muchacha se desplegó como un reflejo sobre la vajilla de plata; luego, lentamente, volvió a delinearse: le estaba mirando.

Se llevó un Old Gold a los labios, buscó una cerilla y suspiró al no encontrarla. La muchacha salió del umbral. Le tendió un encendedor pequeño y barato. Mientras la llama palpitaba, sus ojos, pálidos, apagados, de un verde gatuno, se clavaron en él con alarmante intensidad; tenían una mirada perpleja, asombrada, como si se hubieran quedado abiertos para siempre después de presenciar un hecho terrible. Un flequillo irregular le caía sobre la frente; el corte de pelo a lo chico resaltaba el aspecto juvenil, un tanto poético, de su cara delgada y sus mejillas hundidas; el tipo de rostro que suelen tener los jóvenes en los cuadros medievales.

Vincent expulsó el humo por la nariz. Sabía que hubiera sido inútil hacerle preguntas y, como siempre, trató de imaginar de qué y dónde estaría viviendo. Tiró el cigarrillo –la verdad es que ni siquiera tenía ganas de fumar– y cruzó deprisa bajo el elevado. Se acercaba a la parada cuando escuchó un chirriar de frenos. Fue como si sus oídos se libraran de unos tapones de algodón: los ruidos de la ciudad se hicieron presentes. Un taxista gritó: «¡Coño, quítate el plomo de las bragas!», pero la chica ni siquiera se molestó en volver la cara; siguió cruzando impasible la calle, los ojos como en un trance clavados en Vincent, que la miraba en silencio. Un muchacho de color –traje púrpura de jazzista– la tomó del brazo. «¿Se encuentra mal, señorita?», dijo. Ella no contestó. «Está un poco rara, señorita. Si quiere yo...» Luego advirtió adónde se dirigía su mirada y la soltó; allí había algo que lo conminaba a guardar silencio; «Ah..., ya», masculló, dando un paso atrás y sonriendo con dientes llenos de sarro.

Entonces Vincent empezó a caminar con resolución; una manzana tras otra, su paraguas producía un golpeteo como si insinuara una clave. Su camisa estaba empapada de un sudor pegajoso y los ruidos, ahora tan nítidos, le lastimaban la cabeza: el claxon de un coche entonó *Mi patria es tuya,* cascadas azules de chispas eléctricas crepitaron en los estruendosos rieles, carcajadas de whisky salieron como un hipo atroz por las delgadas puertas de los bares donde las máquinas tragaperras lanzaban música *made in USA:* «mis espuelas hacen ting, cling, ting...».

La miró de reojo algunas veces: una de ellas reflejada en el escaparate de Paul's, el Palacio del Marisco, donde las langostas de color granate se asoleaban en una playa de escarcha. Ella le seguía de cerca, las manos en los bolsillos del impermeable. Parpadearon las luces cobrizas de una marquesina y recordó lo mucho que a ella le gustaba el cine, las películas de asesinatos, de espías, de vaqueros. Dobló por una calle lateral que conducía al East River; una calle silenciosa, con una calma de domingo: un marino mordisqueaba tarta helada, unas gemelas rollizas saltaban a la comba, una anciana de pelo blanco gardenia descorría sus cortinas de encaje y miraba indiferente hacia un lugar de lluviosa oscuridad: paisaje urbano en julio. Y tras él, el suave, insistente pisoteo de unas sandalias. En la Segunda Avenida los semáforos estaban en rojo. En la esquina un enano con barba, Ruby, el Hombre de las Palomitas, gritaba: «Palomitas calientes, con mantequilla, ¿una bolsa grande?» Vincent negó con la cabeza y el enano le miró perplejo: «¿Lo ve?», dijo después, introduciendo la pala en la jaula iluminada donde los granos de maíz giraban como polillas enloquecidas. «Lo ve, la chica sabe que las palomitas alimentan.» Ella compró una bolsa verde de diez centavos que hacía juego con su impermeable y con sus ojos.

Éste es mi barrio, mi calle: el edificio ese del pórtico es donde vivo yo. Era necesario recordarlo, más que un sentido de la realidad, disponía de un sentido del lugar y del tiempo. Dirigió una mirada cómplice a las señoras de rostros amargados, borrosos, y a los hombres de humeantes pipas acuclillados en los escalones del edificio. Nueve niñitas pálidas gritaban junto al carrito de las flores de la esquina, pidiendo margaritas para ponerse en el pelo, pero el vendedor dijo: «¡A callar!» y ellas se desperdigaron por la calle como las cuentas de un brazalete roto, las más atrevidas partiéndose de risa, las más tímidas en silencio, aparte, alzando al cielo sus caras resecas por el verano: ¿es que nunca iba a llover?

Vincent vivía en un apartamento del sótano. Descendió varios escalones y sacó sus llaves; cerró la puerta y se volvió a atisbar por la mirilla. La muchacha esperaba arriba, en la acera, apoyada contra una balaustrada de piedra. Sus brazos cayeron inertes y las palomitas se esparcieron como copos de nieve alrededor de sus pies. Un niño pequeño y sucio se agachó a recogerlas, cautamente, como una ardilla.

2

Para Vincent había sido un día de fiesta. En toda la mañana nadie había ido a la galería, algo nada extraño teniendo en cuenta el clima ártico. Estuvo en su escritorio comiendo mandarinas y disfrutando inmensamente con un relato de Thurber en un *New Yorker* atrasado. Reía tan fuerte que no oyó entrar a la muchacha ni la vio pasar por la alfombra oscura. En realidad, sólo se dio cuenta de que estaba allí cuando sonó el teléfono. «Galería Garland; diga.» Estaba rara, aquel alevoso corte de pelo, aquellos ojos vacíos... («Ay, Paul, *comme ci, comme ça*, ¿y tú?...»), vestida de manera estrafalaria: por todo abrigo una camisa de leñador, pantalones de pinzas azul marino y –¿era una broma?– calcetines rosas y unas sandalias. «¿Al ballet? ¿Quién baila? Ah, ¡ella!» Bajo el brazo llevaba un paquete plano envuelto en unas hojas de papel extrañísimo («Paul, ¿qué tal si te llamo? Estoy con alguien...»). Colgó el auricular y se puso de pie, adoptando una sonrisa comercial:

–¿Qué desea?

Sus labios resecos y agrietados produjeron temblorosas palabras rotas, como si tuviera un defecto en el habla, y sus ojos se movieron en sus cuencas como canicas sueltas. El tiempo de timidez inquieta que se asocia con los niños.

–Tengo un cuadro –dijo–, ¿ustedes compran cuadros?

–Nosotros exponemos. –La sonrisa de Vincent se volvió un gesto fijo.

–Lo he pintado yo. –Su voz, áspera y opaca, tenía acento sureño–. Es un cuadro mío..., yo lo pinté. Una señora me dijo que por aquí había sitios donde compraban cuadros.

–Sí, claro, pero la verdad es... –hizo un gesto vago–, la verdad es que yo no tengo ninguna autoridad. Mr. Garland, la galería es suya, sabe usted, está fuera de la ciudad.

107

Allí, sobre la elegante alfombra, con el cuerpo ladeado por el peso del paquete, parecía una triste muñeca de trapo.

–Tal vez –empezó a decir él–, tal vez Henry Krueger, esquina con la Cincuenta y seis... –Pero ella no escuchaba.

–Lo he hecho yo sola –insistió suavemente–. Los martes y los jueves eran nuestros días de pintura, he trabajado todo un año. Los otros sólo se dedicaban a ensuciar, y Mr. Destronelli... –De repente se interrumpió y se mordió el labio, como si cobrara conciencia de una indiscreción. Sus ojos se entrecerraron–. Él no es amigo suyo, ¿verdad?

–¿Quién? –dijo Vincent, confundido.

–Mr. Destronelli.

Negó con la cabeza y se preguntó por qué la excentricidad siempre le provocaba esa curiosa admiración. De niño, la gente extravagante del carnaval le había despertado la misma admiración. Y siempre se había enamorado de personas que tenían algo un tanto equívoco, resquebrajado. De cualquier forma era extraño que la misma cualidad que empezaba atrayéndole terminara por repugnarle.

–No tengo ninguna autoridad –repitió, empujando hacia la papelera unas cáscaras de mandarina–, pero si quiere puedo ver su obra.

Una pausa; luego ella se arrodilló y se puso a romper el curioso envoltorio de papel. Vincent se dio cuenta de que el papel provenía de un ejemplar del *Times-Picayune,* de Nueva Orleans.

–Es usted del Sur, ¿verdad? –dijo.

Ella no se volvió, pero Vincent notó una tensión en sus hombros.

–No.

Vincent sonrió. Tras un instante de reflexión, le pareció que sería una falta de tacto refutar una mentira tan evidente. ¿O puede que ella le hubiera interpretado mal? Y de pronto sintió un intenso deseo de tocarle la cabeza, de acariciar su pelo de adolescente. Metió las manos en los bolsillos y miró por la ventana: la escarcha de febrero lo cubría todo; un transeúnte había garabateado una obscenidad en el cristal.

–Listo –dijo ella.

Una figura decapitada, vestida como de monje, estaba reclinada tranquilamente sobre un baúl circense de colores chillones; la cabeza sangraba a sus pies; en una mano sostenía una humeante vela azul, en la otra una diminuta jaula de oro. La cabeza tenía el rostro de la muchacha, pero con el pelo largo, muy largo; un gatito blanco como una bola de nieve y de cristalinos ojos maliciosos jugaba con las puntas del cabello como si fueran estambres. Las alas de un halcón decapitado –pecho escarlata y garras de cobre– servían de fondo y semejaban un cielo al anochecer. Era un cuadro tosco. Los colores, de una recia sencillez, habían sido trabajados con masculina brutalidad y, aunque no revelaban notables recursos técnicos, tenían la fuerza que suele aflorar en la pintura que plasma de manera primitiva algo que se ha sentido con gran intensidad. Vincent sintió algo semejante a cuando una frase musical despertaba en su interior una inesperada nota de reconocimiento, o cuando un puñado de palabras en un poema revelaba un secreto que le concernía: un fuerte escalofrío de placer le recorrió la espalda.

–Mr. Garland está en Florida –dijo, cauteloso–, pero creo que debe verlo, ¿no podría dejarlo, digamos, una semana?

–Tenía un anillo y lo vendí –dijo ella, y él tuvo la impresión de que hablaba en trance–. Un bonito anillo de bodas (no era mío), con un nombre escrito. También tenía abrigo. –Se retorció un botón de la camisa, tiró de él hasta que se desprendió y rodó por la alfombra como un ojo de cristal–. No necesito mucho... Cincuenta dólares, ¿le parece excesivo?

–Demasiado –dijo Vincent, en un tono más brusco del que hubiera deseado. Ahora quería la pintura, no para la galería, sino para él. Ciertas obras de arte despiertan más interés por sus creadores que por la forma en que han sido creadas; generalmente porque en esa clase de obras se identifica algo que hasta ese instante parecía una percepción íntima e inexpresable, y uno se pregunta: ¿quién es ése que me conoce, y cómo?

–Le doy treinta.

Por un momento le miró con la boca abierta, estúpida-

109

mente, y luego, tomando aliento, tendió la mano con la palma hacia arriba. Esta franqueza, demasiado inocente para resultar ofensiva, le pilló de sorpresa. Un tanto avergonzado, dijo:

—Me temo que le tendré que enviar un cheque por correo. ¿Podría...?

Sonó el teléfono. Fue a contestar y ella le siguió, con la mano extendida. Una mirada de disgusto le afligía el rostro.

—Ah, Paul, ¿te puedo llamar más tarde? Ah, ya. Bueno, espera un segundito. —Presionó el auricular contra su hombro y empujó una libreta y un lápiz al otro extremo del escritorio—. Aquí tiene, escriba su nombre y su dirección.

Pero ella negó con la cabeza; parecía cada vez más desconcertada e inquieta.

—El *cheque* —dijo Vincent—, tengo que enviarle el cheque. Por favor, su nombre y dirección. —E hizo una mueca de aliento cuando ella finalmente empezó a escribir.

—Lo siento, Paul... ¿La fiesta de quién? Vaya, la muy puta no me invitó. ¡Eh! —gritó, pues la chica avanzaba hacia la puerta—. ¡Eh, por favor!

El aire helado enfrió la galería y la puerta se cerró de golpe con un ruido de vidrio. Digadigadiga. Vincent no respondió; se quedó especulando sobre la extraña información que le había escrito en su libreta: D. J.-Y.W.C.A.[1] Digadigadiga.

El cuadro colgaba sobre la chimenea. Las noches en que no podía dormir se servía un vaso de whisky y le hablaba al halcón decapitado, le contaba cosas de su vida: era, decía, un poeta que jamás había escrito poesía, un pintor que jamás había pintado, un amante que jamás había amado (completamente)...; en suma, un ser sin rumbo decapitado. Ah, ¡y vaya si se había esforzado! Sus comienzos siempre eran buenos, sus finales siempre atroces. Vincent: blanco-varón-universitario-36 años, un hombre en el mar, a setenta kilómetros de la orilla; una víc-

---

1. Asociación Cristiana de Mujeres Jóvenes. *(N. del T.)*

tima, nacido para ser asesinado, por otro o por sí mismo, un actor en paro. Todo eso estaba allí, en la pintura, de un modo inconexo, oblicuo. ¿Quién era ella para saber tanto? Sus indagaciones no condujeron a nada. Ningún otro galerista la conocía, y buscar a una D. J. que a lo mejor vivía en un albergue de la Y.W.C.A. le pareció absurdo. Además, se imaginó que ella volvería, pero transcurrió febrero y luego marzo.

Una tarde, al cruzar la plazoleta frente al Hotel Plaza, le sucedió algo extraño. Los arcaicos coches de punto que había allí alineados tenían las lámparas encendidas, pues ya había oscurecido, y su luz se filtraba entre las oscilantes hojas de los árboles. Una calesa se alejó del bordillo, iniciando su recorrido en la penumbra. Sólo llevaba un ocupante, y aunque no pudo ver su rostro, distinguió a una muchacha con el pelo muy corto, color de ante. Decidió sentarse en un banco. Mató el tiempo hablando con un soldado, con un joven negro afeminado que citaba poemas y con un hombre que había sacado su sabueso a pasear, personajes nocturnos que le hicieron compañía, pero el carruaje y la persona que esperaba no regresaron.

La vio de nuevo (o eso supuso) bajando las escaleras del metro, y esta vez la perdió en los túneles de mosaicos con flechas indicadoras y máquinas de caramelos de menta. Era como si aquel rostro se impusiera en su mente; librarse de él hubiera sido tan arduo como, por ejemplo, que los intemporales ojos de un muerto se libraran de la última imagen que habían visto. Hacia mediados de abril fue a Connecticut a pasar el fin de semana con su hermana casada. Ella se quejó: estaba raro, ensimismado, mordaz.

–¿Qué sucede, Vinny?... Si necesitas dinero...

–¡Déjame en paz!

–Será el amor –bromeó su cuñado.

–¡Vamos, Vinny!, confiesa: ¿cómo es ella?

Se molestó tanto que tomó el siguiente tren de vuelta. Llamó para disculparse desde una cabina de la estación Grand Central, pero un mórbido nerviosismo le removía las tripas y colgó antes de que la telefonista hubiera logrado comunicación.

111

Necesitaba un trago. Pasó cerca de una hora en el Commodore dando cuenta de cuatro daiquiris. Eran las nueve de la noche del sábado, no había nada que hacer a no ser que lo hiciera solo. Empezaba a darse lástima. En el parque, detrás de la biblioteca pública, unos novios cuchicheaban bajo los árboles, y el agua de la fuente borboteaba tan suave como sus voces; sin embargo, para Vincent, un poco borracho y tambaleándose, esa blanca noche de abril significaba lo mismo que para los viejos de flemosas carrasperas eternamente sentados en los bancos.

En el campo la primavera es una época de sucesos breves y silenciosos; brotes de jacinto en un jardín, sauces que arden con un repentino fuego escarchado de verdor, el lento fluir de los atardeceres, la lluvia de medianoche que abre las lilas. Pero en la ciudad hay fanfarrias de organilleros, los olores, que el viento invernal no ha disipado, se atascan en el aire, las ventanas se abren después de haber estado cerradas mucho tiempo, y la conversación sale sin rumbo de las habitaciones para chocar con la tintineante campana de un mendigo. Es la estación alucinada de los globos y los patines, de los barítonos de patio y los hombres de afanes disparatados, como este que ahora brincaba igual que un muñeco en una caja sorpresa. Era viejo y tenía un telescopio con un letrero: Vea la luna por 25 centavos. ¡Vea las estrellas! ¡25 centavos! No había estrellas que traspasaran el resplandor de una ciudad, pero Vincent vio la luna, una sombra blancuzca, redonda, y luego un destello de focos eléctricos: Four Roses, Bing Cro..., siguió caminando en medio de aquel aire viciado (olía a caramelo), nadando en un océano de gente pálida como el queso, neón y oscuridad. Sobre el estruendo de una máquina de discos, se oyó la detonación de un rifle, el plop de un pato de cartón y un grito: «¡Bravo, Iggy!» Era un salón de tragaperras de Broadway –a centavo la entrada–, atestado de pared a pared con los derrochadores del sábado. Vio una película barata *(Lo que sabía el limpiabotas)* y escuchó cómo una bruja de cera le decía la buenaventura sonriendo maliciosa tras el cristal: «Usted es de naturaleza afectuosa», no siguió porque un tumulto que había junto a la máquina de discos le llamó la atención. Un puñado de chavales en torno a dos que bailaban seguía con las palmas una música de jazz. Las bailarinas eran dos chicas negras; se movían con destreza, suavemente, se mecían como amantes, pisaban al ritmo, desviaban los ojos a uno y otro lado, unos ojos serios, salvajes, sus músculos afinados con el ulular de un clarinete, con la creciente arenga de un tambor. Vincent paseó la mirada por el público, y cuando sus ojos se encontraron sintió un fuerte escalofrío: algo de la violencia de la danza se reflejaba en la cara de la muchacha. Estaba junto a un chico negro, alto y feo. Era como si ella estuviera dormida y las negras fueran su sueño.

La música languideció hasta un final sincopado: trompeta, batería y piano acompañaron la gangosa voz de una cantante negra. Se acabó el batir de palmas, las bailarinas se fueron. Ahora ella estaba sola. Aunque Vincent tenía intención de irse antes de que ella se fijara en él, se le acercó y le tocó suavemente en el hombro, como para despertar a alguien que está durmiendo.

—Hola —dijo, con una voz demasiado fuerte.

Ella se volvió y lo miró con ojos vacíos —una mirada inerte, perdida—, dejó traslucir un espanto que poco a poco se convirtió en asombro. Dio un paso atrás, pero él la tomó de la muñeca justo cuando la máquina de discos empezaba a sonar otra vez.

—¿Se acuerda de mí? ¿De la galería? —sugirió—, ¿su cuadro?

Ella parpadeó, dejando que los párpados cayeran soñolientos sobre sus ojos, y Vincent notó que su brazo se relajaba. Era más delgada de lo que recordaba, también más hermosa; su pelo, que le había crecido mucho, le caía en desorden, un lacito navideño plateado colgaba tristemente de un bucle solitario.

Empezó a decir:

—¿Puedo invitarle a una copa? —Pero ella apoyó la cabeza sobre su pecho, como un niño, y él dijo—: ¿Vienes conmigo a casa?

Ella alzó la cara. La respuesta, cuando llegó, fue un soplo, un susurro:

—Por favor —dijo.

Vincent se desvistió, colocó su ropa con cuidado en el armario y admiró su desnudez ante una puerta con espejo. Era guapo, aunque no tanto como suponía. Teniendo en cuenta su moderada estatura, estaba muy bien proporcionado; tenía el pelo rubio oscuro y su cara delicada, con una nariz más bien chata, tenía un color rubicundo. Un borboteo de agua corriente rompió el silencio; ella se disponía a tomar un baño. Se enfiló un holgado pijama de franela, encendió un cigarrillo y dijo:

—¿Todo bien?

El agua dejó de correr, un largo silencio, luego:

—Sí, gracias.

En el taxi, camino de casa, había tratado de entablar conversación, pero ella no dijo palabra, ni siquiera cuando entraron en el apartamento (y esto sí que le ofendió, pues tenía un orgullo más bien femenino por sus dominios, y esperaba un comentario elogioso). Había un salón enorme, de techo muy alto; un baño, una cocina pequeña y un jardín en la parte de atrás. Muebles modernos y antiguos estaban combinados logrando un ambiente distinguido. La decoración de las paredes consistía en un trío de grabados de Toulouse-Lautrec, el cartel de un circo, el cuadro de D. J., fotografías de Rilke, Nijinsky y la Duse. Sobre una mesa, un candelabro con delgadas velas azules arrojaba una luz engañosa que hacía que el cuarto oscilara. Unos ventanales con postigos se abrían al jardín; no lo utilizaba demasiado, porque no había manera de mantenerlo limpio. La luz de la luna iluminaba los oscuros tallos de unos tulipanes marchitos, un árbol pequeño y una silla vieja y deteriorada que el inquilino anterior había dejado allí. Se paseó de un lado a otro sobre las frías baldosas, esperando que el aire fresco lo librara de esa sensación de estar entre drogado y borracho. Alguien aporreaba un piano cerca de allí, y en la ventana de arriba asomaba un rostro

114

infantil. Estaba acariciando una brizna de hierba cuando una sombra atravesó el patio. Ella estaba en el umbral.

–No salgas –dijo acercándosele–. Ha refrescado un poco.

Le pareció que había cobrado una atractiva suavidad; de algún modo se veía menos angulosa, menos fuera de lo común. Vincent le ofreció una copa de jerez. Le fascinó la delicadeza con que se la llevó a los labios. Ella llevaba puesto un albornoz; le quedaba enorme. Estaba descalza; más que sentada en el sofá, parecía arrodillada sobre sus pies.

–Es como Glass Hill, el candelabro –dijo ella, sonriendo–. Mi abuela vivía en Glass Hill. A veces nos lo pasábamos muy bien, ¿sabes lo que solía decir? Decía: «Las velas son varitas mágicas; cuando enciendes una el mundo se vuelve un libro de cuentos.»

–Debe haber sido una vieja terrible –dijo Vincent, algo borracho–. Probablemente nos hubiéramos odiado.

–Mi abuela te hubiera querido –dijo ella–. Le gustaban todo tipo de hombres, todos los que conoció, incluso Mr. Destronelli.

–¿Destronelli? –Ya había oído antes ese nombre.

Los ojos de la muchacha se desviaron con timidez, como diciendo: entre nosotros no debe haber subterfugios, no los necesitamos, nos entendemos bien.

–Sí, hombre –dijo ella, con una convicción que en circunstancias más normales hubiera sido sorprendente; sin embargo, él parecía haber perdido la capacidad de asombro–. Todo el mundo le conoce.

Le pasó un brazo por la espalda y la abrazó.

–Yo no –dijo, besándole la boca, el cuello; ella no parecía muy dispuesta a responderle, y él añadió, con una voz adolescente, tembloroso–: Nunca he visto a Mr. Comosellame.

Deslizó una mano dentro del albornoz, separándolo de sus hombros. Tenía una mancha de nacimiento sobre un seno, una marca pequeña, en forma de estrella. Miró hacia el espejo de la puerta, donde una luz incierta hacía que sus reflejos se estremecieran pálidos, incompletos. Ella sonreía.

–¿Cómo es Mr. Comosellame? –dijo él.

La sonrisa insinuada se disipó. Frunció el ceño, un gesto rápido que tenía algo de simiesco. Vio su pintura sobre la chimenea, y él se dio cuenta de que era la primera vez que se fijaba en ella. Parecía como que buscaba en el cuadro algún objeto especial. Imposible decir si era el halcón o la cabeza.

—Bueno —dijo con calma, arrimándose aún más—, se parece a ti, a mí, casi a cualquiera.

Llovía. A la mojada luz del mediodía aún ardían dos trocito de vela, y en la ventana abierta se agitaban desoladas las cortinas grises. Vincent liberó su brazo, que lo tenía entumecido por el peso de ella. Salió con cuidado de la cama, sin hacer ruido, apagó las velas, fue al baño de puntillas y se echó agua fría en la cara. Cuando iba hacia la cocina estiró los brazos, sintiendo, como no lo sentía desde hacía mucho, un intenso placer viril por su fuerza, por esa saludable sensación de plenitud. Hizo té, zumo de naranja, tostó bollos de pasas y lo puso todo en una bandeja. Luego, con tal torpeza que todo lo de la bandeja se tambaleaba, colocó el desayuno sobre una mesa junto a la cama.

Ella no se había movido. Su cabello revuelto se extendía como un abanico sobre la almohada, y una mano yacía en el hueco que había dejado su cabeza. Se inclinó, la besó en los labios y sus párpados, azules de sueño, temblaron.

—Sí, sí, estoy despierta —murmuró, y la lluvia, impulsada por el viento, se estrelló como un oleaje en la ventana. De algún modo supo que con ella no habría los acostumbrados artificios: nada de miradas que se esquivan, caras ruborizadas ni silencios acusatorios. Ella se apoyó en su antebrazo y se le quedó mirando (pensó Vincent) como si fuera su esposo. Él le tendió el zumo de naranja y sonrió agradecido.

—¿Qué día es hoy?

—Domingo —dijo él, metiéndose bajo el edredón y colocando la bandeja sobre sus piernas.

—Pues no se oyen campanas de iglesia —dijo ella—. Y está lloviendo.

Vincent partió una tostada en dos.

–¿Te importa eso? ¿Sí? La lluvia tiene un sonido tan pacífico... –Sirvió el té–. ¿Azúcar? ¿Leche?

No hizo caso:

–¿Domingo y qué más? De qué mes, quiero decir.

–¿Dónde has estado viviendo, en el metro? –dijo él, sonriendo, y se sintió incómodo al ver que ella hablaba en serio–. Ah, de abril..., abril o eso dicen.

–Abril –repitió ella–. ¿Llevo mucho tiempo aquí?

–Sólo desde anoche.

–Ah.

Vincent removió el té, haciendo tintinear en la taza la cuchara como una campana. Migajas de pan tostado se esparcieron entre las sábanas. Pensó en el *Tribune* y el *Times* que aguardaban fuera de la puerta, pero esta mañana no le interesaban; era mejor estar acostado allí, en la cama tibia, junto a ella, tomando té, escuchando la lluvia. Era extraño, si se miraba con detenimiento, realmente muy extraño. Ella no sabía su nombre, ni él el de ella, así que dijo:

–¿Sabes que aún te debo treinta dólares? Es culpa tuya, claro; mira que dejar una dirección tan absurda. Y eso de D. J., ¿qué se supone que significa?

–Es mejor que no te diga cómo me llamo –dijo ella–. No me cuesta nada inventarme un nombre: Dorothy Jordan, Delilah Johnson, ¿lo ves? Puedo inventarme todo tipo de nombres. Si no fuera por él, ya te lo habría dicho.

Vincent dejó la bandeja en el suelo. Se volvió hacia ella; cuando sus ojos se encontraron, el pulso se le aceleró.

–¿Quién es él?

Aunque su expresión era tranquila, respondió con una voz manchada de rabia:

–Si no le conoces, entonces ¿cómo es que estoy aquí?

Silencio. Fuera, la lluvia pareció parar de golpe. La sirena de un barco sonó en el río. La estrechó, le acarició el pelo, y dijo, con un enorme deseo de sonar convincente:

–Porque te quiero.

Ella cerró los ojos:

—¿Qué ha sido de ellas?

—¿De quiénes?

—Las otras a las que les dijiste lo mismo.

La lluvia regresó: repiqueteaba en la ventana, caía sobre las silenciosas calles del domingo. Mientras escuchaba, Vincent recordó, recordó a su prima Lucille, la pobre, hermosa y estúpida Lucille que se pasaba el día entero bordando flores de seda en piezas de lino. Y Allen T. Baker..., el invierno que pasaron en La Habana, la casa donde vivieron, cuartos con paredes de piedras rosáceas y resquebrajadas; pobre Allen, pensó que iba a ser para siempre. Gordon también. Gordon, con su pelo rubio ensortijado y una cabeza llena de viejas baladas isabelinas. ¿Sería cierto que se había pegado un tiro? Y Connie Silver, la chica sorda que quería ser actriz, ¿qué había sido de ella? ¿O de Helen, de Louise, de Laura?

—Sólo hubo una —dijo, y a sus oídos esto sonó auténtico—. Sólo una, y está muerta.

Ella le tocó la mejilla, con ternura, como si compartiera su emoción.

—Supongo que la mató él —dijo ella. Sus ojos estaban tan cerca que pudo ver sus propias facciones atrapadas en su verdor—. Mató a Miss Hall, ¿sabes? La mujer más adorable del mundo, y tan hermosa que cortaba la respiración. Me daba clases de piano; cuando decía «hola» y «adiós», era como si se me parara el corazón. —Su voz había cobrado un tono impersonal, como si estuviese hablando de asuntos de una época que no le concernía directamente—. A finales del verano se casaron..., en septiembre, creo. Ella se fue a Atlanta, se casaron y ya no regresó. Fue tan de golpe —chasqueó los dedos—, así de rápido. Vi una fotografía de él en el periódico. A veces pienso que si hubiera sabido lo mucho que yo la quería (¿por qué a alguna gente no hay forma de decírselo?) tal vez no se habría casado; tal vez todo hubiera sido distinto, como yo quería.

Ocultó su cara en la almohada, y si lloró lo hizo en silencio.

El veinte de mayo cumplía dieciocho años; parecía increíble. Vincent se pensaba que era mucho mayor. Quería hacer una fiesta sorpresa para presentársela a sus amigos, pero finalmente tuvo que admitir que era un plan inapropiado. De entrada, aunque siempre tenía el tema en la punta de la lengua, no les había hablado de ella ni una sola vez; además podía visualizar con decepcionante claridad la diversión que les proporcionaría conocer a una muchacha con la que compartía el apartamento y de la que no sabía nada, ni siquiera el nombre. De cualquier forma, el cumpleaños reclamaba algún tipo de festejo. Cenar e ir al teatro quedaba descartado. Ella no tenía vestido alguno. Y no por culpa de él; los cuarenta y tantos dólares que le dio para que se comprara ropa se los gastó en una cazadora de cuero, un juego de cepillos, un impermeable, un encendedor. Además, la maleta que había traído al apartamento no contenía más que jabón de hotel, las tijeras que usaba para cortarse el pelo, dos Biblias y una horrorosa fotografía coloreada que mostraba a una mujer de mediana edad, sonrisa bobalicona y facciones regordetas. Y una inscripción al pie: «Buena suerte y recuerdos de Martha Lovejoy Hall.»

Como ella no sabía cocinar comían fuera; su sueldo y las limitaciones de vestuario los confinaban casi siempre al Automat (el favorito de ella: ¡los macarrones estaban tan buenos!) o a alguno de los bares-restaurantes de la Tercera. Así pues, la cena de cumpleaños fue en el Automat. Ella se frotó tanto la cara que se le puso roja; se lavó el pelo con champú, se peinó, y se dio laca de uñas con la resuelta torpeza de una niña de seis años que juega a ser mayor. Llevaba la cazadora de cuero y prendido a ella el ramito de violetas que él le había regalado; debía de ser una mezcla explosiva, pues las dos chicas que alborotaban en la mesa de al lado se echaron a reír a carcajadas. Vincent les dijo que si no se callaban...

–Vale, vale, ¿quién te has creído que eres?

–Superman. El idiota se cree que es Superman.

Era demasiado. Vincent perdió el control. Se apartó de la mesa, tirando un frasco de salsa de tomate.

–Vámonos de aquí –dijo, pero D. J. no había prestado la menor atención a la riña y seguía comiendo su pastel de moras. Aunque estaba furioso, esperó en silencio hasta que ella terminó. Respetaba su aire distante, pero no dejaba de preguntarse en qué tiempo viviría. Había descubierto que era inútil preguntarle por su pasado, pero sólo de vez en cuando parecía percatarse del presente, y posiblemente el futuro no le decía gran cosa. Su mente era como un espejo que reflejaba un espacio azul en una habitación vacía.

–¿Qué más te gustaría hacer? –dijo él, al salir a la calle–. Podemos ir al parque a pasear en taxi.

Se limpió los restos de mora en las comisuras de la boca y dijo:

–Quiero ir al cine.

Películas. Otra vez. En el último mes había visto tantas que fragmentos de diálogos de Hollywood interrumpían sus sueños. Un sábado, porque ella insistió, compraron entradas para tres cines distintos, locales baratos donde un olor a desinfectante de letrina envenenaba el aire. Y cada mañana antes de salir al trabajo dejaba cincuenta centavos sobre la chimenea: ella iba al cine, así lloviera o nevara. Vincent era suficientemente sensible para saber por qué: también en su vida hubo una especie de limbo en que iba al cine todos los días, y no era raro que se quedara a ver varias veces la misma película; en cierto modo, era como la religión: al ver las cambiantes siluetas en blanco y negro experimentaba una liberación de la conciencia semejante a la que uno encuentra en la confesión.

–Esposas –dijo ella, refiriéndose a una escena de *Treinta y nueve escalones* que habían visto en un ciclo de Hitchcock que pasaban en el Beverly–. La rubia y el hombre esposados juntos... Bueno, me hizo pensar en otra cosa. –Se puso los pantalones del pijama de él, prendió el ramito de violetas en el borde de la almohada y se acurrucó en la cama–. ¡Que detengan a la gente así, que los encierren juntos!

Vincent bostezó.

—Eso —dijo, y apagó las luces—. Otra vez: feliz cumpleaños, cariño, ¿te lo has pasado bien?

Ella dijo:

—Una vez estuve en un sitio y había dos chicas bailando; eran tan libres..., sólo estaban ellas y nadie más, tan hermoso como una puesta de sol. —Guardó silencio durante largo rato; luego, su lenta voz sureña arrastró las palabras—: Fue maravilloso que me trajeras violetas.

—Contento... que te gusten —musitó, medio dormido.

—Lástima que se tengan que morir.

—Sí. Bueno, buenas noches.

—Buenas noches.

Primer plano. Oh, John, no es sólo por mí, piensa en los niños: ¡un divorcio arruinaría sus vidas! Fundido en negro. Tiembla la pantalla; redoblar de tambores, irrupción de trompetas: R.K.O. PRESENTA...

Un vestíbulo sin salida, un túnel sin final; en lo alto, el brillo de unos candelabros: velas inclinadas flotan en medio de corrientes de aire. Frente a él está un anciano, meciéndose en una mecedora, con el pelo teñido de rubio, mejillas empolvadas, labios de muñeca: Vincent reconoce a Vincent. ¡Lárgate!, grita Vincent, joven y guapo, pero Vincent, viejo y horrendo, se arrastra a cuatro patas y trepa como una araña por su espalda. Nada, ni las amenazas ni las súplicas ni los golpes logran que se zafe. Corre con su sombra, con su jinete que se balancea de arriba abajo. Estalla un relámpago de luz, y de repente el túnel hormiguea de hombres con frac y corbata blanca y mujeres con trajes de brocado. Siente una enorme vergüenza, deben tomarlo por un palurdo al presentarse a tan elegante reunión llevando a su espalda un sórdido anciano, igual que Simbad. Los invitados lo rodean por parejas, petrificados, sin decir palabra. Entonces se da cuenta de que muchos están montados por los malignos semblantes de sí mismos, manifestaciones corporales

121

de su corrupción interior. Justo a su lado un hombre con apariencia de lagartija monta a un negro de ojos albinos. En eso se le acerca un individuo, es el anfitrión, un hombre de baja estatura, exuberante, calvo; camina ligero con sus zapatos satinados; sobre un brazo doblado e inmóvil sostiene un inmenso halcón decapitado, la sangre mana de las garras encajadas en la muñeca.

Las alas del halcón se despliegan mientras el amo recorre el recinto. En un pedestal hay un fonógrafo antiguo. El anfitrión hace girar la manivela y pone un disco: un vals marchito y tenue vibra en la bocina que tiene forma de dondiegos. Luego el anfitrión alza un brazo y anuncia con voz de soprano: «¡Atención! El baile va a comenzar.»

Amo y halcón dan vueltas y vueltas, de acá para allá. Las paredes se ensanchan, el techo se hace más alto. Una chica se desliza en los brazos de Vincent; una cruel y cascada imitación de su voz dice: «Lucille, estás preciosa, y ese aroma exquisito: ¿es de violetas?» Es la prima Lucille, pero a medida que recorren la sala su rostro cambia. Ahora baila un vals con otra. «¡Pero Connie, Connie Silver! ¡Qué alegría verte!», chilla su voz, pues Connie está casi sorda. De repente le intercepta un hombre con la cabeza llena de balazos: «Gordon, perdóname, yo no quería...», pero se van. Gordon baila con Connie. Otra vez, una nueva pareja. Es D. J. También ella tiene una figura encajada en la espalda, una encantadora niña pelirroja; a modo de emblema de la inocencia, la niña sostiene un gatito blanco que parece una bolsa de nieve. «Soy más pesada de lo que parezco», dice la niña, y la terrible voz responde: «Pero yo soy el más pesado de todos», y apenas le toca las manos se siente más ligero; el viejo Vincent empieza a desaparecer; sus pies se elevan, Vincent flota, escapando al abrazo. El gramófono rechina más fuerte que nunca, él se aleja y los rostros de allá abajo brillan como setas en un prado oscuro.

El anfitrión libera su ave, la manda hacia lo alto, y Vincent piensa: no pasa nada, está ciego, y los malvados están a salvo entre los ciegos, pero el halcón revolotea encima de él y desciende con las garras abiertas; al fin sabe que no encontrará la libertad.

Luego la penumbra del cuarto llenó sus ojos. Un brazo caído sobre el borde de la cama, la almohada en el suelo. Extendió el brazo instintivamente, buscando consuelo maternal en la chica que estaba junto a él. Sábanas lisas y frías; un vacío y la desleída fragancia de las violetas que empezaban a secarse. Se incorporó de golpe:

–¿Dónde estás?

Los postigos estaban abiertos; el rastro ceniciento de la luna circundaba el umbral, aún no había amanecido. En la cocina, el refrigerador ronroneaba como un gato gigante. Los papeles crujieron en el escritorio. Vincent volvió a llamarla, esta vez suavemente, como si no quisiera que la oyeran. Se levantó, tambaleante, las piernas inciertas, y se asomó al patio. Allí estaba, recostada contra el árbol pequeño, con las rodillas flexionadas.

–¿Qué? –dijo, y ella se dio la vuelta.

No podía verla bien, era una sombra oscura, espesa, que se aproximaba, con un dedo en los labios.

–¿Qué sucede? –murmuró él.

Ella se puso de puntillas.

–Te lo advierto. Vuelve adentro. –Sintió su aliento en el oído.

–Déjate de tonterías –dijo, en un tono de voz normal–. Ahí fuera... descalza, vas a pillar... –Pero ella le tapó la boca.

–Le he visto –murmuró–. Él está aquí.

Vincent apartó la mano con fuerza. Se tuvo que contener para no abofetearla.

–¡Él, él, él! ¡Qué te pasa? ¿Estás... –tardó demasiado en evitar la palabra– loca?

Vaya, el reconocimiento de algo que sabía pero impedía que cristalizara en su mente. Luego pensó: ¿y por qué ha de importar eso? Uno no puede ser cuestionado por aquellos que

123

ama. Falso. Ahí estaban la desquiciada de Lucille cosiendo prendas de seda, bordando el nombre de Vincent en una bufanda; Connie y su atenuado mundo de sordera, aguardando sus pasos, el sonido que sí escucharía; Allen T. Baker acariciando su foto, todavía necesitado de amor pero ya viejo y desvalido... Todos habían sido engañados, y Vincent también se había engañado a sí mismo pensando que tenía aptitudes inexplotadas, posponiendo viajes, renunciando a sus promesas. Nunca se había sentido abandonado por los demás, pero ¿por qué tenía que ver en sus amantes la resquebrajada imagen de sí mismo?

Miró a la muchacha en la aurora y sintió el frío del amor muerto.

Ella se apartó de él y fue hacia el árbol:

—Déjame aquí. —Sus ojos examinaron las ventanas de los otros inquilinos—. Sólo un momento.

Vincent esperó, esperó. Las ventanas en derredor parecían puertas a los sueños. Cuatro pisos más arriba colgaba la ropa de una familia. La luna del alba era semejante a la temprana luna del crepúsculo, una moneda vaporosa en un cielo que clareaba, encalado de gris. El viento del amanecer agitó las hojas del árbol; a la pálida luz el patio adquirió forma y los objetos definieron su lugar; de los tejados llegó el diurno sonido gutural de las palomas. Se encendió una luz. Otra más.

Y finalmente ella inclinó la cabeza; aquello que buscaba, fuera lo que fuese, no estaba allí. O tal vez, pensó Vincent, mientras ella se volvía con los labios torcidos, tal vez sí.

—Vaya, regresa temprano a casa, ¿verdad, Mr. Waters? —Era Mrs. Brennan, la portera, una mujer de piernas arqueadas—. Hace buen tiempo, ¿verdad que sí? Usted y yo tenemos que hablar de un asunto.

—Mrs. Brennan... —Cuán difícil era respirar, hablar; las palabras le exacerbaban la irritación de garganta, y sonaron fuertes como el estampido de un trueno—: Estoy enfermo, si no le molesta... —Y trató de seguir hacia su apartamento.

–Vaya, lo siento. La ptomaína, debe ser la ptomaína. Sí, señor, ya digo yo que uno no se puede pasar de precavido. Los judíos, ¿sabe? Son los que controlan todos esos supermercados. Eso es, a mí que no me den comida judía. –Le impidió el acceso y alzó un dedo admonitorio–: A usted lo que le pasa, Mr. Waters, es que no lleva una vida *normal.*

Tenía un nudo de dolor en el centro de su cabeza, engastado como una joya maligna que a cada movimiento hacía estallar enjoyadas puntas de alfileres de colores. La portera continuó sus habladurías. Por suerte hubo tiempos muertos en que no oyó nada. Era como una radio, a veces sin volumen, a veces a todo volumen.

–Ya sé que es una dama, una buena cristiana, Mr. Waters, si no, ¿por qué iba a estar con ella un caballero como usted?, ¿eh? Pero a lo que iba: Mr. Cooper no dice mentiras, además es un hombre muy tranquilo. Se encarga de los contadores del gas en este barrio desde hace no sé cuánto. –Un camión pasó por la calle rociando agua, y la voz de la portera se sumergió en el estruendo, para volver a subir luego como un tiburón–. Mr. Cooper tiene razones para creer que ella quiso matarlo... Bueno, ya se la imagina allí, con las tijeras, gritando. Le dijo un nombre iteliano. Y basta ver a Mr. Cooper para saber que no es iteliano. Ya lo ve, Mr. Waters, sus relaciones hacen que este edificio tenga mala...

La irritante luz del sol le sacó lágrimas de los ojos. La portera seguía agitando el dedo; le pareció que se fraccionaba: una nariz, una barbilla, un iris rojo, rojo.

–Mr. Destronelli –dijo él–. Con permiso, Mrs. Brennan, ¡con permiso! («Cree que estoy borracho, y estoy enfermo, ¿no puede darse cuenta de que estoy enfermo?») Mi invitada se marcha. Hoy mismo, para siempre.

–¡No me diga! –Mrs. Brennan chasqueó la lengua–. Parece que necesita un descanso, pobrecilla. Tan pálida. Claro que yo tampoco quiero tener que ver con itelianos, pero es que nadie diría que Mr. Cooper es iteliano. Es blanco como usted y yo. –Le dio una palmadita en el hombro, cómplice–. Lamento que se encuentre tan mal, Mr. Waters; ptomaína, se lo digo yo, nunca se cuida uno demasiado...

El vestíbulo olía a guiso y ceniza del incinerador de basura. Había una escalera que no usaba nunca, pues su apartamento estaba en el primer piso. Se oyó el rumor de una cerilla. Vincent siguió su camino y vio a un niño, no mayor de cuatro años, en cuclillas bajo la escalera; jugaba con una caja grande de cerillas de cocina, indiferente a la presencia de Vincent. Encendió otra cerilla. Fue incapaz de lograr que su cabeza funcionara lo bastante bien para pronunciar una reprimenda, y mientras esperaba allí, con la lengua trabada, una puerta, su puerta, se abrió.

Esconderse. Si ella lo veía sabría que algo andaba mal, sospecharía algo. Si hablaban, si sus ojos se encontraban, no iba a ser capaz de hacerlo. Se metió en el rincón oscuro donde estaba el niño. Dijo el niño: «¿Qué'stá'ciendo, señor?» Ella se aproximó (sus sandalias que se arrastraban, el verde rumor del impermeable). «¿Qué'stá'ciendo, señor?» Vincent se agachó deprisa, el corazón retumbando en su pecho, estrechó al niño y le tapó la boca con la mano. No la vio pasar. Sólo al oír el clic de la puerta principal supo que se había ido. Soltó al niño. «¿Qué'stá'ciendo, señor?»

Cuatro aspirinas, una tras otra, y regresó al cuarto; no habían hecho la cama en toda la semana, en el suelo había un cenicero volcado, prendas sueltas en sitios absurdos (pantallas de lámparas y lugares así). Al día siguiente, si se encontraba mejor, haría una limpieza general; tal vez mandaría pintar las paredes o arreglaría el patio. Mañana: de nuevo los amigos, las invitaciones, la diversión. Sin embargo, saboreados de antemano, estos planes carecían de sabor: toda su vida anterior le parecía estéril, espuria. Pasos en el vestíbulo; ¿podía ser ella, tan temprano?, ¿había terminado la película?, ¿anochecía? La fiebre puede hacer que el tiempo transcurra de manera muy extraña. Por un instante sintió que sus huesos flotaban sueltos dentro de él. Clopclop, el descuidado zapateo de un niño, los pasos siguieron rumbo a la escalera, y Vincent se movió, flotó hacia el espejo del armario. Quería apresurarse, tenía que hacerlo, pero el aire era denso como una sustancia gomosa. Sacó su maleta del armario, la puso en la cama, una maleta triste y barata con las cerraduras oxidadas y el cuero abombado. La miró con culpa. ¿Adónde iría ella? ¿De qué iba a vivir? Cuando rompió con Connie, Gordon y el resto había habido al menos cierta dignidad en el asunto. Pero ya se lo había pensado y repensado y no quedaba otra salida, de modo que recogió las pertenencias de la muchacha. Miss Martha Lovejoy Hall emergió bajo la cazadora de cuero, la maestra de música le dirigía una oblicua sonrisa de reproche. Vincent la puso boca abajo y colocó en el marco un sobre con veinte dólares. Eso alcanzaba para un billete a Glass Hill o al que fuera su pueblo de procedencia. Trató de cerrar la maleta y se desplomó sobre la cama, debilitado por la fiebre.

Unas inquietas alas amarillas brillaron en la ventana. Una mariposa. Jamás había visto una mariposa en esa ciudad, era como una flotante flor misteriosa, una especie de signo; la miró valsear en el aire, con una suerte de espanto. Fuera, de algún sitio, surgió un sonido que giraba como un tiovivo: el organillo de un mendigo tocaba *La marsellesa*. La mariposa iluminaba el cuadro, pasó por los ojos de cristal y se detuvo sobre la cabeza cortada con las alas extendidas como un lazo.

Buscó en la maleta hasta que encontró las tijeras. Su intención era cortarle las alas, pero la mariposa voló en espiral hacia el techo y se posó allí como una estrella. Las tijeras acuchillaron el corazón del halcón, mordieron el lienzo como una encarnizada boca de metal; el suelo quedó salpicado de jirones de pintura que parecían mechones de pelo tieso. Vincent se arrodilló, amontonó los jirones, los guardó en la maleta y cerró la tapa de un golpe. Estaba llorando. A través de las lágrimas la mariposa se agrandó en el techo, magnífica como un ave, y siguió creciendo: una bandada de amarillo vibrante que murmuraba con la desolación del oleaje que barre una costa.

El viento que producían sus alas se apoderó de la habitación. Él avanzó, la maleta contra su pierna, y abrió la puerta de un empellón. El resplandor de una cerilla. El niño dijo: «¿Qué'stá'ciendo, señor?» Vincent dejó la maleta en el suelo y esbozó una sonrisa tímida. Cerró la puerta como un ladrón; pasó el pestillo, atrancó una silla contra el picaporte. La quietud del cuarto sólo la alteraba el suave deslizamiento de la luz solar y el vuelo de la mariposa (descendió, como una imitación de papel para dibujar, y aterrizó en una vela). *A veces ni siquiera es un hombre* –le había dicho ella, acurrucada en la cama, hablando deprisa en los minutos que precedían al amanecer–, *a veces es algo muy diferente: un halcón, un niño, una mariposa* –y luego añadió–: *en el sitio al que me llevaron había cientos de ancianas. Y hombres jóvenes. Uno de los chicos decía que era un pirata y una de las viejas (tenía casi noventa años) me pedía que le tocara el vientre. «¿Lo notas?», decía, «¿notas las patadas que da?» Ella también iba a clases de pintura, y sus cuadros parecían edredones alucinantes. Claro que él estaba allí, Mr. Destronelli. Pero se hacía llamar Gum. El doctor Gum. Bah, a mí no me engañaba, aunque usase peluca gris y aparentara ser muy viejo, yo le conocía. Y un buen día me fui, me escapé, me escondí en un arbusto de lilas y un hombre que pasaba en un pequeño coche rojo me encontró; tenía un bigotito de ratón y ojos crueles. Pero era él. Cuando se lo dije me hizo bajar del coche. Y luego otro hombre, esto fue en Filadelfia, me recogió en un café y me llevó a un callejón. Hablaba italiano y tenía tatuajes por todas partes. Pero era él. El siguiente era el que se pintaba las uñas de los pies; se sentó a mi lado en un cine porque me tomó por un muchacho; cuando supo que no lo era no se enfadó, y me invitó a vivir en su casa y cocinaba cosas ricas. Pero llevaba un medallón de plata y un día lo abrí y descubrí a Miss Hall. Así supe que era él y entonces tuve la sensación de que ella estaba muerta y que él me iba a asesinar. Y lo va a hacer. Lo va a hacer.* La penumbra, la oscuridad, las fibras del sonido llamado silencio tejían una máscara azul resplandeciente. Despertó, escuchó el frenético pulso de su reloj y una llave en la cerradura; con los ojos entrecerrados atisbó la habitación. En algún lugar de esa oscuridad, un asesino se separaba de la sombra y, soga en mano, seguía por un camino fatal el resplandor de unas piernas de seda. Y el soñador aquí, contemplando a través de su máscara sueños engañosos.

No necesita indagar para saber que la maleta ya no está ahí, que ella ha llegado y se ha ido; ¿por qué, entonces, siente tan poco placer de estar a salvo?, ¿por qué se siente tan engañado, tan poca cosa..., pequeño como la noche en que buscó la luna con el telescopio de un anciano?

3

Las palomitas de maíz yacían dispersas y aplastadas como pedazos de una vieja carta, y D. J., reclinada en actitud vigilante, las recorrió con la mirada como si tratara de descifrar una palabra, una respuesta. Luego sus ojos se desviaron discretamente hacia el hombre que subía las escaleras: Vincent, con el hábito fresco de una ducha, un afeitado, agua de colonia; sin embargo, sus ojos tenían un cerco azul melancólico, y se había puesto un jersey de lino hecho para alguien más corpulento (después de un mes largo de neumonía y muchas noches ardientes de insomnio había adelgazado más de cuatro kilos). Cada mañana y cada noche la encontraba en su puerta o cerca de la galería o fuera del restaurante donde almorzaba, siempre causando el mismo desorden inefable, la misma parálisis de tiempo e identidad. La muda pantomima de aquella persecución le oprimía el alma, y había días en que se sentía en estado de coma y ella le parecía no una sino múltiples personas y su sombra se convertía en cualquier sombra de la calle, la del perseguidor y la del perseguido.

Una vez se la encontró en un ascensor; no había nadie más, y él gritó: «¡No soy él! ¡Sólo yo, sólo yo!» Ella sonrió como sonreía al hablar del hombre que se pintaba las uñas de los pies: a fin de cuentas, ella sabía.

Horas de cenar. No sabía adónde ir; se detuvo bajo un farol que se encendió de repente, arrojando una compleja luz sobre las piedras. Mientras aguardaba escuchó un trueno seco. Todos los rostros de la calle, salvo el suyo y el de la chica, se volvieron hacia arriba. Una bocanada de brisa del río sacudió las risas de los niños, que con los brazos unidos giraban en cabriolas como caballitos de tiovivo, y trajo la voz de la madre que se asomó a una ventana para gritar: «Que llueve..., Rachel..., que llueve..., ¡va'llover, va'llover!» El vendedor de flores corrió a refugiarse, desviando un ojo hacia el cielo, y empujó bruscamente el carrito lleno de enredaderas y gladiolos; una maceta con geranios se vino abajo; las niñas recogieron las flores y se las colocaron en las orejas. El combinado repicar de gotas y pisadas veloces salpicó el xilófono de las aceras. Un batir de puertas, un bajar de ventanas; luego, nada. Finalmente, con pasos lentos, rasposos, ella se acercó a la farola y se detuvo junto a él. Entonces, como si el cielo fuera un espejo roto por un rayo, la lluvia cayó entre ellos como una cortina de cristales astillados.

[Traducción de Juan Villoro]

CIERRA LA ÚLTIMA PUERTA
(1947)

1

–Escucha, Walter, que le caigas mal a todo el mundo, que todos se metan contigo no es algo arbitrario: tú mismo lo provocas.

Anna había dicho aquello; aunque la parte más sana de sí mismo le decía que ella actuaba de buena fe (si Anna no era una amiga, ¿entonces quién?), la consideró despreciable y empezó a decir por todas partes que la odiaba y que sabía qué clase de puta era. ¡No os fiéis de esa mujer!, dijo, no la creáis a la tal Anna, su franqueza es sólo una fachada para encubrir su agresividad reprimida, es una embustera, no hay quien se crea una palabra de lo que dice, ¡Dios mío, es un peligro! Obviamente todo lo que decía llegaba a oídos de Anna, de modo que cuando le habló, tal y como habían quedado, de ir juntos al estreno de una obra, ella le dijo:

–Perdona, Walter, pero no puedo permitirme el lujo de verte más. Te entiendo perfectamente y te aprecio bastante, pero tu agresividad es muy compulsiva; aunque no toda la culpa es tuya, no quiero volver a verte, es un lujo que no puedo permitirme porque tampoco yo estoy demasiado bien.

¿Por qué? ¿Qué había hecho? Claro que había hablado mal de ella, pero no con mala intención; después de todo, le dijo a Jimmy Bergman (ése sí que es un falso donde los haya), ¿de qué servía tener amigos si no se podía hablar de ellos objetivamente?

Él dijo que tú dijiste que vosotros dijisteis que nosotros de-

131

cíamos. Una y otra vez lo mismo, como el ventilador en el techo y las aspas que no dejaban de girar tratando en vano de aligerar el aire, una vuelta y otra, un tictac que contaba los segundos del silencio. Walter se movió unos centímetros hacia una parte más fresca de la cama y cerró los ojos al pequeño cuarto a oscuras. Estaba en Nueva Orleans desde las siete de la tarde; a las siete y media se había registrado en ese hotel, un sitio anónimo en una calle lateral.

El cielo rojo de esa noche de agosto le había hecho pensar en hogueras encendidas, y el paisaje sureño, aquel paisaje insólito interminablemente contemplado desde el tren y repasado en la memoria en un intento de sublimar todo lo demás, había hecho más precisa la sensación de haber viajado hasta el límite, el desfiladero.

Sin embargo, no hubiera podido decir por qué estaba en un asfixiante hotel de una ciudad lejana. Había una ventana en el cuarto, pero no parecía haber manera de abrirla; le daba miedo llamar al botones (¡qué ojos más extraños los de aquel muchacho!) y le daba miedo salir del hotel, ¿y si se perdía? Bastaba un instante para perderse definitivamente. Tenía hambre, no había comido desde el desayuno. Quedaban unas galletas con mantequilla de cacahuete del paquete que compró en Saratoga. Las digirió con un trago de Four Roses, el último. Le sentó mal. Vomitó en el cubo de la basura, se volvió a echar en la cama y lloró hasta mojar la almohada. Después de un rato se limitó a estar allí, tendido en el cuarto caliente, temblando, viendo el lento girar del ventilador; no había comienzo ni fin en esa acción: un círculo.

Un ojo, la Tierra, los anillos de un árbol, todo es un círculo y todos los círculos, dijo Walter, tienen un centro. Era absurdo que Anna lo hiciera responsable. Si estaba mal se debía a circunstancias ajenas, a su madre, por ejemplo, una fanática religiosa, o a su padre, un agente de seguros de Hartford, o a Cecile, su hermana mayor, casada con un hombre que le llevaba cuarenta años, «lo único que quería era irme de casa», y a decir verdad, a Walter esta excusa le parecía bastante sensata.

Pero no sabía por dónde empezar a pensar en sí mismo, no sabía dónde encontrar el centro. ¿En la primera llamada telefónica? No, sólo habían pasado tres días desde entonces y, en sentido estricto, ése había sido el fin, no el comienzo. Tal vez pudiera empezar por Irving, por la primera persona que conoció en Nueva York.

Irving era un agradable muchachito judío, con un notable talento para el ajedrez y pocas cosas más: pelo lacio, mejillas de bebé sonrosado, aparentaba dieciséis años; en realidad tenía veintitrés, como Walter. Se conocieron en un bar del Village. Walter estaba solo y se sentía solo en Nueva York, de modo que cuando el pequeño Irving hizo un intento de trabar amistad con él no vaciló en ser amigable (¡y es que uno nunca sabe!). Irving conocía a muchísima gente, todo el mundo lo apreciaba, y le presentó a todos sus amigos.

Entre ellos, a Margaret. Margaret era más o menos la novia de Irving. No era gran cosa (ojos saltones, los dientes siempre manchados de carmín y vestidos de niña de diez años), pero se sintió atraído por su inquieta inteligencia. No pudo entender por qué perdía el tiempo con Irving.

–¿Por qué? –le preguntó en uno de los largos paseos que solían dar en Central Park.

–Irving es tierno –dijo ella–, me quiere con gran pureza, ¿quién sabe?, tal vez hasta me case con él.

–Lo cual sería una estupidez. Irving jamás podría ser tu esposo, es como tu hermano menor. Irving es el hermano menor de todo el mundo.

Margaret era demasiado inteligente para no ver la verdad que esto encerraba, y cuando Walter le preguntó si no le importaría hacer el amor, ella dijo: No. Desde entonces hicieron el amor con frecuencia.

Irving acabó por enterarse y un lunes ocurrió algo desagradable, curiosamente en el bar donde se habían conocido. Margaret y Walter venían de una fiesta en honor de Kurt Kuhnhardt de Publicidad Kuhnhardt, el jefe de Margaret. Entraron en el bar a beber la última copa. El sitio estaba vacío, sin contar a Irving y un par de chicas con pantalones. Irving estaba sentado a la barra, las mejillas enrojecidas y los ojos vidriosos; parecía un adolescente dándose aires de adulto; sus piernas eran demasiado cortas para alcanzar el travesaño del taburete y colgaban como las de un muñeco. Al ver a Irving, ella quiso salir del bar, pero Walter se lo impidió porque Irving ya los había visto: dejó su whisky en la barra, sin quitarles los ojos de encima, bajó lentamente del taburete y caminó hacia ellos, con una especie de rudeza fingida, triste.

–Irving, querido –dijo Margaret, y se interrumpió, pues él le dirigió una mirada fulminante.

Le temblaba la barbilla.

–Lárgate –dijo en un tono acusatorio, como si denunciara a un verdugo de su infancia–, te odio.

Luego, casi a cámara lenta, lanzó un puñetazo al pecho de Walter, como si le encajara un cuchillo. Fue un golpe insignificante; Walter se limitó a sonreír y entonces Irving se dejó caer contra la gramola, gritando:

–¡Pelea, maldito cobarde! ¡Acércate y te mato, lo juro por Dios!

Así lo dejaron.

De camino a casa, Margaret empezó a llorar de un modo suave y cansino.

–Nunca volverá a ser cariñoso –dijo.

–No entiendo.

–Claro que entiendes. –Su voz era un susurro–. Claro que sí; nosotros le hemos enseñado a odiar. No creo que supiera odiar.

Para entonces Walter llevaba ya cuatro meses en Nueva York. Su capital original de quinientos dólares había disminuido a quince. Margaret le prestó dinero para pagar el alquiler de enero en el Bretvoort y le preguntó por qué no se mudaba a un sitio más barato. Bueno, le dijo, más vale tener una buena dirección. ¿Y un trabajo? ¿Cuándo se pondría a trabajar? ¿Pensaba hacerlo? Por supuesto, dijo, por supuesto, es más: no dejaba de pensar en ello, pero no tenía la menor intención de perder el tiempo con la primera bagatela que le saliera al paso. Quería algo bueno, algo con futuro, algo, por poner un ejemplo, en publicidad. De acuerdo, dijo Margaret, tal vez ella podría ayudarlo; al menos hablaría con su jefe, Mr. Kuhnhardt.

2

Le decían la P.K.K. y era una agencia publicitaria de tamaño mediano pero, como suele suceder en esos casos, muy buena, la mejor. Kurt Kuhnhardt la había fundado en 1925 y era un hombre peculiar con una reputación peculiar: un alemán delgado, exigente, soltero, que vivía en una elegante casa negra en Sutton Place, una casa interesantemente decorada, entre otras cosas, con tres Picassos, una soberbia caja de música, máscaras de islas de los mares del Sur y un fornido y juvenil mozo danés. De vez en cuando invitaba a cenar a alguien de su equipo, el favorito de turno, pues nunca dejaba de seleccionar protegidos. El puesto de *protégé* era arriesgado, pues se trataba de una alianza caprichosa e incierta: el favorito podía encontrarse examinando la sección de empleos del periódico a la mañana siguiente de una cena de lo más agradable con su benefactor. Walter había sido contratado como asistente de Margaret. Llevaba dos semanas en P.K.K. cuando recibió una nota de Mr. Kuhnhardt invitándolo a almorzar, y obviamente se entusiasmó mucho.

–¿Aguafiestas? –dijo Margaret, ajustándole la corbata y quitando las pelusas de su solapa–. No, nada de eso. Es sólo que..., bueno, trabajar con Kuhnhardt es estupendo siempre y cuando no tengas mucho que ver con él; de lo contrario pierdes el trabajo, así de sencillo.

Walter sabía a qué se refería; no lo engañó ni un instante; quiso decírselo pero se contuvo; aún no era el momento. Sin embargo, uno de esos días –bastante pronto– se tendría que librar de Margaret. Trabajar bajo sus órdenes ya era suficiente humillación, además ella se acostumbraría a considerarlo su in-

135

ferior. Y eso nunca, pensó, mirando los ojos azul marino de Mr. Kuhnhardt, nadie podía menospreciar a Walter.

–Eres un idiota –le dijo Margaret–. Dios mío, he visto esas amistades de K. K. docenas de veces: no significan nada. En una época se paseaba en compañía del recepcionista. Lo único que quiere es jugar. Créeme, Walter, la vía rápida no existe, lo único que cuenta es tu trabajo.

Él dijo:

–¿Y tienes quejas en ese campo? Estoy cumpliendo tanto como es de esperar.

–Todo depende de lo que se espere –dijo ella.

A los pocos días la citó un sábado en la estación de trenes de Grand Central. Iban a ir a Hartford a pasar la tarde con su familia y ella se había comprado un vestido, unos zapatos y un sombrero para la ocasión. Pero él no se presentó. En cambio, acompañó a Mr. Kuhnhardt a Long Island y fue el más celebrado de los trescientos huéspedes del baile de presentación en sociedad de Rosa Cooper. Rosa Cooper *(née* Kuppermann), heredera de Productos Lácteos Cooper, era una muchacha morena, contundente y agradable, con un afectado inglés, producto de muchos años de lecciones con Miss Jewett. Tiempo después, una amiga llamada Anna Stimson le mostraría a Walter la carta que Rosa le había escrito: «He conocido al hombre más divino. Bailé con él seis veces. Magnífico bailarín. Es un ejecutivo de publicidad, y es superdivinamente guapo. Tenemos una cita: ¡a cenar y al teatro!»

Margaret no mencionó el episodio. Tampoco Walter. Fue como si nada hubiera sucedido, pero ahora sólo se veían y sólo se hablaban para tratar asuntos de la oficina. Una tarde, sabiendo que ella no estaría en casa, fue a su apartamento y abrió con el duplicado que le diera mucho tiempo atrás. Había dejado allí algo de ropa, libros, su pipa. Fue de un lado a otro, recogiendo sus cosas, y vio una fotografía de él marcada con lápiz de labios: por un momento sintió que caía en un sueño. También vio el único regalo que él le había dado: un frasco de L'Heure Bleue, aún sin abrir.

Se sentó en la cama a fumar un cigarrillo, pasó su mano sobre la almohada fría, recordando la forma en que la cabeza de Margaret había reposado allí y las mañanas de los domingos en que leían en voz alta los cómics de Barney Google, Dick Tracy y Joe Palloka.

Vio la radio, una pequeña caja verde. Siempre habían hecho el amor con música, de cualquier tipo, jazz, sinfonías, música coral. Había sido su contraseña. Cada vez que ella lo deseaba, decía: «¿Ponemos la radio?» Pero el caso era que habían terminado: la odiaba, eso era lo que debía recordar. Volvió a mirar la botella de perfume y se la guardó en el bolsillo: a Rosa le agradaría una sorpresa.

Al día siguiente en la oficina, se encontró con Margaret cuando iba a servirse un vaso de agua. Ella le sonrió con fijeza:

—No sabía que fueras un ladrón.

Fue la primera muestra de explícita hostilidad entre ellos. De pronto, Walter se dio cuenta de que no tenía un solo aliado en la oficina. ¿Kuhnhardt? Jamás podría contar con él. Todos los demás eran enemigos: Jackson, Einstein, Fischer, Porter, Capehart, Ritter, Villa, Byrd, aunque obviamente todos eran lo bastante listos para no decírselo a quemarropa, al menos no mientras durara el entusiasmo de K. K.

A fin de cuentas el desprecio era algo positivo; lo que no toleraba eran las relaciones a medias, tal vez porque sus propios sentimientos eran tan vagos, tan ambiguos. Por ejemplo, no sabía si X le gustaba o no: necesitaba el amor de X, pero era incapaz de amar; nunca podría ser sincero con él, nunca le diría más del cincuenta por ciento de la verdad. Sin embargo, no soportaría que X tuviera el mismo defecto, y de un modo incierto sabía que lo engañaba. Le tenía pánico a X, pavor. En una ocasión, en el bachillerato, había plagiado un poema para publicarlo en la revista de la escuela; jamás olvidaría el último verso: *todos nuestros actos son actos de amor.* ¿Pudo haber algo más injusto que ser descubierto por el maestro?

Pasó casi todos los fines de semana de principios del verano con Rosa Cooper en Long Island. Por lo general, la casa estaba bien abastecida de cordiales estudiantes de Yale y Princeton, algo bastante molesto; en Hartford, ésa era justo la clase de gente que le hacía sentir gatos en la barriga; rara vez lo aceptaban en su territorio. En cuanto a Rosa..., era encantadora, todo el mundo lo decía, hasta Walter.

Pero las chicas encantadoras casi nunca se toman nada en serio, y Rosa no era la excepción, al menos respecto a Walter. A él no le importó gran cosa; esos fines de semana le sirvieron para hacer muchos contactos: Taylor Orvington, Joyce Randolph (la estrella en ciernes), E. L. McEvoy, cerca de una docena de personas cuyas direcciones otorgaron considerable brillo a su agenda. Una tarde fue con Anna Stimson a ver una película protagonizada por la Randolph. Apenas se habían sentado y todas las butacas de alrededor ya sabían que Joyce era amiga de Anna, bebía demasiado, carecía de moral y no era tan hermosa como en la pantalla. Anna le dijo que él era como una adolescente.

—Cariño, tú sólo eres hombre en un aspecto.

Había conocido a Anna Stimson a través de Rosa. Editaba una revista de modas, medía más de uno ochenta, usaba trajes negros, un afectado monóculo, bastón y varios kilos de tintineante plata mexicana. Se había casado dos veces, una de ellas con Bock Strong, el ídolo de las películas de vaqueros, y tenía un hijo de catorce años confinado en una «academia correctiva», como decía ella.

—Era un chico insoportable –le dijo–. Le gustaba disparar por la ventana con un rifle calibre 22, y arrojar cosas y robar en los almacenes Woolworth: una canalla, igual que tú.

Sin embargo, Anna le tenía afecto. En sus momentos menos deprimidos, menos maledicentes, lo escuchaba con amabilidad quejarse de sus problemas, explicar por qué era como era: le habían hecho trampa toda la vida, siempre le tocaban cartas malas. Podía atribuirle muchos defectos a Anna, pero la estupidez no era uno de ellos; por eso la usaba como una especie de confesora. Nada de lo que decía podía ser legítimamente desaprobado por ella. Walter comentaba: «Le he dicho a Kuhnhardt muchas mentiras sobre Margaret, supongo que es algo bastante ruin, pero ella haría lo mismo; además, no propuse que la despidieran sino que la mandaran a Chicago.» O: «Me encontré a un tipo en una librería y empezamos a charlar, era un hombre de mediana edad, bastante agradable, muy inteligente. Cuando salí me siguió a cierta distancia: crucé la calle, cruzó la calle; caminé deprisa, caminó deprisa. Esto sucedió durante seis o siete calles. Cuando finalmente estuve seguro de lo que sucedía, sentí un agradable cosquilleo y deseos de gastarle una broma. Me detuve en la esquina y paré un taxi; entonces me volví y miré al tipo durante largo, largo rato. Se acercó corriendo con una sonrisa de oreja a oreja. Entonces brinqué al coche, cerré la puerta, me asomé por la ventanilla y solté una carcajada: ¡la cara que puso!, ¡era horrenda, parecía Cristo! No puedo olvidarla. Ahora dime, ¿por qué hago estas locuras? Es como pagar con la misma moneda a toda la gente que alguna vez me ha perjudicado, pero también hay algo más.» Le contaba estas cosas a Anna y luego regresaba a dormir a casa. Sus sueños eran de un azul pálido.

El problema del amor le preocupaba, sobre todo porque no lo consideraba un problema. Y de algo podía estar seguro: nadie lo amaba. Esta certeza latía en su interior como un corazón adicional. No tenía a nadie. A Anna, tal vez. ¿Lo amaba ella?

–¿Cuándo has visto algo que sea lo que aparenta? –dijo Anna–. Ves un renacuajo y ya es un sapo, te pones un anillo que parece de oro y te deja una marca verde en el dedo. Ahí tienes el caso de mi segundo marido: parecía un tipo agradable y resultó un crápula cualquiera. Mira este cuarto: la chimenea no sirve ni para encender incienso y los espejos sólo sirven para dar la impresión de espacio: mienten. Walter, nada es jamás lo que parece. Los árboles de Navidad son de celofán y la nieve de hojuelas de jabón. Dentro de nosotros revolotea algo llamado «alma»:

«morir no es morir, vivir no es vivir», ¿y encima deseas saber si te amo? No seas tonto, Walter, ni siquiera somos amigos...

4

Escucha: el ventilador: círculos de susurros que giran: él dijo que tú dijiste que vosotros dijisteis que nosotros dijimos: una y otra vez, rápido y lento, mientras el tiempo se recupera en un chismorreo infinito. Un viejo ventilador resquebrajado rompiendo el silencio: tres, tres, tres de agosto.

Viernes tres de agosto. Ahí estaba su nombre, precisamente en la sección que escribía Winchell: «El pez gordo de la publicidad Walter Ranney y la heredera de productos lácteos Rosa Cooper están corriendo la voz entre sus allegados de que empiecen a comprar arroz.» El propio Walter le había dicho esto a un amigo de un amigo de Winchell. Se lo mostró al barman del Whelan's, donde desayunaba.

–Soy yo –dijo–. Hablan de mí. –Y la expresión del chico le facilitó la digestión.

Esa mañana llegó tarde a la oficina, y recorrió el pasillo entre los escritorios precedido de la gratificante conmoción de las mecanógrafas. Sin embargo, nadie dijo nada. A eso de las once, después de una agradable hora sin hacer nada pero llena de entusiasmo, bajó a tomar una taza de café. Jackson, Ritter y Byrd, tres de la oficina, estaban en la cafetería. Cuando Walter entró, Jackson le dio un codazo a Byrd, Byrd se lo dio a Ritter, y todos se volvieron.

–¿Qué cuenta el «pez gordo de la publicidad»? –dijo Jackson, un hombre rosáceo, de calvicie prematura. Los otros dos rieron.

Walter entró deprisa en una cabina telefónica, aparentando no haber oído.

–Cabrones –dijo, y fingió que marcaba un número. Finalmente después de esperar un buen rato a que se fueran, hizo una llamada de verdad.

—Rosa, qué tal, ¿te he despertado?

—No.

—¿Has visto lo de Winchell?

—Sí.

Walter rió.

—¿De dónde sacará esas cosas?

Silencio.

—¿Qué sucede?, te noto un poco rara.

—¿Sí?

—¿Estás molesta o algo?

—Sólo decepcionada.

—¿De qué?

Silencio. Y luego:

—Fue muy vulgar por tu parte, Walter, muy vulgar.

—¿A qué te refieres?

—Adiós, Walter.

Al salir, pagó en caja el café que había olvidado tomar. En el mismo edificio había una barbería; pidió que lo afeitaran, no, mejor un corte de pelo..., no, la manicura..., y luego, al ver su rostro reflejado de golpe en el espejo, con una palidez que competía con la pechera del barbero, supo que no sabía lo que quería. Rosa tenía razón, era vulgar, estaba siempre dispuesto a confesar sus errores, pero una vez que los aceptaba era como si no existieran. Volvió a subir a la oficina, se sentó en su escritorio, sintiendo que se desangraba por dentro. Deseó angustiosamente creer en Dios. Una paloma caminaba por el antepecho de su ventana; por un instante vio las trémulas plumas encendidas por el sol, la serena indecisión de sus movimientos; luego, sin darse cuenta, tomó el pisapapeles de cristal y lo lanzó por la ventana: la paloma lo esquivó tranquilamente y el pisapapeles se desplomó como una enorme gota de lluvia. ¿Qué tal —pensó, a la espera de un grito lejano—, qué tal si le pega a alguien, si lo mata? Pero no hubo nada. Sólo el tabletear de las mecanógrafas, ¡y un golpe en la puerta!

—¿Ranney?: K. K. quiere verte.

—Lo lamento —dijo Mr. Kuhnhardt, garabateando con una

pluma de oro–. Ya sabes que siempre estaré dispuesto a darte una carta de recomendación.

Y luego en el ascensor: el enemigo. Sumergiéndose con él, aplastó a Walter entre los dos. Margaret estaba allí, un lazo azul en el pelo y una cara diferente de la de los demás, no tan vacía, ni impávida: allí aún había compasión. Pero ella le miraba sin verle. Es un sueño: no podía permitirse pensar de otro modo y, sin embargo, bajo el brazo llevaba la contradicción del sueño, un sobre manila con los objetos personales que tenía en su escritorio. Al vaciarse el ascensor en el vestíbulo, supo que debía hablar con Margaret, pedirle perdón, implorar protección. Ella se alejaba deprisa hacia una salida, confundiéndose con el enemigo. Te amo, dijo, y corrió tras ella, te amo, dijo, sin decir nada.

–¡Margaret! ¡Margaret!

Ella se volvió. El lazo azul hacía juego con sus ojos, y al mirarle sus ojos se suavizaron, reflejando afecto. O compasión.

–Por favor –dijo él–. ¿Tomamos una copa juntos? Podríamos ir al Benny's. El Benny's nos gustaba, ¿recuerdas?

Ella negó con la cabeza:

–Tengo una cita, se me hace tarde.

–Oh.

–Sí..., bueno, se me hace tarde. –Ella echó a correr. La vio correr calle abajo; el lazo centelleaba en la incipiente oscuridad del verano. Luego, desapareció.

En un edificio sin ascensor, cercano al parque Gramercy, estaba su apartamento de una habitación; le hacía falta ventilación y limpieza, pero después de servirse un trago dijo: «Al carajo», y se tendió en el sofá. ¿De qué servía? Hagas lo que hagas, al final todo se reduce a cero. Cada día en cada lugar a cada instante engañan a alguien, ¿de quién es la culpa? De cualquier forma era extraño. Ahí tendido, tomando sorbos de whisky en la penumbra grisácea del cuarto, todo le pareció en calma, sabía Dios cuánto tiempo llevaba sin experimentar algo así, como cuando le suspendieron en álgebra y se sintió aliviado, libre: el fracaso era definitivo, cierto, y siempre hay paz en la certeza. Se iría de Nueva York, tomaría unas vacaciones, tenía unos cuantos cientos de dólares, lo suficiente para ir tirando hasta el otoño.

Se preguntó adónde ir y de repente fue como si una película empezara a correr en su cabeza: gorras de seda, de color cereza y amarillo limón, y unos hombres bajitos, con apariencia de sabios y exquisitas camisas de lunares. Cerró los ojos; tenía cinco años, era delicioso recordar la algarabía, las salchichas, los enormes prismáticos de su padre. ¡Saratoga! Las sombras enmascararon su rostro a medida que la luz se disipaba. Encendió una lámpara, se preparó otro trago, puso un disco de rumba y empezó a bailar; las suelas de sus zapatos susurraban en la alfombra: un poco de entrenamiento y hubiera sido un profesional, siempre lo había creído.

Justo al terminar la música sonó el teléfono. Se quedó inmóvil, algo, un temor incierto, le impedía contestar; la lámpara, los muebles, todo parecía inerte; creyó que al fin había dejado de sonar cuando empezó de nuevo, más fuerte, más insistente. Tropezó con un escabel, descolgó el auricular, lo dejó caer, lo volvió a tomar, dijo:

–¿Sí?

Larga distancia: una llamada desde un pueblo de Pennsylvania cuyo nombre no pudo captar. Después de una serie de espasmódicas interferencias, una voz se abrió paso, seca y asexuada, completamente distinta de cualquiera que hubiese oído antes:

–Hola, Walter.

–¿Quién habla?

No hubo respuesta al otro lado, sólo el jadeo de una respiración acompasada. La conexión era excelente, quienquiera que fuese parecía estar a su lado, hablándole al oído.

–No me gustan las bromas, ¿quién habla?

–Oh, tú me conoces, Walter, me conoces desde hace mucho, mucho.

Un clic y nada más.

5

El tren llegó a Saratoga en medio de una noche lluviosa. Había dormido la mayor parte del trayecto, sudando en el húmedo calor del vagón. Soñó con un castillo antiguo, sólo habitado por pavos viejos; también tuvo un sueño en el que aparecían su padre, Kurt Kuhnhardt, alguien sin rostro, Margaret y Rosa, Anna Stimson y una gorda extraña con ojos como diamantes. Estaba en una calle ancha, vacía, y a no ser por una procesión que se aproximaba –coches lentos, negros, de aspecto fúnebre–, no había más señales de vida. Sin embargo, sabía que ojos furtivos contemplaban su desnudez desde todas las ventanas. Detuvo con ansiedad la primera de las limusinas y su padre le abrió la puerta, invitándolo a subir. Papá, gritó, acercándose deprisa. La puerta se cerró, aplastándole los dedos, su padre se asomó por la ventana, rió desde el fondo de su estómago y arrojó una enorme corona de rosas. En el segundo coche estaba Margaret, en el tercero la dama con los ojos como diamantes (¿no era Miss Casey, su antigua maestra de álgebra?); en el cuarto Kuhnhardt y su nuevo *protégé,* la criatura sin rostro. Cada una de las puertas se abrió y cada una de ellas se cerró, todos rieron, todos lanzaron rosas. La procesión siguió mansamente por la calle silenciosa. Walter cayó sobre la montaña de rosas y lanzó un grito pavoroso, herido por las espinas. De repente empezó a llover, un diluvio plomizo que oscureció las flores y lavó la pálida sangre que manaba sobre las hojas.

La mirada fija de la señora sentada frente a él le hizo saber que había gritado en el sueño. Sonrió con timidez y ella desvió la mirada; supuso que se sentía avergonzada. Era inválida; llevaba un zapato gigante en el pie izquierdo. Más tarde, en la estación de Saratoga, la ayudó con su equipaje y compartieron un taxi; no conversaron: cada cual se quedó en su rincón, contemplando la lluvia, las luces empañadas. Unas horas antes, en Nueva York, había sacado sus ahorros del banco y había cerrado la puerta de su apartamento sin dejar mensaje alguno. En ese pueblo no lo conocía ni un alma; una sensación agradable.

El hotel estaba lleno: hay una convención de médicos, y además están los aficionados a las carreras, le explicó el recepcionista. No, lo lamento, no sé dónde puede encontrar alojamiento. Tal vez mañana.

Buscó el bar; si iba a pasar la noche en vela, bien podía hacerlo borracho. En el bar, muy grande, caliente y ruidoso, todo brillaba con las grotescas figuras de la temporada de verano: fláccidas damas de zorras plateadas, jockeys diminutos, hombres de rostros pálidos y recias voces ataviados con trajes de cuadros tan estrafalarios como baratos. Pero después de un par de tragos el ruido pareció alejarse. Paseó la mirada en derredor y vio a la inválida. Estaba sola en una mesa, sorbiendo decorosamente su *crème de menthe*. Intercambiaron una sonrisa. Walter se le acercó.

—No somos desconocidos, que digamos —dijo, mientras él se sentaba—. Supongo que ha venido por las carreras.

—No —dijo—, sólo a descansar. ¿Y usted?

Ella frunció los labios.

—Seguramente ha notado que tengo un pie deforme. Sí, hombre, no se haga el sorprendido, todo el mundo lo hace. Pues bien —y dobló la pajilla en su vaso—, mi médico va a dar una conferencia en la convención, sobre mí y mi pie, pues soy un caso bastante especial. Caray, estoy asustadísima; es que tendré que enseñar el pie.

Walter dijo que lo lamentaba y ella dijo, oh, no, no había nada que lamentar. Después de todo, ¿acaso no le brindaba eso unas breves vacaciones?

—No he salido de la ciudad en seis años, desde que pasé una semana en el Hotel Bear Mountain.

Sus mejillas eran sonrosadas y pecosas; sus ojos, quizás demasiado juntos, tenían un intenso color azul claro, como si no parpadearan nunca. Llevaba una alianza en el anular, puro teatro, seguro, ¿quién se lo iba a creer?

—Soy sirvienta —dijo, respondiendo a una pregunta—. Y no hay nada malo en ello. Es un trabajo honesto y me gusta. Los señores con los que trabajo tienen el niño más hermoso que he

145

visto, Ronnie. Soy más buena con él que su madre, y me quiere más. Me lo ha dicho. La otra se pasa el día borracha.

Aunque lo deprimía escucharla, sintió un repentino miedo a estar solo. Se quedó y bebió y habló tal como alguna vez había hablado con Anna Stimson. ¡Shhh!, le dijo ella en determinado momento, pues había alzado la voz y muchas personas los miraban. Que se vayan a la mierda, dijo Walter. No le importaba, era como si su cerebro estuviese hecho de vidrio y el whisky ingerido se convirtiera en un martillo; sentía cómo tintineaban en su cabeza los pedazos destrozados, nublándole la vista, confundiendo los contornos; la inválida, por ejemplo, no parecía una persona sino muchas: Irving, su madre, un hombre llamado Bonaparte, Margaret, todos ellos y otros más. Se dio cuenta, con creciente exactitud, de que la experiencia es un círculo en el que ningún momento puede ser aislado ni olvidado.

6

El bar estaba cerrando. Pagó cada uno su consumición. Esperaron el cambio, sin decir palabra; ella lo miraba con sus inmóviles ojos azules, aparentemente tranquila; pero él advirtió que algo sucedía, una sutil agitación interior. Cuando el camarero regresó, se repartieron el cambio y ella dijo:

—Si quiere puede venir a mi habitación —y un rubor de imprudencia le cubrió el rostro—, es que... como comentó que no tenía dónde dormir...

Walter la tomó de la mano: su sonrisa fue conmovedoramente tímida.

Ella salió del baño oliendo a un perfume baratísimo, vestida sólo con un raído quimono de color carne y el monstruoso zapato negro. Entonces supo que no lo iba a soportar. Jamás había tenido tanta lástima de sí mismo, ni Anna Stimson se lo habría perdonado.

—No mires —dijo ella con voz temblorosa—, soy muy quisquillosa con lo de mi pie.

146

Él se volvió hacia la ventana: las ramas de un olmo agobiadas por la lluvia; un relámpago, demasiado distante para hacer ruido, lanzó un resplandor blancuzco.

–Ya –dijo ella.

Walter no se movió.

–Ya –repitió, inquieta–. ¿Apago la luz? Tal vez te gusta... arreglarte a oscuras.

Se acercó al borde de la cama, se inclinó y la besó en la mejilla.

–Creo que eres adorable, pero...

Los interrumpió el teléfono. Ella le miró, estúpidamente.

–Dios mío –dijo, y cubrió el auricular con la mano–, ¡es una conferencia! ¡Seguro que le pasa algo a Ronnie! A que está enfermo..., ¿hola?..., ¿qué? ¿Ranney? No, se equivoca...

–Espera –dijo Walter, tomando el teléfono–. Soy yo, Walter Ranney.

–Hola, Walter.

La voz, opaca, asexuada, distante, fue directa a la boca del estómago. Sintió que la habitación se balanceaba y se torcía. Su labio superior se cubrió con un bigote de sudor.

–¿Quién habla? –dijo, tan despacio que las palabras salieron inconexas.

–Oh, tú me conoces, Walter. Me conoces desde hace mucho.

Luego un silencio: quienquiera que fuese, había colgado.

–Caray –dijo la mujer–, ¿cómo crees que han sabido que estabas aquí? Quiero decir, ¿eran malas noticias? Estás un poco...

Walter cayó sobre ella, la estrechó, presionó su mejilla húmeda contra la suya.

–Abrázame –dijo, descubriendo que aún podía llorar–. Abrázame, por favor.

–Pobre niño –dijo ella, dándole palmaditas en la espalda–. Mi niño, estamos muy solos en este mundo, ¿verdad? –Y finalmente se durmió en sus brazos.

No había vuelto a dormir desde entonces, y ni siquiera

ahora podía hacerlo, bajo el lento arrullo del ventilador. Ese girar le traía ruedas de tren: de Saratoga a Nueva York y de Nueva York a Nueva Orleans. Había escogido Nueva Orleans por nada en especial, excepto que era una ciudad muy lejana, llena de desconocidos. Cuatro aspas que giraban: ruedas y voces, una y otra vez; después de todo –ahora se daba cuenta–, la red de maldad no acababa nunca: jamás.

Un chorro de agua en las tuberías, pasos sobre su cabeza, llaves tintineando en el vestíbulo, el locutor de un noticiario hablando con voz grave en algún sitio, en la puerta de al lado una niñita que decía: ¿por qué?, ¿por que? ¿POR QUÉ? Pero su cuarto parecía sumido en un total silencio. En la luz que se colaba por las persianas sus pies brillaban como piedra amputada: las uñas bruñidas eran diez pequeños espejos, todos con un reflejo verdoso. Se sentó, se secó el sudor con una toalla; ahora, más que nunca, el calor lo asustó; le hizo saber, de un modo tangible, lo inerme que era. Arrojó la toalla al otro extremo del cuarto: aterrizó sobre la pantalla de una lámpara; se balanceó a un lado, al otro. En eso sonó el teléfono. Y siguió sonando. Sonaba tan fuerte que el hotel entero debía escucharlo. Todo un ejército debía estar aporreando su puerta. Entonces metió la cabeza en la almohada, se tapó los oídos con las manos y pensó: No pienses en nada, piensa en el viento.

[Traducción de Juan Villoro]

NIÑOS EN SUS CUMPLEAÑOS
(1948)

Este relato es para Andrew Lyndon

Ayer por la tarde, el autobús de las seis atropelló a Miss Bobbit. No sé muy bien qué decir al respecto; a fin de cuentas, ella sólo tenía diez años y sin embargo los de este pueblo no la olvidaremos. Y es que nunca hizo algo común y corriente, al menos no desde la primera vez que la vimos, y eso fue hace un año. Miss Bobbit y su madre llegaron justamente en el autobús de las seis, el que viene de Mobile. Era el cumpleaños de mi primo Billy Bob y casi todos los chicos del pueblo estaban en casa, desparramados en el porche, tomando helados de tutti-frutti y pastel de chocolate, cuando el autobús apareció bramando por la Curva del Muerto. Era el verano aquel en que no llovía nunca; una oxidada sequía lo envolvía todo; a veces, el polvo que se levantaba al pasar un coche se sostenía inmóvil en el aire durante una hora o más. La tía El decía que si no asfaltaban pronto el camino se mudaría a la costa, pero hacía mucho tiempo que decía eso. En fin, estábamos sentados en el porche, el tutti-frutti derritiéndose en nuestros platos, y de repente, justo cuando deseábamos que sucediera algo, algo sucedió. Miss Bobbit apareció entre el polvo rojo del camino: una niñita delgada, con un vestido de fiesta almidonado de color amarillo limón, que caminaba con un insolente aire de persona adulta, una mano en la cadera y la otra en el mango de una delicada sombrilla. Su madre la seguía al fondo, cargando dos maletas de cartón y un gramófono con manivela.

149

Era una mujer enjuta y desaliñada, de ojos taciturnos y sonrisa ávida.

Nos quedamos tan pasmados que un enjambre de avispas empezó a zumbar sin que las niñas hicieran su habitual escándalo. Su atención estaba demasiado fija en la llegada de Miss Bobbit y su madre, que para entonces ya habían alcanzado el pórtico.

–Perdonen ustedes –gritó Miss Bobbit, con una voz a un tiempo sedosa e infantil, como un bonito lazo, una voz inmaculada, precisa, de actriz de cine o maestra de escuela–, ¿podríamos hablar con los adultos de la casa?

Evidentemente se refería a la tía El y, hasta cierto punto, a mí. De cualquier forma, Billy Bob y los demás chicos menores de catorce nos siguieron al pórtico. Por sus caras se diría que jamás habían visto a una chica. Seguramente no a una como Miss Bobbit. Como dijo la tía El, ¿dónde se había visto una niña que usara maquillaje? El pintalabios daba a su boca un brillo naranja, su pelo casi parecía una peluca de tantos rizos, el contorno de sus ojos había sido remarcado con esmero; todo lo cual no impedía que tuviera una frágil dignidad; era una dama y, más aún, te miraba a los ojos con masculina franqueza.

–Soy Miss Lily Jane Bobbit, de Memphis, Tennessee –dijo con solemnidad.

Los chicos se miraron las puntas de los pies y, desde el porche, Cora McCall, a quien Billy Bob cortejaba por entonces, inició la fanfarria de risas de las chicas.

–Niñas de *pueblo* –dijo Miss Bobbit; sonrió comprensivamente y giró la sombrilla, altiva–. Mi madre –por toda la presentación, aquella mujer simplona asintió con la cabeza–, mi madre y yo hemos alquilado unas habitaciones. ¿Serían tan amables de señalarnos la casa? Pertenece a una tal Mrs. Sawyer.

Sí, cómo no, dijo la tía El, es ahí enfrente.

Aquí no hay otra casa de huéspedes que esa construcción alta y oscura con dos docenas de pararrayos repartidos en el techo: las tormentas le dan pánico a Mrs. Sawyer.

Billy Bob, colorado como una manzana, dijo, ya que hace

tanto calor, señora, ¿no le gustaría descansar un momentito y tomar un poco de tutti-frutti? Por supuesto, dijo la tía El. Pero Miss Bobbit negó con la cabeza.

–El tutti-frutti engorda demasiado, *merci* de todos modos.
–Y cruzó la calle, la madre casi arrastraba los paquetes entre la polvareda. Entonces Miss Bobbit se volvió con expresión adusta; sus ojos, de un color dorado girasol, se ensombrecieron y miraron de lado, como si tratara de recordar un poema–. Mi madre tiene una enfermedad en la lengua, por eso tengo que hablar por ella –informó con rapidez, y suspiró–. Mi madre es una excelente modista, ha hecho vestidos para la alta sociedad de muchos pueblos y ciudades, incluyendo Memphis y Tallahassee. Seguramente habrán visto y admirado el vestido que llevo. Cada una de sus puntadas es obra de mi madre; puede copiar cualquier patrón, y acaba de ganar un premio de veinticinco dólares de la revista *Ladies' Home*. También sabe tejer, hacer ganchillo y bordar. Si desean cualquier trabajo de costura, por favor acudan a mi madre. Díganselo a sus amigos y familiares. Gracias.
–Y desapareció tras el suave crujir de su vestido.

Cora McCall y las chicas tiraban de sus lazos en el pelo, nerviosas, molestas: rostros colorados llenos de suspicacia. Soy Miss Bobbit, dijo Cora, torciendo la cara en una imitación alevosa, y yo la princesa Isabel, sí, ésa soy yo, ja, ja, ja. ¡Qué vestido!, dijo Cora, más cursi no podría ser; toda mi ropa es de Atlanta; además tengo un par de zapatos de Nueva York, por no hablar del anillo de plata con turquesa que me trajeron de Ciudad de México. La tía El dijo que no debían ser así con una chica como ella, que además era nueva en el pueblo, pero ellas continuaron como en un aquelarre, apoyadas por los chicos más idiotas, los que siempre estaban con las chicas, y dijeron cosas que ruborizaron tanto a la tía El que aseguró que los mandaría a casa y hablaría con sus papás, pero antes de que pudiera cumplir su amenaza, la propia Miss Bobbit intervino en el asunto: se puso a recorrer el porche de Mrs. Sawyer vestida de una manera nueva y sorprendente.

Los chicos mayores, como Billy Bob y Preacher Star, que

habían estado callados mientras las chicas se burlaban de Miss Bobbit, y habían observado la casa de enfrente con rostros borrosos, ambiguos, se incorporaron y fueron al pórtico. Cora McCall suspiró y frunció los labios. Los demás nos sentamos en los escalones. De cualquier forma, Miss Bobbit nos ignoró totalmente. El jardín de Mrs. Sawyer tiene moreras que dan sombra, y está sembrado de césped y arbustos fragantes. A veces, después de llover, el olor de los arbustos llega hasta nuestra casa. En el centro del jardín hay un reloj de sol que Mrs. Sawyer colocó en 1912 en memoria de su toro Solar, que murió después de beberse un bote de pintura.

Miss Bobbit salió al jardín cargando el gramófono y lo colocó en el reloj de sol. Le dio cuerda y puso un disco; se escuchó *El conde de Luxemburgo*. Para entonces ya casi había oscurecido, era la hora de las luciérnagas, azul como un cristal opaco; los pájaros atravesaban el cielo en apretados arcos y se refugiaban en los pliegues de los árboles. Antes de las tormentas, las hojas y las flores parecían arder con luz y colores propios. Miss Bobbit, ataviada con una diminuta falda blanca, semejante a la borla de una polvera, y brillantes lazos de oropel dorado en el pelo, se recortó contra el fondo oscuro que parecía un decorado a propósito para resaltar su brillo. Arqueó los brazos sobre la cabeza, las manos flojas como lirios, y se puso de puntas. Estuvo así un buen rato y la tía El dijo, qué habilidad. Luego giró y giró hasta que la tía El dijo, caray, sólo de mirarla me mareo. Se detenía sólo para darle cuerda al gramófono. La luna despuntó sobre los cerros, sonó la última campana para la cena, los chicos regresaron a sus casas y Miss Bobbit siguió en la oscuridad, girando como una peonza.

Durante un tiempo no volvimos a verla. Preacher Star venía cada día a casa y se quedaba hasta la hora de cenar. Preacher es un chico escuálido, con abundante pelo rojo cortado a cepillo; son doce entre hermanos y hermanas y hasta ellos le temen, pues tiene un genio terrible y es famoso en estos lares por sus malignos ojos verdes: el cuatro de julio dejó a Ollie Overton tan maltrecho que la familia de Ollie tuvo que mandar a su hijo

152

al hospital de Pensacola, y una vez le arrancó media oreja a una mula de un mordisco, la masticó y la escupió al suelo. También dominaba a Billy Bob antes de que éste diera el estirón; le metía plantas espinosas por el cuello, le echaba pimienta en los ojos, le rompía los deberes. Pero ahora son los mejores amigos del pueblo: hablan igual, caminan igual y a veces desaparecen juntos días enteros, Dios sabe dónde. No se apartaron de la casa, sin embargo, los días que Miss Bobbit no se dejó ver.

Rondaban cerca del jardín, disparando con tirachinas a los gorriones de los postes telefónicos. A veces Billy Bob se ponía a tocar el ukelele, y los dos cantaban con tal estruendo que el tío Billy Bob, que es juez de este condado, decía que ya los oía cantar camino de la cárcel: *mándame una carta, mándamela por correo, a la cárcel de Birmingham donde estaré.* Miss Bobbit no los escuchaba; al menos jamás se asomaba.

Un día que Mrs. Sawyer fue a pedir un poco de azúcar, vino hablando de sus nuevas inquilinas hasta por los codos. ¿A que no saben?, dijo, entrecerrando sus brillantes ojos de gallina, el marido era un criminal; la propia niña me lo dijo. No le da la menor vergüenza, ni pizca. Dice que su padre era el más cariñoso y el que tenía la voz más dulce de todo Tennessee... Y yo le pregunté, ¿y él dónde está, cariño?, y así de sopetón me dijo, ah, en la cárcel, no sabemos nada de él. Se le hiela a una la sangre, ¿no? Creo que su madre..., creo que su madre es medio extranjera: nunca dice una palabra, a veces se queda mirando como si no entendiera. ¿Y a que no saben? Comen todo *crudo.* Huevos *crudos,* nabos *crudos,* zanahorias, nada de carne. Por razones de salud, dice la niña, pero caramba, desde el martes pasado está en la cama con fiebre.

Esa misma tarde la tía El salió a regar las rosas. No encontró nada. Eran rosas especiales y tenía pensado enviarlas a la exposición floral de Mobile. Naturalmente, se puso algo histérica. Llamó al sheriff y le dijo, venga ahora mismo, sheriff, alguien se ha llevado las Lady Anne que he estado cuidando con toda mi alma desde principios de primavera. Cuando el coche del sheriff aparcó frente a la puerta, los vecinos salieron de sus porches y Mrs. Sawyer atravesó la calle a toda prisa, con la cara blanca de tantas capas de cold-cream. ¡Caray!, dijo, muy decepcionada al ver que no habían matado a nadie, ¡caray!, dijo, si nadie les ha robado las rosas. Su Billy Bob se las llevó a la pequeña Bobbit. La tía El guardó silencio; se limitó a caminar hasta el melocotonero y cortar una rama. ¡Aaah, Billy Bob!, recorrió la calle gritando su nombre hasta que lo encontró en el garaje de Speedy. Estaba con Preacher, viendo cómo Speedy desmontaba un motor. La tía El le cogió del pelo y se lo llevó arrastrando a casa, propinándole azotes, pero no le pudo obligar a pedir perdón ni le hizo llorar. Cuando terminaron con él, Billy Bob corrió al patio trasero, subió a la rama más alta de un nogal y dijo que nunca más bajaría. Entonces llegó su padre; era la hora de cenar. Su padre se asomó a la ventana y lo llamó: no estamos enfadados contigo, hijo, baja a cenar. Pero Billy Bob no se movió. La tía El salió al patio y se apoyó contra el árbol; habló en un tono tan suave como la luz que había en torno. Lo siento, hijo, no quería pegarte tanto. He hecho una cena muy rica, ensalada de patatas, jamón cocido y huevos picantes. Lárgate, dijo Billy Bob, no quiero cenar, te odio más que a nadie. Su padre dijo, ¡vaya forma de hablarle a tu madre!, y ella empezó a llorar. Se quedó bajo el árbol y siguió llorando, secándose los ojos con la falda. Yo no te odio, hijo... Si no te quisiera no te habría pegado. Las hojas del nogal empezaron a temblar; Billy Bob se deslizó despacio hasta el suelo. La tía le acarició el pelo con fuerza y lo abrazó. Ay, mamá, dijo él, ay, mamá.

Después de la cena, Billy Bob vino a verme y se tendió a los pies de mi cama. Tenía un olor agridulce, típico de adolescente, y me dio lástima, parecía tan afligido; tan preocupado estaba que casi se le cerraban los ojos. Se supone que hay que mandar flores a los enfermos, dijo con énfasis. Fue entonces cuando oímos el gramófono, un sonido distante, melodioso. Una mariposa nocturna entró por la ventana y giró en el aire, tan tenue como la música.

Estaba oscuro y no podíamos saber si Miss Bobbit bailaba. Billy Bob se dobló en la cama como una navaja, aparentemente preso de dolor. Pero su rostro se despejó de repente, sus adolescentes ojos mugrientos se encendieron como velas. Es tan bonita, murmuró, la cosa más bonita que he visto en mi vida, al carajo, voy a cortar todas las rosas de China.

También Preacher hubiera cortado todas las flores de China. Estaba tan loco por ella como Billy Bob. Pero Miss Bobbit los ignoraba. El único contacto que tuvimos con ella fue una nota dirigida a la tía El agradeciéndole las flores. Todos los días se sentaba en el porche, siempre vestida de manera impresionante, y bordaba, se hacía tirabuzones o leía el diccionario *Webster*. Era formal pero relativamente amigable; si le decías «buenos días» te decía «buenos días». De cualquier forma, los chicos no parecían capaces de infundirse suficiente valor para acercarse a ella. Acostumbraba mirarlos como si no existieran, incluso cuando hacían el machote por la calle para llamar su atención. Luchaban, imitaban a Tarzán, ejecutaban arriesgadas piruetas en las bicis. Daba pena verlos. Muchas chicas del pueblo pasaban por la casa de Mrs. Sawyer dos o tres veces en menos de una hora tan sólo para echarle un vistazo. Entre quienes hacían esto estaban: Cora McCall, Mary Murphy Jones, Janice Ackerman. Miss Bobbit tampoco mostraba ningún interés por ellas.

Cora ya no le hablaba a Billy Bob, y lo mismo se podía decir de Janice respecto a Preacher, pues incluso le escribió una carta con tinta roja en papel ribeteado de encaje donde le decía que su vileza estaba más allá de las palabras y de los seres humanos, que daba por roto su compromiso y que podía pasar a buscar la ardilla disecada que le había regalado.

Preacher dejó claro que deseaba comportarse como un caballero; paró a Janice cuando pasaba por nuestra casa y dijo que bueno, si quería se podía quedar con esa ardilla vieja. Luego no pudo entender por qué Janice empezó a llorar y salió corriendo de aquella manera.

Un día los chicos estaban haciendo más locuras que de costumbre. Billy Bob deambulaba con el uniforme caqui que su padre había traído de la guerra mundial y Preacher, desnudo de

155

cintura para arriba, se había pintado una mujer desnuda en el pecho con un viejo pintalabios de la tía El. Eran dos payasos perfectos, pero Miss Bobbit se limitó a bostezar, reclinada en un columpio. Ya estaba entrada la tarde y no había nadie en la calle, a excepción de una niña de color, regordeta como un bombón, que canturreaba llevando un balde de zarzamoras. Los chicos la rodearon como mosquitos, se cogieron de las manos y dijeron que no la dejarían ir hasta que no pagara la tarifa. No tengo tarifa, dijo ella, ¿qué tarifa, señor? Una fiesta en el granero, dijo Preacher, apretando los dientes, una fantástica fiesta en el granero. Ella se estremeció y dijo que no pensaba ir a ninguna fiesta en ningún granero. En eso Billy Bob tomó el balde con las zarzamoras y ella se agachó en un inútil gesto para recuperarlo, lanzando angustiosos chillidos como un cerdo. Preacher, que puede ser malo como un demonio, la mandó de una patada en el trasero entre las zarzamoras y el polvo, donde quedó tendida como un fardo.

En eso llegó Miss Bobbit amenazadora, moviendo el dedo como un metrónomo. Como una maestra de escuela, batió palmas, dio una patada en el suelo, y luego dijo:

—Es sabido que los caballeros han sido puestos sobre la faz de la tierra para proteger a las damas. ¿Creéis acaso que los chicos se comportan así en ciudades como Memphis, Nueva York, Londres, Hollywood o París?

Los chicos retrocedieron, y se metieron las manos en los bolsillos. Miss Bobbit ayudó a levantarse a la chica de color, le sacudió el polvo, le secó los ojos, le dio un pañuelo y le dijo que se sonara.

—Muy bonito —dijo—, es increíble que una dama no pueda pasear sin peligro a la luz del día.

Luego ellas dos fueron a sentarse en el porche de Mrs. Sawyer. Durante todo el año siguiente Miss Bobbit y aquel bebé elefante, que se llamaba Rosalba Cat, jamás estuvieron lejos la una de la otra. Al principio Mrs. Sawyer armó un escándalo de que Rosalba estuviera tanto tiempo en la casa. Le dijo a la tía El que era excesivo tener a una negra repantigada en su porche, a la vista de todos. Pero Miss Bobbit tenía algo mágico; todo lo que hacía lo llevaba a cabo hasta el final, de un modo tan directo y tan solemne que no había más remedio que aceptarlo. Por ejemplo, los comerciantes del pueblo solían mofarse al decirle *Miss* Bobbit, pero poco a poco se convirtió en Miss Bobbit, y ahora, cuando ella pasaba haciendo girar su sombrilla, la saludaban con una ligera reverencia. Miss Bobbit dijo a todo el mundo que Rosalba era su hermana, lo cual suscitó más de una broma; pero, como la mayoría de sus ideas, paulatinamente se volvió algo natural, y cuando oíamos que se decían hermana Rosalba o hermana Bobbit ya nadie se echaba a reír. De cualquier forma, la hermana Rosalba y la hermana Bobbit hicieron varias cosas extrañas. Si no, ahí está lo de los perros. Resulta que hay muchos perros en el pueblo: *terriers* cazarratones, perdigueros, sabuesos que al calor de la tarde recorren las calles desiertas en jaurías adormiladas que van de seis a una docena, y sólo aguardan la luna y la oscuridad, las horas solitarias en que no dejan de aullar: alguien se muere, alguien se ha muerto.

Miss Bobbit se quejó al sheriff. Dijo que, para empezar, tenía el sueño ligero, y además un grupo de perros –siempre eran los mismos– aullaba adrede bajo su ventana. A decir verdad ni siquiera creía que fueran perros sino, como creía su hermana Rosalba, alguna clase de demonio. Obviamente el sheriff no hizo nada. Y ella tomó cartas en el asunto. Una mañana, después de una noche especialmente ruidosa, fue vista en el pueblo en compañía de Rosalba, quien llevaba un cesto de flores lleno de piedras. Cada vez que veían un perro se detenían y Miss Bobbit lo examinaba. A veces negaba con la cabeza, pero casi siempre decía:

–Sí, éste es uno de ellos, hermana Rosalba. –Y la hermana Rosalba cogía una piedra y la lanzaba con certera puntería, golpeando al perro justo entre los ojos.

Otra cosa tuvo que ver con Mr. Henderson, que vive en una habitación detrás de la casa de Mrs. Sawyer. Mr. Henderson, un hombre de unos setenta años, pequeño y rudo, fue perforador de pozos petroleros en Oklahoma. Como muchos ancianos está obsesionado por las funciones del cuerpo. Además, es un borracho perdido. En una ocasión la borrachera le duró dos semanas; cada vez que oía moverse a Miss Bobbit y la hermana Rosalba, corría escaleras arriba y gritaba a Mrs. Sawyer que había enanos en las paredes, que trataban de quitarle su provisión de papel higiénico. Ya le habían robado el equivalente a quince centavos de papel, dijo. Una tarde las chicas estaban sentadas en el jardín y Henderson se detuvo frente a ellas, vestido sin más prendas que un camisón. ¿Conque queréis robarme todo el papel?, exclamó, ya os enseñaré, enanas... ¡Socorro, estas putas enanas van a escaparse con todo el papel del pueblo! Billy Bob y Preacher contuvieron a Mr. Henderson hasta que llegaron unos adultos y empezaron a atarlo. Miss Bobbit, que había mostrado una admirable serenidad, les dijo que no sabían hacer un nudo adecuado y ella misma se encargó del asunto. Hizo tan buen trabajo que impidió la circulación en las manos y los pies de Mr. Henderson, y pasó un mes antes de que volviera a caminar.

Fue poco después de esto cuando Miss Bobbit vino a visitarnos. Llegó un domingo; yo estaba solo en casa porque la familia había ido a la iglesia.

–Los olores de la iglesia son tan desagradables –dijo, inclinándose con las manos recogidas delicadamente–. No vaya a creer que soy pagana, Mr. C., he tenido suficientes experiencias para saber que hay un Dios y que hay un diablo; pero al diablo no se le amansa yendo a la iglesia a que nos digan lo pecador, estúpido y malvado que es. No, hay que amar al diablo como se ama a Jesús; es muy poderoso y si uno confía en él te devuelve el favor. Ya me ha hecho algunos, en la escuela de baile en Memphis... siempre le pido al diablo que me consiga el primer papel en la función anual. Es puro sentido común; Jesús no se molestaría en ayudarme en un baile. Por cierto, hace poco invoqué al diablo; es el único que puede ayudarme a salir de este pueblo; no es que yo considere que vivo aquí, no exactamente, siempre pienso en otro sitio, en un sitio donde no hay más que el baile, donde toda la gente baila por la calle y todo es tan hermoso como los niños en sus cumpleaños. Mi adorable padre dijo que yo vivía en las nubes, pero si él hubiera vivido más en las nubes ya sería tan rico como quería ser. El problema de mi padre era que no amaba al diablo, dejaba que el diablo lo amara a él. Pero yo lo tengo muy claro; sé que con frecuencia la segunda opción resulta ser la mejor. Para nosotros la segunda opción era mudarnos a este pueblo, y como aquí no puedo empezar mi carrera, la segunda opción para mí es iniciar un negocio paralelo. Y eso acabo de hacer. Soy agente exclusiva de suscripción del más impresionante catálogo de revistas, incluyendo *Reader's Digest, Popular Mechanics, Dime Detective* y *Child's Life*. Para ser sincera, Mr. C., no he venido aquí a venderle nada. Sucede que tengo una idea; se me ha ocurrido que esos dos chicos que no salen de aquí..., después de todo son hombres, ¿no?..., ¿cree que podrían ser mis ayudantes?

Billy Bob y Preacher trabajaron de firme para Miss Bobbit, y también para la hermana Rosalba, representante de una línea de cosméticos llamada Gota de Rocío. El trabajo consistía en repartir las compras a los clientes. Por la noche Billy Bob estaba tan cansado que apenas si podía masticar la cena. La tía El decía que era una vergüenza y una lástima, y finalmente un día en que Billy Bob regresó con media insolación dijo, se acabó, Billy Bob no volverá a trabajar con Miss Bobbit. Pero Billy Bob empezó a insultarla y no paró hasta que su padre lo encerró en su cuarto y él dijo que se iba a suicidar. Una cocinera que tuvimos le había dicho que un plato de col revuelta con melaza era tan mortal como un disparo. Y eso fue lo que comió. Me muero, decía, revolviéndose a un lado y a otro de la cama, me muero y a nadie le importa.

Miss Bobbit fue a verlo y le dijo que se estuviera quieto.

–No te pasa nada, muchacho. No tienes más que dolor de estómago.

Entonces hizo algo que alarmó a la tía El: le levantó las mantas a Billy Bob y le dio una friega de alcohol de pies a cabeza. Cuando la tía El le dijo que no creía que fuera una cosa apropiada para una muchachita, respondió:

–No sé si es apropiada o no, pero sin duda es muy refrescante.

Después de esto, la tía El hizo cuanto pudo para impedir que Billy Bob volviera a trabajar. Pero su padre dijo que lo dejaran solo, tenían que dejar que el chico decidiera su vida.

Miss Bobbit era muy honrada con el dinero; pagaba a Billy Bob y a Preacher sus comisiones exactas y jamás aceptó sus continuas invitaciones a la cafetería o al cine.

–Más vale que os ahorréis el dinero –les dijo–, si es que queréis ir a la universidad; ninguno de los dos tiene seso suficiente para ganar una beca, ni siquiera una de futbolistas.

Y fue por un asunto de dinero por lo que Billy Bob y Preacher tuvieron un fuerte altercado. La verdadera causa, por supuesto, era otra: ambos estaban terriblemente celosos de Miss Bobbit. El caso es que un día Preacher –y tuvo el descaro de hacerlo delante de Billy Bob– le dijo a Miss Bobbit que más valía que revisara sus cuentas porque tenía razones para sospechar que Billy Bob no le daba *todo* el dinero que recaudaba. Es una mentira cochina, dijo Billy Bob, y con un limpio izquierdazo lanzó a Preacher fuera del porche de Mrs. Sawyer y le saltó encima sobre un seto de berros; pero una vez que Preacher lo tuvo cerca, Billy Bob perdió toda ventaja. Preacher hasta le metió barro en los ojos. Mientras, Mrs. Sawyer graznaba como un águila, asomada a una ventana del piso de arriba, y la hermana Rosalba, contenta como unas pascuas, gritaba ambiguamente:

–¡Mátalo, mátalo, mátalo!

Sólo Miss Bobbit parecía saber lo que hacía. Conectó la manguera de regar el césped y propinó a los chicos un chorro enérgico, en plena cara. Preacher se incorporó a duras penas, jadeando. Cariño, dijo, sacudiéndose como un perro mojado, cariño, tienes que decidirte.

–¿Decidir *qué*? –preguntó Miss Bobbit de inmediato con un bufido.

–No querrás que nos matemos, ¿verdad? –jadeó Preacher–. Tienes que decidir quién es tu verdadero novio.

–¡Qué novio ni qué ocho cuartos! –dijo Miss Bobbit–. Debí suponer que no podía mezclarme con chicos de pueblo. ¿Qué clase de hombres de negocios pretendéis ser? Escúchame bien, Preacher Star: no necesito un novio, y si lo quisiera no serías tú. ¡Pero si ni siquiera te pones de pie cuando una dama entra en la habitación!

Preacher escupió en el suelo, caminó hacia Billy Bob y con un ostentoso aspaviento dijo como si nada hubiera pasado:

–Vamos, al diablo con ella, lo único que quiere es causar problemas entre dos buenos amigos.

Por un momento pareció que Billy Bob se le uniría en una pacífica camaradería; sin embargo, se dio cuenta de lo que pasaba y dio un paso atrás con evidente resolución. Se encararon durante todo un minuto, su misma cercanía pareció cobrar un matiz inquietante: sólo se puede odiar tanto cuando también se ama. La cara de Preacher reflejaba todo esto, pero lo único que podía hacer era irse. Sí, Preacher, ese día, por primera vez en tu vida, te veías perdido; de verdad que me caíste bien cuando te alejaste por el camino, tan flaco, abatido y desvalido.

Preacher y Billy Bob no se reconciliaron, y no porque no quisieran, simplemente no parecía haber modo de retomar una amistad de la que tampoco podían librarse: cada uno estaba siempre pendiente de lo que hacía el otro. Cuando Preacher encontró un nuevo amigo íntimo, Billy Bob se pasó varios días caminando sin rumbo fijo, recogía cosas sólo para tirarlas o de repente hacía cosas raras, como meter el dedo en un ventilador eléctrico.

A veces Preacher se detenía en el pórtico y hablaba con la tía El. Supongo que lo hacía sólo para molestar a Billy Bob, pero seguía siendo amable con todos nosotros y por Navidad nos regaló una enorme caja de cacahuetes sin cáscara. También dejó un regalo para Billy Bob. Resultó ser un libro de Sherlock Holmes; en la primera página estaba escrito: «La amistad no crece como la hiedra en la pared.» Es lo más cursi que he oído en mi vida, dijo Billy Bob, ¡Dios mío, qué estupidez! Pero luego, y aunque era un frío día de invierno, fue al patio trasero, trepó al nogal y se acuclilló sobre las azules ramas de diciembre.

Sin embargo, la mayor parte del tiempo estaba contento, pues Miss Bobbit estaba ahí y ahora siempre era amable con él. Ella y la hermana Rosalba lo trataban como a un hombre, es decir, dejaban que él lo hiciera todo. Además, le permitían ganar en el bridge de tres manos, nunca cuestionaban sus mentiras ni lo desanimaban en sus ambiciones. Fue un intervalo feliz. Pero los problemas resurgieron con la vuelta al colegio. Miss Bobbit se negó a ir.

–Es ridículo –dijo cuando Mr. Copland, director de la escuela, fue a ver qué sucedía–, realmente ridículo; sé leer y escribir y *ciertas* personas de este pueblo tienen motivos de sobra para saber que sé contar dinero. No, Mr. Copland, piénselo un momento y se dará cuenta de que ninguno de los dos tenemos ni el tiempo ni la energía; a fin de cuentas sería cuestión de ver quién se rinde primero, usted o yo; por otro lado, ¿qué puede enseñarme? Si supiera algo de baile sería otra cosa, pero, en las actuales circunstancias, sugiero que nos olvidemos del asunto.

Copland estaba más que dispuesto a hacerlo, pero el resto del pueblo pensó que ella merecía unos buenos azotes. Horace Deasley escribió un artículo en el periódico titulado: «Una situación trágica.» Desde su punto de vista era una tragedia que una niña pudiera desafiar lo que por alguna razón denominaba «la Constitución de los Estados Unidos». El artículo terminaba con una pregunta: *¿Podrá salirse con la suya?* Pudo, y también la hermana Rosalba (sólo que ella era negra y a nadie le importaba). Billy Bob no fue tan afortunado; para él era época de clases, aunque, dado el provecho que sacó, igual podía haberse quedado en casa. En el primer boletín de notas obtuvo tres cates, un récord en cierto modo. Billy Bob es un chico listo. Supongo que sencillamente no podía vivir tantas horas sin Miss Bobbit; lejos de ella siempre parecía medio dormido. Además, no dejaba de pelearse: cuando no tenía un ojo morado, tenía la boca partida o cojeaba al caminar. Jamás hablaba de estas peleas, pero Miss Bobbit era lo suficientemente astuta como para saber la causa.

–Eres un encanto, ya lo sé. Y te aprecio, Billy Bob, pero no te pelees por mí. Claro que dicen cosas horribles de mí, pero ¿sabes qué significa, Billy Bob? Es una especie de elogio. En el fondo creen que soy maravillosa.

Y tenía razón: si no te admiran nadie se tomará la molestia de estar en contra. Pero en realidad sólo tuvimos idea de lo maravillosa que era cuando apareció un hombre llamado Manny Fox. Esto sucedió a fines de febrero. Las primeras noticias que tuvimos de Manny Fox fueron unos alegres carteles colocados en las tiendas: *Manny Fox presenta: La bailarina del abanico sin abanico,* y luego, en letra más pequeña: *También un sensacional concurso de aficionados entre los propios vecinos. Primer premio: una prueba de pantalla en Hollywood.* Todo esto sucedería el jueves siguiente. Las entradas costaban un dólar, una verdadera fortuna por estos alrededores, pero no es común que tengamos espectáculos de carne y hueso, de modo que todo el mundo desembolsó su dinero y habló con entusiasmo de la función. A lo largo de la semana, los vaqueros de la cafetería hablaron de cosas obscenas, sobre todo de la bailarina del abanico sin el abanico, que resultó ser la esposa de Manny Fox.

Los Fox se alojaron en el camping Chucklewood de la carretera, pero pasaban el día entero recorriendo el pueblo en un viejo Packard, con el nombre completo de Manny Fox impreso en cada una de las cuatro puertas. Su esposa era una pelirroja de labios y párpados húmedos, rostro expresivo y vocabulario soez; aunque era bastante alta, se veía algo frágil comparada con Manny Fox, pues el tipo parecía un tonel.

Establecieron su cuartel general en los billares. Todas las tardes se les podía ver allí, bebiendo cerveza y bromeando con los haraganes del pueblo. Según se veía, los negocios de Manny Fox no se limitaban al teatro. También dirigía una especie de agencia de colocaciones: como quien no quiere la cosa, informó que por ciento cincuenta dólares podía conseguirle a cualquier muchacho aventurero del condado un trabajo de primera categoría en los barcos fruteros que navegaban de Nueva Orleans a Sudamérica. La oportunidad de la vida, según él. Aquí no llegan a dos chicos que han tocado alguna vez más de cinco dólares; sin embargo, una buena docena se las arregló para conseguir el dinero. Ada Willingham sacó todo lo que había ahorrado para comprarle a su marido una lápida en forma de ángel y se lo dio a su hijo, y el padre de Acey Trump vendió una parte de su cosecha de algodón.

¡Y la noche de la función! Aquella noche nos olvidamos de todo, de los velorios y de los platos en el fregadero. La tía El dijo que parecía que íbamos a la ópera, todos tan vestidos, tan sonrosados, tan fragantes. El Odeon no había estado tan lleno desde que subastaron aquel juego de plata de ley. Casi todos tenían un familiar concursante, de modo que había mucho nerviosismo en juego. Nosotros, la única concursante que conocíamos realmente bien era Miss Bobbit. Billy Bob no podía estarse quieto; no paró de decirnos que no debíamos aplaudir a nadie más que a ella. La tía El dijo que eso era una grosería, lo cual hizo que Billy Bob volviera a sulfurarse, y cuando su padre nos trajo bolsas con palomitas de maíz, se negó a comerlas porque se le engrasarían las manos, y otra cosa, por favor, no hagáis ruido ni mastiquéis durante la actuación de Miss Bobbit.

Su participación en el concurso había sido una sorpresa de última hora. Era lógico que concursara, y algunas señales debieron habernos puesto sobre aviso; por ejemplo, el hecho de que no saliera de casa de Mrs. Sawyer ¿en cuántos días?, y el gramófono encendido hasta muy entrada la noche, su sombra dando vueltas entre cortinas y la mirada maliciosa y presumida de la hermana Rosalba cada vez que le preguntaban por la salud de la hermana Bobbit. El caso es que su nombre estaba en el programa, en segundo lugar, aunque tardó mucho en aparecer. Primero salió Manny Fox, el pelo engominado y una mirada socarrona. Contó chistes bastante peculiares, acompañando sus carcajadas con un aplauso. La tía El dijo que si volvía a contar otro chiste como ése se iría en el acto: pero lo contó y ella se quedó. Salieron once concursantes antes que Miss Bobbit; entre ellos Eustacia Bernstein, que imitaba a estrellas de cine de modo que todas se parecían a Eustacia, y el extraordinario Buster Ridley, un anciano de tierra adentro, orejudo y desarrapado, que interpretó *Waltzing Matilda* al serrucho. Hasta ese momento era el éxito de la función, aunque no se podían distinguir las preferencias del público, pues todos aplaudían generosamente, todos menos Preacher Star, que estaba dos filas delante de nosotros y recibía cada actuación con un ¡Buuu! tan sonoro como un rebuzno. La tía El dijo que no volvería a dirigirle la palabra. Preacher sólo aplaudió a Miss Bobbit. El diablo, sin duda, estaba de parte de ella. Pero se lo merecía.

Miss Bobbit salió a escena: grandes parpadeos, un meneo de caderas y sacudiendo los rizos. Enseguida supimos que no iba a ser uno de sus números clásicos. Cruzó el escenario taconeando y levantándose con delicadeza la falda azul celeste. Es lo más hermoso que he visto nunca, dijo Billy Bob, dándose una palmada en el muslo. La tía El se vio obligada a aceptar que Miss Bobbit estaba realmente encantadora. Cuando empezó a girar, el auditorio entero irrumpió en una espontánea ovación, y ella volvió a empezar, murmurándole «más rápido» a la pobre Miss Adelaida que estaba al piano, mostrando lo mejor que había aprendido en la escuela dominical.

–Nací en China y me crié en Japón... –era la primera vez que la oíamos cantar; tenía una voz áspera, de papel secante–, aléjate de mi lata si no te gusta el melocotón, ¡o-jo, o-jo!

La tía El carraspeó. Volvió a carraspear cuando Miss Bobbit se inclinó para mostrar su ropa interior de encajes azules, con lo cual recibió la mayoría de los silbidos que los muchachos habían estado guardándose para la bailarina del abanico sin abanico, lo que no estuvo mal, según se veía, pues resultó que aquella dama se limitó a cumplir su rutina en bañador, al ritmo de *Una manzana para el profesor* y gritos de fuera, fuera. Pero el triunfo definitivo de Miss Bobbit no consistió en mostrar su trasero. Miss Adelaida atacó las teclas más graves, iniciando una ominosa tormenta, y entonces la hermana Rosalba irrumpió en el escenario portando un cirio romano encendido; se lo dio a Miss Bobbit, que estaba haciendo un *split* completo; cuando llegó al suelo, el cirio estalló en círculos rojos, blancos y azules y tuvimos que ponernos de pie porque se puso a cantar el himno nacional a pleno pulmón. La tía El diría después que era lo más extraordinario que había visto en la escena americana.

No había duda de que se merecía una prueba de pantalla en Hollywood, y puesto que ganó el concurso, parecía que la iba a obtener. Manny Fox le dijo: Cariño, tienes auténtica madera de estrella. Y se largó del pueblo al día siguiente, sin dejar otra cosa que agradables promesas. Estén pendientes del correo, amigos, tendrán noticias mías. Eso dijo a los muchachos que le habían dado dinero y lo mismo le dijo a Miss Bobbit. Aquí se hacen tres repartos diarios, de modo que aquel grupo se reunía cada vez en la oficina de correos; gente jovial cada vez menos alegre. ¡Cómo les temblaban las manos cuando caía una carta en su buzón! Pasaron los días y un silencio terrible se apoderó de ellos; todos sabían lo que pensaban los demás, pero nadie se atrevía a decirlo, ni siquiera Miss Bobbit. Sin embargo, Mrs. Patterson, la esposa del cartero, no se anduvo con rodeos: ese hombre es un estafador, dijo, ya lo sabía yo desde un principio, y si volvéis a asomar la cara por aquí un día más me pego un tiro.

Finalmente, dos semanas después, Miss Bobbit fue quien rompió el hielo. Sus ojos se veían más vacíos de lo que nadie hubiera podido imaginar, pero un día, después del último reparto de correo, volvió a mostrar su antiguo brío:

–Muy bien, muchachos, ha llegado la hora del linchamiento –dijo, y se llevó a casa a toda la tropa.

Ésa fue la primera reunión del club La Horca Para Manny Fox, organización que perdura hasta el día de hoy (con un carácter más social) a pesar de que hace mucho que cogieron a Manny Fox y, por así decir, le colgaron. A Miss Bobbit se le reconoció ampliamente el papel que jugó en el asunto. En el lapso de una semana escribió más de trescientas descripciones de Manny Fox, que envió a los sheriffs de todo el Sur; también causó gran sensación escribiendo cartas a los periódicos de las principales ciudades. A raíz de esta campaña, a cuatro de los muchachos estafados se les ofreció un buen empleo en la compañía United Fruit, y a fines de esa primavera Manny Fox fue arrestado en Uphigh, Arkansas, donde seguía con sus acostumbrados embustes. Miss Bobbit fue condecorada con el premio por «Una Buena Acción» otorgado por la asociación femenina Los Rayos del Sol de América. Por alguna razón, quiso dejar en claro que esto no la emocionaba gran cosa:

—Estoy en desacuerdo con la organización —dijo—; tanto bombo y platillo me huele un poco a chamusquina y además no es femenino. Y, a fin de cuentas, ¿qué es una buena acción? No os dejéis engañar; una buena acción es algo que se hace porque se quiere algo a cambio.

Sería reconfortante poder decir que estaba equivocada y que finalmente obtuvo una justa recompensa por afecto y amor. Sin embargo, no fue así. Hace cosa de una semana los muchachos involucrados en el fraude recibieron cheques de Manny Fox cubriendo sus pérdidas, y Miss Bobbit irrumpió resueltamente y con rudeza en una reunión del club de la Horca (que ahora sólo es un pretexto para beber cerveza y jugar al póquer los jueves por la noche).

—Mirad, chicos —dijo, en el tono de quien pone los puntos sobre las íes—, ninguno de vosotros pensaba que volvería a ver ese dinero. Ahora que lo tenéis, debéis invertirlo en algo práctico: en mí, por ejemplo.

La propuesta consistía en reunir el dinero para financiar su viaje a Hollywod; a cambio, recibirían el diez por ciento de las ganancias que tuviera en vida; serían ricos en cuanto fuera una estrella, y eso no iba a tardar mucho.

—Seréis ricos —dijo—, al menos para los criterios de este pueblo.

Nadie quería hacerlo, pero cuando Miss Bobbit te miraba, ¿qué se podía decir?

Ha llovido copiosamente desde el lunes, una lluvia de verano atravesada por el sol y de noche por la oscuridad, llena de ruidos, hojas que caen, chimeneas que chorrean agua, postigos insomnes. Billy Bob está muy alerta; aunque no ha llorado, hace todo de un modo frío y tiene la lengua más tiesa que un badajo. No le fue fácil aceptar la partida de Miss Bobbit, pues ella significaba algo más que tener trece años y estar perdidamente enamorado. Ella era su parte extraña: el árbol de nogal, el gusto por los libros, querer a alguien lo suficiente para dejarse lastimar, las cosas que tenía miedo de mostrar a los demás. En la oscuridad, la música fluía gota a gota entre la lluvia: habrá noches en que la oiremos como si realmente estuviera ahí, y por las tardes, en el momento en que las sombras se confunden, creeremos que pasa frente a nosotros, desplegándose sobre el césped como una cinta.

Ella le sonrió a Billy Bob, incluso le dio un beso.

–No me voy a morir –le dijo–. Vendrás conmigo y escalaremos una montaña, y viviremos allí, tú y yo, y la hermana Rosalba.

Pero Billy Bob sabía que las cosas nunca serían así, y cuando la música atravesaba la oscuridad se tapaba la cara con la almohada.

Pero ayer mostró una sonrisa extraña. Era el día en que ella se iba. El cielo se despejó por la tarde, impregnando el aire con toda la dulzura de las glicinas. Las flores amarillas de la tía El, sus Lady Ann, habían vuelto a florecer y ella hizo algo extraordinario: le dijo a Billy Bob que podía cortar unas y dárselas a Miss Bobbit como despedida.

Miss Bobbit estuvo toda la tarde sentada en el porche, rodeada de gente que se detenía a desearle buen viaje. Parecía que iba de primera comunión, con un vestido y una sombrilla blanca. La hermana Rosalba le había dado un pañuelo, pero se lo tuvo que pedir prestado porque no podía dejar de sollozar. Otra niña trajo un pollo al horno, supuestamente para el camino (el único problema fue que se olvidó de sacarle las entrañas antes de cocinarlo). La madre de Miss Bobbit dijo que a ella no le importaba, que el pollo era el pollo, palabras memorables, pues fue la única opinión que le oímos. Sólo hubo una nota discordante. Preacher Star había estado merodeando en la esquina durante horas; a veces en la parada del autobús, lanzando una moneda al aire, a veces escondido tras un árbol, como si no quisiera que nadie lo viera. Todos se pusieron nerviosos. Unos veinte minutos antes de que llegara el autobús se presentó en el pórtico de nuestra casa. Billy Bob seguía en el jardín cortando rosas; para entonces ya tenía suficientes para encender una hoguera, y su aroma era tan denso como el viento. Preacher se le quedó mirando hasta que el otro se volvió. En cuanto se vieron empezó de nuevo a llover; caía fina como brisa de mar, coloreada por un arco iris. Sin decir palabra, Preacher se acercó y ayudó a Billy Bob a separar las rosas en dos grandes ramos: las llevaron juntos a la parada. Del otro lado de la calle se oía un zumbido constante de conversación, pero en cuanto Miss Bobbit vio a los dos muchachos, sus rostros enmascarados por las flores como lunas amarillas, bajó corriendo los escalones, con los brazos extendidos.

Vimos lo que iba a suceder, y nuestras voces resonaron como truenos en la lluvia, pero ella no nos oía y siguió corriendo hacia aquellas lunas de rosas. Fue entonces cuando la atropelló el autobús de las seis.

[Traducción de Juan Villoro]

PROFESOR MISERIA
(1949)

El taconeo de sus propios zapatos en el vestíbulo de mármol le hizo pensar en cubos de hielo tintineando en un vaso. En cuanto a las flores –los crisantemos otoñales en la urna de la entrada–, sintió que bastaría tocarlas para que se pulverizaran en briznas escarchadas; no obstante hacía calor, la casa estaba incluso demasiado caldeada; pero también fría –Sylvia se estremeció– como frío era el níveo rostro tumefacto y ajado de la secretaria, Miss Mozart, que vestía toda de blanco, como una enfermera. Claro que bien podía ser que lo fuese. Pensó un momento: Mr. Revercomb, usted está loco y ésta es su enfermera. No, francamente no. En ese momento el mayordomo le tendió su bufanda. Le impresionó su apostura: delgado, tan cortés, un negro de piel pecosa y ojos enrojecidos y opacos. Le abrió la puerta; apareció Miss Mozart: su rígido uniforme produjo un seco susurro en el vestíbulo:

–Esperamos que regrese –dijo, y le dio a Sylvia un sobre cerrado–. Mr. Revercomb se ha sentido particularmente complacido.

Fuera, la oscuridad caía como copos azules. Caminó por las calles de noviembre hasta llegar a la solitaria zona alta de la Quinta Avenida. Se le ocurrió regresar a casa atravesando el parque: casi un acto de desafío. Henry y Estelle, que nunca dejaban de insistir en su sabiduría urbana, le habían dicho una y otra vez, Sylvia, no sabes lo peligroso que es caminar de noche

171

por el parque; mira lo que le sucedió a Myrtle Calisher. Esto no es Easton, guapa. Ésa era otra de las cosas que decían. Otra más. Dios santo, estaba harta. Sin embargo, aparte de ellos y de algunas otras mecanógrafas de SnugFare, la empresa de ropa interior para la que trabajaba, ¿a quién más conocía en Nueva York? La situación no estaría mal si no tuviera que vivir con ellos, si le alcanzara para pagarse un cuarto propio en algún sitio; pero en aquel angosto apartamento a veces sentía deseos de estrangularlos. ¿Por qué había ido a Nueva York? La causa, fuera cual fuese, le parecía a estas alturas bastante vaga; sin embargo, un motivo esencial para salir de Easton había sido librarse de Henry y Estelle, mejor dicho, de sus equivalentes, aunque Estelle también era de Easton, un pueblo al norte de Cincinnati. Habían crecido juntas. El verdadero problema de Henry y Estelle era que estuvieran tan, pero tan casados. Don Jabón, Cepigrillo, todo tenía un nombre: el teléfono era Tin Tilín; el sofá, Nuestro Berny; la cama, el Gran Oso, ¿y qué decir de sus almohadas y toallas *El* y *Ella?* Suficiente para enloquecer. ¡Enloquecer!, dijo en voz alta. El parque silencioso absorbió su voz. Qué agradable sensación, había hecho bien en atravesarlo, el viento soplaba entre las ramas, los arbotantes de luz recién encendidos iluminaban dibujos de tiza de los niños: pájaros rosas, flechas azules, corazones verdes. De pronto, dos muchachos aparecieron en el camino como un par de palabras obscenas. Rostros marcados de acné, sonrientes, se asomaron en la oscuridad como llamas amenazadoras. Cuando pasaron a su lado, Sylvia sintió que el cuerpo le ardía. Ellos se volvieron y la siguieron hacia una solitaria zona de juegos. Uno de los chicos golpeaba un palo a lo largo de una cerca de hierro, el otro silbaba. Los sonidos se aproximaron como el concentrado rugir de un motor cada vez más cercano. Cuando uno de ellos, riendo, gritó: «¿A qué viene tanta prisa?», a Sylvia se le entrecortó la respiración. Pensó en tirar el bolso y correr; no lo hagas, se dijo. En ese momento vio a un hombre que caminaba con su perro por un paseo lateral. Lo siguió y se mantuvo cerca de él hasta llegar a la salida. ¡Cómo agradecerían Henry y Estelle que les contara y les permitiera un te-lo-advertimos! Es más, Estelle lo mencionaría en una carta y el día menos pensado todo Easton sabría que la habían violado en Central Park. Durante el resto del trayecto maldijo Nueva York: la inocente amenaza del anonimato y aquel pasillo digno del metro, iluminado toda la noche, con tuberías chirriantes, pasos interminables, la puerta numerada: 3 C.

—Ssshh —dijo Estelle, saliendo furtivamente de la cocina—, Butsy está haciendo los deberes.

Henry estudiaba Derecho en la Universidad de Columbia y, efectivamente, estaba en la sala inclinado sobre sus libros. A petición de Estelle, Sylvia se descalzó y luego atravesó el cuarto de puntillas. Ya en su habitación se dejó caer en la cama y se tapó los ojos con las manos. ¿En verdad había sucedido ese día? Miss Mozart, Mr. Revercomb, ¿estaban realmente ahí, en ese alto edificio de la calle Setenta y ocho?

—¿Qué has hecho hoy, guapa? —Estelle entró sin llamar.

Sylvia se apoyó en un codo:

—Nada, salvo mecanografiar noventa y siete cartas.

—¿Sobre qué? —Estelle usó el cepillo de Sylvia.

—¿Sobre qué va a ser? SnugFare, los calzoncillos que proporcionan seguridad a los líderes de nuestra ciencia y nuestra industria.

—¡Uf, qué humor! A veces no sé qué te pasa, hablas en un tono... ¡Ay!, ¿por qué no compras otro cepillo? Éste es un amasijo de pelos.

—Casi todos tuyos.

—¿Qué has dicho?

—Olvídalo.

—Ah, me pareció que decías algo; en fin, como te iba diciendo, me gustaría que no tuvieras que ir a esa oficina, que no regresaras enfadada. Desde mi punto de vista, como le dije a Butsy la otra noche, y él estuvo absolutamente de acuerdo, le dije: Butsy, creo que Sylvia debería casarse, una chica tan sensible tiene que relajar sus tensiones. No hay nada que lo impida. Bueno, tal vez no seas una belleza, en el sentido corriente de la palabra, pero tienes unos ojos bonitos y aspecto de persona inteligente y sincera. De hecho, eres el tipo de chica que a cualquier profesional liberal le gustaría conseguir, y supongo que es lo que tú deseas... Mira lo distinta que soy desde que me casé con Henry. ¿No te sientes sola al ver lo felices que somos? Lo que quería decirte es que no hay nada como estar en la cama con un hombre que te abrace y...

–¡Estelle! ¡Por el amor de Dios! –Sylvia se incorporó, las mejillas encendidas de ira; pero luego se mordió los labios y bajó la mirada–. Lo siento –dijo–, no quise gritar, sólo quisiera que no me hablaras así.

–Está bien –dijo Estelle, sonriendo perpleja como una tonta; luego se acercó a Sylvia y la besó–. Comprendo. Estás agotada, eso es todo. Seguro que no has comido nada. Vamos a la cocina y te haré unos huevos revueltos.

Cuando Estelle colocó el plato de huevos frente a ella, Sylvia se sintió muy avergonzada. Después de todo, Estelle trataba de ser amable. Entonces, como para repararlo todo, dijo:

–Es que me ha pasado una cosa.

Estelle se sentó frente a ella con una taza de café. Sylvia continuó:

–No sé cómo decírtelo. Es tan extraño, pero..., bueno, hoy almorcé en el Automat y tuve que compartir la mesa con tres desconocidos. Hubiera dado lo mismo que yo fuera invisible porque hablaron de cosas muy íntimas. Uno de ellos comentó que su novia iba a tener un hijo y no sabía dónde conseguir dinero para resolver el asunto. Dijo que no tenía nada que vender. Pero otro (bastante más refinado, como si no tuviera que ver con sus compañeros) dijo que sí, que podía vender algo: sueños. Hasta yo me reí, pero el hombre movió la cabeza y dijo con mucho aplomo que era totalmente cierto, que la tía de su esposa, Miss Mozart, trabajaba para un millonario que compraba sueños, simples sueños nocturnos, de cualquier persona. Anotó el nombre y la dirección, y se lo dio a su amigo, pero él lo dejó en la mesa; dijo que le parecía demasiado absurdo para creérselo.

–A mí también –intervino Estelle haciendo notar su sensatez.

–No sé –dijo Sylvia, encendiendo un cigarrillo–. No pude quitármelo de la cabeza. El nombre era A. F. Revercomb; la dirección correspondía a una casa de la calle Setenta y ocho. Sólo lo vi un instante, pero fue..., no sé, no pude olvidarlo. Empezó a darme dolor de cabeza. Salí temprano de la oficina...

Estelle dejó en la mesa su taza de café, despacio, marcando el ademán.

–Escúchame, Sylvia, ¿no me dirás que has ido a ver al loco ese, a Revercomb?

–No quería ir –dijo Sylvia, repentinamente avergonzada. Era un error hablar de eso, Estelle carecía de imaginación, jamás lo iba a entender. Sus ojos se entrecerraron, como cada vez que inventaba una mentira–. Y no fui –añadió en tono neutro–. Iba de camino cuando me di cuenta de lo ridículo que era. En vez de seguir, di un paseo.

–Muy sensato por tu parte –dijo Estelle, empezando a acomodar platos en el fregadero–. Imagina lo que hubiera sucedido. ¡Comprar sueños! ¡Habráse visto! Caray. Realmente, seguro que esto no es Easton.

Antes de ir a su cuarto, Sylvia tomó un Seconal, cosa que hacía rara vez. De otro modo, con la cabeza tan despierta y tan hecha un lío no podría descansar; además sintió una extraña tristeza, una sensación de pérdida, como si hubiera sido víctima de un hurto, un hurto real o incluso moral, como si los muchachos que vio en el parque le hubieran arrebatado realmente –de pronto encendió la luz– el bolso. ¡El sobre que le había dado Miss Mozart! Estaba en el bolso, ahora se acordaba. Lo abrió. Dentro había un papel azul doblado sobre un cheque; había una nota: *en pago de un sueño,* cinco dólares. Entonces lo creyó; era cierto, le había vendido un sueño a Mr. Revercomb. ¿Podía ser tan sencillo? Volvió a apagar la luz, sonriendo levemente; si vendía un par de sueños a la semana, ¡la de cosas que iba a hacer!: alquilaría un apartamento para ella sola, pensó, sumiéndose en el sueño. La calma la envolvía como la

175

luz de una fogata, y luego vino un lapso con suaves brillos de linternas: se dormía profunda, muy profundamente. Vio unos labios, unos brazos masculinos, lejanísimos. Apartó la manta de una patada, con asco. ¿Hablaba Estelle de esos fríos brazos masculinos? Siguió deslizándose en el sueño; los labios de Mr. Revercomb rozaban su oído: *cuénteme,* susurró.

Pasó una semana antes de que fuese a verle de nuevo, una tarde de domingo a principios de diciembre. Había salido del apartamento con intención de ver una película, pero sin saber muy bien cómo, se encontró en la Avenida Madison, a dos calles de Mr. Revercomb. El cielo estaba color de plata, hacía frío, y el viento afilado era tan penetrante como la malvarrosa. En las tiendas, los carámbanos de oropel navideño brillaban entre montones de lentejuelas de nieve. Todo en perjuicio de Sylvia: odiaba las festividades, esos momentos en que uno está más solo que nunca. Un espectáculo la obligó a detenerse ante un escaparate. Era un Santa Claus mecánico de tamaño natural; se golpeaba el estómago y se balanceaba con un frenesí de euforia eléctrica. Su estruendosa y chirriante carcajada se podía oír a través de los gruesos cristales. Cuanto más lo miraba, más siniestro le parecía. Finalmente se volvió, estremecida, y continuó su camino hacia la calle donde estaba la casa de Mr. Revercomb. Por fuera era un gran edificio, quizás menos cuidado e imponente que los otros, pero aun así bastante majestuoso. Una hiedra blanqueada por el invierno circundaba los ventanales emplomados y extendía sus tentáculos sobre la puerta; dos pequeños leones de piedra, de ciegos ojos cincelados, guardaban la puerta. Sylvia respiró hondo antes de tocar el timbre. El negro pálido y gentil de Mr. Revercomb la reconoció con una educada sonrisa.

En su visita anterior, la sala donde había esperado a ser recibida por Mr. Revercomb estaba vacía. Esta vez había otras personas, mujeres de aspecto diverso y un hombre joven, con ojos de mosquito, excesivamente nervioso. Si hubieran sido lo que aparentaban (pacientes en una sala de espera), él hubiera podido ser un hombre a punto de ser padre o una víctima del mal de

San Vito. Estaba sentado junto a Sylvia; sus ojos inquietos desabotonaron su ropa con rapidez, y lo que vio le interesó muy poco. Sylvia sintió alivio cuando él volvió a sus crispadas preocupaciones. Poco a poco, sin embargo, cobró conciencia del interés que su presencia había suscitado en el grupo; a la luz lóbrega, incierta, de aquella estancia llena de plantas, las miradas parecían más duras que las sillas donde estaban sentados. Una mujer la miraba con especial severidad. Aquel rostro parecía destinado a poseer una dulzura suave y ordinaria, pero ahora, de ver a Sylvia, lo afeaban la desconfianza y los celos. La mujer agitaba suavemente una apolillada bufanda de piel, como si tratara de apaciguar a una bestia que pudiera atacarla a dentelladas; su mirada fija anticipó el ataque hasta que los pasos de Miss Mozart temblaron en el vestíbulo. De nuevo el grupo se dividió en entidades individuales vigilantes como escolares asustadizos.

–Mr. Pocker –dijo Miss Mozart, en tono admonitorio–, ¡usted es el siguiente!

Mr. Pocker la siguió, con mirada nerviosa y retorciéndose las manos. En la estancia oscura las mujeres volvieron a acomodarse como motas de sol.

Entonces empezó a llover. Los reflejos que temblaban en las ventanas se derritieron en las paredes. El joven mayordomo entró sigilosamente en la habitación, atizó el fuego del hogar y dispuso el servicio del té en una mesa. Sylvia estaba muy cerca del fuego; se sentía mareada por el calor y el sonido de la lluvia; inclinó la cabeza a un lado, al otro; cerró los ojos, ni despierta ni dormida.

Durante largo rato, sólo la cristalina oscilación de un reloj perturbó el límpido silencio de la casa de Mr. Revercomb. Luego, un repentino disturbio en el vestíbulo sumió la habitación en un furioso estruendo: tan vulgar como el color rojo, una voz grave gritaba:

–¿Detener a Oreilly? ¿Quién osará hacerlo?

El dueño de esa voz, un hombrecito con cuerpo de tonel y piel rojo ladrillo, se abrió paso hasta el umbral de la sala; su mirada deambuló ebria de arriba abajo.

–Vaya, vaya, vaya –dijo marcando una escala descendente con su voz, áspera como la ginebra–, ¿todas estas damas van antes que yo? Pero Oreilly es un caballero. Oreilly aguardará su turno.

–No lo hará. Aquí no. –Miss Mozart corrió tras él y lo agarró del cuello de la camisa. Oreilly enrojecía aún más y los ojos se le salían de las órbitas.

–Me está ahorcando –masculló, pero las manos pálidas, verdosas, de Miss Mozart, tan fuertes como raíces de roble, le tiraban aún más fuerte de la corbata hasta hacerle cruzar la puerta, que finalmente resonó con un efecto demoledor: una taza de té tintineó, y las hojas secas de una dalia cayeron de lo alto. La dama de las pieles se llevó una aspirina a la boca.

–¡Qué *desagradable!* –dijo.

Todos menos Sylvia sonrieron con admirada delicadeza cuando Miss Mozart pasó frotándose las manos.

Cuando salió de casa de Mr. Revercomb, caía una lluvia densa y oscura. Echó una mirada a la calle desierta en busca de un taxi. Nada ni nadie. Sí, había alguien, el borracho que había ocasionado aquel revuelo. Estaba apoyado en un coche haciendo botar una pelota de goma como un solitario niño callejero.

–Mira –le dijo a Sylvia–, mira, me acabo de encontrar esta pelota, ¿trae buena suerte?

Sylvia sonrió. El hombre le pareció inofensivo, a pesar del feroz altercado; su rostro tenía algo especial, una expresión de tristeza risueña que sugería un payaso sin maquillaje.

La siguió hacia la Avenida Madison, haciendo malabarismos con la pelota.

–A que hice el ridículo –dijo él–. Cuando me porto así lo único que quiero es sentarme a llorar. –Después de tanto rato bajo la lluvia había recobrado una considerable sobriedad–. Pero no debió tironearme de ese modo; qué salvaje es, maldita sea. Conozco a algunas mujeres bastante salvajes (mi hermana Berenice podía herrar al toro más bravo), pero ella es la más salvaje de todas. Recuerda las palabras de Oreilly: acabará en la silla eléctrica. –Sus labios produjeron un chasquido–. No tiene por qué tratarme así. De cualquier forma, toda la culpa no es de él. No tenía mucho con que empezar y él se quedó con lo que había; ahora no me queda *niente*, niña, *niente*.

–Qué pena –dijo Sylvia, sin saber de qué se compadecía–. ¿Es usted payaso, Mr. Oreilly?

–Lo era.

Habían llegado a la avenida, pero Sylvia no hizo el menor intento de buscar un taxi, quería seguir caminando bajo la lluvia junto al hombre que había sido payaso.

–De niña sólo me gustaban las muñecas vestidas de payaso –le dijo–. Mi cuarto era como un circo.

–He sido otras cosas. También he sido corredor de seguros.

–Ah –dijo Sylvia, decepcionada–. ¿Y ahora qué hace?

Oreilly rió y lanzó la pelota muy alto; la atrapó sin dejar de mirar hacia arriba.

–Miro el cielo –dijo–. Viajo a través del azul con mi maleta. Es adonde vas cuando no tienes otro sitio. ¿Qué hago en este planeta? He robado, mendigado, vendido mis sueños, todo por el whisky. Uno no puede viajar en azul sin una botella, lo cual nos lleva al grano: ¿qué te parecería si te pido prestado un dólar?

–Me parecería bien –contestó Sylvia; hizo una pausa, sin saber qué más decir.

Siguieron caminando, tan despacio que el chubasco parecía cercarlos como una presión aislante. Le pareció que caminaba con una de sus muñecas que se hubiera vuelto milagrosa y competente. Le tomó de la mano: un payaso viajando en el azul.

–Pero un dólar no lo tengo; sólo setenta y cinco centavos.

–Vale –dijo Oreilly–, ¿en serio paga tan poco últimamente?

Sylvia supo a quién se refería.

–No, no... En realidad no le he vendido un sueño. –No trató de explicarse; ni ella podía entenderlo. Ante la gris invisibilidad de Mr. Revercomb (impecable, preciso como una balanza, rodeado de clínicos aromas; ojos grises y opacos plantados como semillas en el rostro anónimo, sellados por lentes

179

aceradas) fue incapaz de recordar un sueño, y habló de dos ladrones que la siguieron por un parque y por la zona de los columpios–. «Un momento», me pidió que me detuviese; «hay muchos tipos de sueños», dijo, «pero éste es falso, se lo está inventando.» ¿Cómo lo supo? Entonces le conté otro sueño; era sobre él: me abrazaba de noche entre globos que subían y lunas que caían. Dijo que no le interesaban los sueños que tuvieran que ver con él.

Miss Mozart, que anotaba todos los sueños en taquigrafía, recibió la orden de llamar al siguiente.

–Creo que no volveré.

–Volverás –dijo Oreilly–. Mírame. Hasta yo regreso, y hace mucho que el profesor Miseria acabó conmigo.

–¿Profesor Miseria? ¿Por qué le llama así?

Habían llegado a la esquina donde el Santa Claus maníaco se mecía y vociferaba. Sus carcajadas resonaron en la chirriante calle lluviosa y su sombra se proyectó sobre los arco iris reflejados en el pavimento.

Oreilly dio la espalda al Santa Claus. Sonrió y dijo:

–Le llamo profesor Miseria porque es eso. Profesor Miseria. Tal vez tú le llames de otro modo, pero es el mismo tipo; seguro que lo conoces. Las madres siempre hablan de él a sus hijos: vive en los huecos de los árboles, se desliza de noche por las chimeneas, acecha en los cementerios, sus pasos resuenan en los desvanes. El hijo de puta es un ladrón, una amenaza: se apropiará de todo lo que tengas y no te dejará nada; ni siquiera un sueño. ¡Buu! –gritó, y rió con más fuerza que el Santa Claus–. Qué, ¿ya sabes quién es?

Sylvia asintió:

–Sé quién es. En mi familia lo llamábamos de otro modo, pero no recuerdo cómo. Fue hace mucho.

–Pero ¿lo recuerdas?

–Sí, lo recuerdo.

–Entonces llámalo profesor Miseria. –Y se alejó, botando su pelota–. Profesor Miseria. –Su voz se convirtió en una mera luciérnaga de sonido–. Pro-fe-sor Mi-se-ria...

Costaba trabajo ver a Estelle recortada contra esa ventana llena de un sol tan hiriente como el crujir del cristal azotado por el viento. Además, Estelle la estaba sermoneando. Su voz nasal sonaba como si su garganta fuera un depósito de oxidadas navajas de afeitar.

—Me gustaría que te vieras —decía, ¿o acaso había dicho eso tiempo atrás?; era lo de menos—. No sé qué te ha pasado. A que no pesas ni cuarenta kilos. Se te ven todos los huesos y las venas. ¡Y el pelo! Pareces un perro de lanas.

Sylvia se pasó una mano por la frente.

—¿Qué hora es, Estelle?

—Las cuatro —dijo, interrumpiéndole el tiempo suficiente para mirar el reloj—. ¿Y dónde está tu reloj?

—Lo vendí —dijo Sylvia, demasiado cansada para mentir. No importaba. Había vendido tantas cosas, incluyendo su abrigo de castor y el bolso de noche con malla dorada.

Estelle negó con la cabeza.

—Me rindo, querida; así de claro, me rindo. Era el reloj que tu madre te regaló para tu graduación. Qué vergüenza —su boca hizo un chasquido de sirvienta antigua—, qué lástima y qué vergüenza. Jamás entenderé por qué nos dejaste. Eso es asunto tuyo, no hay duda; pero ¿cómo pudiste dejarnos por esta..., esta...?

—Pocilga —completó Sylvia, usando la palabra deliberadamente. Era un cuarto amueblado de la zona este, a la altura de la Sesenta y tantos, entre la Tercera y la Segunda Avenida. Suficientemente amplio para un sofá-cama y un buró viejo y astillado como un espejo que semejaba un ojo con cataratas, tenía una ventana que daba a un inmenso solar (en las tardes se escuchaban voces agresivas y las correrías de niños desesperados); a lo lejos, como un punto de admiración en el horizonte de edificios, se alzaba la negra chimenea de una fábrica.

La chimenea aparecía con frecuencia en sus sueños y nunca dejaba de excitar a Miss Mozart:

—Fálica, fálica —murmuraba, apartando la vista de su taquigrafía.

El suelo del cuarto era un basurero de libros empezados y nunca concluidos, periódicos viejos, hasta mondaduras de naranja, huesos de frutas, ropa interior, una polvera desparramada.

Estelle se abrió paso entre la basura y se sentó en el sofácama.

—Tú no lo sabes, pero me preocupas muchísimo. Mira, tengo mi orgullo y todo eso, y si no te caigo bien, bueno, pues vale. Pero no tienes derecho a alejarte de este modo, a que no se sepa de ti en un mes. Así que hoy le dije a Butsy: Butsy, tengo el presentimiento de que a Sylvia le ha sucedido algo horrible. Ya te puedes imaginar cómo me sentí cuando llamé a tu oficina y me dijeron que hacía cuatro semanas que no trabajabas allí. ¿Qué pasó?, ¿te despidieron?

—Sí, me despidieron. —Sylvia se incorporó—. Por favor, Estelle, tengo que arreglarme; tengo una cita.

—Tranquila, no irás a ningún lado hasta que no me entere de lo que pasa. La portera me dijo que te habías vuelto sonámbula...

—¿Has hablado con ella? ¿Qué pretendes?, ¿por qué me espías?

Los ojos de Estelle se arrugaron, como si fueran a llorar. Puso su mano sobre la de Sylvia y la palmeó suavemente.

—Dime, querida, ¿es por un hombre?

—Sí, es por un hombre —dijo Sylvia, con un asomo de risa en la voz.

—Debiste haber hablado conmigo antes. —Estelle suspiró—. Conozco a los hombres. No tienes por qué avergonzarte de eso. Un hombre puede tratar a una mujer de tal forma que ella se olvide de todo lo demás. Si Henry no fuera el abogado prometedor que es, lo querría de todas formas, y haría cosas que antes de conocer a un hombre me hubieran parecido horrendas y repugnantes. Pero te has enredado con un tío que se está aprovechando de ti.

—No es esa clase de relación —dijo Sylvia, poniéndose de pie y localizando un par de medias entre el furor de los cajones del buró–. No tiene nada que ver con el amor. Olvídalo. Es más, vuelve a casa y olvídate completamente de mí.

Estelle la miró con detenimiento:

–Me asustas, Sylvia, en serio que me asustas.

Sylvia sonrió y continuó vistiéndose.

–¿Recuerdas que hace mucho te dije que te casaras?

–¡Uf! Ahora escúchame tú. –Sylvia se volvió; tenía una hilera de horquillas en la boca; las retiraba una a una mientras hablaba–. Hablas de matrimonio como si fuera la respuesta absoluta; pues bien, hasta cierto punto estoy de acuerdo. Claro que quiero que me amen, ¿y quién no? Pero incluso si estuviera deseando comprometerme, ¿dónde está el hombre con el que me he de casar? Debe haberse caído por una alcantarilla. En serio, no hay hombres en Nueva York, y si los hay, ¿dónde los encuentras? Los que me parecían mínimamente atractivos o eran casados o maricas o demasiado pobres para casarse. Además, éste no es un lugar para enamorarse; es un lugar para curarse del amor. Claro, supongo que podría casarme con alguien, pero yo no quiero eso, ¿o sí?

–¿Entonces qué quieres? –Estelle se encogió de hombros.

–Más de lo que recibo. –Colocó la última horquilla en su sitio y se alisó las cejas frente al espejo–. Tengo una cita, Estelle, es hora de que te vayas.

–No puedo dejarte así –dijo Estelle, y su mano se agitó inerme–. Sylvia, eres mi amiga de la infancia.

–Justamente ése es el asunto: ya no somos niñas; al menos, yo no. Vete a casa y no vuelvas por aquí. Lo único que quiero es que te olvides de mí.

Estelle se llevó el pañuelo a los ojos; cuando llegó a la puerta lloraba con bastante fuerza. Sylvia no se podía permitir remordimientos; después de ser dura, sólo podía ser más dura.

–Adelante –dijo, siguiendo a Estelle al vestíbulo–, ¡y escribe a casa todas las tonterías que se te ocurran de mí!

Estelle lanzó un aullido que hizo que los otros inquilinos salieran a sus puertas y se fue escaleras abajo.

Sylvia regresó a su cuarto y chupó un terrón de azúcar para quitarse el agrio sabor de boca; era el remedio de su abuela para el mal humor. Luego se arrodilló y sacó la caja de puros que escondía bajo la cama. Al abrirla se escuchó una versión casera y algo descompuesta de *Cómo odio levantarme por las mañanas*. La caja de música la había construido su hermano, que se la regaló cuando cumplió catorce años. Al comer azúcar había pensado en su abuela, y al escuchar la melodía, en su hermano; las habitaciones de la casa en que vivieron giraron frente a ella, en penumbra; Sylvia se movía de una a otra como una luz: escaleras arriba, abajo, fuera, de un lado a otro, un aire fragante, primaveral, sombras violáceas y el chirrido de un columpio en el porche. Todos han desaparecido, pensó, evocando sus nombres, ahora estoy totalmente sola. La música terminó. Pero continuó en su cabeza; podía oírla imponiéndose a los gritos de los niños del solar vacío, interrumpiendo su lectura. Leía un diario que guardaba en la caja, un cuaderno donde apuntaba lo más importante de sus sueños; ahora disponía de una infinidad y era muy difícil recordarlos. Hoy le contaría a Mr. Revercomb el de los tres niños ciegos. Eso le gustaría. Los precios que pagaba eran variables y estaba segura de que éste era por lo menos un sueño de diez dólares. La melodía de la caja de puros la acompañó escaleras abajo, la siguió por las calles hasta hacerla desear que acabara de una vez.

En la tienda donde había estado el Santa Claus vio una exhibición igualmente enervante. Incluso cuando llegaba tarde a casa de Mr. Revercomb, como ahora, se sentía obligada a detenerse ante el escaparate. Una niña de yeso, con intensos ojos de vidrio, pedaleaba en una bicicleta a una velocidad de locura; aunque los radios de las ruedas giraban hipnóticamente, la bicicleta, por supuesto, jamás se movía: todo ese esfuerzo y la pobre chica sin ir a ningún lado. Era una situación lastimosamente humana; Sylvia se podía identificar con ella de un modo tan cabal que sintió una auténtica punzada. La caja de música giraba en su cabeza: ¡la melodía, su hermano, la casa, un baile de cuando hacía bachillerato, la casa, la melodía! ¿La oiría Mr. Revercomb? Su mirada penetrante revelaba una apagada sospecha. Sin embargo, pareció satisfecho con el sueño. Cuando salió, Miss Mozart le dio un sobre con diez dólares.

–Tuve un sueño de diez dólares –le contó a Oreilly.

–¡Estupendo! –Oreilly se frotó las manos–. Ojalá hubieras llegado antes, porque he hecho algo terrible. Entré en una tienda de bebidas, robé una botella de un cuarto de litro y salí corriendo.

Sylvia no le creyó hasta que del abrigo abrochado con unos alfileres se sacó una botella de bourbon ya medio vacía.

–Un día te vas a meter en problemas –dijo ella–, y entonces ¿qué será de mí? No sé qué haría sin ti.

Oreilly rió y sirvió whisky en un vaso de agua. Estaban sentados en un café que no cerraba en toda la noche, un rutilante depósito de comida, animado por espejos azules y murales burdos. Aunque a Sylvia le parecía un sitio sórdido cenaban allí a menudo; de cualquier forma, aun en caso de tener dinero, ¿adónde más podían ir? Juntos causaban una impresión curiosa: una chica y un borracho decrépito. Hasta en un sitio así la gente se les quedaba mirando. Si lo hacían demasiado rato, Oreilly se erguía muy digno y decía:

–Hola, labios ardientes, me acuerdo muy bien de ti, ¿todavía trabajas en el aseo de caballeros?

Pero generalmente no les molestaban, y a veces se quedaban charlando hasta las dos o las tres de la mañana.

–Menos mal que los otros no saben que el profesor Miseria te dio diez dólares. Alguno diría que le habías robado el sueño. Eso me sucedió una vez. Nadie se salva de las dentelladas, nunca he visto tantos tiburones, son peores que los actores, los payasos o los hombres de negocios. Es algo demencial, si te paras a pensarlo: la obsesión de si dormirás o no, si tendrás un sueño, si lo recordarás. Una y otra vez. Consigues un par de dólares y te lanzas a la primera licorería o a la primera máquina de pastillas para dormir, y antes de darte cuenta, ya estás total y absolutamente pirado. ¿Por qué? ¿Sabes a qué se parece? Es como la vida misma.

–No, Oreilly, en eso sí que te equivocas. No tiene nada que ver con la vida. Tiene más que ver con estar muerta. Siento como si me despojaran de todo, como si un ladrón me robara hasta dejarme en los huesos. Oreilly, no tengo ninguna ambición, y solía tener muchas. No lo entiendo, no sé qué hacer.

Él sonrió:

–¿Y dices que no es como la vida? ¿Quién entiende la vida? ¿Quién sabe lo que hay que hacer?

–No te burles; deja estar el whisky y tómate la sopa antes de que se te congele. –Encendió un cigarrillo; el humo le irritó los ojos, aguzando su ceño fruncido–. Ojalá supiera para qué quiere todos esos sueños, todos mecanografiados y archivados. ¿Qué hace con ellos? Tienes razón cuando dices que el profesor Miseria..., no se trata tan sólo de un curandero imbécil; no es posible que todo carezca de sentido, pero ¿para qué quiere sueños? Ayúdame, Oreilly, piensa, piensa: ¿qué significa?

Oreilly se sirvió otro trago, cerrando un ojo; su torcida boca de payaso adquirió una corrección académica:

–Esta pregunta vale un millón de dólares, niña. ¿Por qué no preguntas algo sencillo, como un remedio para el catarro común y corriente? Sí, ¿qué significa? He pensado bastante en ello. Lo he pensado mientras le hacía el amor a una mujer y lo he pensado a mitad de una partida de póquer. –Apuró el trago y se estremeció–. Mira, un sonido puede iniciar un sueño; el ruido de un coche que pasa por la calle puede hacer que cientos de personas dormidas caigan en lo más profundo de sí mismas. Es curioso pensar en ese coche avanzando en la oscuridad, desatando tantos sueños. El sexo, un repentino cambio de luz, un problema, estas pequeñas llaves pueden abrir nuestro interior. Pero casi todos los sueños empiezan porque una furia interior derrumba las puertas. No creo en Jesucristo pero sí en el alma; así es como me lo imagino yo: los sueños son la mente del alma, nuestra verdad escondida. Tal vez el profesor Miseria no tenga alma y tome trocitos de la tuya. Te los roba como te robaría las muñecas o el ala de pollo de tu plato. Cientos de almas han pasado por él y han ido a parar a un archivo.

—Oreilly, no te burles —volvió a decir, molesta porque creyó que él bromeaba—, mira, la sopa está...

Se detuvo de golpe, sobresaltada por la expresión de Oreilly, quien miraba hacia la entrada. Había tres hombres, dos policías y un civil vestido de tendero. El civil señalaba la mesa que ocupaban ellos. Los ojos de Oreilly registraron el local con desesperación acorralada. Luego asintió, se acomodó en su sitio, se sirvió otro trago con gesto ostentoso.

—Buenas noches, caballeros —dijo cuando los oficiales se le pusieron delante—, ¿les apetece un trago?

—¡No pueden arrestarlo! —gritó Sylvia—. ¡No pueden arrestar a un payaso! —Les arrojó su billete de diez dólares, pero no le hicieron caso, y ella empezó a golpear la mesa. Todos los clientes los miraban. El encargado llegó corriendo, retorciéndose las manos.

El policía le pidió a Oreilly que se pusiera de pie.

—Desde luego —dijo Oreilly—, aunque no veo por qué se preocupan de unos delitos tan ínfimos como los míos habiendo maestros del robo tan a mano. Por ejemplo, esta hermosa criatura... —se colocó entre los oficiales y señaló a Sylvia— acaba de ser víctima de un robo mayúsculo: pobrecilla, le han robado el alma.

Sylvia no salió de su cuarto en los dos días que siguieron al arresto de Oreilly: sol en la ventana; luego, oscuridad. Al tercer día ya se había quedado sin cigarrillos, así que se aventuró hasta la tienda de la esquina. Compró una caja de pastelitos, una lata de sardinas, un periódico y cigarrillos, y eso le causó una aguda sensación de delicia y contento, pues no había comido nada en todo ese tiempo. Pero el subir las escaleras y el alivio de cerrar la puerta la dejaron tan exhausta que ni siquiera pudo hacer la cama. Se sentó en el suelo y no se movió hasta que volvió a ser de día. Le pareció que había estado ahí unos veinte minutos. Puso la radio a todo volumen, arrastró una silla hasta la ventana y abrió el periódico en su regazo: *Lana lo niega, Repulsa de la*

URSS, Los mineros llegan a un acuerdo; de todas las cosas ésta era la más triste: la vida continuaba. Cuando uno deja a un amante, la vida debería detenerse; cuando uno se aleja del mundo, el mundo debería acabarse, pero eso nunca sucede. La mayoría de la gente se levanta por la mañana, no porque importe lo que haga, sino porque no importaría que no lo hiciera. Sin embargo, si Mr. Revercomb finalmente lograba reunir los sueños de todas las cabezas, tal vez... La idea se le escapó, se entremezcló con la radio y el periódico. *Bajan las temperaturas.* Una tormenta de nieve recorre Colorado hacia el oeste, cae sobre todas las poblaciones, amarillea todas las luces, cubre cada pisada, está cayendo ahora mismo. Con qué rapidez se había desatado la tormenta: los techos, el solar vacío, el horizonte, tenían una blancura progresivamente espesa, aborregada. Miró el periódico y miró la nieve; debía haber nevado todo el día. Imposible que hubiera empezado hacía un momento. No se oían coches circulando; había niños alrededor de una hoguera entre los revueltos desperdicios del solar vacío; un coche, enterrado hasta el parachoques, encendía y apagaba sus luces: ¡auxilio!, ¡auxilio!, silencioso como el corazón de la angustia. Desmenuzó un pastelito y colocó las migajas en el alero de la ventana; los pájaros del norte vendrían a hacerle compañía. Les dejó la ventana abierta; la ventisca dispersó copos de nieve que se disolvieron en el suelo como joyas del día de los inocentes. *Presenta: La vida puede ser hermosa.* ¡Baje la radio! La bruja del bosque golpeaba su puerta. Sí, Mrs. Halloran, dijo, y apagó la radio. Silencio de nieve, silencio de sueño, sólo el remoto canturrear de los niños divertidos con el fuego. El cuarto estaba azul de frío, más frío que el frío de los cuentos de hadas: amor mío, acuéstate entre las escarchadas flores de la nieve. Mr. Revercomb, ¿por qué espera en el umbral? Vamos, pase, hace tanto frío ahí fuera.

Pero el momento de despertar fue tibio; alguien la sujetaba. La ventana estaba cerrada y los brazos de un hombre la estrechaban. Le cantaba, con voz afectuosa y despreocupada: *el pastel de zarzamora es rico, el pastel de mora es rico, pero no tan rico como el de amor...*

–Oreilly, ¿eres tú?, ¿eres tú de verdad?

Él la estrechó con fuerza.

–La nena está despierta. ¿Cómo se encuentra?

–Pensaba que estaba muerta –dijo, y la felicidad le aleteó por dentro como un pájaro herido pero todavía capaz de volar. Trató de abrazarlo pero estaba demasiado débil.

–Te quiero, Oreilly, eres mi único amigo, estaba tan asustada. Pensé que no te volvería a ver. –Hizo una pausa, recordando–. Pero ¿cómo es que no estás en la cárcel?

El rostro de Oreilly se encendió, contento:

–Nunca he estado en la cárcel –dijo misteriosamente–, pero antes que nada vamos a comer. Esta mañana he subido algunas cosas de la tienda.

De repente sintió que flotaba:

–¿Desde cuándo estás aquí?

–Desde ayer –dijo él, atareado con paquetes y platos de plástico–. Tú misma me abriste.

–Es imposible. No recuerdo nada.

–Lo sé –dijo él, sin insistir en el tema–. Toma, bébete la leche como una niña buena que te voy a contar una historia verdaderamente malísima. Uy, es tremenda –anunció, golpeándose los costados, de buen humor; más que nunca, parecía un payaso–. Como te iba diciendo, no he estado en la cárcel; me salvé por los pelos porque cuando aquellos granujas me llevaban a empellones encontré nada menos que a la mujer gorila: ¡acertó!, Miss Mozart. ¿Qué tal?, le digo, ¿también viene a que la afeite el barbero? Ya era hora de que lo arrestaran, me dice, y le sonríe a uno de los policías. Haga su trabajo, oficial. Ah, le digo, si no me han arrestado, voy a la comisaría para denunciarla, comunista de mierda. Ya te puedes imaginar la que armó entonces: se lanzó contra mí y los policías trataron de detenerla. No creas que no les advertí: cuidado, chicos, que es una mujer de pelo en pecho. Miss Mozart debió de confirmarlo, así que yo me alejé por la calle como si tal cosa. Nunca me ha gustado pararme a mirar las peleas callejeras, como hace la gente de esta ciudad.

Oreilly se quedó con ella el fin de semana. Fue la fiesta más hermosa que Sylvia pudiera recordar; para empezar nunca se había reído tanto, y además nadie, desde luego nadie de su familia, la había hecho sentirse tan querida. Oreilly cocinaba bien y preparó deliciosos platillos en la pequeña cocina eléctrica. En una ocasión recogió la nieve del alero de la ventana para hacer un sorbete con jarabe de fresa. El domingo, Sylvia se sintió con fuerzas suficientes como para bailar. Encendieron la radio y bailó hasta caer de rodillas, sonriente, sin aliento.

—Nunca más volveré a asustarme —dijo—. Ni siquiera sé de qué tenía miedo.

—De las mismas cosas que te asustarán la próxima vez —dijo Oreilly, con calma—. Es una cualidad del profesor Miseria: nadie sabe nunca qué es, ni siquiera los niños, que lo saben casi todo.

Sylvia se acercó a la ventana; una blancura ártica cubría la ciudad, pero había dejado de nevar, el cielo nocturno tenía una claridad de hielo. Vio la primera estrella de la noche que emergía del río.

—La primera estrella —dijo, cruzando los dedos.

—¿Qué deseo pides cuando ves la primera estrella?

—Pido ver otra estrella —dijo—, casi siempre pido eso.

—¿Y esta noche?

Se sentó en el suelo, apoyó su cabeza en las rodillas de Oreilly.

—Esta noche quisiera recuperar mis sueños.

—Todos deseamos eso, ¿no? —dijo Oreilly, acariciándole el pelo—. ¿Y qué harías entonces? Quiero decir, ¿qué harías si los recuperaras?

Por un momento Sylvia guardó silencio; cuando habló tenía una mirada grave, distante.

—Regresaría a casa —dijo muy despacio—. Es un decisión terrible, pues significaría renunciar a todos mis otros sueños, pero si Revercomb me los devolviera, me iría a casa mañana mismo.

Oreilly fue al armario y sin decir palabra le dio su abrigo.

—¿Para qué? —preguntó ella, mientras él la ayudaba a ponérselo.

—Hazme caso, por favor; vamos a visitar a Revercomb, le pedirás que te devuelva tus sueños. No perdemos nada.

Sylvia se detuvo en la puerta:

—Por favor, Oreilly, no me obligues a ir. No puedo, tengo miedo.

—Creí que habías dicho que ya no volverías a tener miedo.

Una vez en la calle, Oreilly la apresuró entre la ventisca, tanto que no tuvo tiempo de asustarse. Era domingo, las tiendas estaban cerradas y los semáforos parecían encenderse y apagarse sólo para ellos; ningún coche recorría la avenida cubierta de nieve. Sylvia incluso olvidó adónde iban y recordó pequeños incidentes: en esa esquina había visto a Greta Garbo y ahí enfrente habían atropellado a una anciana. Sin embargo, finalmente se detuvo, sin aliento, abrumada por una repentina lucidez.

—No puedo, Oreilly —dijo tirando de él—, ¿qué voy a decirle?

—Propónle un trato —dijo Oreilly—; dile con franqueza que quieres tus sueños, que si te los da le devolverás todo su dinero: a plazos, naturalmente. Así de sencillo. ¿Por qué mierda no te los va a devolver? Están todos en el archivo.

De algún modo ese discurso le pareció convincente; avanzó con cierto valor, sus pies helados pisaban fuerte.

—Ésa es mi chica —dijo Oreilly.

Se separaron en la Tercera Avenida. Oreilly sabía que de momento ese barrio no era muy seguro para él. Se refugió en un portal, de vez en cuando encendía una cerilla y canturreaba: *pero es más rico el pastel de whisky y moras.* Un perro delgado y largo como un lobo trotó por los respiraderos en forma de luna, bajo el tren elevado, y al otro lado de la calle se veían las siluetas brumosas de los hombres reunidos en un bar. Le aturdió la simple posibilidad de entrar a conseguir un trago de gorra. Sylvia apareció cuando se había decidido a intentar algo por el estilo. Antes de que pudiera distinguir si realmente se trataba de ella, ya estaba en sus brazos.

—No hay para tanto, amor mío —dijo suavemente, abrazándola lo mejor que pudo—. No llores; hace demasiado frío para llorar, se te va a arrugar la cara.

Ella trató de hablar, poco a poco su llanto se volvió una risa trémula, artificial. El aire recibió el vaho de su risa.

—¿Sabes lo que me ha dicho? —masculló—. ¿Sabes lo que ha dicho cuando le he pedido mis sueños? —Echó la cabeza atrás; su risa subió y se remontó sobre la calle como una cometa perdida, pintada de colores estridentes. Oreilly tuvo que sacudirla.

—Dijo que no me los podía devolver porque él ya los había usado.

Se quedó callada, su rostro se suavizó, cobrando una tranquila inexpresividad. Tomó a Oreilly del brazo. Caminaron juntos, pero eran como amigos que recorrían un andén, cada cual esperando el tren en que partiría el otro. Al llegar a la esquina, él carraspeó y dijo:

—Supongo que es un buen sitio para que me vaya, tan bueno como cualquier otro.

Sylvia lo tomó de la manga:

—Pero ¿adónde vas a ir, Oreilly?

—Viajaré por el azul. —Ensayó una sonrisa poco convincente.

Ella abrió su bolso:

—Uno no puede viajar por el azul sin una botella. —Lo besó en la mejilla y deslizó cinco dólares en su bolsillo.

—Dios te bendiga, niña.

Era todo el dinero que le quedaba, pero no le importó tener que caminar sola a casa. Los montones de nieve parecían olas de un mar blanco: avanzaba sobre las olas, impulsada por vientos y mareas lunares. No sé lo que quiero, y tal vez nunca lo sepa, mi único deseo ante cada estrella será ver otra estrella. No estoy asustada, pensó, de verdad que no. Dos muchachos salieron de un bar y se le quedaron mirando. En un parque, hacía mucho tiempo, había visto a dos muchachos que tal vez fueran los mismos. No estoy asustada, de verdad que no, pensó, escuchando las pisadas que la seguían con un crujir de nieve; de cualquier forma, ya no quedaba nada que robar.

[Traducción de Juan Villoro]

LA GANGA
(1950)

Varias cosas de su marido irritaban a Mrs. Chase. Su voz, por ejemplo: era como si siempre estuviera pujando en una partida de póquer. Era exasperante escuchar la apatía con que arrastraba las palabras, sobre todo cuando hablaba con él por teléfono, como ahora, estentórea de emoción ella misma.

–Pues claro que ya tengo uno, ya lo sé. Pero no lo entiendes, querido..., es una ganga –dijo ella, recalcando la última palabra, y luego haciendo una pausa para que su magia obrase efecto. Por toda respuesta obtuvo silencio–. Oye, podrías decir algo. No, no estoy en una tienda, estoy en casa. Viene a comer Alice Severn. Es de su abrigo de lo que intento hablarte. Seguro que te acuerdas de Alice Severn.

Su memoria porosa era otro rasgo irritante, y aunque ella le recordó que en Greenwich habían visto muchas veces a Arthur y a Alice Severn y que, de hecho, les habían invitado a casa, él fingió que el nombre no le decía nada.

–Da igual –suspiró ella–. De todos modos, sólo voy a ver el abrigo. Que comas bien, querido.

Más tarde, cuando estaba enredando con las ondas exactas del pelo ya retocado, Mrs. Chase reconoció que en realidad no había ninguna razón para que su marido guardase un recuerdo perfectamente claro de los Severn. Lo comprendió cuando trató de evocar una imagen de Alice y sólo vio una borrosa. Ahora casi la tenía: una mujer sonrosada, larguirucha, que aún no había cumplido los treinta años y siempre iba en una ranchera, acompañada de un setter irlandés y de dos niños preciosos, pelirrojos tirando a rubios. Decían que su marido bebía; ¿o era ella la bebedora? También se les consideraba un riesgo a la hora de concederles un préstamo; al menos, Mrs. Chase recordaba que una vez había oído hablar de deudas increíbles, y alguien, ¿no fue ella misma?, había descrito a Alice Severn como un poco demasiado bohemia.

Antes de trasladarse al centro, los Chase tenían una casa en Greenwich, lo cual era una lata para ella, pues del barrio le disgustaba el atisbo de naturaleza y prefería el pasatiempo de los escaparates de Nueva York. En Greenwich, una y otra vez encontraban a los Severn en un cóctel, en la estación de tren, y ahí quedaba la cosa. Llegó a la conclusión, no sin sorpresa, de que ni siquiera eran amigos. Como ocurre tantas veces cuando oyes hablar de repente de una persona del pasado, y de alguien conocido en un contexto distinto, le había sobresaltado una sensación de intimidad. Al pensarlo mejor, sin embargo, parecía extraordinario que Alice Severn, a quien no había visto desde hacía más de un año, la llamase para ofrecerle un abrigo de visón.

Mrs. Chase pasó por la cocina para ordenar un almuerzo de sopa y ensalada: nunca se paraba a pensar que no todo el mundo estaba a dieta. Llenó de jerez una licorera y se la llevó al salón. Era una habitación de un vivo color verde cristal, algo parecido al de su gusto demasiado juvenil para la ropa. El viento azotaba las ventanas, porque el apartamento, en un piso muy alto, tenía una vista aérea del centro de Manhattan. Puso en el tocadiscos un disco de un método de idiomas y se sentó en una postura nada relajada a escuchar la voz forzada que pronunciaba cosas en francés. Los Chase proyectaban celebrar su vigésimo aniversario de casados con un viaje a París en abril; por eso ella había empezado las clases grabadas, y por eso también se había interesado por el abrigo de Alice: le parecía más práctico viajar con un visón de segunda mano; más adelante podría encargar que lo trasformasen en una estola.

Alice Severn llegó unos minutos más temprano, una casualidad, sin duda, porque no era una persona ansiosa, a juzgar, en todo caso, por su modo de andar despacioso y apocado. Calzaba unos zapatos cómodos y un traje de tweed que había conocido tiempos mejores, y llevaba una caja atada con una cuerda deshilachada.

–Me ha alegrado tanto tu llamada esta mañana... Cielo santo, hace siglos, pero claro, ya nunca vamos a Greenwich.

Aunque sonriente, su invitada guardó silencio y Mrs. Chase, que había adoptado un estilo efusivo, se quedó algo cortada. Cuando se sentaron, fijó la mirada en la mujer más joven y se le pasó por la cabeza que si se hubieran encontrado por azar quizás no la habría reconocido, no porque tuviese un aspecto muy distinto, sino porque cayó en la cuenta de que nunca había mirado a Alice de cerca, lo cual se le hacía raro, porque no era una mujer que pasara inadvertida. Si hubiera sido menos alargada, más compacta, se la podría pasar por alto, comentando quizás que era atractiva. Aun así, con su cabeza pelirroja, la sensación de lejanía en los ojos, su cara pecosa y otoñal y sus manos fuertes y descarnadas, emanaba una distinción que no dejaba indiferente.

–¿Un jerez?

Alice asintió y su cabeza, en precario equilibrio sobre su cuello delgado, era como un crisantemo demasiado pesado para su tallo.

–¿Una galleta? –le ofreció Mrs. Chase, observando que una persona tan flaca y estirada debía de comer como una lima. La cicatería de la sopa y ensalada le produjo un escrúpulo súbito, y dijo la siguiente mentira–: No sé qué estará preparando Martha para el almuerzo. Ya sabes lo difícil que es cuando no te avisan con tiempo. Pero dime, querida, ¿qué tal por Greenwich?

–¿Greenwich? –dijo Alice, parpadeando, como si una luz imprevista hubiera destellado en el cuarto–. Ni idea. Hace tiempo que no vivimos allí, unos seis meses o más.

–¿Ah? –dijo Mrs. Chase–. Ya ves lo atrasada que estoy. ¿Dónde vives entonces, querida?

197

Alice Severn levantó una de sus manos huesudas y patosas y la agitó en dirección a las ventanas.

–Por ahí –dijo, singularmente. Su voz era clara, pero tenía un deje exhausto, como si estuviese pescando un resfriado–. En el centro, me refiero. No nos gusta mucho, sobre todo a Fred.

Con una entonación muy suave, Mrs. Chase dijo: «¿Fred?», porque recordaba perfectamente que el marido de Alice se llamaba Arthur.

–Sí, Fred, mi perro, un setter irlandés, debes de haberlo visto. Está acostumbrado al espacio y el apartamento es muy pequeño, una sola habitación, en realidad.

Malos tiempos estaban viviendo los Severn si vivían todos en un cuarto. Curiosa como era, Mrs. Chase se contuvo y no hizo preguntas al respecto. Probó el jerez y dijo:

–Claro que me acuerdo de tu perro; y de los niños: de las tres cabezas pelirrojas asomando por la ranchera.

–Los niños no son pelirrojos. Son rubios, como Arthur.

Dictó esta corrección con tanta seriedad que Mrs. Chase se vio impelida a soltar un risita perpleja.

–Y Arthur, ¿cómo está? –dijo, aprestándose a ponerse de pie para el almuerzo. Pero la respuesta de Alice la obligó a sentarse de nuevo. La formuló sin alterar su expresión de plácida sencillez, y consistió solamente en: «Más gordo.»

–Más gordo –repitió, al cabo de un momento–. La última vez que le vi, hará como una semana, cruzando una calle, andaba casi como un pato. Si me hubiera visto, seguro que me habría reído: siempre ha sido muy tiquismiquis con su facha.

Mrs. Chase se tocó las caderas.

–Tú y Arthur. ¿Separados? Es algo sorprendente.

–No nos hemos separado. –Movió la mano en el aire como si estuviera rasgando una telaraña–. Le conozco desde que era una niña, desde que éramos niños: ¿tú crees –dijo en voz baja– que alguna vez podríamos separarnos, Mrs. Chase?

Que la llamase por su apellido pareció marcarle las distancias; por un instante se sintió acordonada, y cuando se dirigieron hacia el comedor imaginó que se infiltraba entre ellas cierta hostilidad. Posiblemente fue ver las manos torpes de Alice deshaciendo a tientas una servilleta lo que la convenció de que no existía tal cosa. Exceptuando las frases educadas, comieron en silencio y ella empezó a temer que no le contase la historia. Por fin:

–En realidad, nos divorciamos el pasado agosto –soltó Alice Severn.

Mrs. Chase aguardó; luego, entre el ascenso y descenso de su cuchara sopera, dijo:

–Qué horror. Por la bebida, supongo.

–Arthur no bebía –respondió Alice con una sonrisa agradable, aunque asombrada–. Es decir, bebíamos los dos. Por divertirnos, no por vicio. Era muy bonito en verano. Bajábamos al arroyo, recogíamos menta y hacíamos cócteles, cócteles enormes en fruteros. A veces, las noches de calor en que no podíamos dormir, llenábamos el termo de cerveza fría, despertábamos a los niños y nos íbamos en coche hasta la orilla: es estupendo beber cerveza, nadar y dormir en la arena. Eran tiempos deliciosos; recuerdo que una vez nos quedamos hasta el amanecer. No –dijo, y una idea seria le tensó la cara–, te diré. A Arthur le saco casi la cabeza, y creo que esto le fastidiaba. Cuando éramos niños él pensaba que crecería más que yo, pero no lo hizo. Detestaba bailar conmigo, y eso que le encanta bailar. Y le gustaba estar rodeado de un montón de gente, pequeñajos con voces agudas. Yo no soy así, yo prefería estar los dos solos. En estas cosas yo no le satisfacía. Pues bueno, ¿te acuerdas de Jeannie Bjorkman? Aquella de rizos y cara redonda, más o menos de tu altura.

–Creo que sí –dijo Mrs. Chase–. Estaba en el comité de la Cruz Roja. Un espanto.

–No –dijo Alice, pensativa–. Jeannie no es un espanto. Éramos muy buenas amigas. Lo raro es que Arthur siempre decía que la detestaba, pero entonces yo intuí que siempre había estado loco por ella, desde luego ahora lo está, y también los críos. En cierto modo no quiero que ella les guste a los niños, aunque debería alegrarme de que sea así, puesto que tienen que vivir con ella.

—¡No me digas que tu marido se ha casado con esa chica espantosa!

—En agosto.

Mrs. Chase, tras hacer una pausa para proponer que tomaran el café en el salón, dijo:

—Es vergonzoso que vivas sola en Nueva York. Por lo menos deberías tener a los niños.

—Arthur quería quedárselos —dijo Alice, con sencillez—. Pero no estoy sola. Fred es uno de mis mejores amigos.

Mrs. Chase hizo un gesto de impaciencia: no le gustaban las fantasías.

—Un perro. Es un disparate. Sólo te puedo decir que eres una insensata: si un hombre intentara pisotearme, saldría con los pies despedazados. Supongo que ni siquiera habéis acordado que él debe —vaciló—... que él debería contribuir.

—No lo entiendes, Arthur no tiene dinero —dijo Alice, con la consternación de un niño que ha descubierto que los mayores, a fin de cuentas, no son muy lógicos—. Hasta ha tenido que vender el coche y va y vuelve de la estación andando. Pero verás, creo que es feliz.

—Lo que tú necesitas es un buen pellizco —dijo Mrs. Chase, como si se dispusiera a ponerlo en práctica.

—El que me preocupa es Fred. Está acostumbrado a tener espacio, y una sola persona deja pocos huesos. ¿Crees que cuando termine mi curso encontraré un trabajo en California? Estoy estudiando en una academia, pero no soy un relámpago, sobre todo en mecanografía, es como si mis dedos la odiaran. Supongo que es como tocar el piano, que hay que aprender de pequeño. —Se miró inquisitivamente las manos, suspirando—. Tengo una clase a las tres; ¿te importa que te enseñe el abrigo?

Era de esperar que el aire festivo de unas cosas saliendo de una caja alegrase a Mrs. Chase, pero cuando vio la tapa retirada la invadió una desazón melancólica.

—Era de mi madre.

Que debió de usarlo sesenta años, pensó Mrs. Chase, mirándose al espejo. El abrigo le llegaba a los tobillos. Frotó con la mano su piel deslustrada, raída, y la notó mohosa, rancia, como si hubiese estado en un desván a la orilla del mar. Hacía frío dentro del abrigo, estaba tiritando, y al mismo tiempo un arrebol le calentó la cara, porque en aquel mismo momento advirtió que Alice estaba mirando por encima de su hombro y en su cara había una expectación demacrada, indecorosa, que no tenía antes. En materia de compasión, Mrs. Chase hacía economías: antes de darla tomaba la precaución de atarle una cuerda, por si acaso necesitaba recuperarla. Al mirar a Alice Severn, sin embargo, fue como si la hubieran cortado la cuerda, y por una vez se topó de lleno con las obligaciones de la compasión. Así y todo se resistió, en busca de una escapatoria, pero entonces sus ojos chocaron con los de la otra y vio que no había ninguna. Rememorar una palabra del curso de idiomas la ayudó a formular una determinada pregunta:

–*Combien?* –dijo.

–No vale nada, ¿verdad?

Había confusión en este interrogante, no franqueza.

–No, nada –dijo la otra en tono cansino, casi socarrón–. Pero puede que le encuentre alguna utilidad.

No volvió a preguntar; era obvio que parte de su obligación consistía en fijar el precio ella misma.

Todavía arrastrando el burdo abrigo, fue hasta un rincón del cuarto donde había un escritorio y, escribiendo a tirones rencorosos, rellenó un cheque contra su cuenta corriente: no tenía intención de que su marido se enterase. Lo que más despreciaba Mrs. Chase era el sentimiento de pérdida; una llave fuera de su sitio, una moneda cayendo al suelo aceleraban su conciencia del robo y de las estafas de la vida. Una sensación similar la embargó cuando entregó el cheque a Alice Severn, que lo dobló y lo guardó sin mirarlo en el bolsillo del traje. Era por un importe de cincuenta dólares.

–Querida –dijo Mrs. Chase, abatida por una falsa inquietud–, tienes que llamarme por teléfono para decirme cómo van las cosas. No debes sentirte sola.

Alice Severn no le dio las gracias y en la puerta no le dijo adiós. En cambio, cogió una mano de Mrs. Chase y le dio unas palmadas, como si estuviera premiando con suavidad a un animal, a un perro. Al cerrar la puerta, Mrs. Chase se miró la mano y se la acercó a los labios. El tacto de la otra mano perduraba en ella, y se quedó esperando a que se disipara: poco después, la mano se le volvió a enfriar.

[Traducción de Jaime Zulaika]

UNA GUITARRA DE DIAMANTES
(1950)

El pueblo más próximo a la granja prisión está a treinta kilómetros de distancia. Numerosos bosques de pinos separan la granja del pueblo, y es en estos pinares donde trabajan los presos; sangran los árboles para obtener trementina. La propia prisión está en un bosque. Para encontrarla hay que seguir una pista roja con profundas roderas hasta que, al final, aparecen sus muros, coronados por las alambradas caídas a modo de parras. En su interior viven ciento nueve blancos, noventa y siete negros y un chino. Tiene dos dormitorios: grandes barracones verdes de madera con techo de papel embreado. Los blancos ocupan uno de los edificios, y los negros y el chino el otro. En cada uno de los barracones hay una enorme estufa de ancha barriga, pero los inviernos son aquí muy fríos, y cuando los pinos agitan sus heladas ramas por la noche, y la luna proyecta su congelada luz, los presos, tendidos en sus catres de hierro, permanecen despiertos, y los colores ígneos de la estufa juguetean en sus ojos.

Los presos cuyos catres están más cerca de la estufa son los más importantes: aquellos que son admirados o temidos. Uno de ellos es Mr. Schaeffer. Así le llaman, con el tratamiento de míster para denotar el especial respeto que merece, y es un hombre alto y muy chupado. Su pelo es rojizo con canas plateadas, y su cara comedida, religiosa; no es más que piel y huesos; se le notan los movimientos óseos, y tiene los ojos pálidos, incoloros. Sabe leer y escribir, y también sumar toda una columna de cifras. Cuando alguno de los demás presos recibe carta, siempre se la lleva a Mr. Schaeffer. La mayoría de esas cartas son tristes y quejumbrosas; a menudo Mr. Schaeffer improvisa mensajes más animosos en lugar de leer lo que dice el papel. En el mismo barracón hay otros dos presos que también saben leer. Pese a esta circunstancia, uno de ellos le lleva sus cartas a Mr. Schaeffer, el cual, para devolverle el cumplido, jamás le lee la verdad. El propio Mr. Schaeffer no recibe nunca correo, ni siquiera por Navidad; parece no tener ningún amigo fuera de la cárcel, y de hecho tampoco tiene ninguno en ella: es decir, nadie que sea especialmente amigo suyo. Pero no siempre había sido así.

Un domingo invernal de hace unos cuantos inviernos, Mr. Schaeffer, sentado en la escalera de la entrada de su barracón, estaba tallando una muñeca. Se da mucha maña para estas cosas. Talla las muñecas por partes, y después las une entre sí con trocitos de alambre que saca del somier; así, se les mueven los brazos y piernas, y les gira la cabeza. Una vez ha terminado aproximadamente una docena de muñecas, el capitán de la granja las lleva al pueblo, en cuyo almacén las venden. De este modo, Mr. Schaeffer gana dinero para caramelos y tabaco.

Aquel domingo, cuando estaba tallando los dedos de una diminuta mano, entró un camión en la explanada de la prisión. Un muchacho, esposado al capitán de la granja, saltó del camión al suelo y se quedó bizqueando, deslumbrado por el fantasmal sol de invierno. Mr. Schaeffer se limitó a dirigirle una mirada fugaz. Contaba entonces unos cincuenta años, de los que se había pasado diecisiete en la granja. Difícilmente podía interesarle la llegada de un preso nuevo. Los domingos son días de descanso en la granja, y los demás presos que paseaban su melancolía por la explanada se congregaron en torno al camión. Más tarde, Pick Axe y Goober pararon un momento junto a Mr. Schaeffer para decirle algo.

–Es extranjero, el nuevo –dijo Pick Axe–. Cubano. Pero rubio.

–Navajero, dice el capi –dijo Goober, que también era navajero–. Rajó a un marinero en Mobile.

–A dos –dijo Pick Axe–. Pero no era más que una pelea de bar. Y no les hizo ningún daño.

–¿Te parecer poco daño el haberle cortado la oreja a uno de los marineros? El capi dice que le han caído dos años.

–Tiene una guitarra completamente recubierta de brillantes –dijo Pick Axe.

Estaba oscureciendo demasiado para seguir trabajando. Mr. Schaeffer montó las diversas piezas de la muñeca y, tomándola de las manitas, la sentó sobre sus rodillas. Lió un cigarrillo; a la luz del anochecer los pinos adquirían un tono azulado, y el humo del cigarrillo tardaba en desvanecerse en el aire frío y cada vez más oscuro. Mr. Schaeffer vio que el capitán cruzaba la explanada. El nuevo preso, un jovencillo rubio, andaba en pos de él, algo rezagado. Los diamantes de cristal incrustados en la caja de su guitarra lanzaban tantos destellos como un cielo estrellado, y el uniforme que acababan de darle le venía enorme: parecía uno de esos disfraces que se ponían los críos la noche de Halloween.

–Un encargo para ti, Schaeffer –dijo el capitán, deteniéndose junto a los peldaños del barracón. El capitán no era muy severo; de vez en cuando invitaba a Mr. Schaeffer a visitarle en su oficina, y allí charlaban los dos de las cosas que habían leído en el periódico–. Tico Feo –dijo luego, como si fuese el nombre de un pájaro o el título de una canción–, te presento a Mr. Schaeffer. Te irán bien las cosas si consigues caerle bien.

Mr. Schaeffer alzó la vista para contemplar al chico, y sonrió. Le sonrió más de lo que él mismo hubiera deseado, porque los ojos del chico eran como pedazos de cielo, azules como una noche de invierno, y su cabello era tan dorado como los dientes del capitán. Tenía cara de juerguista, de listo y despabilado; y, mirándole, Mr. Schaeffer se acordó de sus épocas de vacaciones, de los buenos tiempos.

–Se parece a mi hermanita pequeña –dijo Tico Feo, tocando la muñeca de Mr. Schaeffer. Su voz, con acento cubano, era suave y dulce como un plátano–. También se sienta en mi rodilla.

Mr. Schaeffer sintió de repente un ataque de timidez. Tras saludar al capitán con una inclinación, desapareció entre las sombras de la explanada. Y permaneció allí, susurrando los nombres de las estrellas a medida que iban abriendo sus flores en lo alto del cielo. Le gustaban mucho las estrellas, pero aquella noche no le sirvieron de consuelo; no bastaron para recordarle que lo que nos ocurre a los que vivimos en la tierra carece de importancia contemplado desde el eterno fulgor de la eternidad. Mirándolas, volvió a pensar en la guitarra tachonada de brillantes, en su relumbrón mundano.

Podría decirse de Mr. Schaeffer que en toda su vida sólo había hecho una cosa mala de verdad: había matado a un hombre. Las circunstancias de ese crimen carecen de importancia, y sólo vale la pena mencionar que aquel hombre merecía la muerte y que por ella Mr. Schaeffer fue sentenciado a noventa y nueve años y un día. Durante mucho tiempo –de hecho, muchísimos años– no había pensado en cómo era su vida antes de llegar a la granja. Su recuerdo de aquellos tiempos era como una casa deshabitada en la que hasta el mobiliario ha terminado pudriéndose. Pero esa noche parecía que hubiesen encendido de nuevo las lámparas de todas aquellas tenebrosas habitaciones muertas. Este fenómeno comenzó a producirse en cuanto vio que Tico Feo surgía de la oscuridad con su espléndida guitarra. Hasta ese momento no se había sentido solo. Sin embargo, ahora que reconocía su soledad, también se sintió vivo. No había querido vivir. Estar vivo equivalía a recordar ríos fangosos poblados de peces veloces, el brillo del sol en el cabello de una mujer.

Mr. Schaeffer dejó caer la cabeza. El brillo de las estrellas le humedeció los ojos.

El barracón acostumbra ser un lugar triste, con el rancio olor de los presos y el aspecto desnudo que le dan las dos bombillas eléctricas sin pantalla. Pero con la llegada de Tico Feo fue como si en la oscura habitación hubiese penetrado un fenómeno tropical, pues cuando Mr. Schaeffer regresó de observar las estrellas se encontró con una escena tan salvaje como chillona. Sentado en un jergón con las piernas cruzadas, Tico Feo rasgaba la guitarra con sus largos dedos ondulantes y cantaba una canción tan alegre como el tintineo de unas monedas. Aunque la letra era en español, algunos de los presos intentaban cantar con él, y Pick Axe y Goober se habían puesto a bailar juntos. También Charlie y Wink bailaban, pero cada uno por su cuenta. Era bonito oír las risas de los presos, y cuando finalmente Tico Feo dejó la guitarra, Mr. Schaeffer acudió con otros compañeros a felicitarle.

–Te mereces esta guitarra tan preciosa –le dijo.

–Es de diamantes –dijo Tico Feo, acariciando su centelleo de café cantante–. Antes, otra de rubíes. Pero ésa es robada. Mi hermanita pequeña trabaja en La Habana en un..., cómo se dice, donde hacen guitarras; por eso tengo ésta.

Mr. Schaeffer le preguntó si tenía muchas hermanas, y Tico Feo, con una anchísima sonrisa, alzó cuatro dedos. Luego, entrecerrando los ojos con expresión codiciosa, dijo:

–Eh, míster, ¿me da muñecas para mis dos hermanitas pequeñas?

A la noche siguiente Mr. Schaeffer le regaló las muñecas. Tras esto, se convirtió en el mejor amigo de Tico Feo, y siempre estaban juntos. Y se tenían mutua consideración, en todo momento.

Tico Feo tenía dieciocho años, y había trabajado los dos últimos en un mercante del Caribe. De pequeño había asistido a una escuela de monjas, y de su cuello colgaba un crucifijo de oro. También tenía un rosario. El rosario lo guardaba envuelto en un pañuelo de seda verde, junto con tres tesoros más: un frasco de colonia Noches de París, un espejito de bolsillo, y un mapamundi Rand McNally. Estas cosas, y la guitarra, eran sus únicas pertenencias, y no permitía que nadie las tocara. Posiblemente fuera el mapa lo que más apreciaba. Por la noche, antes de que les apagaran las luces, abría el mapa y le mostraba a Mr. Schaeffer los sitios donde había estado –Galveston, Miami, Nueva Orleans, Mobile, Cuba, Haití, Jamaica, Puerto Rico y las Islas Vírgenes–, así como los sitios adonde quería ir. Quería ir prácticamente a todas partes, sobre todo a Madrid, sobre todo al Polo Norte. Esto hechizaba y a la vez atemorizaba a Mr. Schaeffer. Le dolía pensar en Tico Feo surcando los mares y visitando lugares lejanos. A veces miraba defensivamente a su amigo y pensaba: «No eres más que un soñador perezoso.»

Es cierto que Tico Feo era un perezoso. Después de aquella primera noche, hasta para que tocase la guitarra había que suplicarle. Al amanecer, cuando uno de los guardias les llamaba para que se levantasen, generalmente aporreando la estufa con un martillo, Tico Feo gemía como un niño. A veces fingía encontrarse mal, sollozaba y se frotaba el estómago; pero nunca se salió con la suya porque el capitán le mandaba siempre a trabajar con los demás presos. Mr. Schaeffer y él fueron destinados a trabajar juntos con un grupo que arreglaba las pistas. Era duro, porque tenían que cavar la arcilla congelada y cargar con pesados sacos de rocas fragmentadas. El guardián se pasaba la jornada entera gritándole a Tico Feo, porque el joven se dedicaba sobre todo a quedarse apoyado en lo primero que se pusiera a su alcance.

Cada mediodía, cuando les pasaban las fiambreras, los dos amigos se sentaban juntos a comer. La fiambrera de Mr. Schaeffer contenía algunas cosas exquisitas, pues podía permitirse el lujo de comprar manzanas y caramelos del pueblo. Y a él le gustaba darle algunas de esas cosas a su amigo, porque su amigo las disfrutaba tremendamente, y Mr. Schaeffer pensaba: «Aún estás creciendo; pasará mucho tiempo antes de que te hagas mayor.»

Tico Feo no caía bien a todos los presos. Debido a que sentían celos de él, o por motivos más sutiles, los había que contaban del joven cosas bastante horribles. Tico Feo no parecía enterarse de nada. Cuando los demás presos se reunían a su alrededor, y él comenzaba a tocar la guitarra y a cantar, se le notaba que se sabía querido. La mayor parte de los presos le querían; esperaban a que llegase la hora libre que tenían entre la cena y el momento en que apagaban las luces, y le decían:

—Tico, toca algo.

No se daban cuenta de que, luego, reinaba una tristeza peor que nunca. El sueño les sorteaba de un salto, como una liebre, y sus miradas se quedaban pensativamente prendidas de los destellos del fuego que ardía tras la rejilla de la estufa. Mr. Schaeffer era el único que comprendía el porqué de aquella turbación, porque también él la sentía. Se debía a que su amigo había hecho revivir los ríos fangosos poblados de peces, el brillo del sol en el cabello de una mujer.

Muy pronto le concedieron a Tico Feo el derecho de ocupar una cama próxima a la estufa, al lado de la de Mr. Schaeffer. Mr. Schaeffer supo desde el primer momento que su amigo era un gran mentiroso. No esperaba la verdad cuando Tico Feo se ponía a contar sus historias de aventuras, de conquistas, de encuentros con personajes famosos. Más bien las disfrutaba como simples cuentos, como los que publican las revistas, y le reconfortaba escuchar la voz tropical de su amigo susurrando en la oscuridad.

Aparte de que no combinaban sus cuerpos ni creían tampoco hacerlo, pese a que esta clase de cosas no hubiera sido una novedad en la granja, eran como amantes. De todas las estaciones, no hay ninguna tan demoledora como la primavera: los tallos revientan la endurecida costra helada de la tierra, las hojas abren la piel de las viejas ramas amortajadas, el dormido viento rasga el espacio entre rebrotados verdes. Y lo mismo le ocurría a Mr. Schaeffer, que sentía un resquebrajamiento, un desentumecimiento de los músculos endurecidos.

A finales de enero, ambos amigos estaban sentados en los peldaños del barracón, con un pitillo en la mano. Una delgada luna amarilla, como un pedazo de corteza de limón, se arqueaba sobre sus cabezas, y bajo su luz brillaban numerosas hilachas de tierra helada como plateados rastros de caracoles. Hacía ya muchos días que Tico Feo estaba encerrado en sí mismo, callado como el ladrón que acecha entre las sombras.

No servía de nada decirle: «Anda, Tico, toca un poco.» Se limitaba a mirarles con ojos vidriosos, como alguien que ha inhalado éter.

—Cuenta alguna historia —dijo Mr. Schaeffer, que se ponía nervioso y se sentía impotente cuando era incapaz de llegarle—. Cuenta lo de la vez que fuiste a las carreras en Miami.

—Nunca fui a una carrera en Miami —dijo Tico Feo, admitiendo así la falsedad de uno de sus más disparatados embustes, un asunto de cientos de dólares en el que, además, conocía a Bing Crosby. Pero a él pareció darle lo mismo. Sacó un peine y se lo pasó con gesto mohíno por el pelo. Pocos días antes, este mismo peine había sido la causa de una tremenda pelea. Uno de los presos, Wink, dijo que Tico Feo le había robado ese peine, y el acusado contestó escupiéndole en el rostro. Estuvieron peleando hasta que Mr. Schaeffer y otro preso lograron separarles.

—Es un peine mío. Tú se lo dices —le pidió Tico Feo a Mr. Schaeffer. Pero, con tranquila firmeza, Mr. Schaeffer dijo que no, que el peine no era de su amigo, y esta respuesta pareció derrotar a todas las partes implicadas.

—Bueno —dijo Wink—, si tanto le gusta, qué coño, ya se lo puede quedar el hijoputa ese.

Más tarde, en tono vacilante, desconcertado, Tico Feo dijo:

—Pensaba que tú mi amigo.

Lo soy, pensó Mr. Schaeffer, pero no dijo nada.

—Nunca a una carrera, y lo de la viuda también no es verdad. —Se puso a fumar su pitillo hasta encender furiosamente la brasa, y miró a Mr. Schaeffer con expresión interrogadora—. Eh, ¿tu dinero, míster?

—Unos veinte dólares —dijo vacilante Mr. Schaeffer, temeroso de lo que pudiera pasar a continuación.

—No es muy bueno veinte dólares —dijo Tico, pero no parecía decepcionado—. No importante, trabajaremos por el camino. En Mobile tengo amigo, Federico. Él nos pone en barco. Ningún problema.

Fue como si hubiese dicho que había empezado a refrescar.

Mr. Schaeffer notó un pellizco en el corazón; no pudo decir palabra.

—Nadie aquí corre como Tico. Él corre más.

—Las balas corren más que tú —dijo Mr. Schaeffer en un tono que casi no era de este mundo—. Soy demasiado viejo —añadió, y la conciencia de su vejez le daba vueltas por dentro como un vómito.

Tico Feo no le escuchaba.

—Y luego, el mundo. El mundo, *el mundo,*[1] amigo mío. —Se puso en pie, temblando como un caballo muy joven; parecía como si lo tuviera todo a su alcance: la luna, el ulular de las lechuzas. Respiraba afanosamente, su aliento se convertía en humo—. ¿Ir a Madrid? Quizás alguien me enseña a torear. ¿No, míster?

Mr. Schaeffer tampoco le escuchaba.

—Soy demasiado viejo —dijo—. Condenadamente viejo.

Durante las semanas siguientes Tico Feo siguió repitiéndole: el mundo, *el mundo,* amigo mío; y él sólo sentía deseos de esconderse. Se encerraba en la letrina con la cabeza gacha. Y, no obstante, estaba excitado, hechizado. ¿Y si pudiera ser verdad? ¿Y si conseguía correr con Tico por el bosque y llegar hasta el mar? Se imaginaba a bordo de un barco, él, que jamás había estado en el mar, que había pasado toda la vida con las raíces hundidas en la tierra. Fue entonces cuando murió uno de los presos, y se oía el ruido de los que estaban haciéndole el ataúd. Cada vez que un clavo penetraba en las tablas Mr. Schaeffer pensaba: «Lo hacen para mí, es el mío.»

Tico Feo, en cambio, estaba más animado que nunca; más que andar, brincaba de un lado para otro con el paso ágil de un bailarín, con la gracia de un gigoló, y tenía un chiste para cada preso. En el barracón, después de cenar, sus dedos estallaban sobre las cuerdas de la guitarra como petardos. Enseñó a otros presos a gritar *olé,* y algunos hacían volar sus gorras por los aires.

Cuando terminaron de arreglar la pista, Mr. Schaeffer y

1. En castellano en el original. *(N. del T.)*

211

Tico Feo fueron devueltos al trabajo del bosque. El día de San Valentín tomaron el almuerzo al pie de un pino. Mr. Schaeffer había hecho un pedido de doce naranjas al pueblo, y estuvo pelándolas lentamente, formando espirales con las pieles; le dio a su amigo los gajos más jugosos. Tico Feo estaba orgulloso de lo lejos que escupía las pepitas, sus buenos tres metros.

Era un día precioso y fresco, a su alrededor bailaban como mariposas las manchas de luz, y Mr. Schaeffer, al que le gustaba trabajar en el bosque, se sentía atontado y alegre. Hasta que Tico Feo dijo:

—Ése, ése no atrapa mosca con la boca.

Se refería a Armstrong, un guardia de atocinadas mejillas que estaba sentado con el fusil apoyado entre las piernas. Era el más joven de los guardias, y acababa de llegar a la granja.

—No sé qué decirte —dijo Mr. Schaeffer. Miró a Armstrong y se fijó en que, al igual que muchos hombres tan pesados como vanidosos, el nuevo guardia se movía con presta ligereza—. Puede que te engañe.

—Quizás yo le engañaré a él —dijo Tico Feo, y escupió una pepita de naranja hacia donde estaba Armstrong. El guardia le miró ceñudamente, y luego tocó el silbato. Era la señal de reemprender el trabajo.

A media tarde los dos amigos volvieron a encontrarse juntos; estaban clavando baldes para recoger la trementina en un par de árboles muy próximos. Más abajo, a cierta distancia, bajaba un riachuelo saltarín y no muy profundo que se ramificaba a través del bosque.

—En el agua no hay olor —dijo Tico Feo meticulosamente, como si se acordara de algo que había oído decir en cierta ocasión—. Corremos en el agua; y, cuando oscuro, subir un árbol. ¿Sí, míster?

Mr. Schaeffer siguió dando martillazos, pero la mano le temblaba, y se dio con el martillo en el pulgar. Aturdido, volvió la cabeza hacia su amigo. Su rostro no reflejaba dolor, ni tampoco se llevó el dedo a la boca, como hubiese hecho otro cualquiera en sus circunstancias.

Pareció como si los ojos azules de Tico Feo se dilataran como burbujas, y cuando, con una voz más suave que el ruido del viento en las copas de los pinos, dijo «mañana», aquellos ojos fueran lo único que Mr. Schaeffer era capaz de ver.

–¿Mañana, míster?

–Mañana –dijo Mr. Schaeffer.

Cayeron sobre las paredes del barracón los primeros colores del amanecer, y Mr. Schaeffer, que apenas había descansado, supo que también Tico Feo estaba despierto, y observó con ojos cansados de cocodrilo los movimientos de su amigo en la cama contigua. Tico Feo estaba desanudando el pañuelo que contenía sus tesoros. Primero sacó el espejito de mano. Su luz de medusa tembló en el rostro del chico. Durante un rato estuvo admirando su propia imagen con placer concentrado, y se peinó y atusó el cabello como si estuviera preparándose para una fiesta. Luego se colgó el rosario del cuello. No abrió el frasco de colonia ni el mapa. Lo último que hizo fue afinar la guitarra. Mientras los demás presos iban vistiéndose, él se sentó al borde de su catre y se puso a afinar la guitarra. Era extraño, pues por fuerza tenía que saber que nunca volvería a tocarla.

Los chillidos estridentes de los pájaros acompañaron a los presos a través de los humeantes bosques matutinos. Caminaban en fila india, de quince en quince, con un guardia al final de cada grupo. Mr. Schaeffer sudaba como si hiciese mucho calor, y era incapaz de seguir el paso de su amigo, que se le adelantaba, haciendo castañetear los dedos y silbándoles a los pájaros.

Habían acordado una señal. Tico Feo gritaría «¡Permiso!», y fingiría que iba a hacer sus necesidades detrás de un árbol. Pero Mr. Schaeffer no sabía en qué momento ocurriría esto.

El guardia que se llamaba Armstrong hizo sonar su silbato, y los presos de su grupo abandonaron la formación y se fueron cada uno a su trabajo. Mr. Schaeffer, aunque cumplía su tarea lo mejor que podía, procuraba encontrarse siempre en situación de ver a Tico Feo y al guardia al mismo tiempo. Arms-

213

trong se quedó sentado en un tocón, con el gesto torcido porque estaba mascando tabaco, y el fusil apuntando al sol. Tenía la mirada astuta de un tahúr; no había modo de averiguar dónde fijaba la vista.

Hubo un momento en el que otro de los presos gritó la señal. Aunque Mr. Schaeffer supo al instante que no era la voz de su amigo, el pánico le dio un tirón en la garganta, como si fuese una cuerda. A medida que se iba consumiendo la mañana, notaba tal tamborileo en sus oídos que temió no ser capaz de captar la señal cuando sonara.

El sol subió hasta el centro del cielo. «No es más que un soñador perezoso. No hará nada», pensó Mr. Schaeffer, atreviéndose por un instante a creerlo. Pero, «Primero comemos», dijo Tico Feo dándose aires de persona práctica cuando dejaban las fiambreras en un terraplén situado junto al riachuelo. Comieron en silencio, casi como si estuvieran resentidos el uno con el otro, pero al final Mr. Schaeffer notó la mano de su amigo cerca de la suya, se la cogió, y la apretó con ternura.

–Mr. Armstrong, permiso...

Mr. Schaeffer había visto un ocozol cerca de la orilla, y estaba pensando que pronto llegaría la primavera y saldría el liquidámbar, a punto para ser mascado. Una piedra afilada le abrió una herida en la palma cuando se dejaba caer por la resbaladiza pendiente hacia el agua. Se enderezó y comenzó a correr; tenía las piernas largas, lograba mantenerse casi a la misma altura que Tico Feo, mientras unos helados géiseres lanzaban salpicaduras a su paso. Desde diversos rincones del bosque les llegaban resonantes gritos, como voces emitidas en una caverna, y luego silbaron, altos, tres balazos, como si el guardia disparase contra una bandada de patos.

Mr. Schaeffer no vio el tronco que estaba atravesado en el cauce. Tuvo la impresión de que aún seguía corriendo, y continuó moviendo las piernas en el aire; era como una tortuga boca arriba.

Mientras pugnaba por erguirse, le pareció que la cara de su amigo, colgada encima de él, formaba parte del cielo invernal, de tan lejana, de tan severa que la veía. Permaneció allí colgada un solo instante, como un colibrí, pero le bastó ese tiempo para saber que Tico Feo no pretendía que él lo consiguiera, que jamás lo había creído posible, y se acordó de la vez que pensó que a su amigo le faltaba todavía mucho para llegar a hacerse mayor. Cuando le encontraron, seguía tumbado en las someras aguas, como si fuese una tarde de verano y estuviese flotando apaciblemente en el riachuelo.

Han transcurrido desde entonces tres inviernos, y de cada uno de ellos se ha dicho que era el más frío, el más largo. Dos meses recientes de lluvias han vuelto a ahondar las roderas de la pista de arcilla que conduce a la granja, y es más difícil que nunca llegar hasta allí, salir de allí. Han montado un par de focos que brillan toda la noche como los ojos de una gigantesca lechuza. Por lo demás, apenas se han producido novedades. Mr. Schaeffer, por ejemplo, tiene más o menos el mismo aspecto, aunque se ha espesado la escarcha de su cabello, y camina cojeando porque se rompió un tobillo. Fue el propio capitán el que dijo que Mr. Schaeffer se lo había roto cuando intentaba atrapar a Tico Feo. Incluso salió una foto de Mr. Schaeffer en el periódico, bajo este titular: «Trata de impedir una fuga.» En aquellos momentos se sintió profundamente humillado, y no porque supiera que los demás presos se reían de él, sino porque se imaginaba a Tico Feo viendo ese periódico. De todos modos, se guardó el recorte en un sobre, con otras noticias que hablaban de su amigo: una solterona declaró a las autoridades que entró en su casa y la besó; dos veces se dijo que había sido visto en las proximidades de Mobile, y finalmente se supuso que había logrado salir del país.

Nadie le ha discutido nunca a Mr. Schaeffer su derecho a quedarse con la guitarra. Hace unos cuantos meses ingresó un nuevo preso en el barracón. Decían que tocaba muy bien, y convencieron a Mr. Schaeffer de que se la dejara. Pero todas las canciones del nuevo eran amargas, como si Tico Feo, cuando afinó la guitarra aquella última mañana, le hubiese echado una maldición. Ahora yace bajo el catre de Mr. Schaeffer, donde sus

215

diamantes de cristal comienzan a amarillear; su mano la busca a veces por la noche, y sus dedos acarician las cuerdas: después, el mundo.

[Traducción de Enrique Murillo]

UNA CASA DE FLORES
(1951)

Ottilie hubiese tenido que ser la chica más alegre de Port-au-Prince. Como le dijo Baby, piensa en todas las cosas de las que puedes enorgullecerte. ¿Como cuál?, dijo Ottilie, porque era vanidosa y le gustaban los cumplidos más que la carne de cerdo o los perfumes. Como el ser tan guapa, dijo Baby: tienes una tez adorablemente clara, y hasta los ojos casi azules, y una cara preciosa, encantadora; y no hay en toda la calle ninguna chica con clientes tan asiduos como tú, y siempre dispuestos a pagar toda la cerveza que seas capaz de beberte. Ottilie admitió que eso era cierto, y sonriendo siguió haciendo recuento de sus tesoros: tengo cinco vestidos de seda y unos zapatos de satén verde, tengo tres dientes de oro que valen treinta mil francos, quizás Mr. Jamison o alguien así me regale otro brazalete. Pero, Baby, gimió, y fue incapaz de expresar su insatisfacción.

Baby era su mejor amiga; tenía, además, otra amiga: Rosita. Baby era redonda como una rueda; sus anillos de baratija le habían dejado círculos verdes en varios de sus dedos gordos, tenía los dientes tan negros como tocones quemados, y cuando reía sus carcajadas se oían desde el mar, o eso al menos contaban los marineros. Rosita, la otra amiga, era más alta que la mayoría de los hombres, y más fuerte; de noche, cuando se acercaban los clientes, balbuceaba con una vocecilla de muñeca tonta, pero de día caminaba a grandes zancadas y su voz adquiría un timbre barítono de militar. Las dos amigas de Ottilie eran de la República Dominicana, y consideraban que esta circunstancia era motivo suficiente para sentirse muy superiores a las mujeres de este país más oscuro. Pero no les importaba que Ottilie fuese aborigen. Tienes mucho cerebro, le decía Baby, y no hay duda de que a Baby le encantaba la gente con cerebro. Ottilie temía a menudo que sus amigas descubriesen que no sabía leer ni escribir.

Vivían y trabajaban en una casa tambaleante, estrecha como la aguja de una iglesia, con frágiles balcones rebosantes de buganvilia. Aunque no tenía un cartel que lo dijera, se llamaba Champs-Elysées. La madame, una inválida con aspecto de solterona asmática, la administraba desde una habitación del primer piso en la que permanecía encerrada, acunándose en una mecedora y bebiendo de diez a veinte Coca-Colas diarias. En conjunto, había ocho chicas trabajando para ella; aparte de Ottilie, ninguna de ellas contaba menos de treinta años. Por la noche, cuando las chicas se reunían en el porche para charlar y agitar abanicos de papel que aleteaban en el aire como polillas delirantes, Ottilie parecía una niña deliciosamente soñadora, rodeada por sus hermanas, mayores y más feas.

La madre de Ottilie había fallecido, y su padre era un plantador que había regresado a Francia, y la niña había sido criada por una tosca familia de campesinos cuyos hijos, cuando aún eran adolescentes, se habían acostado con ella en algún rincón verde y sombreado. Tres años atrás, cuando ella acababa de cumplir los catorce, bajó por primera vez al mercado de Port-au-Prince. Era un viaje de dos días y una noche, y Ottilie lo hizo cargando un saco de grano que pesaba cuatro kilos; para aliviar el peso, dejó que cayera un poco de grano, después otro poco más, y cuando llegó al mercado ya no le quedaba casi nada. Ottilie se puso a llorar pensando en lo mucho que se enfadaría la familia cuando regresara a casa sin el dinero obtenido por el grano; pero no estuvo llorando mucho rato: un hombre encantador la ayudó a secar sus lágrimas, compró su silencio por un pedazo de coco, y después la acompañó a ver a su prima, que era la dueña del Champs-Elysées. Ottilie no daba crédito a su buena suerte; la música de la sinfonola, los zapatos de satén y los hombres que pasaban el rato bromeando le parecieron tan extraños y maravillosos como la bombilla eléctrica de su habitación, que Ottilie no se cansaba nunca de encender y apagar. Enseguida se convirtió en la chica más famosa de la calle, la madame pudo pedir por ella el doble que por las demás, y Ottilie fue envaneciéndose cada día más; podía pasarse horas posando ante el espejo. Casi nunca se acordaba de las montañas; sin embargo, al cabo de tres años, todavía le pesaba mucho su pasado: era como si los vientos de las montañas aún le azotaran el rostro, y todavía no se le habían suavizado sus marcadas caderas ni tampoco las plantas de los pies, duras como la piel del lagarto.

Cuando sus amigas hablaban de amor, de los hombres a los que habían amado, Ottilie se ponía tristona: ¿Cómo os enteráis de que os habéis enamorado?, les preguntaba. Ah, decía Rosita, con mirada desfalleciente, es como si te hubiesen echado pimienta en el corazón, como si unos pececillos nadaran por tus venas. Ottilie decía que no con la cabeza; si Rosita estaba diciendo la verdad, ella no había estado nunca enamorada, porque jamás había sentido nada parecido por ninguno de los hombres que frecuentaban la casa.

Esto la turbaba de tal manera que finalmente decidió ir a consultar a un *houngan* que vivía en las colinas que dominaban la ciudad. A diferencia de sus amigas, Ottilie no había clavado ninguna imagen cristiana en las paredes de su habitación; no creía en Dios, sino en muchos dioses: los de la comida, la luz, la muerte, la ruina. El *houngan* estaba en contacto con esos dioses; guardaba sus secretos en el altar, alcanzaba a oír sus voces en el ruido de las calabazas, podía dispensar sus poderes por medio de ciertas pócimas. Hablando a través de los dioses, el *houngan* le transmitió este mensaje: tienes que cazar una abeja, le dijo, y retenerla dentro de la mano... Si no te clava su aguijón, llegará el día en que sabrás que has encontrado el amor.

Cuando regresaba a casa se acordó de Mr. Jamison. Era un

norteamericano cincuentón que tenía algo que ver con unas obras de ingeniería. Los brazaletes de oro que tintineaban en sus brazos eran regalos de él, y, mientras pasaba junto a una valla nevada de madreselva, Ottilie se preguntó si no estaría al fin y al cabo enamorada de Mr. Jamison. Negras abejas revoloteaban por la madreselva. De un valiente manotazo, Ottilie cazó una abeja que dormitaba en una flor. Su aguijonazo fue como un golpe que la tumbó de rodillas; y así, arrodillada y llorando, permaneció hasta que llegó un momento en que ya no supo si la abeja la había picado en la mano o en los ojos.

Con la llegada de marzo comenzaron los preparativos de carnaval. En el Champs-Elysées las chicas cosían sus disfraces; las manos de Ottilie permanecían ociosas, porque había decidido no disfrazarse. En los bulliciosos fines de semana, mientras los tambores saludaban la aparición de la luna, ella permanecía sentada a su ventana, mirando distraída los grupos de gente que pasaba cantando, bailando y redoblando los tambores por la calle; y oyendo los silbidos y las risas sin sentir el más mínimo deseo de participar en la algarabía. Cualquiera diría que tienes mil años, le decía Baby, y Rosita le dijo: ¿Por qué no vienes con nosotras a la pelea de gallos, Ottilie?

No se refería a una pelea corriente. Habían acudido de todos los rincones de la isla numerosos concursantes cargados con sus gallos más fieros. Ottilie pensó que tampoco era como para no ir, y se puso sendas perlas en las orejas. Cuando llegaron el concurso ya había empezado; en una enorme tienda de lona, gritaba y sollozaba una oceánica multitud, mientras que otra multitud, la de los que no habían podido entrar, se amontonaba en los alrededores. A las chicas del Champs-Elysées no les costó ningún esfuerzo entrar en la tienda: un policía que era amigo de ellas les abrió paso y les hizo sitio en uno de los bancos de primera fila. Los campesinos que estaban sentados a su alrededor parecían azorados al verse en compañía de mujeres tan elegantes. Observaron tímidamente las uñas pintadas de

Baby, los brillantes incrustados de las peinetas de Rosita, los destellos de las perlas que adornaban los pendientes de Ottilie. Pero las peleas eran muy emocionantes, y pronto se olvidaron de aquellas señoras; a Baby le fastidió esta circunstancia, y sus ojos giraron hacia todos lados buscando miradas que la observasen. De repente le dio un codazo a Ottilie. Ottilie, le dijo, tienes un admirador: fíjate en ese chico de ahí, te mira como si fueses un refresco con mucho hielo.

Al principio, Ottilie pensó que debía de ser algún conocido, porque estaba mirándola como si ella pudiera reconocerle; pero ¿cómo iba a conocerle ella si jamás había visto ningún ser tan bello, con unas piernas tan largas y unas orejas tan pequeñas? Ottilie supo que era un montañés: su sombrero de paja y el desteñido azul de su camisa se lo garantizaban. Era un joven de color jengibre, con la piel brillante como un limón y suave como una hoja de guayabo, y el porte de su cabeza poseía la misma arrogancia que el ave roja y negra que sostenía con sus manos. Ottilie estaba acostumbrada a dirigir sonrisas osadas a los hombres; pero en ese momento su sonrisa era incompleta, se le pegaba a los labios como unas migas de pastel.

Al cabo de un rato hubo un descanso. Despejaron la arena, y todos los que consiguieron meterse en ella se pusieron a bailar y saltar al ritmo de las canciones de carnaval que interpretaba una orquesta de cuerda y percusión. Fue entonces cuando aquel joven abordó a Ottilie; ella se rió al ver al gallo colgado como un loro sobre su hombro. Lárgate de ahí, dijo Baby, enfurecida por el atrevimiento del campesino que había invitado a bailar a Ottilie, mientras que Rosita, en son de amenaza, se levantó para interponerse entre su amiga y el joven. Éste se limitó a sonreír, y dijo: Por favor, señora, me gustaría hablar con su hija. Ottilie notó que se la llevaban en volandas, que sus caderas rozaban las de él al ritmo de la música, y no le molestó en lo más mínimo, y permitió que el joven la condujera hasta la zona donde más se apretujaban los que estaban bailando. ¿Has oído eso, dijo Rosita, decir que yo era su madre? Y Baby, consolándola, le dijo en tono sombrío: ¿Y qué esperabas? Al fin y al cabo son unos aborígenes, los dos: cuando Ottilie regrese haremos como si no la conociésemos.

Pero resultó que Ottilie no volvió junto a sus amigas. Royal, así se llamaba el joven, Royal Bonaparte, dijo, le explicó que en realidad no quería bailar. Vayamos a pasear por algún sitio tranquilo, dijo, cógeme de la mano y yo te guiaré. A ella le pareció un chico raro, pero no se sentía rara con él porque todavía tenía las montañas metidas dentro, y él venía de las montañas. Con las manos unidas, y el iridiscente gallo balanceándose en los hombros del joven, salieron de la tienda y anduvieron perezosamente por un camino blanco, y después bajaron por un sendero en el que pájaros de luz solar aleteaban a través del verdor de las arqueadas ramas de las acacias.

Me sentía triste, dijo él, sin que su rostro reflejara tristeza. En mi pueblo, Juno es el campeón, pero los gallos de aquí son fuertes y feos, y si le dejase pelear me lo matarían. Así que volveré con él a casa y diré que ha ganado. ¿Quieres un poco de rapé, Ottilie?

Ella estornudó voluptuosamente. El rapé le trajo recuerdos de su infancia, y, por malos que hubieran sido aquellos años, se sintió tocada por la larga varita de la nostalgia. Royal, dijo Ottilie, espera un momento, quiero quitarme los zapatos.

Royal no llevaba zapatos; sus dorados pies eran delgados y airosos, y las huellas que dejaban eran como las de un animal delicado. ¿Cómo es, dijo él, que te he encontrado aquí, en este mundo de aquí, donde no hay nada bueno, y el ron es malo y todos son unos ladrones? ¿Por qué te he encontrado aquí, Ottilie?

Porque tengo que seguir mi camino, como tú, y aquí he encontrado un sitio. Trabajo en..., bueno, es una especie de hotel.

Nosotros tenemos tierras propias. Toda la ladera de una montaña, y en lo alto está mi casa, que es fresquísima. ¿Querrás venir allá conmigo?

Loco, dijo Ottilie, tomándole el pelo, loco, y se puso a correr por entre los árboles, y él la siguió, con los brazos abiertos al igual que si sostuviera una red. Juno, el gallo, abrió la llamarada de sus alas, cantó, voló a tierra. Las hojas ásperas y el terciopelo del musgo cosquillearon los pies de Ottilie mientras ésta avanzaba al ritmo sincopado del sol y la sombra; bruscamente, en mitad de un velo arcoiris de helechos, sintió el pinchazo de una espina y cayó. Hizo una mueca de dolor cuando él se la arrancó; Royal besó el punto donde se la había clavado, sus labios saltaron a las manos de Ottilie, a su garganta, y para ella fue como estar entre hojas flotantes. Respiró el olor de Royal, el oscuro y limpio olor a raíces de plantas, geranios, grandes árboles.

Ya basta, le suplicó Ottilie, aunque sin sentir lo que decía: sólo que tras toda una hora con él le parecía como si su corazón estuviese a punto de reventar. Él se quedó quieto entonces, con la espesa mata de pelo apoyada en el corazón de Ottilie, y ella asustó a los mosquitos que se amontonaban sobre aquellos ojos dormidos, y acalló a Juno, pues el gallo andaba pavoneándose por allí, cantándole al cielo.

Mientras permaneció así, Ottilie vio a su antiguo enemigo, las abejas. Silenciosamente, en fila, como las hormigas, las abejas entraban y salían de un viejo tocón próximo a ella. Soltándose del abrazo de Royal y tras haberle alisado el suelo para dejar su cabeza, acercó una mano temblorosa hasta depositarla en el camino de las abejas, pero la primera en alcanzarla trepó a trancas y barrancas hasta su palma, y cuando ella cerró los dedos se abstuvo de hacerle daño. Contó hasta diez, sólo para asegurarse, y luego, al abrir la mano, la abeja ascendió por los aires trazando espirales ascendentes y zumbando alegremente.

La madame les dio un consejo a Baby y a Rosita: Dejadla en paz, dejad que se vaya, regresará dentro de unas semanas. La madame habló con la calma de la derrota: pare retener a Ottilie le ofreció la mejor habitación de la casa, un diente de oro, una Kodak, un ventilador eléctrico, pero Ottilie ni siquiera vaciló, siguió metiendo sus cosas en una caja de cartón. Baby quiso ayudarla, pero lloraba tantísimo que Ottilie tuvo que impedírselo: seguro que traería mala suerte que cayeran todas aquellas lágrimas en el ajuar de una novia. Y a Rosita le dijo: Rosita, en lugar de estar ahí, retorciéndote las manos, sería mejor que te alegrases.

Apenas dos días después de las peleas de gallos, Royal cargó con la caja de Ottilie y se fue andando con ella al atardecer, camino de las montañas. Cuando se supo que ella se había ido del Champs-Elysées, muchos clientes cambiaron de local; otros, aunque siguieron siendo fieles al sitio de siempre, se quejaron de la poca alegría que había en el ambiente: hubo noches en que nadie quiso pagarles ni una sola cerveza a las chicas. Poco a poco todo el mundo acabó convencido de que Ottilie no regresaría; al cabo de seis meses, la madame dijo: Habrá muerto.

La casa de Royal era como una casa de flores; la glicina protegía el tejado, una cortina de viñas proyectaba sombra en las ventanas, los lirios florecían en el portal. Desde las ventanas se alcanzaba a ver los lejanos y débiles guiños del mar, pues la casa estaba en lo alto de una colina; aunque el sol quemaba, las sombras eran frescas. El interior de la casa permanecía siempre oscuro y frío, y en las paredes susurraban mal encoladas hojas de periódico verdes y rosadas. Había una sola habitación que contenía la cocina, un tembloroso espejo apoyado en una mesa de mármol, y una cama de latón en la que hubiesen cabido cómodamente tres hombres obesos.

Pero Ottilie no dormía en esta cama grandiosa. Ni siquiera tenía autorización para sentarse en ella, pues era propiedad de la Vieja Bonaparte, la abuela de Royal. Con las piernas más arqueadas que un enano y la cabeza más calva que un cóndor, la Vieja Bonaparte era un ser de piel tiznada y grumosa, conocida como hechicera en varios kilómetros a la redonda. Eran muy numerosos quienes temían que la anciana proyectara su sombra sobre ellos; y hasta Royal le tenía miedo, y se puso a tartamudear cuando le comunicó que había regresado a casa acompañado de su esposa. Luego empujó a Ottilie hasta situarla cerca de la anciana, y ésta le dejó unos cuantos moretones debido a los malintencionados pellizcos que le dio aquí y allá, tras lo cual le hizo saber a su nieto que aquella novia era demasiado flaca: Morirá del primer parto.

Cada noche, la joven pareja esperaba para hacer el amor hasta que la Vieja Bonaparte parecía haberse dormido. A veces, tendida en el jergón de paja donde se acostaban ella y Royal, Ottilie estaba segura de que la anciana permanecía despierta, vigilándoles. En una ocasión llegó a ver un ojo legañoso que, iluminado por las estrellas, brillaba en la oscuridad. Quejarse ante Royal era inútil, él se limitaba a reír: ¿podía hacerles algún daño que aquella vieja, que tantas cosas había visto a lo largo de su vida, quisiera ver unas cuantas más?

Como amaba a Royal, Ottilie olvidó agravios y no volvió a quejarse de nada ante él, e intentó también no enfurecer a la Vieja Bonaparte. Durante largo tiempo fue feliz; no echó de menos a sus amigas de Port-au-Prince ni la vida que llevaba allí; no obstante, guardaba muy bien sus recuerdos de aquellos días: con el cestito de costura que Baby le regaló, remendaba sus antiguos vestidos de seda, las medias de seda verdes que ya no usaba porque no había ocasiones para ponérselas: al café del pueblo sólo iban los hombres, lo mismo que a las peleas de gallos. Si las mujeres querían reunirse, tenían que hacerlo en el torrente que usaban de lavadero. Pero Ottilie estaba tan ocupada que no llegaba a sentirse sola. Al amanecer salía a recoger hojas de eucalipto para encender el fuego y preparar la comida; tenía que alimentar a las gallinas, ordeñar la cabra, atender a los gemidillos con los que la Vieja Bonaparte reclamaba su atención. Tres o cuatro veces al día Ottilie llenaba un balde de agua potable y se lo llevaba a las plantaciones de caña de azúcar donde trabajaba Royal, un par de kilómetros ladera abajo. Y no le importaba que en estas visitas Royal se mostrara enfurruñado: sabía que aquello era simple pavoneo destinado a los demás hombres que trabajaban con él, y que la miraban con sonrisas de sandía rajada. Pero, por la noche, cuando le tenía en casa, le tiraba de las orejas y le torcía el gesto mientras le decía que la trataba como a un perro, hasta que, en la oscuridad del portal, mientras llameaban las luciérnagas, Royal la abrazaba y le decía al oído cosas que la hacían sonreír.

Llevaban casados unos cinco meses cuando Royal comenzó a hacer las mismas cosas que solía hacer antes de su matrimonio. Si todos los demás hombres iban cada noche al café y se pasaban el domingo entero en las peleas de gallos, ¿por qué andaba Ottilie quejándose siempre? Sin embargo, ella le decía que no tenía derecho a comportarse de aquel modo, que si en realidad la quisiera no la dejaría sola día y noche con aquella vieja malvada. Te amo, le decía Royal, pero eso no quita que los hombres tengan sus propios pasatiempos. Hubo noches en las que Royal estuvo dedicándose a sus pasatiempos hasta que la luna ya estaba en todo lo alto del cielo; Ottilie no sabía nunca a qué hora iba a regresar, y se quedaba en el jardín, revolviéndose, convencida de que sólo sería capaz de dormir cuando estuviera en brazos de él.

Pero su verdadero tormento era la Vieja Bonaparte, que parecía dispuesta a enloquecerla de exasperación. Si Ottilie se ponía a cocinar, aquella horrible anciana tenía siempre que meter las narices en el fogón, y si no le gustaba lo que ella estaba preparando, tomaba un bocado y lo escupía al suelo. Le organizaba todos los líos que era capaz de imaginar: se meaba en la cama, se empeñaba en tener a la cabra dentro de la casa, derramaba y rompía todo cuanto tocaba, y se quejaba ante Royal diciendo que su mujer no valía nada porque ni siquiera era capaz de mantener la casa en orden. Se pasaba el día estorbando, y casi nunca cerraba sus ojos sanguinolentos y despiadados; pero lo peor de todo, lo que hizo que Ottilie acabara diciéndole que la mataría, era la costumbre que tenía la vieja de aparecer de improviso y darle tales pellizcos que hasta le dejaba la marca de las uñas. ¡Como vuelva a hacer eso, como se atreva a repetirlo, agarraré el cuchillo y le rajaré la garganta! La Vieja Bonaparte supo que Ottilie hablaba en serio, y, aunque no volvió a pellizcarla, se las ingenió para encontrar nuevas bromas pesadas: por ejemplo, adquirió la costumbre de ponerse a caminar por cierto rincón junto a la entrada de la casa, fingiendo que no sabía que Ottilie había hecho precisamente allí un pequeño huerto.

Hasta que un día ocurrieron dos cosas excepcionales. Llegó un chico del pueblo con una carta para Ottilie; cuando vivía en el Champs-Elysées, de vez en cuando le llegaban postales de marineros y otros viajeros que habían pasado momentos agradables con ella, pero ésta fue la primera vez en su vida que recibía una carta. Como no sabía leer, su primer impulso fue el de rasgarla: no servía de nada tenerla por allí, obsesionándola. Naturalmente, cabía la posibilidad de que algún día aprendiese a leer; y decidió esconderla en el costurero.

Cuando lo abrió, descubrió otra cosa siniestra: en su interior, a manera de espeluznante ovillo de lana, encontró la cabeza de un gato amarillo. ¡De manera que la vieja había decidido provocarla con nuevos métodos! Seguro que quiere hechizarme, pensó Ottilie, pero no se asustó en lo más mínimo. Cogió con repugnancia la cabeza por una de las orejas, se la llevó al fuego, y la echó en el puchero. A mediodía, la Vieja Bonaparte se chupó los dedos y dijo que la sopa que le había preparado Ottilie estaba muy sabrosa.

A la mañana siguiente, poco antes del almuerzo, Ottilie encontró, retorciéndose en su costurero, una serpiente verde; tras haberla troceado en fragmentos diminutos como la arena, la espolvoreó sobre un guisado. Cada día la vieja ponía su ingenio a prueba: tuvo que meter arañas en el horno, freír una lagartija, hervir una pechuga de buitre. La Vieja Bonaparte repetía de todos esos platos. Y vigilaba con sus inquietos ojos brillantes las idas y venidas de Ottilie, en espera de que sus encantamientos produjeran efecto. Tienes mal aspecto, Ottilie, le dijo, echándole un poco de melaza a su avinagrado acento de costumbre. Comes menos que una hormiga, ¿por qué no tomas un poco de esta sopa tan buena?

Porque, respondió Ottilie sin alzar la voz, no me gusta la sopa de buitre; ni el pan con arañas ni tampoco los guisos de serpiente. Estas comidas me dejan sin apetito.

La Vieja Bonaparte lo comprendió; con las venas hinchadas y la lengua paralizada e impotente, se puso temblorosamente en pie y se desplomó luego sobre la mesa. Antes de que anocheciera ya había fallecido.

Royal mandó recado a los plañideros. Llegaron del pueblo, de los montes vecinos, y asediaron la casa aullando como perros de noche. Las viejas se golpeaban la cabeza contra las paredes, los hombres, gimoteando, se postraban: era una manifestación del arte del dolor, y quienes menos imitaban la pena eran objeto de la admiración general. Una vez terminado el funeral todos se fueron, contentos del trabajo bien hecho.

Ottilie se convirtió entonces en la dueña de la casa. Al haberse librado de la mirada fisgona de la Vieja Bonaparte y de las porquerías que hasta entonces tenía que limpiar, ya no estaba tan atareada como antaño, pero no sabía qué hacer con el tiempo que le sobraba. Solía tumbarse en la cama grande y haraganear ante el espejo; la monotonía le zumbaba en la cabeza, y para acallar aquel pesado ruido se ponía a cantar las canciones aprendidas cuando escuchaba la sinfonola del Champs-Elysées. Cuando, en el ocaso, esperaba el regreso de Royal, se acordaba de que a esa misma hora sus amigas de Port-au-Prince chismorreaban en el porche mientras aguardaban a que los faros de algún coche girasen hacia aquel lado; pero tan pronto como veía la figura de Royal subiendo por el camino, con el machete balanceándose al costado como una media luna, se olvidaba de aquellos pensamientos y, con el corazón satisfecho, salía corriendo a buscarle.

Una noche, cuando yacían adormilados en la cama, Ottilie notó una presencia extraña en la casa. Luego, reluciente al pie de la cama, volvió a ver el mismo ojo vigilante que tantas veces había visto. Fue así como supo lo que durante algún tiempo había estado sospechando: la Vieja Bonaparte había muerto pero no se había ido. Una vez, estando sola en casa, oyó una carcajada, y otra vez, en el huerto, vio que la cabra miraba a alguien que no estaba allí, y que agitaba las orejas de la misma manera que lo hacía cuando la vieja le rascaba la cabeza.

Deja de moverte, dijo Royal, y Ottilie, señalando el ojo con el índice, le preguntó en susurros si también él lo veía. Cuando él le contestó que estaba soñando, Ottilie trató de coger el ojo y se puso a chillar cuando sólo logró tocar aire. Royal encendió la lámpara; acunó a Ottilie en su regazo y le acarició el cabello mientras la oía enumerar las cosas que había ido encontrándose en el costurero, y contarle lo que había hecho con ellas. ¿Estaba mal? Royal no lo sabía, no era quién para decidirlo, pero opinó que Ottilie recibiría el castigo merecido; ¿por qué? Porque así lo había querido la vieja, porque sin ese castigo jamás la dejaría en paz: los hechizos eran así.

De este modo, Royal cogió a la mañana siguiente una cuerda, dispuesto a dejar a Ottilie atada a un árbol, para que permaneciese allí, sin comida ni agua, hasta el anochecer, de manera que todo el que pasara por la casa supiera que había cometido algún acto vergonzoso.

Pero Ottilie se escondió bajo la cama y se negó a salir. Me iré de aquí, sollozó. Si tratas de atarme a ese árbol, Royal, huiré de esta casa.

Si lo hicieras tendría que ir a buscarte, dijo Royal, y eso sería aún peor para ti.

La agarró de un tobillo y, sin hacer caso de sus gritos, la sacó de debajo de la cama. Mientras se la llevaba hacia el árbol, Ottilie se iba cogiendo a lo que podía, la puerta, una parra, la barba de la cabra, pero ni siquiera así evitó que Royal siguiera empujándola ni que, finalmente, la atase al árbol. Después de hacerle tres nudos a la cuerda, Royal se fue, chupándose la mano donde ella le había mordido. Ottilie aulló a su espalda todas las palabrotas que había oído pronunciar, hasta que él desapareció colina abajo. La cabra, Juno, y las gallinas se congregaron a su alrededor para contemplar su humillación; Ottilie les sacó la lengua y se dejó caer al suelo.

Como estaba bastante adormilada, Ottilie creyó que soñaba cuando Baby y Rosita, acompañadas por un niño del pueblo, tambaleándose sobre sus tacones altos y protegidas por sombrillas de moda, aparecieron subiendo la cuesta, gritando su nombre. Como eran personajes de un sueño, seguramente no se mostrarían sorprendidas de encontrarla atada a un árbol.

Dios mío, pero ¿estás loca?, gritó Baby sin acercarse más de la cuenta, como si temiese que, en efecto, lo estuviera. ¡Háblanos, Ottilie!

Parpadeando y sonriendo bobaliconamente, Ottilie les dijo: Me alegro de veros. Rosita, por favor, desátame, que tengo ganas de daros un abrazo a las dos.

Así que esto es lo que te hace ese bruto, dijo Rosita mientras tiraba de la cuerda. Espera a que le vea, a quién se le ocurre pegarte y tenerte atada como a un perro.

Oh, no, dijo Ottilie. Royal no me pega nunca. Es que hoy tenía que castigarme.

No quisiste escucharnos, dijo Baby. Y ya ves lo que ha pasado. Ese hombre tendrá que responder de muchas cosas, añadió, agitando amenazadoramente su sombrilla.

Ottilie abrazó y besó a sus amigas. ¿Verdad que la casa es preciosa?, les dijo, llevándolas hacia su interior. Es como si alguien hubiese usado un carro cargado de flores para hacer la casa con ellas: eso es exactamente lo que me parece a mí. Entrad. Adentro se está muy fresco y huele muy bien.

Rosita olfateó el aire como si a ella no le pareciese que oliera bien, y con su voz más grave proclamó que, en efecto, era mejor entrar que quedarse bajo aquel sol que, al parecer, estaba trastocando la cabeza de Ottilie.

Es una suerte que hayamos venido, dijo Baby, revolviendo el interior de su enorme bolso. Y puedes darle las gracias a Mr. Jamison. Madame dijo que te habías muerto, y cuando vimos que no contestabas la carta que te mandamos, también nosotras creímos que así era. Pero Mr. Jamison, que es el hombre más encantador del mundo, alquiló un coche para que Rosita y yo, tus amigas más queridas, pudiéramos venir hasta aquí arriba para averiguar qué le había pasado a nuestra Ottilie. Ottilie, traigo una botella de ron en el bolso, así que saca unos vasos y tomemos una copa.

Los elegantes modales extranjeros de las señoras de la ciudad, así como su deslumbrante atuendo, habían acabado por embriagar a su guía, un chiquillo cuyos brillantes ojos negros permanecían asomados a la ventana. Hasta la misma Ottilie se quedó impresionada, pues hacía mucho tiempo que no veía unos labios pintados ni olía un frasco de perfume, de manera que, mientras Baby servía el ron, fue por sus zapatos de satén y sus pendientes de perlas. Caray, dijo Rosita cuando Ottilie terminó de arreglarse, ningún hombre en todo el mundo se negaría a pagarte hasta un barril entero de cerveza; piénsalo, no está bien que una chica tan despampanante esté viviendo lejos de los que la quieren.

Tampoco he sufrido tanto, dijo Ottilie. Sólo a veces.

Ahora calla, dijo Baby. Todavía no tienes que contárnoslo. Además, ya ha terminado. Ven, guapa, dame tu vaso otra vez. Brindemos por los viejos tiempos, ¡y por los que vendrán! Esta noche Mr. Jamison invitará a champán a todo el mundo: Madame se lo dará a mitad de precio.

Oh, exclamó Ottilie, envidiando a sus amigas. Y bien, quiso averiguar, ¿qué decía la gente de ella, la recordaban todavía?

Ni te lo imaginas, Ottilie, dijo Baby. Ha habido hombres a los que nadie había visto jamás que venían a preguntar dónde estaba Ottilie, porque habían oído hablar de ti en sitios tan lejanos como La Habana y Miami. En cuanto a Mr. Jamison, ni siquiera nos mira a las demás, siempre se queda sentado en el porche, bebiendo solo.

Sí, dijo Ottilie con melancolía, Mr. Jamison siempre me trataba muy bien.

Los rayos del sol comenzaron a caer más sesgados, y en la botella de ron no quedaba más que una cuarta parte de su contenido. Un breve diluvio tropical había bañado las colinas que ahora, a través de las ventanas, brillaban como alas de libélula, y la brisa, cargada con los intensos aromas de las flores humedecidas, atravesaba la habitación y arrancaba susurros de los periódicos verdes y rosados de las paredes. Ya habían contado muchas historias, las unas divertidas, otras pocas más tristes;

era como una conversación nocturna en Champs-Elysées, y Ottilie disfrutaba al revivirla.

Pero se está haciendo tarde, dijo Baby. Y hemos prometido estar de regreso antes de medianoche. ¿Quieres que te ayudemos a recoger tus cosas, Ottilie?

Aunque no había comprendido que sus amigas esperaban que se fuera con ellas, el ron que se agitaba en su estómago la hizo pensar en esa posibilidad, y, sonriendo, pensó: Le he dicho que me iría. Sólo que, dijo en voz alta, no creo que vaya a poder divertirme ni una semana entera: Royal bajará a por mí inmediatamente.

Sus dos amigas rieron al oír esto. Serás boba, dijo Baby. Me gustará ver a Royal cuando unos cuantos hombres de los nuestros le den una lección.

No permitiré que nadie le haga daño a Royal, dijo Ottilie. Además, eso haría que se pusiera incluso más furioso cuando llegáramos a casa.

Baby dijo: Pero Ottilie, no tendrás que regresar con él.

Ottilie esbozó una sonrisilla, y recorrió con la mirada toda la habitación, como si estuviera viendo algo invisible para los demás. Pues claro que regresaré, dijo.

Baby puso los ojos en blanco, sacó un abanico y lo agitó junto a su cara. En mi vida había oído una locura semejante, dijo con los labios apretados. Rosita, ¿habías oído en tu vida peor locura que ésta?

Lo que pasa es que Ottilie ha tenido que sufrir mucho, dijo Rosita. Anda, ¿por qué no te echas en la cama mientras empaquetamos tus cosas?

Ottilie se quedó mirándolas mientras sus amigas comenzaban a amontonar sus pertenencias. Fueron recogiendo peines y alfileres, enrollando sus medias de seda. Ottilie se quitó las bonitas prendas que se había puesto, como si pensara vestirse con cosas más finas incluso; pero lo que hizo fue volver a ponerse el vestido viejo, y luego, silenciosamente activa, como si estuviera ayudando a sus amigas, fue devolviéndolo todo a su sitio. Al darse cuenta de lo que ocurría, Baby dio una patada en el suelo.

Escuchadme, dijo Ottilie. Ya que tú y Rosita decís ser amigas mías, haced lo que yo os diga, por favor: atadme al árbol tal como estaba cuando habéis llegado. Así, nunca me picará ninguna abeja.

Absolutamente borracha, dijo Baby; pero Rosita le dijo que cerrase el pico. Me parece, dijo suspirando Rosita, me parece que Ottilie está enamorada. Si Royal le dijera que regresara aquí, creo que le acompañaría, y puesto que así es como están las cosas lo mejor será que volvamos y digamos que Madame tenía razón, que Ottilie ha muerto.

Eso, dijo Ottilie, porque sonaba muy trágico y le gustaba la idea. Diles que me he muerto.

Salieron fuera; con el pecho agitado y los ojos tan redondos como la luna diurna que se deslizaba por el cielo, Baby dijo que no tenía intención de atarla otra vez en el árbol, de modo que Rosita tuvo que hacerlo ella sola. En el momento de la despedida, fue Ottilie la que más lloró, pese a que se alegró de verlas partir, porque sabía que en cuanto dejase de verlas nunca más volvería a pensar en ellas. Temblorosas sobre sus tacones altos en el sendero, se dieron media vuelta para decirle adiós con la mano, pero Ottilie no tenía las manos libres, de modo que las olvidó antes de que desapareciesen de su vista.

Se puso a masticar hojas de eucalipto para endulzarse el aliento, y notó que el aire comenzaba a estremecerse con el frío del crepúsculo. La luna diurna cobró una intensidad amarilla, y los pájaros surcaron el aire para ir a acostarse entre las sombras del árbol. De repente, al oír los pasos de Royal en el camino, abrió las piernas dobladas, dejó caer la cabeza como muerta, y puso los ojos todo lo en blanco que pudo. Desde lejos, daría la impresión de que hubiese tenido un final violento, digno de la mayor compasión; y, mientras oía que los pasos de Royal se iban acelerando hasta convertirse en una carrera, pensó felizmente: Así se llevará un buen susto.

[Traducción de Enrique Murillo]

233

UN RECUERDO NAVIDEÑO
(1956)

Imaginad una mañana de finales de noviembre. Una mañana de comienzos de invierno, hace más de veinte años. Pensad en la cocina de un viejo caserón de pueblo. Su principal característica es una enorme estufa negra; pero también contiene una gran mesa redonda y una chimenea con un par de mecedoras delante. Precisamente hoy comienza la estufa su temporada de rugidos.

Una mujer de trasquilado pelo blanco se encuentra de pie junto a la ventana de la cocina. Lleva zapatillas de tenis y un amorfo jersey gris sobre un vestido veraniego de calicó. Es pequeña y vivaz, como una gallina bantam; pero, debido a una prolongada enfermedad juvenil, tiene los hombros horriblemente encorvados. Su rostro es notable, algo parecido al de Lincoln, igual de escarpado, y teñido por el sol y el viento; pero también es delicado, de huesos finos, y con unos ojos de color jerez y expresión tímida.

—¡Vaya por Dios! —exclama, y su aliento empaña el cristal—. ¡Ha llegado la temporada de las tartas de frutas!

La persona con la que habla soy yo. Tengo siete años; ella, sesenta y tantos. Somos primos, muy lejanos, y hemos vivido juntos, bueno, desde que tengo memoria. También viven otras personas en la casa, parientes; y aunque tienen poder sobre nosotros, y nos hacen llorar frecuentemente, en general, apenas tenemos en cuenta su existencia. Cada uno de nosotros es el mejor amigo del otro. Ella me llama Buddy, en recuerdo de un chico que antiguamente había sido su mejor amigo. El otro Buddy murió en los años ochenta del siglo pasado, de pequeño. Ella sigue siendo pequeña.

–Lo he sabido antes de levantarme de la cama –dice, volviéndole la espalda a la ventana y con una mirada de determinada excitación–. La campana del patio sonaba fría y clarísima. Y no cantaba ningún pájaro; se han ido a tierras más cálidas, ya lo creo que sí. Mira, Buddy, deja de comer galletas y vete por nuestro carricoche. Ayúdame a buscar el sombrero. Tenemos que preparar treinta tartas.

Siempre ocurre lo mismo: llega cierta mañana de noviembre, y mi amiga, como si inaugurase oficialmente esa temporada navideña anual que le dispara la imaginación y aviva el fuego de su corazón, anuncia:

–¡Ha llegado la temporada de las tartas! Vete por nuestro carricoche. Ayúdame a buscar el sombrero.

Y aparece el sombrero, que es de paja, bajo de copa y muy ancho de ala, y con un corsé de rosas de terciopelo marchitadas por la intemperie: antiguamente era de una parienta que vestía muy a la moda. Guiamos juntos el carricoche, un desvencijado cochecillo de niño, por el jardín, camino de la arboleda de pacanas. El cochecito es mío; es decir que lo compraron para mí cuando nací. Es de mimbre, y está bastante destrenzado, y sus ruedas se bambolean como las piernas de un borracho. Pero es un objeto fiel; en primavera lo llevamos al bosque para llenarlo de flores, hierbas y helechos para las macetas de la entrada; en verano, amontonamos en él toda la parafernalia de las meriendas campestres, junto con las cañas de pescar, y bajamos hasta la orilla de algún riachuelo; en invierno también tiene algunas funciones: es la camioneta en la que trasladamos la leña desde el patio hasta la chimenea, y le sirve de cálida cama a Queenie, nuestra pequeña terrier anaranjada y blanca, un correoso animal que ha sobrevivido a mucho malhumor y a dos mordeduras de serpiente de cascabel. En este momento Queenie anda trotando en pos del carricoche.

Al cabo de tres horas nos encontramos de nuevo en la cocina, descascarillando una carretada de pacanas que el viento ha hecho caer de los árboles. Nos duele la espalda de tanto agacharnos a recogerlas: ¡qué difíciles han sido de encontrar (pues la parte principal de la cosecha se la han llevado, después de sacudir los árboles, los dueños de la arboleda, que no somos nosotros) bajo las hojas que las ocultaban, entre las hierbas engañosas y heladas! ¡Caaracrac! Un alegre crujido, fragmentos de truenos en miniatura que resuenan al partir las cáscaras mientras en la jarra de leche sigue creciendo el dorado montón de dulce y aceitosa fruta marfileña. Queenie comienza a relamerse, y de vez en cuando mi amiga le da furtivamente un pedacito, pese a que insiste en que nosotros ni siquiera las probemos.

–No debemos hacerlo, Buddy. Como empecemos, no habrá quien nos pare. Y ni siquiera con las que hay tenemos suficiente. Son treinta tartas.

La cocina va oscureciéndose. El crepúsculo transforma la ventana en un espejo: nuestros reflejos se entremezclan con la luna ascendente mientras seguimos trabajando junto a la chimenea a la luz del hogar. Por fin, cuando la luna ya está muy alta, echamos las últimas cáscaras al fuego y, suspirando al unísono, observamos cómo van prendiendo. El carricoche está vacío; la jarra, llena hasta el borde.

Tomamos la cena (galletas frías, tocino, mermelada de zarzamora) y hablamos de lo del día siguiente. Al día siguiente empieza el trabajo que más me gusta: ir de compras. Cerezas y cidras, jengibre y vainilla y piña hawaiana en lata, pacanas y pasas y nueces y whisky y, oh, montones de harina, mantequilla, muchísimos huevos, especias, esencias: pero ¡si nos hará falta un pony para tirar del carricoche hasta casa!

Pero, antes de comprar, queda la cuestión del dinero. Ninguno de los dos tiene ni cinco. Solamente las cicateras cantidades que los otros habitantes de la casa nos proporcionan muy de vez en cuando (ellos creen que una moneda de diez centavos es una fortuna) y lo que nos ganamos por medio de actividades diversas: organizar tómbolas de cosas viejas, vender baldes de

zarzamoras que nosotros mismos recogemos, tarros de mermelada casera y de jalea de manzana y de melocotón en conserva,
o recoger flores para funerales y bodas. Una vez ganamos el
septuagésimo noveno premio, cinco dólares, en un concurso
nacional de rugby. Y no porque sepamos ni jota de rugby. Sólo
porque participamos en todos los concursos de los que tenemos noticia: en este momento nuestras esperanzas se centran
en el Gran Premio de cincuenta mil dólares que ofrecen por inventar el nombre de una nueva marca de cafés (nosotros hemos
propuesto «A. M.»; y después de dudarlo un poco, porque a mi
amiga le parecía sacrílego, como eslogan «¡A. M.! ¡Amén!»).[1]
A fuer de sincero, nuestra única actividad provechosa *de verdad*
fue lo del Museo de Monstruos y Feria de Atracciones que or-
ganizamos hace un par de veranos en una leñera. Las atracciones consistían en proyecciones de linterna mágica con vistas de
Washington y Nueva York prestadas por un familiar que había
estado en esos lugares (y que se puso furioso cuando se enteró
del motivo por el que se las habíamos pedido); el Monstruo era
un polluelo de tres patas, recién incubado por una de nuestras
gallinas. Toda la gente de por aquí quería ver al polluelo: les co-
brábamos cinco centavos a los adultos y dos a los niños. Y llegamos a ganar nuestros buenos veinte dólares antes de que el
museo cerrara sus puertas debido a la defunción de su principal
estrella.

Pero entre unas cosas y otras vamos acumulando cada año
nuestros ahorros navideños, el Fondo para Tartas de Frutas.
Guardamos escondido este dinero en un viejo monedero de
cuentas, debajo de una tabla suelta que está debajo del piso que
está debajo del orinal que está debajo de la cama de mi amiga.
Sólo sacamos el monedero de su seguro escondrijo para hacer
un nuevo depósito, o, como suele ocurrir los sábados, para algún reintegro; porque los sábados me corresponden diez centa-

1. «A. M.», abreviatura de *ante meridiem*, significa «por la mañana» y se
pronuncia «ei-em», y de ahí, por homofonía, el eslogan propuesto, ya que
amen se pronuncia «ei-men». *(N. del T.)*

vos para el cine. Mi amiga no ha ido jamás al cine, ni tiene intención de hacerlo:

–Prefiero que tú me cuentes la historia, Buddy. Así puedo imaginármela mejor. Además, las personas de mi edad no deben malgastar la vista. Cuando se presente el Señor, quiero verle bien.

Aparte de no haber visto ninguna película, tampoco ha comido en ningún restaurante, viajado a más de cinco kilómetros de casa, recibido o enviado telegramas, leído nada que no sean tebeos y la Biblia, usado cosméticos, pronunciado palabrotas, deseado mal alguno a nadie, mentido a conciencia, ni dejado que ningún perro pasara hambre. Y éstas son algunas de las cosas que ha hecho, y que suele hacer: matar con una azada la mayor serpiente de cascabel jamás vista en este condado (dieciséis cascabeles), tomar rapé (en secreto), domesticar colibríes (desafío a cualquiera a que lo intente) hasta conseguir que se mantengan en equilibrio sobre uno de sus dedos, contar historias de fantasmas (tanto ella como yo creemos en los fantasmas) tan estremecedoras que te dejan helado hasta en julio, hablar consigo misma, pasear bajo la lluvia, cultivar las camelias más bonitas de todo el pueblo, aprenderse la receta de todas las antiguas pócimas curativas de los indios, entre otras, una fórmula mágica para quitar las verrugas.

Ahora, terminada la cena, nos retiramos a la habitación que hay en una parte remota de la casa, y que es el lugar donde mi amiga duerme, en una cama de hierro pintada de rosa chillón, su color preferido, cubierta con una colcha de retazos. En silencio, saboreando los placeres de los conspiradores, sacamos de su secreto escondrijo el monedero de cuentas y derramamos su contenido sobre la colcha. Billetes de un dólar, enrollados como un canuto y verdes como brotes de mayo. Sombrías monedas de cincuenta centavos, tan pesadas que sirven para cerrarle los ojos a un difunto. Preciosas monedas de diez centavos, las más alegres, las que tintinean de verdad. Monedas de cinco y veinticinco centavos, tan pulidas por el uso como guijas de río. Pero, sobre todo, un detestable montón de hediondas monedas de un centavo. El pasado verano, otros habitantes de la casa nos contrataron para matar moscas, a un centavo por cada veinticinco moscas muertas. Ah, aquella carnicería de agosto: ¡cuántas moscas volaron al cielo! Pero no fue un trabajo que nos enorgulleciera. Y, mientras vamos contando los centavos, es como si volviésemos a tabular moscas muertas. Ninguno de los dos tiene facilidad para los números; contamos despacio, nos descontamos, volvemos a empezar. Según sus cálculos, tenemos 12,73 dólares. Según los míos, trece dólares exactamente.

—Espero que te hayas equivocado tú, Buddy. Más nos vale andar con cuidado si son trece. Se nos deshincharán las tartas. O enterrarán a alguien. Por Dios, en la vida se me ocurriría levantarme de la cama un día trece.

Lo cual es cierto: se pasa todos los días trece en la cama. De modo que, para asegurarnos, sustraemos un centavo y lo tiramos por la ventana.

De todos los ingredientes que utilizamos para hacer nuestras tartas de frutas no hay ninguno tan caro como el whisky, que, además, es el más difícil de adquirir: su venta está prohibida por el Estado. Pero todo el mundo sabe que se le puede comprar una botella a Mr. Jajá Jones. Y al día siguiente, después de haber terminado nuestras compras más prosaicas, nos encaminamos a las señas del negocio de Mr. Jajá, un «pecaminoso» (por citar la opinión pública) bar de pescado frito y baile que está a la orilla del río. No es la primera vez que vamos allí, y con el mismo propósito; pero los años anteriores hemos hecho tratos con la mujer de Jajá, una india de piel negra como la tintura de yodo, reluciente cabello oxigenado, y aspecto de muerta de cansancio. De hecho, jamás hemos puesto la vista encima de su marido, aunque hemos oído decir que también es indio. Un gigante con cicatrices de navajazos en las mejillas. Le llaman Jajá por lo tristón, nunca ríe. Cuando nos acercamos al bar (una amplia cabaña de troncos, festoneada por dentro y por fuera con guirnaldas de bombillas desnudas pintadas de colores vivos, y situada en la embarrada orilla del río, a la sombra de unos árboles por entre cuyas ramas crece el musgo como niebla gris) frenamos nuestro paso. Incluso Queenie deja de brincar y permanece cerca de nosotros. Ha habido asesinatos en el bar de Jajá. Gente descuartizada. Descalabrada. El mes próximo irá al juzgado uno de los casos. Naturalmente, esta clase de cosas ocurren por la noche, cuando gimotea el fonógrafo y las bombillas pintadas proyectan demenciales sombras. De día, el local de Jajá es destartalado y está desierto. Llamo a la puerta, ladra Queenie, grita mi amiga:

–¡Mrs. Jajá! ¡Eh, señora! ¿Hay alguien en casa?

Pasos. Se abre la puerta. Nuestros corazones dan un vuelco. ¡Es Mr. Jajá Jones en persona! Y *es* un gigante; y *tiene* cicatrices; y *no* sonríe. Qué va, nos lanza miradas llameantes con sus satánicos ojos rasgados, y quiere saber:

–¿Qué queréis de Jajá?

Durante un instante nos quedamos tan paralizados que no podemos decírselo. Al rato, mi amiga medio encuentra su voz, apenas una vocecilla susurrante:

–Si no le importa, Mr. Jajá, querríamos un litro del mejor whisky que tenga.

Los ojos se le rasgan todavía más. ¿No es increíble? ¡Mr. Jajá está sonriendo! Hasta riendo.

–¿Cuál de los dos es el bebedor?

–Es para hacer tartas de frutas, Mr. Jajá. Para cocinar.

Esto le templa el ánimo. Frunce el ceño.

–Qué manera de tirar un buen whisky.

No obstante, se retira hacia las sombras del bar y reaparece unos cuantos segundos después con una botella de contenido amarillo margarita, sin etiqueta. Exhibe su centelleo a la luz del sol y dice:

–Dos dólares.

Le pagamos con monedas de diez, cinco y un centavo. De repente, al tiempo que hace sonar las monedas en la mano cerrada, como si fueran dados, se le suaviza la expresión.

–¿Sabéis lo que os digo? –nos propone, devolviendo el dinero a nuestro monedero de cuentas–. Pagádmelo con unas cuantas tartas de frutas.

De vuelta a casa, mi amiga comenta:

—Pues a mí me ha parecido un hombre encantador. Pondremos una tacita más de pasas en *su* tarta.

La estufa negra, cargada de carbón y leña, brilla como una calabaza iluminada. Giran velozmente los batidores de huevos, dan vueltas como locas las cucharas en cuencos cargados de mantequilla y azúcar, endulza el ambiente la vainilla, lo hace picante el jengibre; unos olores combinados que hacen que te hormiguee la nariz saturan la cocina, empapan la casa, salen volando al mundo arrastrados por el humo de la chimenea. Al cabo de cuatro días hemos terminado nuestra tarea. Treinta y una tartas, ebrias de whisky, se tuestan al sol en los estantes y los alféizares de las ventanas.

¿Para quién son?

Para nuestros amigos. No necesariamente amigos de la vecindad: de hecho, la mayor parte las hemos hecho para personas con las que quizás sólo hemos hablado una vez, o ninguna. Gente de la que nos hemos encaprichado. Como el presidente Roosevelt. Como el reverendo J. C. Lucey y señora, misioneros baptistas en Borneo, que el pasado invierno dieron unas conferencias en el pueblo. O el pequeño afilador que pasa por aquí dos veces al año. O Abner Packer, el conductor del autobús de las seis que, cuando llega de Mobile, nos saluda con la mano cada día al pasar delante de casa envuelto en un torbellino de polvo. O los Wiston, una joven pareja californiana cuyo automóvil se averió una tarde ante nuestro portal, y que pasó una agradable hora charlando con nosotros (el joven Wiston nos sacó una foto, la única que nos han sacado en nuestra vida). ¿Es debido a que mi amiga siente timidez ante todo el mundo, *excepto* los desconocidos, que esos desconocidos, y otras personas a quienes apenas hemos tratado, son para nosotros nuestros más auténticos amigos? Creo que sí. Además, los cuadernos donde conservamos las notas de agradecimiento con membrete de la Casa Blanca, las ocasionales comunicaciones que nos llegan de California y Borneo, las postales de un centavo firmadas por el afilador, hacen que nos sintamos relacionados con unos mundos rebosantes de acontecimientos, situados muy lejos de la cocina y de su precaria vista de un cielo recortado.

Una desnuda rama de higuera decembrina araña la ventana. La cocina está vacía, han desaparecido las tartas; ayer llevamos las últimas a correos, cargadas en el carricoche, y una vez allí tuvimos que vaciar el monedero para pagar los sellos. Estamos en la ruina. Es una situación que me deprime notablemente, pero mi amiga está empeñada en que lo celebremos: con los dos centímetros de whisky que nos quedan en la botella de Jajá. A Queenie le echamos una cucharada en su café (le gusta el café aromatizado con achicoria, y bien cargado). Dividimos el resto en un par de vasos de gelatina. Los dos estamos bastante atemorizados ante la perspectiva de tomar whisky solo; su sabor provoca en los dos expresiones beodas y amargos estremecimientos. Pero al poco rato comenzamos a cantar simultáneamente una canción distinta cada uno. Yo no me sé la letra de la mía, sólo: *Ven, ven, ven a bailar cimbreando esta noche.* Pero puedo bailar: eso es lo que quiero ser, bailarín de claqué en películas musicales. La sombra de mis pasos de baile anda de jarana por las paredes; nuestras voces hacen tintinear la porcelana; reímos como tontos: se diría que unas manos invisibles están haciéndonos cosquillas. Queenie se pone a rodar, patalea en el aire, y algo parecido a una sonrisa tensa sus labios negros. Me siento ardiente y chisporroteante por dentro, como los troncos que se desmenuzan en el hogar, despreocupado como el viento en la chimenea. Mi amiga baila un vals alrededor de la estufa, sujeto el dobladillo de su pobre falda de calicó con la punta de los dedos, igual que si fuera un vestido de noche: *Muéstrame el camino de vuelta a casa,* está cantando, mientras rechinan en el piso sus zapatillas de tenis. *Muéstrame el camino de vuelta a casa.*

Entran dos parientes. Muy enfadados. Potentes, con miradas censoras, lenguas severas. Escuchad lo que dicen, sus palabras amontonándose unas sobre otras hasta formar una canción iracunda:

—¡Un niño de siete años oliendo a whisky! ¡Te has vuelto

loca! ¡Dárselo a un niño de siete años! ¡Estás chiflada! ¡Vas por mal camino! ¿Te acuerdas de la prima Kate? ¿Del tío Charlie? ¿Del cuñado del tío Charlie? ¡Qué escándalo! ¡Qué vergüenza! ¡Qué humillación! ¡Arrodíllate, reza, pídele perdón al Señor!

Queenie se esconde debajo de la estufa. Mi amiga se queda mirando vagamente sus zapatillas, le tiembla el mentón, se levanta la falda, se suena y se va corriendo a su cuarto. Mucho después de que el pueblo haya ido a acostarse y la casa esté en silencio, con la sola excepción de los carillones de los relojes y el chisporroteo de los fuegos casi apagados, mi amiga llora contra una almohada que ya está tan húmeda como el pañuelo de una viuda.

—No llores —le digo, sentado a los pies de la cama y temblando a pesar del camisón de franela, que aún huele al jarabe de la tos que tomé el invierno pasado—, no llores —le suplico, jugando con los dedos de sus pies, haciéndole cosquillas—, eres demasiado vieja para llorar.

—Por eso lloro —dice ella, hipando—. Porque *soy* demasiado vieja. Vieja y ridícula.

—Ridícula no. Divertida. Más divertida que nadie. Oye, como sigas llorando, mañana estarás tan cansada que no podremos ir a cortar el árbol.

Se endereza. Queenie salta encima de la cama (lo cual le está prohibido) para lamerle las mejillas.

—Conozco un sitio donde encontraremos árboles de verdad, preciosos, Buddy. Y también hay acebo. Con bayas tan grandes como tus ojos. Está en el bosque, muy adentro. Más lejos de lo que nunca hemos ido. Papá nos traía de allí los árboles de Navidad: se los cargaba al hombro. Eso era hace cincuenta años. Bueno, no sabes lo impaciente que estoy por que amanezca.

De mañana. La escarcha helada da brillo a la hierba; el sol, redondo como una naranja y anaranjado como una luna de verano, cuelga en el horizonte y bruñe los plateados bosques invernales. Chilla un pavo silvestre. Un cerdo renegado gruñe entre la maleza. Pronto, junto a la orilla del poco profundo riachuelo de aguas veloces, tenemos que abandonar el carricoche. Queenie es la primera en vadear la corriente, chapotea hasta el otro lado, ladrando en son de queja porque la corriente es muy fuerte, tan fría que seguro que pilla una pulmonía. Nosotros la seguimos, con el calzado y los utensilios (un hacha pequeña, un saco de arpillera) sostenidos encima de la cabeza. Dos kilómetros más: de espinas, erizos y zarzas que se nos enganchan en la ropa; de herrumbrosas agujas de pino, y con el brillo de los coloridos hongos y las plumas caídas. Aquí, allá, un destello, un temblor, un éxtasis de trinos nos recuerdan que no todos los pájaros han volado hacia el sur. El camino serpentea siempre por entre charcos alimonados de sol y sombríos túneles de enredaderas. Hay que cruzar otro arroyo: una fastidiada flota de moteadas truchas hace espumear el agua a nuestro alrededor, mientras unas ranas del tamaño de platos se entrenan a darse panzadas; unos obreros castores construyen un dique. En la otra orilla, Queenie se sacude y tiembla. También tiembla mi amiga: no de frío, sino de entusiasmo. Una de las maltrechas rosas de su sombrero deja caer un pétalo cuando levanta la cabeza para inhalar el aire cargado del aroma de los pinos.

–Casi hemos llegado. ¿No lo hueles, Buddy? –dice, como si estuviéramos aproximándonos al océano.

Y, en efecto, es como cierta suerte de océano. Aromáticas extensiones ilimitadas de árboles navideños, de acebos de hojas punzantes. Bayas rojas tan brillantes como campanillas sobre las que se ciernen, gritando, negros cuervos. Tras haber llenado nuestros sacos de arpillera con la cantidad suficiente de verde y rojo como para adornar una docena de ventanas, nos disponemos a elegir el árbol.

–Tendría que ser –dice mi amiga– el doble de alto que un chico. Para que ningún chico pueda robarle la estrella.

El que elegimos es el doble de alto que yo. Un valiente y bello bruto que aguanta treinta hachazos antes de caer con un grito crujiente y estremecedor. Cargándolo como si fuese una pieza de caza, comenzamos la larga expedición de regreso. Cada pocos metros abandonamos la lucha, nos sentamos, jadeamos. Pero poseemos la fuerza del cazador victorioso que, sumada al perfume viril y helado del árbol, nos hace revivir, nos incita a continuar. Muchas felicitaciones acompañan nuestro crepuscular regreso por el camino de roja arcilla que conduce al pueblo; pero mi amiga se muestra esquiva y vaga cuando la gente elogia el tesoro que llevamos en el carricoche: qué árbol tan precioso, ¿de dónde lo habéis sacado?

–De allá lejos –murmura ella con imprecisión.

Una vez se detiene un coche, y la perezosa mujer del rico dueño de la fábrica se asoma y gimotea:

–Os doy veinticinco centavos por ese árbol.

En general, a mi amiga le da miedo decir que no; pero en esta ocasión rechaza prontamente el ofrecimiento con la cabeza:

–Ni por un dólar.

La mujer del empresario insiste.

–¿Un dólar? Y un cuerno. Cincuenta centavos. Es mi última oferta. Pero mujer, puedes ir por otro.

En respuesta, mi amiga reflexiona amablemente:

–Lo dudo. Nunca hay dos de nada.

En casa: Queenie se desploma junto al fuego y duerme hasta el día siguiente, roncando como un ser humano.

Un baúl que hay en la buhardilla contiene: una caja de zapatos llena de colas de armiño (procedentes de la capa que usaba para ir a la ópera cierta extraña dama que en tiempos alquiló una habitación de la casa), varios rollos de gastadas cenefas de oropel que el tiempo ha acabado dorando, una estrella de plata, una breve tira de bombillas en forma de vela, fundidas y seguramente peligrosas. Adornos magníficos, hasta cierto punto, pero no son suficientes: mi amiga quiere que el árbol arda «como la vidriera de una iglesia baptista», que se le doblen las ramas bajo el peso de una copiosa nevada de adornos. Pero no podemos permitirnos el lujo de comprar los esplendores madein-Japan que venden en la tienda de baratijas. De modo que hacemos lo mismo que hemos hecho siempre: pasarnos días y días sentados a la mesa de la cocina, armados de tijeras, lápices y montones de papeles de colores. Yo trazo los perfiles y mi amiga los recorta: gatos y más gatos, y también peces (porque es fácil dibujarlos), unas cuantas manzanas, otras tantas sandías, algunos ángeles alados hechos de las hojas de papel de estaño que guardamos cuando comemos chocolate. Utilizamos imperdibles para sujetar todas estas creaciones al árbol; a modo de toque final, espolvoreamos por las ramas bolitas de algodón (recogido para este fin el pasado agosto). Mi amiga, estudiando el efecto, entrelaza las manos.

–Dime la verdad, Buddy. ¿No está para comérselo?

Queenie intenta comerse un ángel.

Después de trenzar y adornar con cintas las coronas de acebo que ponemos en cada una de las ventanas de la fachada, nuestro siguiente proyecto consiste en inventar regalos para la familia. Pañuelos teñidos a mano para las señoras y, para los hombres, jarabe casero de limón y regaliz y aspirina, que debe ser tomado «en cuanto aparezcan Síntomas de Resfriado y Después de Salir de Caza». Pero cuando llega la hora de preparar el regalo que nos haremos el uno al otro, mi amiga y yo nos separamos para trabajar en secreto. A mí me gustaría comprarle una navaja con incrustaciones de perlas en el mango, una radio, medio kilo entero de cerezas recubiertas de chocolate (las probamos una vez, y desde entonces está siempre jurando que podría alimentarse sólo de ellas: «Te lo juro, Buddy, bien sabe Dios que podría..., y no tomo su nombre en vano»). En lugar de eso, le estoy haciendo una cometa. A ella le gustaría comprarme una bicicleta (lo ha dicho millones de veces: «Si pudiera, Buddy. La vida ya es bastante mala cuando tienes que prescindir de las cosas que te gustan *a ti;* pero, diablos, lo que más me enfurece es no poder regalar aquello que les gusta a los *otros.* Pero cualquier día te la consigo, Buddy. Te localizo una bici. Y no me preguntes cómo. Quizás la robe»). En lugar de eso, estoy casi seguro de que me está haciendo una cometa:

igual que el año pasado, y que el anterior. El anterior a ése nos regalamos sendas hondas. Todo lo cual me está bien: porque somos los reyes a la hora de hacer volar las cometas, y sabemos estudiar el viento como los marineros; mi amiga, que sabe más que yo, hasta es capaz de hacer que flote una cometa cuando no hay ni la brisa suficiente para traer nubes.

La tarde anterior a la Nochebuena nos agenciamos una moneda de veinte centavos y vamos a la carnicería para comprarle a Queenie su regalo tradicional, un buen hueso masticable de buey. El hueso, envuelto en papel de fantasía, queda situado en la parte más alta del árbol, junto a la estrella. Queenie sabe que está allí. Se sienta al pie del árbol y mira hacia arriba, en un éxtasis de codicia: llega la hora de acostarse y no se quiere mover ni un centímetro. Yo me siento tan excitado como ella. Me destapo a patadas y me paso la noche dándole vueltas a la almohada, como si fuese una de esas noches tan sofocantes de verano. Canta desde algún lugar un gallo: equivocadamente, porque el sol sigue estando al otro lado del mundo.

–¿Estás despierto, Buddy?

Es mi amiga, que me llama desde su cuarto, justo al lado del mío; y al cabo de un instante ya está sentada en mi cama, con una vela encendida.

–Mira, no puedo pegar ojo –declara–. La cabeza me da más brincos que una liebre. Oye, Buddy, ¿crees que Mrs. Roosevelt servirá nuestra tarta para la cena?

Nos arrebujamos en la cama, y ella me aprieta la mano diciendo te quiero.

–Me da la sensación de que antes tenías la mano mucho más pequeña. Supongo que detesto la idea de verte crecer. ¿Seguiremos siendo amigos cuando te hagas mayor?

Yo le digo que siempre.

–Pero me siento horriblemente mal, Buddy. No sabes la de ganas que tenía de regalarte una bici. He intentado venderme el camafeo que me regaló papá. Buddy –vacila un poco, como si estuviese muy avergonzada–, te he hecho otra cometa.

Luego le confieso que también yo le he hecho una cometa,

y nos reímos. La vela ha ardido tanto rato que ya no hay quien la sostenga. Se apaga, delata la luz de las estrellas que dan vueltas en la ventana como unos villancicos visuales que lenta, muy lentamente, va acallando el amanecer. Seguramente dormitamos; pero la aurora nos salpica como si fuese agua fría; nos levantamos, con los ojos como platos y errando de un lado para otro mientras aguardamos a que los demás se despierten. Con toda la mala intención, mi amiga deja caer un cacharro metálico en el suelo de la cocina. Yo bailo claqué ante las puertas cerradas. Uno a uno, los parientes emergen, con cara de sentir deseos de asesinarnos a ella y a mí; pero es Navidad, y no pueden hacerlo. Primero, un desayuno lujoso: todo lo que se pueda imaginar, desde hojuelas y ardilla frita hasta maíz tostado y miel en panal. Lo cual pone a todo el mundo de buen humor, con la sola excepción de mi amiga y yo. La verdad, estamos tan impacientes por llegar a lo de los regalos que no conseguimos tragar ni un bocado.

Pues bien, me llevo una decepción. ¿Y quién no? Unos calcetines, una camisa para ir a la escuela dominical, unos cuantos pañuelos, un jersey usado, una suscripción por un año a una revista religiosa para niños: *El pastorcillo*. Me sacan de quicio. De verdad.

El botín de mi amiga es mejor. Su principal regalo es una bolsa de mandarinas. Pero está mucho más orgullosa de un chal de lana blanca que le ha tejido su hermana, la que está casada. Pero *dice* que su regalo favorito es la cometa que le he hecho yo. Y, en efecto, es muy bonita; aunque no tanto como la que me ha hecho ella a mí, azul y salpicada de estrellitas verdes y doradas de Buena Conducta; es más, lleva mi nombre, «Buddy», pintado.

–Hay viento, Buddy.

Hay viento, y nada importará hasta el momento en que bajemos corriendo al prado que queda cerca de casa, el mismo adonde Queenie ha ido a esconder su hueso (y el mismo en donde, dentro de un año, será enterrada Queenie). Una vez allí, nadando por la sana hierba que nos llega hasta la cintura, soltamos nuestras cometas, sentimos sus tirones de peces celestiales que flotan en el viento. Satisfechos, reconfortados por el sol, nos despatarramos en la hierba y pelamos mandarinas y observamos las cabriolas de nuestras cometas. Me olvido enseguida de los calcetines y del jersey usado. Soy tan feliz como si ya hubiésemos ganado el Gran Premio de cincuenta mil dólares de ese concurso de marcas de café.

–¡Ahí va, pero qué tonta soy! –exclama mi amiga, repentinamente alerta, como la mujer que se ha acordado demasiado tarde de los pasteles que había dejado en el horno–. ¿Sabes qué había creído siempre? –me pregunta en tono de haber hecho un gran descubrimiento, sin mirarme a mí, pues los ojos se le pierden en algún lugar situado a mi espalda–. Siempre había creído que para ver al Señor hacía falta que el cuerpo estuviese muy enfermo, agonizante. Y me imaginaba que cuando Él llegase sería como contemplar una vidriera baptista: tan bonito como cuando el sol se cuela a chorros por los cristales de colores, tan luminoso que ni te enteras de que está oscureciendo. Y ha sido una vidriera de colores en la que el sol se colaba a chorros, así de espectral. Pero apuesto a que no es eso lo que suele ocurrir. Apuesto a que, cuando llega a su final, la carne comprende que el Señor ya se ha mostrado. Que las cosas, tal como son –su mano traza un círculo, en un ademán que abarca nubes y cometas y hierba, y hasta a Queenie, que está escarbando la tierra en la que ha enterrado su hueso–, tal como siempre las ha visto, eran verle a Él. En cuanto a mí, podría dejar este mundo con un día como hoy en la mirada.

Ésta es la última Navidad que pasamos juntos.

La vida nos separa. Los Enterados deciden que mi lugar está en un colegio militar. Y a partir de ahí se sucede una desdichada serie de cárceles a toque de corneta, de sombríos campamentos de verano a toque de diana. Tengo además otra casa. Pero no cuenta. Mi casa está allí donde se encuentra mi amiga, y jamás la visito.

Y ella sigue allí, rondando por la cocina. Con Queenie como única compañía. Luego sola. («Querido Buddy», me escribe con su letra salvaje, difícil de leer, «el caballo de Jim Macy le dio ayer una horrible coz a Queenie. Demos gracias de que ella no llegó a enterarse del dolor. La envolví en una sábana de hilo, y la llevé en el carricoche al prado de Simpson, para que esté rodeada de sus Huesos...») Durante algunos noviembres sigue preparando sus tartas de frutas sin nadie que la ayude; no tantas como antes, pero unas cuantas: y, por supuesto, siempre me envía «la mejor de todas». Además, me pone en cada carta una moneda de diez centavos acolchada con papel higiénico: «Vete a ver una película y cuéntame la historia.» Poco a poco, sin embargo, en sus cartas tiende a confundirme con su otro amigo, el Buddy que murió en los años ochenta del siglo pasado; poco a poco, los días trece van dejando de ser los únicos días en que no se levanta de la cama: llega una mañana de noviembre, una mañana sin hojas ni pájaros que anuncia el invierno, y esa mañana ya no tiene fuerzas para darse ánimos exclamando: «¡Vaya por Dios, ha llegado la temporada de las tartas de frutas!»

Y cuando eso ocurre, yo lo sé. El mensaje que lo cuenta no hace más que confirmar una noticia que cierta vena secreta ya había recibido, amputándome una insustituible parte de mí mismo, dejándola suelta como una cometa cuyo cordel se ha roto. Por eso, cuando cruzo el césped del colegio en esta mañana de diciembre, no dejo de escrutar el cielo. Como si esperase ver, a manera de un par de corazones, dos cometas perdidas que suben corriendo hacia el cielo.

[Traducción de Enrique Murillo]

EN LA ANTESALA DEL PARAÍSO
(1960)

Un sábado de marzo en que soplaba un viento agradable y desfilaban nubes por el cielo, Ivor Belli compró en una floristería de Brooklyn un bonito ramo de junquillos y lo llevó, primero en el metro y después a pie, hasta un cementerio inmenso de Queens, un lugar que no había visitado desde que había visto enterrar allí a su mujer, el otoño anterior. Su regreso de ese día no cabía atribuirlo al sentimiento, pues Mrs. Belli, con quien había estado casado veintisiete años, periodo en el cual le había dado dos hijas, ya adultas y asentadas en el matrimonio, había sido una mujer de muchas naturalezas, pero casi todas exasperantes: él no tenía ganas de renovar, ni siquiera en espíritu, una relación tan poco relajadora. No; pero acababa de transcurrir un duro invierno y sentía necesidad de ejercicio, aire, un paseo vigorizante en aquel clima espléndido, heraldo de la primavera; por supuesto, a manera de dividendo adicional, era agradable poder decirles a sus hijas que había ido a visitar la tumba de su madre, sobre todo porque apaciguaría un poco a la mayor, que parecía guardar rencor a su padre por su cómoda aceptación de su vida de viudo.

El cementerio no era un lugar reposado y bonito; de hecho, el maldito paraje era más bien aterrador: hectáreas de piedra color niebla que se extendían sobre una meseta de hierba dispersa y sin sombra. Una vista, que nada entorpecía, de los edificios de Manhattan prestaba al entorno una belleza como

253

de utilería teatral; más allá de las tumbas, el horizonte urbano parecía una lápida empinada que honraba a aquellas gentes tranquilas, sus ciudadanos de antaño, ya consumidos: el espectáculo de esta yuxtaposición hizo que Belli, que de profesión era contable de impuestos, y por ende dotado para gozar la ironía por sádica que fuera, sonriera, que en realidad se riese; sin embargo, oh, Dios en el cielo, sus inferencias también le estremecieron, desinflaron la zancada vigorosa que le llevaba a lo largo de los senderos del cementerio, rígidos y sembrados de guijarros. Redujo el paso hasta detenerse, y pensó: «Tendría que haber llevado a Morty al zoo.» Morty era su nieto de tres años. Pero sería una grosería no continuar, vengativo: ¿y por qué desperdiciar un ramo? La combinación de ahorro y de virtud le reactivó; respiraba fuerte por la premura cuando, por fin, se agachó para encajar los junquillos en una urna de piedra encaramada sobre una losa tosca y gris en la que unas letras grabadas con caligrafía gótica declaraban que

SARAH BELLI

1901-1959

había sido la

AMANTE ESPOSA DE IVOR

Y QUERIDA MADRE DE IVY Y REBECCA

Dios, qué alivio saber que la lengua de la mujer estaba por fin callada. Pero este pensamiento, apaciguador como era, y aunque respaldado por visiones de su nuevo y silencioso apartamento de soltero, no reanimó la súbitamente sofocada sensación de inmortalidad, de alegría por estar vivo que el día había encendido más temprano. Se había puesto en marcha esperando los enormes beneficios del aire, el paseo, el aroma de otra primavera inminente. Ahora pensó que ojalá hubiera llevado una bufanda; la luz del sol era falsa, no calentaba de verdad, y le pareció que el viento se había vuelto bastante inclemente. Mientras sometía los junquillos a una poda decorativa, lamentó no poder regarlos con agua para postergar su podredumbre; depositadas las flores, se volvió para marcharse.

Una mujer se interponía en su camino. Aunque había pocos visitantes en el cementerio, no se había fijado en ella ni la había oído acercarse. La mujer no se apartó. Miró los junquillos; un instante después sus ojos, protegidos por gafas con montura de acero, se volvieron hacia Belli.

–Uy. ¿Pariente?

–Mi mujer –dijo él, y suspiró como si fuese obligatorio ese ruido.

Ella también suspiró; un suspiro curioso que entrañaba satisfacción.

–Vaya, lo siento.

A Belli se le alargó la cara.

–Bueno.

–Es una lástima.

–Sí.

–Espero que no fuese una enfermedad larga. Dolorosa.

–No-o-o –dijo él, desplazando el peso de un pie al otro–. Mientras dormía. –Al presentir un silencio insatisfecho, añadió–: Del corazón.

–Vaya, de eso también murió mi padre. Hace poco. Es como si tuviéramos algo en común. Algo –dijo, con un tono alarmantemente quejumbroso–, algo de que hablar.

–... sé cómo debe sentirse.

–Por lo menos no sufrieron. Es un consuelo.

La mecha adherida a la paciencia de Belli se acortó. Hasta entonces había mantenido la mirada tan baja como convenía, observando, tras la vislumbre inicial de la mujer, simplemente sus zapatos, que eran de ese tipo sólido, cómodo y práctico que suelen usar las mujeres de edad y las enfermeras.

–Un gran consuelo –dijo, al tiempo que ejecutaba tres tareas: levantar los ojos, ladear el sombrero y dar un paso adelante.

255

Tampoco ahora la mujer cedió terreno; era como si le hubieran encomendado que retuviera a Belli.

–¿Podría decirme la hora que es? Mi viejo reloj –anunció, dando golpecitos, con expresión cohibida, a una maquinaria delicada y sujetada con una correa a la muñeca–. Me lo regalaron cuando aprobé el instituto. Por eso ya no funciona tan bien. O sea, que es bastante viejo. Pero bonito.

Belli no tuvo más remedio que desabrocharse el abrigo y buscar un reloj de oro sepultado en un bolsillo del chaleco. Mientras tanto examinó a fondo a la mujer, sin dejar un detalle suelto. De niña debía de haber sido rubia, su pigmentación general así lo sugería: el lustre limpio de su piel escandinava, sus mejillas macizas, arreboladas de salud campesina, y el azul de sus ojos cordiales, unos ojos tan sinceros que resultaban atractivos a pesar de las gafas de plata fina que los rodeaban; pero el pelo en sí, lo que alcanzaba a verse por debajo de un sombrero de fieltro insulso, eran unos rizos sin gracia, ondulados por la permanente, y de ningún tono especial. Era un poco más alta que Belli, que medía uno setenta con ayuda de zapatos realzados, y puede que pesara más; en todo caso no creía que a ella le hiciera mucha gracia subirse a una báscula. Sus manos: manos de cocina; y las uñas: no sólo mordisqueadas, sino pintadas con una laca nacarada y extrañamente fosforescente. Llevaba un feo abrigo marrón y un feo bolso negro. Cuando el estudioso de estos componentes los recompuso descubrió que formaban una persona muy decente cuyo aspecto le gustaba; el esmalte de uñas era desalentador, pero aun así intuyó que era alguien en quien se podía confiar. Como confiaba en Esther Jackson, la señorita Jackson, su secretaria. En efecto, aquella mujer le recordaba a Jackson; pero la comparación no hacía justicia a Jackson, que poseía, como en una ocasión, en el curso de una riña, él había informado a la señora Belli, «elegancia intelectual y elegancia en otras cosas». Sin embargo, la mujer que tenía enfrente parecía investida de aquella cualidad de buena voluntad que apreciaba en su secretaria, la señorita Jackson, Esther (como a veces la llamaba, distraído). Además, calculaba que las dos serían de la misma edad: andaban por el lado bueno de los cuarenta.

–Mediodía. En punto.

–¡Imagínese! Vaya, debe estar hambriento –dijo ella, y abrió su bolso, mirando dentro como si fuera una canasta campestre atestada de víveres suficientes para montar un bufé. Sacó un puñado de cacahuetes–. Prácticamente sólo como cacahuetes desde que papá..., desde que no tengo a nadie para quien cocinar. Debo añadir, aunque sea yo quien lo diga, que echo de menos mis guisos; papá siempre decía que yo era mejor que ningún restaurante donde había comido. Pero no es un placer cocinar para una misma, aunque *sepas* hacer pasteles ligeros como una pluma. Vamos. Coja algunos. Están recién tostados.

Belli aceptó; siempre había sido infantil para los cacahuetes, y cuando se sentó a comerlos en la tumba de su mujer, sólo confió en que su amiga tuviera más. Con un gesto de la mano le propuso que se sentara a su lado; le sorprendió advertir que la invitación pareció azorarla; súbitas manchas rosas saturaron sus mejillas, como si él le hubiese pedido que transformase el féretro de la señora Belli en un lecho de amor.

–Usted puede hacerlo. Es un familiar. Pero yo... ¿Le gustaría a ella que una desconocida se sentase en su... lugar de reposo?

–Por favor. Hágame el favor. A Sarah no le importará –le dijo, agradecido de que la difunta no pudiera oírle, porque le sobrecogía y le divertía al mismo tiempo pensar qué diría Sarah, tan dispuesta siempre a montar una escena y enérgica rastreadora de huellas de pintura de labios y hebras rubias dispersas, si pudiera verle pelando cacahuetes encima de su tumba con una mujer no totalmente desprovista de atractivo.

Y en esto, cuando ella asumió una postura mojigata en el borde de la tumba, él se fijó en su pierna. Su pierna izquierda; sobresalía recta como un artefacto rígido y travieso que ella extendiese adrede para que tropezasen los viandantes. Consciente del interés de Belli, ella sonrió, levantó y bajó la pierna.

–Un accidente. Ya sabe. Cuando era niña. Me caí de una

montaña rusa en Coney. En serio. Salió en los periódicos. Nadie se explica cómo estoy viva. Lo único es que no puedo doblar la rodilla. Por lo demás todo quedó igual. Salvo para bailar. ¿Baila usted mucho?

Belli negó con la cabeza; tenía la boca llena de cacahuetes.

–Así que tenemos otra cosa más en común. El baile. *Podría* gustarme. Pero no me gusta. Aunque me gusta la música.

Belli asintió.

–Y las flores –añadió ella, tocando el ramo de junquillos; luego sus dedos siguieron viajando y, como si estuviera leyendo Braille, recorrieron rozando las letras de mármol con su nombre– Ivor –dijo, pronunciándolo mal–. Ivor Belli. Yo me llamo Mary O'Meaghan. Pero *ojalá* fuera italiana. Mi hermana lo es; bueno, se casó con un italiano. Y, oh, él es divertidísimo; alegre y extrovertido, como todos los italianos. Dice que mis espaguetis son los mejores que ha probado nunca. Sobre todo los que hago con salsa de mariscos. Debería probarlos.

Belli, que había terminado los cacahuetes, se sacudió las cáscaras de las rodillas.

–Ya tiene un cliente. Pero no es italiano. Belli suena a italiano. Pero soy judío.

Ella frunció el ceño, no con reprobación, sino como si él la hubiera amilanado de un modo misterioso.

–Mi familia procedía de Rusia; yo nací allí.

Esta última información restauró el entusiasmo de Mary, lo aceleró.

–Me da igual lo que digan los periódicos. Estoy segura de que los rusos son como todo el mundo. Humanos. ¿Vio el ballet Bolshói en la tele? ¿Acaso no le hizo sentirse orgulloso de ser ruso?

Él pensó: Tiene buena intención; y guardó silencio.

–Sopa de col lombarda, caliente o fría, con nata agria. Um... Ve –dijo, sacando una segunda provisión de cacahuetes–, *tenía* hambre. Pobrecillo. –Suspiró–. Cómo debe de añorar la cocina de su mujer.

Era verdad, la añoraba, y se percató de ello al aplicar a su apetito la presión del diálogo entre ambos. Sarah servía una mesa excelente: variada, puntual y bien sazonada. Se acordaba de determinados días de fiesta con aroma de canela. De tardes de salsa de carne y vino, de lino almidonado y plata «buena», seguidos de una siesta. Además, Sarah nunca le había obligado a secar un plato (la oía tararear calmosamente en la cocina), nunca se quejaba del quehacer doméstico, y se las había ingeniado para convertir la crianza de dos chicas en una serie fluida de sucesos cariñosos y bien meditados; la aportación de Belli a su educación había sido la de un testigo admirativo; si sus hijas eran la prueba viviente de sus méritos (Ivy vivía en Bronxville, casada con un cirujano dentista; su hermana era la mujer de A. J. Krakower, el abogado más joven del bufete de Finnegan, Loeb y Krakower), él se lo debía agradecer a Sarah; las hijas eran un logro de ella. Había muchas cosas buenas que decir de Sarah, y se alegraba de sorprenderse pensándolo, descubrirse recordando no las largas horas infernales que ella pasaba afilando la lengua para fustigar sus costumbres, sus presuntas timbas de póquer, sus resabios de mujeriego, sino episodios más tiernos: Sarah enseñándole los sombreros que se hacía ella misma, Sarah desperdigando migas en alféizares nevados para las palomas en invierno: una marea de imágenes que remolcaban hacia el mar la chatarra de reminiscencias más penosas. Lamentó, fue al instante feliz por lamentar, doliente, no haberlo lamentado antes; pero si bien de pronto valoraba sinceramente a Sarah, no podía fingir que le apenase que su vida juntos hubiese concluido, pues la que llevaba desde entonces, en su conjunto, era, de lejos, preferible. Sin embargo, pensó que ojalá en vez de junquillos le hubiera llevado una orquídea, una de las que ella siempre rescataba de alguna fiesta a la que sus hijas habían ido con algún novio, y que guardaba en la nevera hasta que se marchitaban.

—... ¿verdad? —oyó, y no supo quién había hablado hasta que, parpadeando, reconoció a Mary O'Meaghan, cuya voz había seguido sonando sin que la escuchara: una voz tímida, como un arrullo, un sonido extrañamente menudo y juvenil para provenir de una figura tan robusta.

–He dicho que serán guapísimas, ¿verdad?

–Bueno –dijo Belli, sin arriesgar nada.

–Sea modesto. Pero seguro que lo son. Si salen a su padre...; ja, ja, no me tome en serio, estoy bromeando. Pero en serio, los niños me pirran. Cambiaría por un niño a cualquier adulto. Mi hermana tiene cinco, cuatro chicos y una chica. Dot, que así se llama mi hermana, siempre me está persiguiendo para que la haga de canguro ahora que tengo tiempo y no tengo que cuidar a papá cada minuto. Ella y Frank, mi cuñado, el que mencioné antes, dicen: «Mary, nadie maneja a los críos como *tú*.» Y al mismo tiempo se divierten. Pero es que es tan fácil... No hay nada como cacao caliente y una estupenda batalla de almohadas para que se duerman. Ivy –dijo, leyendo en voz alta la severa inscripción en la lápida–. Ivy y Rebecca. Qué bonitos nombres. Y seguro que usted se desvive por ellas. Pero dos niñas sin madre.

–No, no –dijo Belli, recuperando el hilo–. Ivy ya es madre. Y Becky está esperando.

La cara de Mary reconvirtió su pesadumbre transitoria en una expresión de incredulidad.

–¿Abuelo? ¿Usted?

Belli profesaba varias vanidades: por ejemplo, pensaba que era más *cuerdo* que otras personas; también creía que era una brújula andante; su digestión, y la capacidad de leer algo al revés, eran otros rasgos que halagaban su ego. Pero su reflejo en un espejo suscitaba escaso aplauso íntimo, no porque le disgustara su aspecto, sino sólo porque sabía que él estaba ya *de vuelta*. La vendimia de su pelo había empezado decenios atrás; ahora su cabeza era casi un campo yermo. Su nariz tenía carácter, pero su barbilla ninguno, a pesar del doble esfuerzo que hacía. Tenía los hombros anchos, pero asimismo el resto del cuerpo. Era un hombre pulcro, por supuesto: llevaba los zapatos lustrosos, hacía la colada, dos veces al día restregaba y embadurnaba de talco sus quijadas azuladas; pero estas medidas no camuflaban, sino que más bien acentuaban, su vulgaridad de clase media y de mediana edad. No obstante, no desdeñó el piropo de

Mary O'Meaghan; al fin y al cabo, un cumplido inmerecido es a menudo el más poderoso.

–Diantre, tengo cincuenta y un años –dijo, restando cuatro–. No diré que los noto.

Y no los notaba; quizás porque el viento había amainado y la calor del sol se tornaba más auténtico. Por la razón que fuese, sus expectativas habían renacido, era de nuevo inmortal, un hombre con la mirada en el futuro.

–Cincuenta y uno. No es nada. La flor de la vida. Si uno se cuida. Un hombre de su edad necesita que le atiendan. Que le cuiden.

En un cementerio uno está a salvo de maridos al acecho, ¿no? La pregunta le pasó por la cabeza y se quedó a mitad de camino mientras inspeccionaba la cara acogedora y crédula de Mary, sondeaba en su mirada algún vestigio de astucia. Aunque tranquilizado, creyó mejor recordarle el entorno circundante.

–Su padre. ¿Está –Belli hizo un gesto patoso– por aquí cerca?

–¿Papá? Oh, no. No dio su brazo a torcer; se negó en redondo a que le enterraran. Así que está en casa. –En la mente de Belli despuntó una imagen perturbadora que las palabras siguientes de Mary («No él, sus cenizas») no disiparon del todo–. Bueno –Mary se encogió de hombros–, era lo que él quería. O, ya veo..., ¿se pregunta usted por qué *estoy* aquí? No vivo demasiado lejos. Doy un paseo hasta aquí y la vista...

Los dos se volvieron para contemplar la línea del horizonte, donde las torres de algunos edificios ondeaban banderas de nubes, y las ventanas cegadoras de sol relucían como un millón de fragmentos de mica. Mary O'Meaghan dijo:

–¡Qué día más perfecto para un desfile!

Belli pensó: *Es usted una chica muy agradable;* a continuación lo dijo, y se arrepintió de haberlo hecho, porque ella, por descontado, le preguntó por qué.

–Pues porque... Ha sido bonito lo que ha dicho. Sobre desfiles.

–¿Ve? ¡Tantas cosas en común! Nunca me pierdo un desfile

–le dijo ella, con voz triunfal–. Las cornetas. Yo toco la corneta; bueno, tocaba, cuando estaba en el Sagrado Corazón. Usted lo ha dicho antes. –Bajó la voz, como si abordara un tema que exigía tonos graves–. Ha dicho que era amante de la música. Porque yo tengo miles de discos antiguos. Cientos. Papá trabajaba en ese ramo y era su oficio. Hasta que se jubiló. Laqueaba discos en una fábrica de discos. ¿Se acuerda de Helen Morgan? Me pirra, se lo aseguro, esa mujer me enloquece.

–Jesucristo –susurró él. Ruby Keeler, Jean Harlow: habían sido enamoramientos agudos pero curables; pero Helen Morgan, una aparición cubierta de lentejuelas, tan pálida que parecía albina, reluciente al otro lado de las candilejas de Ziegfeld..., había sido una auténtica pasión.

–¿Usted lo cree? ¿Que la mató la bebida? ¿Por culpa de un gángster?

–Da igual. Era encantadora.

–A veces, cuando estoy sola y como harta de todo, finjo que soy ella. Finjo que estoy cantando en un nightclub. Es divertido, ¿sabe?

–Sí, lo sé –dijo Belli, cuya fantasía predilecta era imaginar las aventuras que viviría si fuera invisible.

–¿Puedo preguntarle si me haría un favor?

–Si puedo, desde luego.

Ella inhaló, contuvo la respiración como si estuviera buceando bajo una ola de timidez; salió a la superficie y dijo:

–¿Escucharía mi imitación? ¿Y me diría su opinión sincera?

Entonces se quitó las gafas: la montura de plata se había hundido tan profundamente en su cara que le había dejado una marca permanente. Sus ojos desnudos, húmedos y desvalidos, parecían atónitos por la libertad: los párpados de pestañas exiguas aletearon como pájaros largo tiempo cautivos a los que de pronto les abren la jaula.

–Veamos: todo es suave y está lleno de humo. Ahora tiene que utilizar la imaginación. Imagine que estoy sentada ante un piano..., caray, perdóneme, señor Belli.

–Olvídelo. Bien. Está sentada ante un piano.

—Estoy sentada ante un piano —dijo ella, echando la cabeza soñadoramente hacia atrás, hasta que adoptó una postura romántica. Se succionó las mejillas; separó los labios; en aquel mismo momento Belli se mordió los suyos, porque fue indelicada la visita que el encanto hizo a la cara rosada y rellena de Mary O'Meaghan; una visita que no debería haberse hecho; era una dirección equivocada. Ella aguardó, como si estuviera atenta a la entrada de la música; entonces: «*¡No me dejes nunca, ahora que has llegado! Tu lugar está aquí. Todo parece perfecto cuando estás cerca de mí, todo marcha mal cuando estás lejos.*» Y Belli se quedó atónito, porque lo que estaba oyendo era exactamente la voz de Helen Morgan, y la voz, con su dulzura vulnerable, su refinamiento y el tierno temblor que se despeñaba desde las notas altas, no parecía ser una voz prestada, sino la propia de Mary O'Meaghan, una expresión natural de alguna identidad oculta. Poco a poco ella abandonó las poses teatrales y, sentada derecha, cantaba con los ojos bien cerrados: «*... Soy tan dependiente que cuando necesito consuelo acudo corriendo a ti. ¡No me dejes nunca! Porque si lo haces no tendré nadie a quien recurrir.*» Hasta que fue demasiado tarde, ni ella ni él se fijaron en la comitiva que transportando un féretro invadía su intimidad: un ciempiés negro formado por negros sobrios que miraron a la pareja blanca como si hubieran topado con un par de saqueadores de tumbas borrachos; excepto una doliente, una niña de ojos secos que empezó a reírse sin parar; su hipo, que parecía hilaridad, resonó mucho después de que la procesión hubiese desaparecido doblando una esquina, a lo lejos.

—Si esa niña fuera mía... —dijo Belli.

—Qué avergonzada estoy.

—Eh, oiga. ¿Por qué? Ha sido precioso. Lo digo en serio; sabe cantar.

—Gracias —dijo ella y se encajó las gafas, como si levantara una barrera contra lágrimas inminentes.

—Créame, me ha conmovido. Lo que me gustaría es que cantara algo más.

Era como si ella fuese una niña a la que él le hubiera dado

un globo, un globo especial que se inflaba e inflaba hasta que la levantaba en el aire, la hacía bailar sólo con los pies en vilo y luego la depositaba en el suelo. Mary descendió para decir:

—Pero aquí no. Quizás —comenzó, y una vez más pareció que la alzaban, la balanceaban en el aire—, quizás algún día en que me deje prepararle la cena. Haré una típica cena rusa. Y escucharemos discos.

La idea, la sospecha espectral que antes había pasado de puntillas, regresó con un paso más firme, una criatura gorda y maciza a la que Belli no podía desalojar.

—Gracias, señorita O'Meaghan. Es algo que esperaré con impaciencia —dijo. Se levantó, se calzó el sombrero, se ajustó el abrigo—. Se puede pillar algo, sentado un largo rato en una piedra fría.

—¿Cuándo?

—Pues nunca. *Nunca* hay que sentarse en una piedra fría.

—¿Cuándo vendrá a cenar?

Los medios de subsistencia de Belli dependían en gran parte de que era un habilidoso inventor de excusas.

—Cualquier día —respondió, con soltura—. Siempre que no sea muy pronto. Soy recaudador de impuestos; ya sabe lo que nos pasa en marzo. Sí, señor —dijo, sacando el reloj de nuevo—. De vuelta al yugo.

Pero no podía, ¿verdad que no?, largarse como si nada y dejarla allí sentada encima de la tumba de Sarah. Le debía una gentileza; aunque sólo fuera por los cacahuetes, pero había algo más: quizás gracias a ella había recordado las orquídeas de Sarah que se marchitaban en el frigorífico. Y, de todos modos, era *simpática,* una desconocida tan agradable como nunca había conocido. Pensó en echar mano del clima, pero el clima no le echaba una mano: había pocas nubes, el sol era sobremanera visible.

—Ha refrescado —comentó, frotándose las manos—. Puede que llueva.

—Señor Belli. Voy a hacerle ahora una pregunta muy personal —dijo ella, enunciando con decisión cada palabra—. Porque no me gustaría que pensara que invito a cenar a cualquiera.

Mis intenciones son... –Sus ojos vagaron, se le quebró la voz, como si su actitud franca hubiera sido una farsa que era incapaz de mantener–. Así que voy a hacerle una pregunta muy personal. ¿Ha pensado en casarse otra vez?

Él tarareó, como una radio que se va caldeando antes de hablar; cuando lo hizo, fue como si hubiera parásitos.

–Oh, a *mi* edad. Ni siquiera quiero un perro. Me conformo con la tele. Alguna cerveza. Una partida de póquer a la semana. Mierda. ¿Quién carajo querría vivir conmigo? –dijo y, con una punzada, se acordó de la suegra de Rebecca, la señora de A. J. Krakower padre, la doctora Pauline Krakower, una dentista (jubilada) que había participado audazmente en un determinado complot familiar. ¿O qué me dices de la mejor amiga de Sarah, la obstinada «Brownie» Pollock? Curioso que mientras vivió Sarah él hubiese gozado, y en ocasiones se hubiera aprovechado, de la admiración que le profesaba «Brownie»; después... al final él le había *dicho* que no volviese a telefonearle (ella había gritado: «Tenía razón Sarah en todo lo que decía. Eres un cabrón fofo y *peludo*»). Bien; y luego vino la señorita Jackson. A pesar de las sospechas de Sarah, de su ferviente convicción, de hecho no había ocurrido nada indecoroso, muy indecoroso, entre él y la agradable Esther, que era aficionada a los bolos. Pero él siempre había presumido, y en los últimos meses sabido, que si un día le proponía a Esther una copas, cenar, unas cuantas partidas en una bolera... Dijo:

–*Estuve* casado. Veintisiete años. Es suficiente para toda una vida.

Pero al decir esto cayó en la cuenta de que, en aquel preciso momento, había tomado una decisión, a saber: *invitaría* a Esther a cenar, la llevaría a la bolera y le compraría una orquídea, una de color púrpura con una cinta de espliego. ¿Y adónde, se preguntó, van las parejas de luna de miel en el mes de abril? A más tardar en mayo. ¿A Miami? ¿A las Bermudas? ¡A las Bermudas!

–No, nunca he pensado. En casarme otra vez.

A juzgar por su atenta postura, cabría suponer que Mary O'Meaghan escuchaba extasiada al señor Belli; sus ojos, sin embargo, hacían novillos, erraban como buscando en una fiesta a otra presa distinta y más prometedora. El color se le había disipado de la cara, y con él la mayor parte de su saludable encanto. Tosió.

Él también. Levantó el sombrero y dijo:

—Ha sido muy agradable conocerla, señorita O'Meaghan.

—Lo mismo digo —dijo ella, y se levantó—. ¿Le importa que le acompañe hasta la verja?

Sí le importaba; quería seguir el paseo solo, devorando el alimento agrio de aquel fulgor de primavera, de aquel tiempo de desfile, estar a solas con sus muchos pensamientos de Esther, su estado de ánimo esperanzado, brioso y sempiterno.

—Será un placer —dijo, adaptando su paso al más lento de ella y a la ligera oscilación que le producía su pierna rígida.

—Pero *parecía* una idea sensata —dijo Mary, con ganas de discutir—. Y estaba la señora Annie Austin: la prueba viviente. Bueno, nadie tuvo una idea *mejor*. Quiero decir que todo el mundo se me echaba encima: cásate. Desde el día en que murió papá, mi hermana y todos los demás decían: pobre Mary, ¿qué será de ella? Una chica que no sabe escribir a máquina. Ni taquigrafía. Con su pierna, además: ni siquiera puede servir la mesa. ¿Qué le sucede a una chica (una mujer *adulta*) que no sabe nada, que nunca ha hecho nada? Salvo cocinar y cuidar de su padre. Lo único que me decían era: Mary, tienes que casarte.

—Entonces, ¿por qué oponerse? Una persona excelente como usted debería casarse. Haría muy feliz a un hombre.

—Seguro que sí. Pero *¿a quién?* —Estiró los brazos, extendió una mano hacia Manhattan, el país, los continentes, más allá—. He buscado; no soy de natural perezoso. Pero sincera, francamente, ¿qué hay que hacer para encontrar un marido? Si no eres muy, muy bonita; una bailarina fantástica. Si eres..., oh, ordinaria. Como yo.

—No, no, nada de eso —masculló Belli—. Ordinaria no, no. ¿No podría sacar partido de su talento? ¿De su voz?

Ella se detuvo, empezó a abrir y cerrar su bolso.

–No se burle. Por favor. Me va la vida en ello. –E insistió–. *Soy* ordinaria. Como la señora Annie Austin. Y ella dice que el lugar donde debo buscar un marido, un hombre decente y agradable, es en las necrológicas.

Para ser un hombre que se creía una brújula humana, Belli tuvo la inquietante impresión de sentir que se había extraviado; vio con alivio las puertas del cementerio, a cien metros de distancia.

–¿Sí? ¿Eso dice? ¿La señora Annie Austin?

–Sí. Y es una mujer muy práctica. Sustenta a seis personas con 58.75 dólares a la semana: comida, ropa, todo. Y, desde luego, la forma en que me lo explicó *parecía* lógica. Porque los obituarios están llenos de hombres solteros. De viudos. Vas al entierro y te presentas tú misma: te condueles. O al cementerio: vienes aquí o vas a Woodland un día que haga bueno y siempre hay viudos paseando. Hombres que piensan en lo mucho que añoran la vida conyugal y que quizás estén deseando volver a casarse.

Belli se horrorizó cuando comprendió que Mary hablaba en serio; pero también lo encontró divertido y se rió, hundió las manos en los bolsillos y echó hacia atrás la cabeza. Ella se le unió, lanzó una risa que le devolvió el color y que, como en una juerga, le hizo chocar contra él.

–Hasta yo... –dijo Mary, agarrándole del brazo–, hasta yo le veo la gracia.

Pero no fue una visión duradera; súbitamente solemne, dijo:

–Pues así conoció Annie a sus maridos. A los dos: al señor Cruikshank y luego al señor Austin. Así que *tiene* que ser una idea práctica. ¿No le parece?

–Oh, claro que sí.

Mary se encogió de hombros.

–Pero no ha salido demasiado bien. Nosotros, por ejemplo. Se diría que tenemos muchas cosas en común.

–Algún día –dijo él, avivando el paso–. Con un hombre más vital.

–No lo sé. He conocido a gente magnífica. Pero siempre acaba así. Como nosotros... –dijo, y dejó sin decir algo más, porque un nuevo peregrino, que acababa de cruzar la verja del cementerio, había despertado su interés: un hombrecillo vivaz, que emitía silbidos alegres y caminaba con brío. Belli también se fijó en él, observó la cinta negra cosida alrededor de la manga del abrigo verde vivo del visitante y comentó:

–Buena suerte, señorita O'Meaghan. Gracias por los cacahuetes.

[Traducción de Jaime Zulaika]

EL INVITADO DEL DÍA DE ACCIÓN DE GRACIAS
(1967)

Para Lee

¡Hablemos del mal! Odd Henderson es el ser humano más malvado que he conocido.

Y estoy hablando de un muchacho de doce años, no de un adulto que ha tenido tiempo para madurar una innata inclinación hacia el mal. Porque Odd tenía doce años en 1932, cuando ambos éramos alumnos de segundo grado y asistíamos a la escuela de un pueblecito de la Alabama rural.

Era un muchacho alto para su edad, huesudo, de cabello rojo sucio y achinados ojos amarillos, que descollaba entre todos sus condiscípulos; y era lógico que así fuese, pues todos los demás teníamos sólo siete u ocho años. Odd había suspendido el primer grado dos veces y repetía por primera vez segundo. Este lamentable récord no se debía a torpeza –Odd era inteligente, quizás astuto sea una palabra más adecuada–, sino a que se parecía al resto de los Henderson. Toda la familia (diez, sin contar a Pa Henderson, que era contrabandista de alcohol y estaba casi siempre en la cárcel, hacinados en una casa de cuatro habitaciones, junto a una iglesia de negros) era una cuadrilla de holgazanes y camorristas, todos dispuestos a jugarte una mala pasada; Odd no era el peor del grupo, y, hermano, eso es *decir* algo.

Muchos niños de la escuela procedían de familias más pobres que la de los Henderson; Odd tenía un par de zapatos, mientras que otros niños, y niñas también, se veían forzados a

269

andar descalzos en el tiempo más crudo, tal era la dureza con que la Depresión se había cebado en Alabama. Pero nadie, que yo sepa, resultaba tan desarrapado como Odd: un espantajo flaco, pecoso, con un sudado mono de desecho que hubiera sido una humillación para un presidiario. De no haber sido tan odioso, se hubiera sentido piedad por él. Todos los niños le temían, no sólo nosotros, los más pequeños, sino los muchachos de su misma edad e incluso mayores.

Nadie buscó jamás pelea con él, excepto cierta vez una muchacha llamada Ann «Jumbo» Finchburg, que resultó ser la otra matona del pueblo. Jumbo, una piruja, bajita pero recia, con una técnica de mil diablos para retorcer muñecas, agarró a Odd por detrás durante el recreo en una gris mañana, y a tres profesores, que debían desear que los combatientes se mataran, les llevó un buen rato separarles. El resultado fue una especie de empate: Jumbo perdió un diente y la mitad de su cabello y adquirió una nube gris en el ojo izquierdo (nunca pudo volver a ver bien); los infortunios de Odd incluían un pulgar roto, y cicatrices de arañazos que le acompañarían hasta la tumba. En los meses siguientes, Odd ensayó todo tipo de tretas para coger a Jumbo desprevenida y conseguir la revancha; pero Jumbo había preparado sus golpes y le llevaba considerable ventaja. Como yo hubiera hecho si él me hubiera dejado; pues, ay, yo era objeto de las constantes atenciones de Odd.

Considerando el lugar y la época, yo estaba bastante bien acomodado. Vivía en una antigua casa de campo de altos techos situada donde acababa el pueblo y empezaban los bosques y las fincas. La casa pertenecía a unos parientes lejanos, viejos primos –tres mujeres solteras y su hermano, también soltero–, que me habían tomado a su cargo debido a un desacuerdo surgido en mi familia más cercana, una lucha por mi custodia que, por diversas razones, me dejó perdido en aquella remota casona de Alabama. No es que yo fuera desdichado allí; en verdad, algunos momentos de aquellos pocos años resultaron ser los más felices de mi, por otro lado, dura infancia, principalmente porque la más joven de los primos, una mujer de unos sesenta y tantos años, se convirtió en mi mejor amiga. Dado que ella misma era como un niño (y muchos la consideraban todavía menos y murmuraban acerca de ella como si fuera gemela de la pobrecita Lester Tucker, que correteaba las calles en un dulce aturdimiento), entendía a los niños, y me entendía a mí perfectamente.

Quizás resultara extraño para un chiquillo como yo tener como mejor amiga a una solterona entrada en años, pero ninguno de los dos tenía una experiencia ni una perspectiva normales, y así fue inevitable, en nuestra separada soledad, que llegáramos a compartir una amistad aparte. Excepto las horas que yo pasaba en la escuela, los tres, yo y la vieja Queenie, nuestra vivaracha terrier ratonera, y Miss Sook, como todos llamaban a mi amiga, estábamos casi siempre juntos. Buscábamos hierbas en el bosque, íbamos de pesca a remotos riachuelos (con cañas de azúcar secas por cañas de pescar) y cogíamos extraños helechos y plantas que trasplantábamos y cuidábamos con esmero en botes y orinales. Pero nuestra vida transcurría principalmente en la cocina, una cocina de campo, presidida por un gran hogar negro de madera, que a menudo estaba oscura y soleada al mismo tiempo.

Miss Sook, sensible como un tímido helecho, una reclusa que jamás había traspasado los límites del condado, no se parecía en nada a su hermano y hermanas, que eran mujeres realistas, vagamente masculinas, que llevaban una tienda de lencería y varias otras empresas mercantiles. El hermano, el tío B., poseía una serie de granjas de algodón extendidas por la localidad; y como se negaba a conducir un coche o soportar contacto alguno con maquinaria móvil, andaba a caballo, trotando todo el día de una propiedad a otra. Era hombre afable, aunque callado: gruñía sí o no, y realmente no abría la boca más que para comer. Ante cualquier comida se le despertaba un apetito de oso gris de Alaska tras el período de hibernación, y era tarea de Miss Sook dejarle harto.

El desayuno era nuestra comida principal; la comida del mediodía, excepto los domingos, y la cena, eran menús accidentales, casi siempre consistentes en sobras de la mañana. Estos desayunos, servidos puntualmente a las 5.30 de la mañana, atiborraban el estómago. Todavía hoy conservo un hambre nostálgica de aquellas colaciones al alba a base de jamón y pollo frito, chuletas de cerdo fritas, pescado frito, ardilla frita (en temporada), huevos fritos, sémola de maíz con caldo, guisantes, coles con licor de col y pan de maíz para mojar en él, bizcochos, pastel, tortitas y melaza, miel, jamones y jaleas caseros, leche cruda, leche cuajada y un café con cierto gustillo a achicoria y caliente como los infiernos.

La cocinera, acompañada por sus asistentes, Queenie y yo, se levantaba cada mañana a las cuatro para encender el fuego, poner la mesa y prepararlo todo. Levantarse a esa hora no resultaba tan duro como puede parecer; estábamos acostumbrados, y de cualquier modo siempre nos acostábamos tan pronto como el sol se ocultaba y los pájaros se recogían en los árboles. Además, mi amiga no era tan frágil como parecía; aunque había estado delicada de pequeña y sus hombros estaban encorvados, poseía manos fuertes y piernas firmes. Podía moverse con briosa, decidida rapidez, los raídos zapatos de tenis que siempre calzaba rechinando sobre el encerado suelo de la cocina; y su distinguido rostro de rasgos delicadamente desmañados, con unos ojos bellos, juveniles, indicaba una fortaleza que parecía ser más el premio de un resplandor espiritual interior que la superficie visible de simple salud mortal.

No obstante, según la estación y el número de obreros empleados en las granjas del tío B., a veces se reunían hasta quince personas en aquellos ágapes de madrugada. Los obreros tenían derecho a una comida caliente al día, era parte de su salario. Teóricamente, venía una mujer negra para ayudar a lavar los platos, hacer las camas, limpiar la casa y lavar la ropa. Era vaga y de poco fiar, pero amiga de toda la vida de Miss Sook, lo cual significaba que mi amiga no pensaba en sustituirla y sencillamente hacía ella el trabajo. Partía leña, se cuidaba de un considerable número de pollos, pavos y cerdos, fregaba, sacudía el polvo, remendaba toda nuestra ropa; pero cuando yo regresaba de la escuela, siempre estaba allí dispuesta a hacerme compañía: jugar a un juego de cartas llamado Rock, o salir a buscar setas, o hacer una lucha de almohadas, o, cuando yo me sentaba en la cocina a la lánguida luz del atardecer, ayudarme en mis deberes.

Le entusiasmaba escudriñar mis libros de texto, mi atlas especialmente. («Oh, Buddy», diría ella, pues así me llamaba, «piénsalo bien, un lago llamado Titicaca. Y realmente existe en alguna parte del mundo.») Mi educación era también la suya. Debido a su enfermedad infantil, apenas había asistido a la escuela; su escritura era una serie de melladas erupciones, la pronunciación un artilugio fonético totalmente personal. Yo ya podía leer y escribir con seguridad más fluida que la de ella (aunque ella se las arreglaba para «estudiar» un capítulo de la Biblia cada día, y nunca se perdía las tiras cómicas de «Anne la huerfanita» o «Katzenjammer Kids» del periódico de Mobile). Estaba muy orgullosa de «nuestras» notas. («¡Dios mío, Buddy! Cinco aes. Hasta en aritmética. No me atrevía ni a pensar que sacaríamos una A en aritmética.») Para ella era un misterio que yo odiara la escuela, que algunas mañanas llorase y suplicase al tío B., el mando de la familia, que me dejara quedarme en casa.

Desde luego, no era que yo odiara la escuela, a quien yo odiaba era a Odd Henderson. ¡Qué tormentos ideaba! Solía, por ejemplo, esperarme a la sombra de una encina que cubría parte de los terrenos de la escuela. Llevaba en la mano una bolsa de papel atiborrada de espinosos cardillos recogidos en el camino a clase. No tenía sentido intentar escapar de él, pues era rápido como una culebra; como una serpiente, avanzaba, me derribaba, brillantes de gozo los ojos mezquinos, y me restregaba los cardos por la cabeza. Generalmente un círculo de niños nos rodeaba para reír o intentar reír; en realidad no consideraban que aquello tuviera gracia, pero Odd les excitaba y los predisponía al jolgorio. Luego, ocultándome en los lavabos de la clase de los chicos, yo desenredaba los cardos enredados en mi pelo; esto me llevaba tiempo y significaba perder siempre la primera campana.

Nuestra profesora de segundo grado, la señorita Armstrong, se mostraba benévola, pues sospechaba lo que estaba ocurriendo; pero finalmente, exasperada por mis continuos retrasos, se encolerizó conmigo ante toda la clase:

—Vaya con el caballerete. ¡Qué cara tiene! Aterrizando aquí veinte minutos después de la campana. Media hora.

Ante lo cual perdí el control. Señalé a Odd Henderson y grité:

—Ríñale a él. La culpa es suya. ¡El muy hijo de perra!

Yo conocía muchas maldiciones, pero me sorprendí al oír mis propias palabras resonando en un espantoso silencio, y la señorita Armstrong caminó hacia mí empuñando una pesada regla y dijo:

—Extienda sus manos, caballero. Las palmas hacia arriba, caballero.

Y a continuación, mientras Odd observaba con una cítrica sonrisilla, llenó de ampollas las palmas de mis manos con su regla de bordes metálicos, hasta que la clase se me hizo borrosa.

Llevaría toda una página impresa en letra menuda enumerar los castigos que Odd me infligió. Pero por lo que yo más me resentí y sufrí fue por las lúgubres perspectivas que me hacía prever.

Una vez que me tenía acorralado contra una pared, le pregunté abiertamente qué había hecho yo para desagradarle de aquel modo; de pronto se relajó, me soltó y dijo: «Eres un marica. Yo sólo te estoy reformando.» Tenía razón. Yo era una especie de marica, y en el instante en que lo dijo comprendí que no había nada que yo pudiera hacer para que cambiara de opinión, si no era convencerme a mí mismo y aceptar y defender el hecho.

Tan pronto como recobraba la paz de la cálida cocina donde Queenie podía estar royendo un viejo hueso desenterrado y mi amiga entretenida con un pastel, el peso de Odd Henderson se deslizaba venturosamente de mis hombros. Con demasiada frecuencia, sin embargo, los achinados ojos leoninos aparecían por la noche en mis sueños, mientras su fuerte y áspera voz silbaba en mis oídos crueles amenazas.

El dormitorio de mi amiga estaba junto al mío. Los gritos provocados por mis pesadillas la despertaban algunas veces. Acudía entonces y me sacaba del coma Odd Henderson. «Mira», decía encendiendo la luz. «Incluso has asustado a Queenie. Está temblando.» Y: «¿Serán fiebres? Estás empapado de sudor. Quizás debiéramos llamar al doctor Stone.» Pero ella sabía que no eran fiebres, sabía que el motivo eran mis problemas en la escuela, pues yo le había dicho y redicho cómo me trataba Odd.

Pero tuve que dejar de hablar de ello, no volver a mencionarlo, pues mi amiga se negaba a reconocer que persona alguna pudiera ser tan malvada como yo pintaba a Odd Henderson. La inocencia, preservada por la falta de experiencia que había aislado siempre a Miss Sook, la incapacitaba para abarcar un mal tan completo.

«Oh», podía decir ella, frotando mis manos heladas para hacerlas entrar en calor, «lo que pasa es que te tiene envidia. No es listo ni guapo como tú.» O, menos en broma: «Has de pensar, Buddy, que es lógico que se porte mal; no sabe otra cosa. Todos esos niños Henderson las han pasado moradas. Y puedes echar la culpa a Pa Henderson. No me gusta decirlo, pero ese hombre fue siempre un pícaro y un necio. ¿Sabías que el tío B. le apaleó una vez? Lo cogió pegando a un perro y le dio sin duelo. Lo mejor que pudo suceder fue que lo encerraran en la cárcel. Pero yo recuerdo a Molly Henderson antes de casarse. No tenía más de quince o dieciséis años y acababa de llegar de algún lugar del otro lado del río. Trabajaba para Sade Danvers carretera abajo, como aprendiza de modista. Solía pasar por aquí y me veía cavando en el jardín, una muchacha tan educada, con un precioso pelo rojo, y tan considerada. A veces le daba un manojo de alverjillas o un membrillo, y siempre se mostraba muy agradecida. Luego empezó a pasearse del brazo de Pa Henderson, mucho mayor que ella y un perfecto bribón, borracho o sobrio. En fin, el Señor debe tener sus razones. Pero es una vergüenza; Molly no debe de tener más de treinta y cinco años, y ahí está, sin un solo diente en la boca ni un centavo a su nombre. Nada, excepto una caterva de hijos que alimentar. Has de tener todo eso en cuenta, Buddy, y ser paciente.»

¡Paciente! ¿Qué sentido tenía discutirlo? Pero finalmente mi amiga comprendió la gravedad de mi desesperación. La comprensión llegó de modo sencillo y no fue resultado de pesadillas o escenas de súplicas al tío B. Sucedió un lluvioso atardecer de noviembre, estábamos solos sentados en la cocina junto al mortecino fuego, la cena sobre el rescoldo, los platos amontonados y Queenie roncando acurrucada en una mecedora. Me llegaba la susurrante voz de mi amiga a través del ruido saltarín de la lluvia en el tejado. Mi mente estaba en mis pesares y no atendía, aunque era consciente de que el tema era la fiesta de Acción de Gracias, para la cual faltaba una semana.

Mis primos no se habían casado (el tío B. *casi* se había casado, pero su novia le devolvió el anillo de compromiso al darse cuenta de que compartir la casa con tres solteronas singularísimas formaba parte del contrato); no obstante, presumían de amplias conexiones familiares por todo el vecindario: primos en abundancia y una tía, Mrs. Mary Taylor Wheelwright, que contaba ciento tres años. Como nuestra casa era la más amplia y mejor situada, era tradicional que estos familiares nos visitaran anualmente el día de Acción de Gracias. Aunque rara vez había menos de treinta participantes, no resultaba oneroso, ya que nosotros sólo poníamos el asiento y un considerable número de pavos rellenos.

Los invitados suministraban los accesorios. Cada cual contribuía con una especialidad particular: un primo trasladado dos veces, Harriet Parker de Flomaton, hacía una perfecta ambrosía, transparentes gajos de naranja con coco fresco triturado; la hermana de Harriet, Alice, llegaba habitualmente cargada con un plato de batatas batidas y pasas; la tribu Conklin, Mr. y Mrs. Bill Conklin y su cuarteto de encantadoras hijas, traían siempre una deliciosa variedad de verduras enlatadas durante el verano. Mi favorito era un pastel helado de banana, receta conservada por la anciana tía que, a pesar de su longevidad, era aún domésticamente activa; y para pesar nuestro se llevó consigo el secreto cuando murió en 1934, a la edad de ciento cinco años (y no fue la edad la que bajó el telón, fue atacada y pisoteada por un toro en un prado).

Miss Sook estaba reflexionando sobre todo esto mientras mi mente vagaba por un laberinto tan melancólico como el húmedo atardecer. De pronto la oí golpear la mesa de la cocina:

—¡Buddy!

—¿Qué?

—No has oído ni una sola palabra.

—Lo siento.

—Calculo que este año necesitaremos unos cinco pavos. Cuando hablé con el tío B. de esto, me dijo que quería que tú los mataras. Y que los aliñaras.

—Pero ¿*por qué*?

—Dice que un muchacho ha de saber hacer cosas como ésas.

La matanza era asunto del tío B. Para mí constituía una ordalía verle matar un cerdo o retorcer el pescuezo a un pollo. A mi amiga le pasaba lo mismo. Ninguno de los dos podía soportar una violencia más sangrienta que matar moscas. Me desconcertó por tanto su despreocupada comunicación de esta orden.

—Pues no lo haré.

Sonrió.

—Claro que no lo harás. Se lo diré a Bubber o algún otro chico de color. Por un níquel. Pero —siguió bajando la voz en tono de conspiración— dejaremos que el tío B. crea que tú lo hiciste. Así estará satisfecho y no volverá a decir que está tan mal.

—¿Qué es lo que está mal?

—Que estemos siempre juntos. Dice que debes tener otros amigos, muchachos de tu edad. Bueno, tiene razón.

—Yo no quiero ningún otro amigo.

—Calma, Buddy. Ahora calma. Tú has sido una bendición para mí. No sé qué habría hecho sin ti. Sólo convertirme en una vieja amargada. Pero yo quiero verte feliz, Buddy. Fuerte, capaz de andar por el mundo. Y no servirás para ello hasta que llegues a un acuerdo con individuos como Odd Henderson y consigas que sean amigos tuyos.

–¡Él! Es el último ser del mundo que quisiera tener por amigo.

–Por favor, Buddy, invita a ese muchacho a comer con nosotros el día de Acción de Gracias.

Aunque mi amiga y yo discutíamos ocasionalmente, nunca reñíamos. De momento no pude creer que su petición fuera algo más que una broma sin ninguna gracia; pero después, viendo su cara seria, comprobé aturdido que estábamos bordeando la ruptura.

–Creía que eras mi *amiga*.

–Lo soy, Buddy. No te quepa duda.

–Si lo fueras, ni se te ocurriría algo semejante. Odd Henderson me odia. Es mi *enemigo*.

–No puede odiarte. No te conoce.

–Bueno, yo le odio.

–Porque no le conoces. Eso es todo lo que yo pido. La oportunidad de que os conozcáis un poco. Creo que después no habrá problemas. Y quizás tengas razón tú, Buddy, quizás nunca seáis amigos. Pero dudo que él vuelva a molestarte.

–No lo entiendes. Tú nunca has odiado a nadie.

–No, nunca. Se nos asigna un tiempo determinado en la tierra, y no quisiera que el Señor me viera desperdiciando el mío de ese modo.

–No lo haré. Él pensaría que estoy loco. Y lo estaría.

La lluvia había cesado, dejando un silencio que se extendía angustiosamente. Los claros ojos de mi amiga me contemplaban como si yo fuera una carta del Rock que estaba pensando cómo jugar. Apartó de su frente una guedeja de cabello pimentón y suspiró.

–En tal caso lo haré *yo* –dijo–. Mañana me pondré mi sombrero y haré una visita a Molly Henderson.

Estas palabras certificaban su decisión, pues nunca había visto yo que Miss Sook proyectara visitar a nadie, no sólo porque carecía totalmente de talento social, sino también porque era demasiado modesta para esperar un buen recibimiento.

–No creo que haya muchos festejos en su casa. Probablemente Molly estará encantada de que Odd nos acompañe. Oh, sé que el tío B. nunca lo permitiría, pero lo más correcto sería invitarles a todos.

Mi risa despertó a Queenie. Y, tras un instante de sorpresa, también mi amiga rió. Sus mejillas se colorearon y una luz se encendió en sus ojos. Levantándose, me abrazó y dijo:

–Oh, Buddy, sé que me perdonarás y reconocerás que mi idea tenía sentido.

Estaba equivocada. Mi alegría tenía otra causa. Dos. Una era la imagen del tío B. trinchando pavo para todos los escandalosos Henderson. La segunda era que se me había ocurrido que no tenía motivo alguno de alarma. Miss Sook podía hacer la invitación a la madre de Odd y ella podía aceptarla en su nombre, pero Odd no se presentaría ni en un millón de años.

Era demasiado orgulloso. Por ejemplo, durante los años de la Depresión, en el colegio se daban bocadillos y leche gratis a todos los niños cuyas familias eran demasiado pobres para procurarles el almuerzo. Pero Odd, hambriento como estaba, se negó a tener nada que ver con estas limosnas. Él podía vagabundear y devorar un puñado de cacahuetes o roer un nabo crudo. Este tipo de orgullo era característico de la casta de los Henderson: podían robar, arrancarle los dientes de oro a un muerto, pero nunca aceptarían un regalo ofrecido abiertamente, pues cualquier rasgo de caridad les ofendía. Sin duda Odd consideraría la invitación de Miss Sook como un gesto de caridad; o lo vería –y no equivocadamente– como un artilugio de chantaje destinado a facilitar su reconciliación conmigo.

Aquella noche me fui tranquilo a la cama, pues estaba seguro de que mi fiesta no se echaría a perder con la presencia de un invitado tan poco adecuado.

A la mañana siguiente desperté con un fuerte resfriado, lo cual resultaba agradable. Significaba no ir al colegio. Significaba también que tendría fuego en mi habitación y sopa de crema de tomate y horas de soledad con Mr. Micawber y David Copperfield: la mayor dicha de las enfermedades. Lloviznaba de nuevo; pero, fiel a su promesa, mi amiga cogió su sombrero, una rueda de carro de paja adornada con rosas de terciopelo descoloridas por el tiempo, y se encaminó a casa de los Henderson.

–No estaré más que un minuto –me dijo.

Estuvo fuera dos horas largas. Yo no podía imaginarme a Miss Sook sosteniendo una conversación tan prolongada, excepto conmigo o consigo misma (hablaba a menudo consigo misma, un hábito propio de personas sanas de naturaleza solitaria). Y cuando regresó parecía agotada.

Todavía llevaba su sombrero y un viejo impermeable suelto. Deslizó el termómetro en mi boca, y se sentó a los pies de la cama.

–Me gusta –dijo convencida–. Siempre me ha gustado Molly Henderson. Hace todo lo que puede, y la casa estaba limpia como las uñas de Bob Spencer –(Bob Spencer era un sacerdote anabaptista famoso por su pulcro resplandor)–, pero terriblemente fría. Con el techo de hojalata y el viento colándose en la habitación y ni siquiera una pizca de fuego en el hogar. Me ofreció un refrigerio, y yo de buena gana habría aceptado una taza de café, pero dije que no. No creo que hubiese café en toda la casa. Ni azúcar. Me sentía avergonzada, Buddy. Ver a alguien batallando como Molly me torturó durante todo el camino de vuelta. Sin tener jamás un día de sol. No digo que la gente deba tener todo lo que desea. Aunque pensándolo bien, tampoco veo qué mal habría en ello. Tú podrías tener una bicicleta. ¿Y por qué no iba a tener Queenie un hueso de vaca todos los días? Sí, ahora veo, ahora comprendo: nosotros, realmente todos nosotros, debemos tener todo lo que deseamos. Te apostaré diez centavos a que eso es precisamente lo que el Señor quiere. Y cuando vemos a nuestro alrededor gente que no puede satisfacer sus necesidades más elementales, me siento avergonzada. Oh, no de mí misma, porque quién soy yo, una vieja insignificante que jamás tuvo un centavo. Si yo no hubiera tenido una familia que se ocupara de mí, habría muerto de hambre o habría acabado en un asilo. Siento vergüenza por todos los que tenemos cosas de sobra, mientras otros no tienen nada. Le dije a Molly que teníamos aquí más cobertores de los que nunca podríamos usar; hay un baúl lleno en el desván, los que yo hice de joven y no pudieron lucirse mucho. Pero ella me cortó, dijo que los Henderson se iban defendiendo bien, gracias, y que lo único que deseaban era que Pa Henderson saliera libre y volviera a casa con los suyos. «Miss Sook», me dijo, «Pa Henderson es un buen marido. No importa todo lo que pueda hacer.» Mientras, ella tiene que velar por sus hijos. Y, Buddy, tienes que estar equivocado respecto a su hijo Odd. Al menos en parte. Molly dice que es una gran ayuda para ella. Y un gran descanso. Nunca se queja, y no le importa las muchas tareas que le encomienda. Dice que sabe cantar tan bien como en la radio, y que cuando los niños más pequeños empiezan a dar guerra, él los calma cantándoles. –Cogió el termómetro y siguió hablando–: Todo lo que podemos hacer por personas como Molly es respetarlas y recordarlas en nuestras oraciones.

El termómetro me había obligado a permanecer mudo. Libre de él, pregunté:

–Pero ¿qué hay de la invitación?

–A veces –dijo ella, frunciendo el ceño ante la línea roja del cristal–, creo que estos ojos están agotándose. A mi edad hay que cuidar mucho el cuerpo. Así recordarás el aspecto real de las telarañas. Pero, respondiendo a tu pregunta, Molly se sintió feliz al oír que estimabas a Odd lo bastante como para invitarle el día de Acción de Gracias. Y –continuó, ignorando mi queja– dijo que estaba segura de que le encantaría venir. Tu temperatura está justo por encima de cien. Sospecho que puedes hacerte a la idea de quedarte en casa mañana. ¡Eso debiera hacerte sonreír! ¡Veamos tu sonrisa, Buddy!

Resulta que estuve sonriendo bastante durante los siguientes días, pues mi catarro se transformó en garrotillo y no fui a la escuela en todo ese tiempo. No tuve contacto con Odd Henderson y, por tanto, no pude comprobar personalmente su reacción ante la invitación. Pero imaginaba que él habría sonreído primero y escupido después. La idea de su aparición real no me preocupaba. Era una posibilidad tan remota como que Queenie me gruñera o Miss Sook traicionara mi confianza en ella.

Pero Odd continuaba presente, una silueta pelirroja en el umbral de mi alegría. Sin embargo, me sentía atormentado por la descripción que su madre había hecho de él. Me preguntaba si sería cierto que tenía otro aspecto; si en alguna parte bajo el mal existiría una mota de humanidad. ¡Pero era imposible! Si uno pensaba así, dejaría la casa abierta cuando los gitanos vinieran al pueblo. No había más que mirarle.

Miss Sook sabía que mi garrotillo no era tan grave como yo pretendía, y por la mañana, cuando los otros se marchaban –el tío B. a sus granjas y las hermanas a la tienda–, me permitía levantarme y ayudarla en la apresurada limpieza general que precedía a la reunión del día de Acción de Gracias. Había trabajo bastante para una docena de personas. Sacábamos brillo a los muebles del salón, al piano, a la vitrina negra (que únicamente contenía una piedra de Stone Mountain, que las hermanas habían traído de un viaje de negocios a Atlanta), a las clásicas mecedoras de nogal y las floridas piezas Biedermeier; las frotábamos con cera de olor a limón hasta que la superficie brillaba como piel de limón y olía como un bosquecillo de limoneros. Las cortinas se lavaban y se volvían a colgar, los cojines se esponjaban, se sacudían las alfombras. Dondequiera que uno mirara, motas de polvo y minúsculas plumas danzaban en la rutilante luz de noviembre y se desparramaban por las altas habitaciones. La pobre Queenie era relegada a la cocina, por miedo a que pudiera dejar un pelo descarriado, quizás una pulga, en las zonas más dignas de la casa.

La labor más delicada consistía en preparar las servilletas y los manteles que adornarían el comedor. El lino había pertenecido a la madre de mi amiga, que lo había recibido como regalo de boda.

Aunque sólo había sido usado una o dos veces al año, o sea unas doscientas veces en los últimos ochenta años, no dejaba de tener ochenta años, y los remiendos y manchas eran evidentes. Probablemente nunca había sido un material fino, pero Miss Sook lo trataba como si lo hubieran tejido áureas manos en telares celestiales.

–Mi madre decía: «Puede llegar el día en que todo lo que podamos ofrecer sea agua del pozo y borona, pero al menos podremos servirlo en una mesa cubierta con lino puro.»

Por la noche, tras el trajín del día, y cuando el resto de la casa quedaba a oscuras, una frágil lámpara seguía encendida, mientras mi amiga, apoyada en la cama con un montón de servilletas sobre el regazo, remendaba los rasgones y rotos con hilo y aguja, la frente arrugada, los ojos cruelmente contraídos, aunque iluminados por el fatigado éxtasis de un peregrino que se acerca al altar al final de la jornada.

Hora tras hora, cuando las ateridas campanadas del reloj de la audiencia repicaban dando las diez, y las once, y las doce, yo solía despertar y ver su lámpara aún encendida, e iba cabeceante de sueño hasta su habitación para reprenderla:

–¡Deberías estar durmiendo!

–Dentro de un minuto, Buddy. Ahora no puedo. Cuando pienso en todos los que han de venir, me asusto. La cabeza empieza a darme vueltas –decía, dejando de coser y frotándose los ojos–. A dar vueltas y a llenarse de estrellitas.

Crisantemos: algunos tan grandes como la cabeza de un bebé. Ramos de hojas rizadas de color penique con fluctuante espliego desvaído.

–Los crisantemos –comentaba mi amiga cuando íbamos al jardín a la busca de capullos– son como leones. Tienen carácter regio. Yo siempre espero que salten. Que se vuelvan contra mí rugiendo y gruñendo.

Era el tipo de observación que hacía a la gente maravillarse de Miss Sook, aunque yo sólo lo entendí después, pues entonces siempre sabía con exactitud lo que quería decir, y en este caso toda la idea: introducir rugidores leones en la casa y enjaularlos en gastados jarrones (nuestra última tarea decorativa la víspera de la fiesta) nos hacía sentir tan alegres, aturdidos y estúpidos que pronto quedábamos sin aliento.

–Mira a Queenie –decía mi amiga, tartamudeando de júbilo–. Mira sus orejas, Buddy. Tan derechas. Está pensando: «Bueno, ¿con qué clase de lunáticos estoy mezclada?» Ah, Queenie. Ven acá, cariño. Voy a darte una galleta mojada en café caliente.

Un día animado, el de Acción de Gracias. Animado con chaparrones intermitentes y abruptos claros en el cielo, acompañados por golpes bruscos de sol puro y súbitos y traidores vientos que arrastraban las hojas caídas del otoño.

También los ruidos de la casa eran animados: potes y cacerolas y la oxidada y extraña voz del tío B. cuando se paraba en el vestíbulo con su flamante traje de domingo, recibiendo a nuestros invitados a medida que iban llegando. Algunos venían a caballo o en coche de caballos, la mayoría en resplandecientes camiones y en traqueteantes y viejos automóviles. Mr. y Mrs. Conklin y sus cuatro bellas hijas aparecieron en un Chevrolet 1932 verde-menta (Mr. Conklin gozaba de una posición acomodada; poseía varias lanchas de pesca que operaban más allá de Mobile), que suscitó una calurosa curiosidad entre los hombres presentes; lo observaron y anduvieron hurgando en él y sólo les faltó desmontarlo.

Los primeros en llegar fueron Mrs. Mary Taylor Wheelwright, escoltada por sus custodios, un nieto y su esposa. Era una linda cosita, Mrs. Wheelwright; llevaba su edad tan ligeramente como el minúsculo tocado rojo que, como la cereza en un helado de vainilla, se aposentaba gallardamente en su cabello lechoso.

–Querido Bobby –dijo, abrazando al tío B.–, reconozco que llegamos un poquitín temprano, pero ya me conoces, siempre puntual hasta la exageración.

Era una disculpa obligada, pues aún no eran las nueve y no se esperaba a los invitados hasta poco antes del mediodía.

Sin embargo, *todo el mundo* llegó antes de lo que queríamos; excepto la familia Perk McCloud, que tuvo dos reventones en cincuenta kilómetros y se presentó de un humor tal, sobre todo Mr. McCloud, que llegamos a temer por la vajilla. La mayoría de estas personas vivían todo el año en lugares apartados de los que resultaba difícil salir: granjas aisladas, apeaderos de ferrocarril y cruces de caminos, vacías aldeas ribereñas o comunidades madereras ocultas en bosques de pinos. Lógica, pues, la impaciencia que les hacía llegar temprano, impulsados por el anhelo de aquella fiesta cordial y memorable.

Y así fue. Hace tiempo recibí carta de una de las hermanas Conklin, que en la actualidad vive en San Diego y está casada con un capitán de la Marina. Me escribía: «Pienso en ti a menudo en esta época del año, supongo que a causa de lo que ocurrió en una de nuestras fiestas de Acción de Gracias de Alabama. Fue pocos años antes de que muriera Miss Sook. ¿Sería 1933? ¡Dios mío! ¡Nunca olvidaré aquel día!»

Al mediodía no cabía en el salón ni un alma más, una rumorosa colmena con la charla de las mujeres y los aromas femeninos: Mrs. Wheelwright olía a agua de lilas y Annabel Conklin como los geranios después de la lluvia. El olor a tabaco se extendía hasta el porche, donde se habían apiñado la mayoría de los hombres, a pesar del tiempo irregular y de la alternancia de rociadas de lluvia y rachas de viento soleado. El tabaco era una sustancia extraña en la casa. En realidad, Miss Sook de vez en cuando fumaba en secreto, un gusto adquirido nadie sabe cómo y del cual se negaba a hablar. De haberlo sospechado, sus hermanas se hubieran sentido mortificadas y el tío B. también, pues tenía un punto de vista muy rígido respecto a todos los estimulantes, y los condenaba moral y médicamente.

La varonil fragancia de los cigarros, las acres volutas del humo de pipa, la magnificencia de caparazón de tortuga que evocaban, me atraía sin cesar hacia fuera del salón, hacia el porche, aunque prefería estar en el salón, debido a la presencia en él de las hermanas Conklin, que tocaban por turno nuestro piano desafinado con una graciosa y jovial sencillez. *Indian Love Call* figuraba en su repertorio, y también una balada de guerra de 1918, el lamento de un niño suplicando a un ladrón: «No robes las medallas de papá, las ganó por su valor.» Annabel la tocaba y la cantaba; ella era la mayor de las hermanas y la más adorable, aunque resultaba difícil elegir entre ellas, pues eran como gemelas de distinta estatura. Uno imaginaba unas manzanas, compactas y sabrosas, dulces pero con acidez de sidra. Su cabello, vagamente rizado, tenía el lustre azulado de un caballo de carreras bien cuidado; y ciertos rasgos —ojos marrones, narices, labios cuando sonreían— se armonizaban en un original estilo que añadía gracia a sus encantos. Lo más delicado es que eran un poco gorditas. «Agradablemente gorditas», para ser exactos. Mientras escuchaba a Annabel al piano y me prendaba de ella, sentí a Odd Henderson. Digo *sentí* porque me di cuenta de que él estaba allí antes de verle: el sentido de peligro que avisa, según dicen, a un leñador experto del inminente encuentro con una serpiente o con un lince, me alertó a mí.

Me volví, y allí estaba el tipo, de pie, a la entrada del salón, medio dentro, medio fuera. A los demás debía de parecerles un larguirucho desarrapado de doce años que había intentado ponerse a la altura de las circunstancias peinando y alisando su difícil cabello, las marcas del peine aún húmedas e intactas, pero a mí me resultaba tan inesperado y siniestro como un genio surgido de una botella. ¡Qué imbécil había sido al pensar que no aparecería! Sólo un zopenco no habría adivinado que vendría por una razón: la alegría de fastidiarme en un día tan señalado.

Sin embargo, Odd aún no me había visto: Annabel, sus dedos firmes, acrobáticos, saltando sobre las combadas teclas del piano, le había distraído, pues estaba mirándola, los labios separados, los ojos hundidos, como si la hubiera sorprendido desnuda bañándose en el río. Era como si estuviera contemplando una anhelada visión; sus orejas ya rojas se habían puesto pimiento. La escena de la entrada le aturdió tanto que yo pude escabullirme y correr por el vestíbulo hacia la cocina.

–¡Está aquí!

Mi amiga había concluido su trabajo horas antes; además tenía dos mujeres de color ayudándola. Sin embargo, había estado escondida en la cocina desde que empezó la fiesta con la excusa de hacer compañía a la exiliada Queenie. La verdad es que temía mezclarse con cualquier grupo, aunque fuese de parientes, y por eso, a pesar de su confianza en la Biblia y su Héroe, rara vez iba a la iglesia. Si bien amaba a los niños y estaba a gusto con ellos, no se la aceptaba como un niño, aunque ella no podía aceptarse a sí misma como miembro del grupo de los mayores, y en una reunión de éstos se comportaba como una torpe damita, callada y bastante asustada. Pero la *idea* de las fiestas la entusiasmaba. Qué lástima que no pudiese tomar parte invisiblemente, qué alegre se hubiese sentido entonces.

Me di cuenta de que las manos de mi amiga estaban temblando; también lo estaban las mías. Su vestimenta habitual consistía en vestidos de calicó, zapatillas de tenis y suéters desechados por el tío B.; no tenía ropa apropiada para las grandes ocasiones. Aquella mañana estaba perdida en el interior de algo prestado por una de sus fornidas hermanas, un raído traje azul marino que su poseedora había llevado a todos los funerales del condado desde remotos tiempos inmemoriales.

–Está aquí, él está aquí –la informé por tercera vez–. Odd Henderson.

–Entonces, ¿por qué no estás con él? –dijo acusadora–. Eso no es correcto, Buddy. Es tu invitado. Debes estar allí procurando presentarlo a todo el mundo y que lo pase bien.

–*No puedo.* No puedo hablar con él.

Queenie estaba enroscada en su regazo y restregaba contra ella su cabeza. Mi amiga se puso en pie, dejando a Queenie y poniendo al descubierto un sector de tela azul marino lleno de pelos de perro.

–*Buddy.* ¿Quieres decir que no has hablado con ese muchacho?

Mi grosería borró su timidez. Cogiéndome de una mano, me condujo hasta el salón.

No tenía por qué preocuparse del bienestar de Odd. Los encantos de Annabel Conklin le habían arrastrado hasta el piano. Realmente, estaba pegado a ella en el asiento del piano, sentado allí estudiando su perfil encantador, sus ojos opacos como los globos de la ballena disecada que yo había visto aquel verano cuando un circo ambulante pasó por el pueblo. (La anunciaban como *La auténtica Moby Dick*, costaba cinco centavos ver los restos, ¡qué hatajo de bribones!) En cuanto a Annabel, coquetearía con cualquier cosa que caminase o se arrastrase; no, esto es injusto, pues en realidad era pura jovialidad, una forma de generosidad. Me dolió verla haciendo cucamonas con aquel bruto.

Arrastrándome hacia allí, mi amiga se presentó a él:

—Buddy y yo estamos muy contentos de que hayas podido venir.

Odd tenía los modales de un macho cabrío: no se levantó ni ofreció su mano, apenas la miró y a mí me ignoró totalmente. Intimidada pero resuelta, mi amiga dijo:

—Puede que Odd quiera cantarnos algo. Yo sé que sabe. Su madre me lo dijo. Annabel, cariño, toca algo que Odd pueda cantar.

Releyendo, veo que no he descrito las orejas de Odd Henderson. Una omisión imperdonable, pues atrapaban realmente las miradas, como las de Alfalfa en los dibujos de *Our Gang*. En aquellos instantes, debido a la halagada receptividad de Annabel a las demandas de mi amiga, las orejas de Odd adquirieron tal brillo de remolacha que hacían daño a la vista. Refunfuñó, sacudió su cabeza patibularia; pero Annabel dijo:

—¿Sabes *He visto la luz*?

No la conocía, pero la siguiente sugerencia fue saludada con un gesto de reconocimiento; hasta el mayor necio podía ver que su modestia era fingida.

Sonriendo, Annabel tocó un vibrante acorde, y Odd, con una voz precozmente viril, cantó: «Cuando el rojo, rojo petirrojo viene, salta, salta, salta que te saltarás.» La nuez ascendió de golpe en su cuello tenso; el entusiasmo de Annabel se aceleró; el guirigay de las mujeres se apagó cuando se dieron cuenta de que Odd estaba cantando. Odd era bueno, podía cantar con seguridad, y los celos me acometían con suficiente voltaje como para electrocutar a un asesino. Un asesinato era lo que yo tenía en la cabeza; podía haberle matado con la misma facilidad con que se aplasta a un mosquito. Con más aún.

Una vez más, sin que se diera cuenta mi amiga, que estaba absorbida por la música, escapé del salón y me fui a La Isla. Éste era el nombre que había dado a un lugar de la casa al que acudía cuando me sentía triste o inexplicablemente entusiasmado, o cuando quería pensar en mis cosas. Era un gigantesco retrete comunicado con nuestro único cuarto de baño. El mismo cuarto de baño, prescindiendo de sus instalaciones sanitarias, parecía una cómoda sala de estar de invierno, con un encantador asiento de pelo de caballo, alfombras desperdigadas, un buró, una chimenea, reproducciones enmarcadas de *La visita del doctor, Mañana de septiembre, El lago del cisne* y calendarios en abundancia.

Había dos pequeñas ventanas con vidrios de color en el retrete. Figuras romboidales de luz rosada, ámbar y verde se filtraban a través de las ventanas e inundaban todo el baño.

Había zonas en que el cristal estaba descolorido o desconchado. Aplicando el ojo a uno de estos claros, era posible identificar a los visitantes del cuarto. Tras estar allí recluido un rato, cavilando sobre el éxito de mi enemigo, unas pisadas irrumpieron: Mrs. Mary Taylor Wheelwright, que se paró ante un espejo, y se roció la cara con una borla de polvos, coloreó sus antiguas mejillas y después, comprobando el efecto, exclamó: «Muy guapa, Mary. Aunque sea la propia Mary la que lo diga.»

Es bien sabido que las mujeres sobreviven a los hombres. ¿Será quizás sólo su mayor vanidad lo que las mantiene en pie? De cualquier modo, Mrs. Wheelwright endulzó mi malhumor, de modo que, después de su partida, un cordial tañido de la campanilla del comedor resonó por la casa, y yo decidí abandonar mi refugio y disfrutar de la fiesta, a pesar de Odd Henderson.

Pero en aquel momento se oyeron de nuevo unas pisadas. Apareció *él,* con un gesto menos hosco del que siempre le había visto. Fanfarrón. Silbando. Desabrochándose los pantalones y descargando un vigoroso chorro, mientras continuaba silbando, airoso como un arrendajo en un campo de girasoles. Cuando ya se iba, una caja abierta sobre el buró atrajo su atención. Era una caja de puros en la que mi amiga guardaba recetas recortadas de los periódicos y otras tonterías, así como un broche de camafeo que su padre le había regalado hacía mucho tiempo. Aparte de su valor sentimental, su imaginación había conferido a aquel objeto un raro precio. Siempre que teníamos algún motivo serio de queja contra sus hermanas o contra el tío B., ella solía decir: «No te preocupes, Buddy. Venderemos mi camafeo y nos iremos. Cogeremos el autobús de Nueva Orleans.» Aunque jamás hablábamos de lo que haríamos una vez hubiésemos llegado a Nueva Orleans, o de qué viviríamos cuando se acabase el dinero del camafeo, a ambos nos agradaba esa fantasía. Quizás los dos nos dábamos cuenta en el fondo de que el broche era sólo bisutería. De todos modos, nos parecía un verdadero, aunque nunca probado, talismán mágico, un encantamiento que nos prometía la libertad si realmente nos decidíamos a seguir nuestra suerte en fabuladas esferas. Y mi amiga nunca lo llevaba, pues era un tesoro demasiado precioso para arriesgarse a perderlo o estropearlo.

Vi entonces los sacrílegos dedos de Odd avanzando hacia él, vi cómo lo hacía saltar en la palma de la mano, lo dejaba de nuevo en la caja, y se daba la vuelta para marchar. Pero después volvió. Esta vez cogió rápidamente el camafeo y se lo metió en el bolsillo. Mi primer impulso fue salir a todo correr del retrete y desafiarle. Creo que en aquel momento podría haberle derribado. *Pero...* Bien, ¿recordáis cómo, en épocas menos complicadas, los dibujantes de tebeos ilustraban el nacimiento de una idea colocando una bombilla iluminada sobre la frente de Mutt o Jeff o quien fuese? Eso fue lo que me sucedió a mí: una chirriante bombilla iluminó de pronto mi cerebro. Su impacto y su resplandor me hicieron arder y estremecerme, y reír también. Odd me había proporcionado un instrumento ideal de venganza, que me recompensaría por todos los cardos.

En el comedor, se habían juntado grandes mesas formando una T. El tío B. estaba en el centro superior, Mrs. Mary Taylor Wheelwright a su derecha y Mrs. Conklin a su izquierda. Odd estaba sentado entre dos de las hermanas Conklin, una de ellas Annabel, cuyos cumplidos le colocaban en situación preeminente. Mi amiga se había colocado al pie de la mesa, entre los niños más pequeños. Según ella, escogía aquel lugar porque le proporcionaba un acceso más rápido a la cocina, pero por supuesto era porque deseaba estar en aquel lugar y no en otro. Queenie se había desatado y estaba bajo la mesa, temblando y meneándose con éxtasis mientras se deslizaba entre las hileras de piernas. Pero nadie parecía hacer objeciones, probablemente porque estaban hipnotizados por los pavos sin trinchar, deliciosamente glaseados, y los excelentes aromas que brotaban de los platos de bolondrón y maíz, de cebolla frita y de empanadillas.

Mi propia boca se hubiese hecho agua si no hubiese estado reseca por la emocionante perspectiva de una venganza total. Por un segundo, contemplando el rostro difuso de Odd Henderson, experimenté un ligero remordimiento, pero realmente no sentí escrúpulo alguno.

El tío B. bendijo la mesa. Con la cabeza inclinada, los ojos cerrados, las manos callosas en actitud de oración, entonó: «Bendito tú, oh, Señor, por el don de esta mesa, los variados frutos por los que tenemos que estarte agradecidos en este día de Acción de Gracias de un año difícil.» Su voz, que con tan poca frecuencia se oía, graznaba con el hueco rechinar de un viejo órgano en una iglesia abandonada. «Amén.»

Después, una vez acercadas las sillas y colocadas las servilletas, llegó la pausa necesaria por la que yo había estado esperando. «Aquí hay alguien que es un ladrón.» Lo dije con claridad y repetí la acusación en tonos aún más mesurados. «Odd Henderson es un ladrón. Robó el camafeo de Miss Sook.»

Las servilletas se agitaron en las manos inmovilizadas. Los hombres tosieron, las hermanas Conklin jadearon al unísono, y el pequeño Perk McCloud hijo comenzó a hipar, como los niños muy pequeños cuando se asustan. Mi amiga, con una voz que vacilaba entre el reproche y la angustia, dijo:

—Buddy no quiere decir eso, sólo está bromeando.

—Digo lo que quiero decir. Si no me crees, ve a mirar en tu caja. El camafeo no está allí. Odd Henderson lo tiene en el bolsillo.

—Buddy ha estado enfermo —murmuró ella—. No le culpes, Odd. No sabe lo que está diciendo.

Yo dije:

—Ve a mirar en tu caja. Vi cómo lo cogía.

El tío B., mirándome fijamente con una alarmante frialdad, se hizo cargo de la situación.

—Quizás sea mejor que vayas allí y acabemos con este asunto —dijo dirigiéndose a Miss Sook.

Raras veces desobedecía mi amiga a su hermano; no lo hizo en este caso. Pero su palidez, el ángulo torturado de sus hombros, revelaban con qué disgusto aceptaba aquella orden. Estuvo fuera sólo un minuto, pero su ausencia pareció un eón. Se veía brotar y surgir la hostilidad alrededor de la mesa como una enredadera espinosa que crecía con extraña rapidez; y la víctima atrapada en sus zarcillos no era el acusado, sino su acusador. Sentí un nudo en el estómago. Odd, por su parte, parecía tranquilo como un cadáver.

Miss Sook volvió, sonriendo.

—Debería darte vergüenza, Buddy —me reprendió, agitando un dedo—. No se gastan esa clase de bromas. Mi camafeo está exactamente donde lo dejé.

El tío B. dijo:

—Buddy, quiero ver cómo te disculpas ante nuestro invitado.

—No, no tiene por qué hacerlo —dijo Odd Henderson levantándose—. Ha dicho la verdad.

Se metió la mano en el bolsillo y puso el camafeo sobre la mesa.

—Me gustaría poder dar alguna excusa. Pero no tengo ninguna.

Miró hacia la puerta y dijo:

—Debe de ser usted una dama muy especial, Miss Sook, para mentir así por mí.

Y después, maldito sea, salió de allí.

También yo salí. Pero corriendo. Eché hacia atrás la silla, derribándola. El estruendo hizo saltar a Queenie; salió de debajo de la mesa y ladró enseñando los dientes. Y Miss Sook, cuando pasaba junto a ella, intentó detenerme: «¡Buddy!» Pero yo no quería saber nada de ella ni de Queenie. Aquel perro me había gruñido, y mi amiga se había puesto de parte de Odd Henderson. Había mentido para salvarle el pellejo, había traicionado nuestra amistad, mi amor: lo que yo había soñado no podría suceder jamás.

El prado de Simpson quedaba bajo la casa, deslumbrante con el oro de finales de noviembre y con la hierba rojiza. En el linde había un establo oscuro, un corral de cerdos, un gallinero con alambrada y un ahumadero. Fue en el ahumadero donde me metí. Una habitación oscura y fría incluso en los meses más cálidos del verano, con el suelo de tierra y un hoyo ahumado que olía a cenizas de nogal y a creosota. Hileras de jamones colgaban de los varales. Era un lugar que nunca me había inspirado confianza, pero ahora su oscuridad me parecía protectora. Me tendí en el suelo, mis costillas jadeantes como las agallas de un pez fuera del agua. No me preocupaba estar destrozando mi único traje bonito, el único de pantalones largos, revolcándome en el suelo entre una confusa mezcla de tierra, cenizas y grasa de cerdo.

Sólo sabía una cosa: tenía que dejar aquella casa, aquel pueblo, aquella noche. Cogeré la carretera. Cogeré mi hatillo y derecho a California. Y me ganaré la vida limpiando zapatos en Hollywood. Los zapatos de Fred Astaire. Los de Clark Gable. O... quizás yo mismo pueda convertirme en una estrella de cine. Mira Jackie Cooper. Oh, cómo lo lamentarían entonces.

Cuando yo fuese rico y famoso y me negase a contestar sus cartas y hasta sus telegramas.

De pronto pensé algo que les haría lamentarlo aún más. La puerta del cobertizo estaba entreabierta. Un cuchillo de sol iluminaba un estante que sostenía varias botellas. Botellas polvorientas con etiquetas en las que aparecía una calavera con dos tibias cruzadas. Si yo bebía de una de ellas, todos los que estaban allí en el comedor, toda aquella pandilla de borrachos y tragaldabas, lo lamentarían de veras. Merecía la pena, aunque sólo fuera para ser testigo del remordimiento del tío B., cuando me encontraran frío y tieso sobre el suelo del ahumadero. Merecía la pena para oír los gemidos humanos y los aullidos de Queenie, cuando mi ataúd fuese sepultado en las profundidades del cementerio.

El único obstáculo era que yo no podría realmente ver ni oír nada de esto: ¿cómo iba a oírlo estando muerto? Y a menos que uno pueda observar el remordimiento y el dolor de los que te lloran, sin duda no hay ninguna satisfacción especial en el hecho de estar muerto.

El tío B. debió prohibir a Miss Sook que saliera a buscarme hasta que el último invitado hubiese dejado la mesa. Era ya el final de la tarde cuando oí su voz flotando por el prado; pronunciaba mi nombre suavemente, con tristeza, como una paloma lastimera. Me quedé donde estaba, sin responder.

Fue Queenie quien me encontró. Se puso a olfatear alrededor del ahumadero y ladró cuando captó mi olor, y después entró y se arrastró hacia mí, y me lamió la mano, la oreja y la mejilla; sabía que me había tratado mal.

Luego la puerta giró hasta abrirse y la luz se ensanchó. Mi amiga dijo:

—Ven aquí, Buddy.

Y yo quería ir hasta ella. Cuando me vio, se rió:

—Cielos, muchacho. Parece que te has zambullido en alquitrán y que estás listo para emplumarte.

Pero no hubo recriminaciones ni referencias a mi traje destrozado.

Queenie salió trotando a incordiar a las vacas. Y siguiéndola por el prado, nos sentamos en el tronco de un árbol.

—Te he guardado un muslo —dijo ella, dándome un paquete envuelto en papel encerado—. Y tu bocado favorito de pavo.

El hambre, que más espantosas sensaciones habían oscurecido, me golpeaba ahora sin piedad. Roí el muslo hasta dejarlo limpio, después mondé la parte más deliciosa del pavo alrededor del hueso de la suerte.

Mientras yo comía, Miss Sook puso su brazo alrededor de mis hombros.

—Sólo te quiero decir esto, Buddy. Dos cosas malas no hacen nunca una buena. Fue una maldad por su parte coger el camafeo. Pero no sabemos por qué lo cogió. Puede que nunca pensara llevárselo. Cualquiera que fuese la razón, no puede haber sido algo calculado. Y por eso lo que tú hiciste es mucho peor: tú *planeaste* humillarle. Fue deliberado. Ahora escúchame, Buddy. Sólo hay un pecado imperdonable: *la crueldad deliberada*. Todo lo demás puede perdonarse. Eso, jamás. ¿Me entiendes, Buddy?

Yo lo entendí, confusamente, y el tiempo me enseñó que ella tenía razón. Pero en aquel momento lo que básicamente comprendí fue que, puesto que mi venganza había fracasado, mi método debía de ser malo. Odd Henderson se había alzado —¿cómo?, ¿por qué?— como alguien superior a mí, hasta más honrado.

—¿Has entendido, Buddy?

—Un poco. Tira —dije, ofreciéndole un extremo del hueso de la suerte.

Lo partimos; mi mitad era la mayor, lo que me autorizaba a un deseo. Ella quiso saber lo que yo deseaba.

—Que sigas siendo mi amiga.

—Cabeza de chorlito —dijo, y me abrazó.

—¿Para siempre?

—Yo no estaré aquí siempre, Buddy. Ni tú. —Su voz se hundió como el sol en el horizonte del prado, se mantuvo hundida un segundo, y brotó después con la fuerza de un nuevo sol—:

Pero sí, para siempre. Si el Señor lo quiere, tú estarás aquí mucho tiempo después de que yo me haya ido, y, en la medida en que me recuerdes, siempre estaremos juntos...

A partir de entonces, Odd Henderson me dejó en paz. Comenzó a pelearse con un muchacho de su misma edad, Squirrel McMillan. Y al año siguiente, debido a las malas notas de Odd y a su mala conducta, el director de nuestra escuela no le permitió seguir asistiendo a clase, así que pasó el invierno trabajando como peón en una granja. La última vez que lo vi fue poco antes de que se fuera a Mobile, para incorporarse a la Marina Mercante y desaparecer. Debió de ser un año antes de que me metieran para mi mala suerte en una academia militar, y dos años antes de que mi amiga muriera. Sería el otoño de 1934.

Miss Sook me había llamado al jardín. Había trasplantado unos crisantemos floridos a una tina de hojalata, y necesitaba ayuda para transportarla escaleras arriba hasta el porche principal, donde resultaría un bonito adorno. Era más pesada que el demonio, y mientras estábamos forcejeando sin ningún resultado, Odd Henderson pasó por la carretera. Se paró a la puerta del jardín y después la abrió diciendo:

—Déjeme que la ayude, señora.

El trabajo en la granja le había sentado bien; había engordado, sus brazos eran nervudos y su pelo rojo se había transformado en un castaño rojizo. Con ligereza, alzó la gran tina y la colocó en el porche.

—Muy agradecida, caballero —dijo mi amiga—. Fue muy amable por su parte.

—De nada —dijo él, ignorándome aún.

Miss Sook cortó los tallos de las flores más vistosas.

—Toma esto para tu madre —le dijo, ofreciéndole el ramo—. Y dale recuerdos.

—Gracias, señora, así lo haré.

—Eh, Odd —dijo ella, cuando él había alcanzado ya la carretera—. ¡Ten cuidado! Hay leones, ¿sabes?

Pero Odd no podía oírla, nos quedamos mirando hasta

que desapareció por la curva, inocente de la amenaza que portaba, los crisantemos que abrasan, que rugen y braman contra una fresca y tenebrosa oscuridad.

[Traducido por Ángela Pérez
y José María Álvarez Flórez]

MOJAVE
(1975)

A las cinco de aquella tarde de invierno, ella tenía cita con el doctor Bentsen, en otro tiempo su psicoanalista y su amante en la actualidad. Cuando su relación cambió de lo analítico a lo emocional, él insistió, basándose en razones éticas, en que ella dejara de ser su paciente. No es que tuviera importancia. No había sido muy útil como analista, y como amante, bueno, lo vio una vez corriendo para coger el autobús, intelectual de Manhattan, cien kilos, cincuentón de corta estatura, pelo rizado, caderas anchas y miope, y ella se había reído: ¿cómo era posible que pudiese amar a un hombre tan poco ameno y atractivo como Ezra Bentsen? La respuesta era que no lo amaba; de hecho, no le gustaba. Pero, al menos, no lo relacionaba con la resignación y el desaliento. Temía a su marido; no tenía miedo del doctor Bentsen. Sin embargo, era a su marido a quien amaba.

Poseía dinero; en cualquier caso, recibía una sustanciosa asignación de su marido, que era rico, y así podía mantener el pisito donde se encontraba en secreto con su amante quizás una vez a la semana, a veces dos, pero no más. También podía permitirse los regalos que él parecía esperar en aquellas ocasiones. No es que apreciase su calidad: gemelos de Verdura, clásicas pitilleras de Paul Flato, el obligado reloj de Cartier y (más apropiado) ocasionales y precisas cantidades de dinero que le pedía «prestadas».

Nunca le había hecho a *ella* un solo regalo. Bueno, uno: una peineta española de madreperla que él consideraba un tesoro, afirmando que era herencia de su madre. Naturalmente, no podía ponérsela, porque llevaba los cabellos, vaporosos y de color tabaco, como una aureola infantil que le enmarcaba el rostro engañosamente ingenuo y juvenil. Gracias a la dieta, a los ejercicios particulares con Joseph Pilatos y a los cuidados dermatológicos del doctor Orentreich, parecía contar poco más de veinte años; tenía treinta y seis.

La peineta española. Su cabellera. Eso le recordó a Jaime Sánchez y algo que había ocurrido ayer. Jaime Sánchez era su peluquero, y aunque apenas hacía un año que se conocían, se habían hecho, a su modo, buenos amigos. Ella confiaba un tanto en él; él confiaba en ella mucho más. Hasta hacía poco, había creído que Jaime era un joven feliz, casi demasiado dichoso. Compartía un piso con su atractivo amante, un joven dentista llamado Carlos. Jaime y Carlos habían sido compañeros de colegio en San Juan; salieron juntos de Puerto Rico, instalándose primero en Nueva Orleans y luego en Nueva York, y fue Jaime, con su excelente trabajo en un instituto de belleza, quien había pagado a Carlos los estudios de odontología. Ahora, Carlos tenía su propio consultorio y una clientela de prósperos negros y puertorriqueños.

Sin embargo, durante sus últimas visitas, había notado que los ojos de Jaime Sánchez, por lo común despejados, estaban sombríos, amarillentos, como si tuviera resaca, y sus manos, diestramente articuladas y de ordinario tan firmes y hábiles, temblaban un poco.

Ayer, mientras le pasaba las tijeras por el pelo, se interrumpió y se quedó jadeando, resollando, no como si le faltara aire, sino como si luchara por reprimir un grito.

Ella le preguntó:

—¿Qué le pasa? ¿Se encuentra bien?

—No.

Él se acercó a un lavabo y se salpicó la cara con agua fría. Mientras se secaba, dijo:

—Voy a matar a Carlos. —Aguardó, como si esperase a que le preguntara por qué; cuando ella, simplemente, lo miró con fijeza, prosiguió—: Es inútil hablar más. No entiende nada. Mis palabras no significan nada. La única manera en que puedo comunicarme con él es matándolo. Entonces entenderá.

—Yo no estoy segura de entenderlo, Jaime.

—¿Nunca le he mencionado a Angelita? ¿A mi prima Angelita? Llegó hace seis meses. Siempre ha estado enamorada de Carlos. Desde que tenía, ¡oh!, doce años. Y ahora Carlos se ha enamorado de ella. Quiere casarse con ella y tener una familia, hijos.

Se sintió tan incómoda, que lo único que se le ocurrió decir fue:

—¿Es bonita?

—Demasiado bonita. —Cogió las tijeras y volvió a cortar—. No, lo digo en serio. Es una chica excelente, muy *petite,* como un loro bonito, y demasiado encantadora; su amabilidad resulta cruel. Aunque no comprende que lo es. Por ejemplo... —Ella miró el rostro de Jaime, que se movía en el espejo por encima del lavabo; no vio la expresión alegre que tan a menudo la había atraído, sino el vivo reflejo del dolor y la perplejidad—. Angelita y Carlos quieren que viva con ellos después de que se casen, todos juntos en un piso. Fue idea de ella, pero Carlos dijo: «¡Sí, sí! Debemos estar todos juntos y de ahora en adelante él y yo viviremos como hermanos.» Ésa es la razón por la que tengo que matarlo. Si no se da cuenta del infierno que estoy pasando, es que nunca me ha querido. Me dice: «Sí, te quiero, Jaime; pero Angelita... es diferente.» No hay diferencia. Se ama o no se ama. Se destruye o no se destruye. Pero Carlos jamás lo entenderá. Nada puede alcanzarle, nada..., salvo una bala o una navaja de afeitar.

Ella quería echarse a reír, pero no podía, pues era evidente que hablaba en serio; además, estaba convencida de que algunas personas sólo reconocerían la verdad forzándolas a *entender:* sometiéndolas a la pena capital.

Con todo, se rió, pero de modo que Jaime no lo interpretara como una verdadera carcajada. Fue algo semejante a encogerse de hombros en señal de simpatía.

—Jamás podría usted matar a nadie, Jaime.

Empezó a peinarla; los tirones no eran suaves, pero ella sabía que la ira que entrañaban se dirigía contra él mismo, no contra ella.

—¡Mierda! —Y seguidamente—: No. Y ésa es la razón de la mayor parte de los suicidios. Alguien le está torturando a uno. Uno quiere matarlo, pero no puede. Todo ese dolor es porque se quiere a ese alguien y no se le puede matar porque uno lo ama. Así que uno se mata a sí mismo.

Al marcharse, pensó besarlo en la mejilla, pero se decidió por estrecharle la mano.

—Sé lo trillado que resulta esto, Jaime. Y, de momento, no le va a servir realmente de ayuda. Pero recuerde: siempre hay algún otro. Simplemente, no busque a la misma persona, eso es todo.

El piso de la cita estaba en la calle Sesenta y cinco Este. Ese día fue a pie desde su casa, un pequeño edificio particular en Beekman Place. Hacía viento, había restos de nieve en la acera y el aire amenazaba más, pero ella iba bastante cómoda con el abrigo que su marido le había regalado para Navidad: una prenda de ante oscuro con forro de marta cibelina.

Un primo suyo había alquilado aquel piso con su propio nombre. Su primo, que estaba casado con una vieja gruñona y vivía en Greenwich, en ocasiones visitaba el apartamento con su secretaria, una japonesa gorda que se empapaba con tales cantidades de Mitsouko que a uno se le encogía la nariz. Esa tarde el apartamento apestaba al perfume de la dama, por lo que ella dedujo que hacía poco que su primo había estado allí, divirtiéndose. Eso significaba que debía poner sábanas limpias.

Después de cambiarlas se preparó. En una mesa junto a la cama colocó una cajita envuelta en brillante papel azul oscuro que contenía un mondadientes de oro comprado en Tiffany's, regalo para el doctor Bentsen, porque uno de sus desagradables hábitos consistía en escarbarse constantemente los dientes, hurgándoselos, por si fuera poco, con una interminable serie de cerillas de papel. Había pensado que el mondadientes de oro haría todo el proceso un poco menos desagradable. Puso una pila de discos de Lee Wiley y Fred Astaire en el tocadiscos, se sirvió un vaso de vino blanco frío, se desnudó por completo, se lubrificó y se tumbó en la cama, tarareando, cantando junto con el divino Fred, atenta al ruido que haría en la puerta la llave de su amante.

A juzgar por las apariencias, los orgasmos eran acontecimientos angustiosos en la vida de Ezra Bentsen: hacía muecas, le rechinaban los dientes, se quejaba como un perro asustado. Naturalmente, siempre se sentía aliviada cuando oía el quejido; significaba que pronto se vería libre del sudoroso peso, porque no era de los que se queda musitando tiernos cumplidos: sencillamente se separaba al instante. Y hoy, habiéndolo hecho así, alargó ansiosamente la mano hacia la caja azul, sabiendo que era un regalo para él. Después de abrirlo, gruñó.

Ella le explicó:

—Es un mondadientes de oro.

Lanzó una risita, insólito sonido viniendo de él, pues tenía un pobre sentido del humor.

—Es muy mono —dijo, empezando a escarbarse los dientes—. ¿Sabes qué pasó anoche? Le di una bofetada a Thelma. Pero de las buenas. Y luego un puñetazo en el estómago.

Thelma, su mujer, era una prestigiosa psiquiatra infantil.

—Lo malo de Thelma es que no se puede hablar con ella. No entiende. A veces, ésa es la única manera en que uno puede transmitirle el mensaje. Hincharle un labio.

Ella pensó en Jaime Sánchez.

—¿Conoces a una tal señora de Roger Rhinelander? —preguntó el doctor Bentsen.

—¿Mary Rhinelander? Su padre era el mejor amigo del mío. Poseían conjuntamente una cuadra de caballos de carreras.

Uno de sus caballos ganó el Derby de Kentucky. Pero pobre Mary. Se casó con un verdadero hijoputa.

–Eso me ha dicho.

–¡Ah! ¿Es Mrs. Rhinelander una nueva paciente?

–Completamente nueva. Qué curioso. Vino a verme más o menos por el mismo motivo concreto que tú; su situación es casi idéntica.

¿El motivo concreto? En realidad, tenía una serie de problemas que contribuyeron a su consiguiente seducción en el sofá del doctor Bentsen, y el principal consistía en que no era capaz de tener relaciones sexuales con su marido desde el nacimiento de su segundo hijo. Se había casado a los veinticuatro años; su marido era quince años mayor que ella. Aunque habían tenido muchas peleas y celos mutuos, los primeros cinco años de su matrimonio permanecían en su memoria como un limpio panorama. Las dificultades comenzaron cuando él le pidió que tuvieran un hijo; si no hubiese estado tan enamorada de él, nunca habría consentido: de pequeña tenía miedo de los niños y su proximidad seguía molestándola. Pero le había dado un hijo, y la experiencia del embarazo la había traumatizado: cuando no sufría realmente, se imaginaba que sufría, y después del parto cayó en una depresión que se prolongó más de un año. Todos los días dormía catorce horas a base de Seconal, en cuanto a las otras diez, se mantenía despierta atiborrándose de anfetaminas. El segundo hijo, otro niño, fue un accidente de borrachera, aunque ella sospechaba que, en realidad, su marido había hecho trampa. En el momento en que supo que estaba otra vez embarazada, insistió en abortar; él dijo que si lo hacía, se divorciaría. Bueno, ya había tenido tiempo de lamentarlo. El niño nació dos meses antes de tiempo, casi murió y, a causa de una hemorragia interna general, ella también; ambos estuvieron al borde del abismo durante meses de cuidados intensivos. Desde entonces, jamás había compartido el lecho con su marido; ella quería, pero no podía, porque su desnuda presencia, la idea de su cuerpo dentro de ella, le provocaba terrores insoportables.

El doctor Bentsen llevaba gruesos calcetines negros con ligas, que nunca se quitaba mientras «hacía el amor»; ahora, mientras enfundaba sus piernas con ligas en unos pantalones de sarga azul con los fondillos brillantes, dijo:

—Vamos a ver. Mañana es martes. El miércoles es nuestro aniversario...

—¿Nuestro aniversario?

—¡El de Thelma! El vigésimo. Quiero llevarla a... Dime, ¿cuál es ahora el mejor restaurante de por aquí?

—¿Y qué importa? Es muy pequeño y elegante, y el dueño jamás te daría mesa.

Su falta de sentido del humor se confirmó:

—Ésa sí que es buena. ¿Qué quieres decir con que no me daría mesa?

—Exactamente lo que he dicho. No hay más que mirarte para darse cuenta de que tienes pelos en los talones. Hay *algunos* que no quieren servir a gente con pelos en los talones. Ése es uno de ellos.

El doctor Bentsen estaba al tanto de su costumbre de emplear jerga poco familiar, y había aprendido a simular que comprendía su significado; él se encontraba tan fuera del ambiente de ella como ella del suyo, pero la precaria inconstancia de su carácter le impedía reconocerlo.

—Bueno, entonces —dijo él—, ¿está bien el viernes? ¿Sobre las cinco?

Ella contestó:

—No, gracias. —Él se estaba haciendo el nudo de la corbata y se detuvo; ella seguía echada en la cama, destapada, desnuda; Fred cantaba *By Myself*—. No, gracias querido doctor B. Creo que nunca más nos veremos aquí.

Ella notó que se había alarmado. Claro que la echaría de menos: era hermosa, considerada, nunca le molestaba que él le pidiera dinero. Él se arrodilló junto a la cama y le acarició el pecho. Ella observó un helado bigote de sudor en su labio superior.

—¿Qué te pasa? ¿Drogas? ¿Alcohol?

Ella rió y dijo:

–Lo único que bebo es vino blanco, y no mucho. No, amigo mío. Es, sencillamente, que tienes pelos en los talones.

Como muchos psicoanalistas, el doctor Bentsen tomaba las cosas bastante al pie de la letra; por un instante, ella pensó que iba a quitarse los calcetines y a examinarse los pies. En tono grosero, como un niño, dijo:

–Yo *no* tengo pelos en los talones.

–Oh, sí, los tienes. Como un caballo. Todos los caballos ordinarios tienen pelos en los talones. Los pura sangre no. Los talones de los caballos de buena casta son lisos y relucientes. Da recuerdos a Thelma.

–Muy aguda. ¿El viernes?

El disco de Fred Astaire se acabó. Ella bebió lo que le quedaba de vino.

–Quizás. Te llamaré –dijo ella.

Pero no lo llamó, y no volvió a verlo salvo una vez, después, cuando se sentó a una mesa vecina a la suya en La Grenouille; comía con Mary Rhinelander, y le divirtió ver que la señora Rhinelander firmaba la cuenta.

La anunciada nieve ya caía cuando volvió, a pie otra vez, a la casa de Beekman Place. La puerta de entrada estaba pintada de amarillo pálido y tenía un llamador de bronce en forma de garra de león. Anna, una de las cuatro irlandesas que componían el servicio doméstico, abrió la puerta y le comunicó que los niños, agotados por una tarde de patinaje sobre hielo en el Rockefeller Center, ya habían cenado y estaban acostados.

Gracias a Dios. Ya no tenía que soportar la media hora de juegos, cuento y besos de buenas noches con que habitualmente concluía la jornada de sus hijos; quizás no fuese una madre cariñosa, pero sí tenía sentido del deber, igual que su propia madre. Eran las siete, y su marido había telefoneado diciendo que estaría en casa a las siete y media; a las ocho tenían que ir a cenar con los Sylvester Hale, unos amigos de San Francisco. Se bañó, se perfumó para borrar recuerdos del doctor Bentsen, volvió a maquillarse muy ligeramente, y se vistió con un caftán de seda gris y sandalias de seda del mismo color con hebillas de perlas.

Estaba de pie junto a la chimenea de la biblioteca, en el segundo piso, cuando oyó los pasos de su marido por la escalera. Adoptó una postura llena de gracia, seductora, como la habitación misma, una insólita estancia octogonal con paredes barnizadas de color canela, el suelo esmaltado de amarillo, estanterías de cobre (idea tomada de Billy Baldwin), dos enormes ramas de orquídeas pardas colocadas en jarrones chinos de color ambarino, un caballo de Marino Marini erguido en un rincón, un Gauguin de los mares del Sur sobre la repisa de la chimenea y un fuego delicado palpitando en el hogar. Las ventanas del balcón ofrecían el panorama de un jardín en sombras, nieve llevada por el viento y remolcadores iluminados que flotaban como faroles en el río Este. Frente a la chimenea, había un voluptuoso sofá tapizado en terciopelo de color café, y delante de él, sobre una mesa barnizada con el mismo amarillo del suelo, una cubitera de plata llena de hielo; y dentro de la cubitera, una botella rebosante de rojo vodka ruso aderezado con pimienta.

Su marido titubeó en el umbral, y asintió hacia ella en forma aprobatoria: era uno de esos hombres que verdaderamente apreciaban el aspecto de una mujer, que con una mirada captaban el ambiente en su integridad. Valía la pena vestirse para él, y ésa era una de las razones menores por las que lo amaba. Otra, más importante, era que se parecía a su padre, la persona que había sido, y siempre sería, el hombre de su vida; su padre se había pegado un tiro, aunque jamás se supo por qué, pues era un caballero de discreción poco menos que anormal. Antes de que eso pasara, ella había roto tres compromisos, pero dos meses después de la muerte de su padre conoció a George, y se casó con él porque en presencia y modales se aproximaba a su gran amor perdido.

Avanzó para encontrarse con su marido en medio de la habitación. Lo besó en la mejilla, y la carne que tocaron sus labios parecía tan fría como los copos de nieve en la ventana. Era un hombre alto, irlandés, de pelo negro y ojos verdes, y guapo aunque había engordado últimamente bastante y tenía un poco de papada. Desprendía una vitalidad superficial; hombres y mujeres por igual se sentían atraídos hacia él sólo por eso. Si se le observaba de cerca, sin embargo, se notaba cierta fatiga secreta, una falta de auténtico optimismo. Su mujer era muy consciente de ello, y ¿por qué no? Ella era la causa principal.

—Hace una noche tan horrible, y pareces tan cansado... —le dijo—. Quedémonos en casa y cenemos junto al fuego.

—¿De verdad, cariño..., no te importaría? Me parece que es hacer un desprecio a los Hale, aunque ella sea una gilipollas.

—*¡George!* No digas esa palabra. Sabes que la odio.

—Lo siento —dijo él; y lo sentía. Él siempre tenía cuidado de no ofenderla, lo mismo que hacía ella con él: consecuencia de la paz que los mantenía juntos y, al mismo tiempo, separados.

—Los llamaré y les diré que has cogido un resfriado.

—Bueno, no sería mentira. Creo que lo he pillado.

Mientras ella llamaba a los Hale y hablaba con Anna para que dentro de una hora les sirvieran la cena, sopa y soufflé, él bebió un deslumbrante trago de vodka escarlata y sintió el fuego que se le encendía en el estómago; antes de que su mujer volviera, se sirvió otra medida generosa y se tumbó cuan largo era en el sofá. Ella se arrodilló en el suelo, le quitó los zapatos y empezó a darle masaje en los pies: «Dios sabe que *él* no tiene pelos en los talones.»

Él gruñó:

—Hum... ¡Qué bien!

—Te quiero, George.

—Yo también te quiero.

Ella pensó en poner un disco, pero no, el rumor del fuego era lo único que necesitaba la habitación.

—¿George?

–Sí, cariño.

–¿En qué estás pensando?

–En una mujer llamada Ivory Hunter.

–¿De veras conoces a alguien que se llame Ivory Hunter?[1]

–Bueno. Ése era su nombre artístico. Había sido bailarina de variedades.

Ella se echó a reír.

–¿Qué es eso? ¿Una de tus aventuras de universidad?

–Yo no la conocí. Sólo oí hablar de ella en una ocasión. El verano después de licenciarme en Yale.

Cerró los ojos y apuró el vodka.

–El verano que hice autostop por Nuevo México y California. ¿Recuerdas? Cuando me rompieron la nariz. En una pelea de taberna de Needles, California. –A ella le gustaba su nariz partida, que compensaba la extrema delicadeza de su rostro; él habló una vez de que se la partieran de nuevo para que pudiesen arreglársela, pero ella le quitó la idea–. Fue a principios de septiembre, que siempre es la época más calurosa del año al sur de California; más de cuarenta grados todos los días. Debería haber sacado un billete de autobús, al menos para cruzar el desierto. Pero me metí en el Mojave como un idiota, cargado con un petate de veinte kilos y sudando hasta quedarme sin gota. Juraría que había sesenta grados a la sombra. Sólo que no había sombra alguna. Nada sino arena y mezquite y aquel hirviente cielo azul. Una vez pasó un camión grande, pero no se paró. Se limitó a matar una serpiente de cascabel que reptaba por la carretera.

»No dejaba de pensar que en alguna parte tenía que aparecer algo. Un garaje. De cuando en cuando pasaban coches, pero bien podría haber sido invisible. Empecé a compadecerme de mí mismo, a comprender lo que significaba estar desamparado y a entender por qué es bueno que los budistas envíen a mendigar a los monjes jóvenes. Es purificante. Elimina la última capa de grasa infantil.

1. Cazador de Marfil. (N. del T.)

»Y entonces me encontré a Mr. Schmidt. Pensé que acaso fuera un espejismo. Un viejo de pelo blanco por la carretera, a unos cuatrocientos metros. Estaba erguido en la cuneta, con oleadas de calor agitándose a su alrededor. Al acercarme, vi que llevaba un bastón y gafas oscuras, e iba vestido como si fuese a la iglesia: traje blanco, camisa blanca, corbata negra, zapatos negros.

»Sin mirarme, y cuando aún se encontraba a cierta distancia, gritó:

»"Me llamo George Schmidt."

»Yo le dije:

»"Sí. Buenas tardes, señor."

»Él me preguntó:

»"¿Son tardes?"

»"Las tres pasadas."

»"Entonces, debo estar aquí de pie desde hace dos horas, o más. ¿Le importaría decirme dónde estoy?"

»"En el desierto de Mojave. A unos veinticinco kilómetros al oeste de Needles."

»"Figúrese", explicó. "Dejar a un ciego de setenta años perdido y solo en el desierto. Con diez dólares en el bolsillo y lo que llevo puesto. Las mujeres son como las moscas: se posan en azúcar o en mierda. No digo que yo sea azúcar, pero estoy seguro de que ella se ha plantado ahora en la mierda. Me llamo George Schmidt."

»Yo repuse:

»"Sí, señor, ya me lo ha dicho. Yo soy George Whitelaw."

»Quería saber adónde iba yo y qué estaba haciendo allí, y cuando le dije que hacía autostop y me dirigía a Nueva York, me preguntó si quería cogerlo de la mano y ayudarle durante un trecho quizás hasta encontrar a alguien que nos llevara. He olvidado mencionar que tenía acento alemán y era muy corpulento, casi gordo; parecía como si se hubiera pasado toda la vida tumbado en una hamaca. Pero cuando le tomé la mano, sentí su aspereza, su enorme fuerza. Nadie querría unas manos como ésas alrededor del cuello.

»"Sí, tengo manos fuertes. He trabajado de masajista durante cincuenta años, los doce últimos en Palm Springs. ¿Tiene usted un poco de agua?"

»Le di mi cantimplora, que aún estaba medio llena, y añadió:

»"Me dejó aquí, sin siquiera una gota de agua. Me quedé de una pieza. Aunque no puedo decir que debiera sorprenderme, conociendo a Ivory como la conozco. Es mi mujer. Se llamaba Ivory Hunter. Era bailarina de cabaret. Actuó en la Feria Mundial de Chicago, en 1932, y podría haberse convertido en estrella de no haber sido por esa Sally Rand. Ivory inventó ese número de la danza del vientre y la tal Rand se lo robó. Eso decía Ivory. Nada más que otra de sus mentiras, probablemente. ¡Eh, eh! Cuidado con esa cascabel, está por ahí, en alguna parte, la oigo silbar. Hay dos cosas que me dan verdadero miedo. Las serpientes y las mujeres. Tienen muchas cosas en común. Una de ellas es: lo último que se les muere es la parte de abajo."

»Pasaron un par de coches y yo extendí el pulgar mientras el viejo trataba de pararlos haciéndoles señas con el bastón, pero debíamos tener un aspecto muy raro: un sucio muchacho con vaqueros y un viejo gordo y ciego vestido con el traje de los domingos. Creo que aún estaríamos allí si no hubiera sido por aquel camionero. Un mexicano. Estaba aparcado junto a la carretera, arreglando una rueda. Él sabía decir cuatro cosas en tejano-mexicano, todas palabrotas, pero aún recordaba yo mucho español del verano que pasé con el tío Alvin en Cuba. Así que el mexicano me dijo que iba a El Paso, y que si nos pillaba de camino seríamos bienvenidos a bordo.

»Pero el señor Schmidt no estaba muy convencido. Prácticamente tuve que meterlo a rastras en la cabina.

»"Odio a los mexicanos. No he conocido nunca a un mexicano que me gustase. Si no fuera por un mexicano... Él sólo con diecinueve años y ella, diría que..., firmaría que por el tacto de su piel, Ivory ya pasa de los sesenta. Cuando me casé con ella, hace un par de años, dijo que tenía cincuenta y dos. Mire, yo vivía en ese campamento de remolques de la Nacional 111.

Uno de esos campamentos que están a medio camino de Palm Springs y Cathedral City. ¡Cathedral City! Vaya nombre para una pocilga donde no hay sino tugurios de mala muerte, salones de billar y bares de maricones. Lo único que puede decirse en su favor es que allí vive Bing Crosby. Si es que eso significa algo. En cualquier caso, en el remolque vecino al mío vive mi amiga Hulga. Desde que murió mi mujer –el mismo día que murió Hitler–, Hulga me ha llevado en coche al trabajo; es camarera de ese club judío del que soy masajista. Todos los camareros y camareras del club son alemanes altos y rubios. A los judíos les gusta; no les dejan parar ni un momento. De manera que un día me dice Hulga que viene a verla una prima suya. Ivory Hunter. He olvidado su nombre auténtico, está en el certificado de matrimonio, pero no lo recuerdo. Había tenido unos tres maridos; probablemente, ni se acordaba de su nombre de pila. De todos modos, Hulga me dijo que su prima, Ivory, había sido una bailarina francesa en otro tiempo, pero que ahora acababa de salir del hospital y de perder a su último marido por haberse pasado un año en la clínica con tuberculosis. Por eso es por lo que Hulga la invitó a Palm Springs. Por el aire. Además, no tenía sitio alguno adonde ir. La primera noche que estuvo allí, Hulga me invitó a su casa, y su prima me gustó inmediatamente; no hablamos mucho, escuchamos la radio, sobre todo, pero Ivory me gustó. Tenía una voz realmente bonita, muy lenta y suave, se asemejaba a la que deberían tener las enfermeras; dijo que no fumaba ni bebía y que era miembro de la Iglesia de Dios, igual que yo. Después, fui casi todas las noches a casa de Hulga."

George encendió un cigarrillo, y su mujer le sirvió otro vasito de vodka aderezado con pimienta. Para su sorpresa, se sirvió otro para ella. Una serie de cosas en la narración de su marido había acelerado su ansiedad, constante, aunque por lo general amortiguada con Librium; no podía imaginarse adónde lo llevarían sus recuerdos, pero sí sabía que existía una meta, porque George raras veces divagaba. Se licenció con el tercer puesto de su clase en la Facultad de Derecho de Yale aunque nunca ejerció la abogacía, aventajó a toda su promoción de la Escuela de Comercio de Harvard; en esta última década le habían ofrecido un cargo en el gabinete presidencial y una embajada en Inglaterra o Francia, o donde quisiera. Sin embargo, lo que a ella le había hecho sentir la necesidad del vodka rojo, un juguete de rubí que destellaba a la luz del fuego, era la inquietante forma en que George Whitelaw se había convertido en el señor Schmidt; su marido era un mimo excepcional. Podía imitar a algunos de sus amigos con irritante precisión. Pero aquello no era un remedo normal; parecía en trance: un hombre en la mente de otro.

—«Yo tenía un viejo Chevy que nadie había conducido desde la muerte de mi mujer. Pero Ivory lo mandó poner a punto, y muy pronto ya no era Hulga quien me llevaba a trabajar y volvía a traerme a casa, sino Ivory. Al pensarlo, comprendo que todo fue una maquinación entre Hulga e Ivory, pero entonces no até cabos. Los del parque de remolques y todos los que la conocían decían que era una mujer muy hermosa, con grandes ojos azules y piernas bonitas. Me figuraba que era por pura bondad, la Iglesia de Dios..., suponía que ésa era la razón de que se pasara las noches haciendo la cena y cuidando la casa para un anciano ciego. Una vez estábamos escuchando el *Hit Parade* en la radio, me besó y me pasó la mano por la pierna. Enseguida empezamos a hacerlo dos veces al día: una antes de desayunar y otra antes de cenar, y yo con sesenta y nueve años. Pero era como si ella estuviese tan loca por mi polla como yo por su coño...»

Ella arrojó su vodka a la chimenea, una rociada que hizo crecer y sisear las llamas; pero fue una protesta inútil: al señor Schmidt no podían hacérsele reproches.

—«Sí, señor, Ivory era todo coño. Interprételo como quiera. Pasó exactamente un mes desde que la conocí al día que me casé con ella. No cambió mucho, me daba bien de comer, siempre tenía interés en oír cosas de los judíos del club, y fui yo quien redujo la actividad sexual, bastante, por la presión sanguínea y todo eso. Pero ella nunca se quejó. Recitábamos la Biblia juntos, y todas las noches ella leía revistas en voz alta, buenas revistas como *Reader's Digest* y el *Saturday Evening Post*, hasta que me quedaba dormido. Siempre decía que esperaba morirse antes que yo, porque se le partiría el corazón y quedaría desamparada. Era cierto que no tenía mucho que dejarle. Ningún seguro, sólo algunos ahorros en el banco que pasé a una cuenta conjunta, además de poner el remolque a su nombre. No, no puedo decir que hubiera una mala palabra entre nosotros hasta que se peleó con Hulga.

»"Durante mucho tiempo no supe por qué se habían enfadado. Lo único que sabía era que ya no se hablaban, y cuando le pregunté a Ivory lo que pasaba, me contestó: 'Nada.' Por lo que a ella concernía, no había tenido ningún distanciamiento con Hulga: 'Pero ya sabes cómo bebe.' Eso era verdad. Bueno, como le he dicho, Hulga era camarera del club, y un día irrumpió en la sala de masaje. Yo tenía un cliente encima de la mesa, y ahí estaba, despatarrado y con el culo al aire, pero a ella le importaba un bledo: olía como una fábrica de Four Roses. Apenas podía tenerse en pie. Me dijo que acababan de despedirla y, de pronto, empezó a blasfemar y a mearse. Se puso a chillar mientras se meaba por todo el suelo. Dijo que todo el mundo del parque de remolques se burlaba de mí. Dijo que Ivory era una puta vieja. Que Ivory se había pegado a mí porque estaba en la ruina y no encontraba nada mejor. Y me preguntó qué clase de mamarracho era yo. ¿Es que no sabía que Freddy Feo se la estaba pasando por la piedra desde Dios sabía cuándo?

»"Bueno, mire, Freddy Feo era un vagabundo tejano-mexicano, un chico recién salido de la cárcel que el administrador del parque de remolques había sacado de algún bar de maricones de Cat City, poniéndolo a trabajar de mozo. No creo que fuera maricón del todo, porque entretenía por dinero a muchas solteronas de por allí. Una de ellas era Hulga. Estaba loca por él. Durante las noches de calor, él y Hulga solían sentarse a la puerta del remolque de ella, en su mecedora, y bebían tequila sola, sin preocuparse del limón, y él tocaba la guitarra y cantaba canciones mexicanas. Ivory me la describió como una guitarra verde con su nombre escrito en letras de diamantes de imitación. Hay que reconocer que el chicano sabía cantar. Pero Ivory siempre repetía que no podía soportarlo; decía que era un mexicano barato que le sacaría a Hulga hasta el último céntimo. Yo no recuerdo haber cambiado diez palabras con él, pero no me gustaba por la forma en que olía. Tengo una nariz de sabueso y podía olerlo a cien metros de distancia: tal cantidad de brillantina llevaba en el pelo, aparte de otra cosa que, según Ivory, se llamaba Atardecer en París.

»"Ivory juró una y otra vez que no era verdad. ¿Ella? ¿Dejar *ella* que un macaco tejano-mexicano como Freddy le pusiera un dedo encima? Explicó que Hulga estaba furiosa y celosa porque ese chico la había dejado pelada y creía que se estaba jodiendo a todo bicho viviente entre Cat City e Indio. Afirmó que yo la había ofendido prestando oídos a tales mentiras, aun cuando Hulga era más digna de lástima que de insultos. Y se quitó el anillo de boda que yo le había dado (perteneció a mi primera mujer, pero ella dijo que no importaba, porque sabía que yo había amado a Hedda y por eso tenía más valor), y me lo tendió diciendo que si no la creía, que ahí tenía el anillo y que cogería el primer autobús que saliera hacia cualquier parte. Así que se lo volví a poner en el dedo y nos hincamos de rodillas en el suelo y rezamos juntos.

»"La creí; al menos me figuré que la creía; pero en cierto sentido tenía como un péndulo en la cabeza; sí, no, sí, no. Además, Ivory había perdido su naturalidad; antes, tenía una gracia en el cuerpo que era como la suavidad de su voz. Pero ahora era toda alambre, estaba en tensión como esos judíos del club que no dejan de lamentarse y gruñir porque uno no puede quitarles las penas a restregones. Hulga encontró trabajo en el Miramar, pero en el parque de remolques siempre me volvía cuando olía que venía. Una vez se acercó a mí y me dijo con una especie de murmullo: '¿No sabes que esa dulce esposa tuya le ha dado al mexicano un par de pendientes de oro? Pero su amiguito no se los deja poner.' No sé. Ivory rezaba todas las noches conmigo para que el Señor nos mantuviera juntos, sanos de cuerpo y de espíritu. Pero observé... Bueno, en aquellas calurosas noches de verano, cuando Freddy Feo rondaba por allí, en alguna parte de la oscuridad, cantando y tocando la guitarra, ella apagaba la radio justo en medio de Bob Hope o de Edgar Bergen o de lo que fuese, e iba a sentarse fuera a escuchar. Decía que contemplaba las estrellas: 'Apuesto a que en ningún otro sitio del mundo se ven las estrellas como aquí.' Pero, de pronto, resultó que odiaba Cat City y Palm Springs. El desierto entero, las tormentas de arena, veranos con temperaturas de más de cincuenta grados, y nada que hacer si uno no es rico ni pertenece al Raquet Club. Lo dijo una mañana, de buenas a primeras. Dijo que deberíamos levantar el remolque y volver a plantarlo en cualquier parte donde hubiese aire fresco. Wisconsin. Michigan. La idea me pareció bien; me dejó la cabeza tranquila acerca de lo que podría estar pasando entre ella y Freddy Feo.

»"Bien, yo tenía un cliente en el club, un tipo de Detroit, que me dijo que podía meterme de masajista en el Athletic Club de Detroit; nada seguro, uno de esos asuntos que a lo mejor salen. Pero eso fue suficiente para Ivory. En un dos por tres levantó el remolque, con las plantas de quince años esparcidas por todo el terreno, el Chevy a punto para el viaje y todos nuestros ahorros convertidos en cheques de viaje. Anoche me restregó de arriba abajo, me lavó el pelo, y esta mañana nos marchamos poco después de rayar el día.

»"Me di cuenta de que algo andaba mal, y me habría enterado de lo que era si no me hubiese quedado dormido nada más salir a la carretera. Debió de ponerme un somnífero en el café.

»"Pero cuando me desperté, lo olí. La brillantina y el perfume barato. Estaba escondido en el remolque. Ahí enroscado, en la parte de atrás, como una serpiente. Lo primero que pensé fue: Ivory y el chico van a matarme y a dejarme para los buitres. Ella dijo: 'Estás despierto, George.' Por el temor que había en su voz, estaba claro que sabía lo que se me pasaba por la cabeza. Que lo había adivinado todo. Le dije: 'Para el coche.' Ella quiso saber por qué. Porque tenía que orinar. Paró el coche y la oí llorar. Al apearme, dijo: 'Has sido bueno conmigo, George, pero yo no sé hacer otra cosa. Y tú tienes una profesión. Siempre habrá un sitio para ti en alguna parte.'

»"Me bajé, oriné y, mientras estaba allí parado, el coche arrancó y ella se marchó. No sabía dónde estaba hasta que apareció usted, señor..."

»"George Whitelaw."

»Entonces le dije:

»"Santo cielo, eso es igual que un crimen. Dejar a un ciego perdido en medio del desierto. Cuando lleguemos a El Paso, iremos a la comisaría de policía."

»Él replicó:

»"¡Ni hablar! Ya tiene bastantes problemas sin la poli. Se ha plantado en la mierda: que se quede allí. Ivory es la que está perdida. Además, la amo. Una mujer puede hacer cosas así, y uno la sigue queriendo."

George volvió a servirse vodka; ella colocó un tronco pequeño en el fuego, y el nuevo embate de las llamas sólo fue un poco más brillante que el furioso calor que súbitamente afluyó a sus mejillas.

–Sí, las mujeres –dijo ella en tono agresivo, desafiante–. Sólo una loca... ¿Crees que yo podría hacer algo semejante?

La expresión en los ojos de él, cierto silencio visual, la sobresaltó, haciéndola apartar la vista y retirar la pregunta.

–Bueno, ¿qué le pasó?

–¿Al señor Schmidt?

–Al señor Schmidt.

Él se encogió de hombros.

–La última vez que lo vi, estaba bebiéndose un vaso de leche en una casa de comidas, una parada de camiones a las afueras de El Paso. Yo tuve suerte; conseguí que un camionero me llevara directamente a Newark. En cierto modo, me olvidé de él. Pero durante los últimos meses, me ha dado por pensar en Ivory Hunter y George Schmidt. Debe ser la edad; empiezo a sentirme viejo.

Ella volvió a arrodillarse junto a él; le cogió la mano, entrelazando los dedos en los suyos.

–¿Con cincuenta y dos años? ¿Y te sientes viejo?

Él se apartó; al hablar, lo hizo con el sorprendido murmullo de un hombre que se dirige a sí mismo:

–Siempre he estado tan seguro de mí. Sentía tal *ritmo* sólo al ir por la calle. Notaba las miradas de la gente (en la calle, en un restaurante, en una fiesta), envidiándome, preguntándose quién es ese tipo. Siempre que acudía a una fiesta, sabía que la mitad de las mujeres serían mías con sólo desearlo. Pero eso se acabó. Es como si el viejo George Whitelaw se hubiera convertido en el hombre invisible. Ni una sola cabeza se vuelve a mi paso. La semana pasada llamé dos veces a Mimi Stewart, y no me devolvió las llamadas. No te lo he dicho, pero ayer pasé por casa de Buddy Wilson, daba un pequeño cóctel. Debía haber unas veinte chicas bastante atractivas, y todas se limitaron a echarme un vistazo; para ellas, yo era un tipo viejo y cansado que sonreía demasiado.

Ella le dijo:

–Pero yo pensaba que seguías viendo a Christine.

–Te contaré un secreto. Christine se ha comprometido con Rutherford, ese chico de Filadelfia. No la he visto desde noviembre. Para ella está muy bien; es feliz, y me alegro de que lo sea.

–¿Christine? ¿Con cuál de los Rutherford? ¿Kenyon o Paul?

–Con el mayor.

–Ése es Kenyon. ¿Lo sabías y no me lo habías dicho?

–Hay muchas cosas que no te he dicho, cariño.

Sin embargo, eso no era enteramente cierto. Porque cuando dejaron de dormir juntos, empezaron a comentar cada una de sus aventuras, colaborando realmente en ellas. Alice Kent: cinco meses; se acabó porque le exigió divorciarse y casarse con ella. Sister Jones: se terminó al cabo del año, cuando su marido lo averiguó. Pat Simpson: una modelo de *Vogue* que se marchó a Hollywood; prometió volver y jamás lo hizo. Adele O'Hara: hermosa, alcohólica, provocadora de escenas turbulentas; aquello lo rompió él mismo. Mary Campbell, Mary Chester, Jane Vere-Jones. Otras. Y, ahora, Christine.

Unas cuantas las había conocido él mismo; la mayoría eran «idilios» arreglados por ella: amigas de las que se fiaba, compañeras que le había presentado para que le proporcionaran un escape sin pasarse de la raya.

–Bueno –dijo ella, suspirando–. Supongo que no podemos culpar a Christine. Kenyon Rutherford es un partido excelente.

Sin embargo, estremecida como las llamas entre los leños, su mente daba vueltas buscando un nombre que llenara el vacío. Alice Combs: disponible, pero demasiado sosa. Charlotte Finch: demasiado rica, y George se sentía impotente ante mujeres –u hombres, para el caso– más ricas que él. ¿La Ellison, quizás? La *soignée* señora Ellison, que estaba en Haití consiguiendo un divorcio rápido...

Dijo él:

–Deja de fruncir el ceño.

–No estoy frunciendo el ceño.

–Eso sólo significa más silicona, más facturas de Orentreich. Prefiero ver arrugas humanas. No importa de quién sea la culpa. A veces todos nosotros dejamos a los demás ahí fuera, a la intemperie, y nunca sabemos por qué.

Un eco, cavernas resonantes: Jaime Sánchez, Carlos y Angelita; Hulga, Freddy Feo, Ivory Hunter y el señor Schmidt; el doctor Bentsen y George, George y ella misma, el doctor Bentsen y Mary Rhinelander...

Él dio un leve apretón a sus dedos entrelazados y, con la otra mano, le levantó la barbilla e insistió en que sus miradas se encontraran. Se llevó su mano a los labios, besándola en la palma.

–Te quiero, Sarah.

–Yo también te quiero.

Pero el roce de sus labios, la velada amenaza, la puso en tensión. Oyó el campanilleo de la plata en el piso de abajo: Anna y Margaret subían con la cena para ponerla junto al fuego.

—Yo también te quiero —repitió ella, con fingida somnolencia, y con simulada languidez fue a correr los cortinajes de la ventana. Una vez corrida, la gruesa seda ocultó la noche del río y de las barcazas iluminadas, tan envueltas en la nieve y tan mudas como el dibujo de una noche de invierno en un pergamino japonés.

—¿George?

Un ruego apremiante antes de que las irlandesas llegaran con la cena, llevando en experto equilibrio sus ofrendas:

—*Por favor,* cariño. Ya pensaremos en alguien.

[Traducción de Benito Gómez Ibáñez]

UNA NAVIDAD
(1982)

Para Gloria Dunphy

Primero, un breve preámbulo autobiográfico. Mi madre, mujer excepcionalmente inteligente, era la chica más guapa de Alabama. Todo el mundo lo decía, y era verdad. A los dieciséis años se casó con un hombre de negocios de veintiocho que provenía de una buena familia de Nueva Orleans. El matrimonio duró un año. Ella era demasiado joven tanto para ser madre como para ser esposa; era además demasiado ambiciosa: quería ir a la universidad para tener una carrera. De modo que dejó a su marido; y, por lo que a mí se refiere, me puso al cuidado de su numerosa familia de Alabama.

Durante años, rara vez vi a ninguno de mis padres. Mi padre tenía asuntos en Nueva Orleans, y mi madre, tras graduarse, empezaba a abrirse camino por sí misma en Nueva York. En lo que a mí me concernía, ésta no era una situación desagradable. Era feliz donde me hallaba. Tenía a muchos parientes amables conmigo, tías y tíos y primos y, especialmente, a *una* prima ya mayor, con el pelo canoso, una mujer ligeramente tullida llamada Sook. Miss Sook Faulk. Tenía otros amigos, pero ella era, con mucho, mi mejor amiga.

Fue Sook quien me habló de Papá Noel, de su barba abundante, su traje rojo y su ruidoso trineo cargado de regalos, y yo la creí, del mismo modo que creía que todo era voluntad de Dios, o del Señor, como siempre le llamó Sook. Si tropezaba, o me caía del caballo, o pescaba un gran pez en el riachuelo, bueno, para bien o para mal, todo era por voluntad del Señor. Y eso fue lo que dijo Sook al recibir las alarmantes noticias de Nueva Orleans: mi padre quería que yo fuera a pasar con él la Navidad.

Lloré. No quería ir. Nunca había salido de aquella aislada y pequeña ciudad de Alabama, rodeada de bosques, granjas y ríos. Jamás me acostaba sin que Sook me peinara el pelo con los dedos y me besara para darme las buenas noches. Además, me asustaban los extraños, y mi padre era un extraño. A pesar de haberlo visto varias veces, su imagen se confundía en mi memoria; ignoraba qué aspecto tenía. Pero como decía Sook: «Es la voluntad del Señor. Y, quién sabe, Buddy, quizás hasta veas la nieve.»

¡Nieve! Hasta que aprendí a leer por mí mismo, Sook me leyó muchos cuentos, y parecía haber cantidad de nieve en la mayoría de ellos. Deslumbrantes copos de ensueño deslizándose por los aires. Era algo con lo que soñaba; algo mágico y misterioso que deseaba ver y sentir y tocar. Por supuesto, ni Sook ni yo nunca lo habíamos hecho; ¿cómo habríamos podido hacerlo viviendo en un lugar tan caluroso como Alabama? No sé cómo pudo pensar que yo vería nieve en Nueva Orleans, ya que Nueva Orleans es aún más calurosa. Pero qué más da. Intentaba infundirme coraje para emprender el viaje.

Me dieron un traje nuevo. Me colgaron en la solapa una tarjeta con mi nombre y mi dirección. Eso, por si me perdía. El caso es que iba a hacer el viaje solo. En autobús. En fin, todos pensaron que estaría a salvo con mi tarjeta. Todos, excepto yo. Estaba asustado; enfadado. Furioso con mi padre, ese extraño, que me forzaba a abandonar mi casa y a separarme de Sook por Navidad.

Se trataba de un viaje de más de setecientos kilómetros, poco más o menos. Mi primera parada fue Mobile. Allí, cambié de autobús, y viajé horas y horas por tierras pantanosas a lo largo de la costa hasta llegar a una ciudad ruidosa, con tranvías tintineantes y mucha gente peligrosa con pinta extranjera.

Era Nueva Orleans.

Y, de pronto, al bajar del autobús, un hombre me rodeó con sus brazos y me cortó la respiración; reía y lloraba; un hombre alto y apuesto, riendo y llorando. Dijo:

—¿No me conoces? ¿No conoces a tu padre?

Yo había enmudecido. No dije una sola palabra hasta que, al fin, mientras íbamos ya en un taxi, le pregunté:

—¿Dónde está?

—¿La casa? No muy lejos.

—No, la casa no. La nieve.

—¿Qué nieve?

—Creía que habría un montón de nieve.

Me miró con extrañeza, pero acabó por reír.

—Nunca ha nevado en Nueva Orleans. Al menos que yo sepa. Pero escucha: ¿oyes ese trueno? Seguro que va a llover.

No sé qué es lo que más me asustaba, si el trueno, los fulminantes rayos que lo seguían o mi padre. Aquella noche, al acostarme, seguía lloviendo. Recité mis oraciones y recé para estar pronto de vuelta en casa con Sook. No sabía cómo iba a poder dormirme sin que ella me diera el beso de las buenas noches. Lo cierto es que no conseguía dormirme, de modo que me puse a pensar en lo que iba a traerme Papá Noel. Quería un cuchillo con el mango de nácar. Y un gran rompecabezas. Un sombrero de cow-boy con un lazo de rodeo. Un rifle BB para matar gorriones. (Años más tarde, tuve una escopeta BB con la que maté un sinsonte y un mirlo, y jamás he podido olvidar cuánto lo sentí y cuánta pena me dio; nunca volví a matar otra cosa, y todos los peces que pesqué los devolví al agua.) También quería una caja de lápices. Y, más que cualquier otra cosa, una radio, pero sabía que era imposible: no conocía ni a diez personas que tuvieran radio. Recordarán que era la época de la Depresión, y en el Profundo Sur eran pocas las casas que tenían radio o refrigerador.

Mi padre tenía las dos cosas. Parecía tenerlo todo: un coche con el asiento trasero descubierto, por no hablar de una casita de color rosa en el Barrio Francés, con balcones de hierro forjado y un patio interior ajardinado, lleno de flores y refrescado por una fuente en forma de sirena. También tenía media docena, por no decir toda una docena, de amigas. Al igual que mi madre, mi padre no había vuelto a casarse; pero los dos tenían admiradores asiduos, y, quisiéranlo o no, antes o después recorrieron el camino del altar; en realidad, mi padre lo recorrió seis veces.

Pueden, pues, comprobar que tenía un gran encanto; y, de hecho, parecía seducir a la mayoría de la gente, a todos menos a mí. Eso era lo que me azaraba tanto, siempre arrastrándome de aquí para allá para que conociera a sus amigos, a todos, desde el banquero hasta el barbero que le afeitaba cada día. Y, naturalmente, a todas sus amigas. Y lo que es peor: se pasaba el tiempo besándome, achuchándome y presumiendo de mí. ¡Me sentía tan avergonzado! Primero, no había nada de que presumir. Yo era un auténtico chico de campo. Creía en Jesús y rezaba concienzudamente mis oraciones. Estaba convencido de que existía Papá Noel. Y, en mi casa de Alabama, excepto para ir a la iglesia, nunca llevaba zapatos, ni en invierno ni en verano.

Era una auténtica tortura ser arrastrado por las calles de Nueva Orleans dentro de aquellos zapatos fuertemente atados, calientes como el infierno, tan pesados como de plomo. No sé qué era peor, si los zapatos o la comida. En mi casa estaba acostumbrado al pollo a la parrilla, a las verduras estofadas, a las judías con mantequilla, a pan de maíz y a otras cosas reconfortantes. ¡Pero esos restaurantes de Nueva Orleans! Nunca olvidaré mi primera ostra, era como un mal sueño deslizándose por mi garganta; tuvieron que transcurrir décadas antes de que volviera a tragar otra. En cuanto a toda esa comida criolla cargada de especias, sólo pensarlo me da acidez. No, señor, yo añoraba las galletas recién sacadas del horno, la leche fresca de vaca y la melaza casera.

Mi pobre padre no tenía ni idea de cuán desgraciado era yo, en parte porque nunca dejé que lo notara ni porque jamás se lo dije; en parte porque, aunque mi madre protestara, él se las había ingeniado para conseguir mi custodia legal durante las vacaciones de Navidad.

Me decía:

—Di la verdad, ¿no quieres venir a vivir aquí conmigo, en Nueva Orleans?

—No puedo.

—¿Qué significa que no puedes?

—Añoro a Sook. Añoro a Queenie; tenemos un conejito de Indias muy divertido. Lo queremos mucho.

Dijo mi padre:

—¿Es que a mí no me quieres?

Dije yo:

—Sí.

Pero la verdad es que, a excepción de Sook y de Queenie y de unos pocos primos y de un retrato de mi hermosa madre al lado de la cama, no tenía una idea muy clara de lo que significaba querer.

Pronto lo descubrí. La víspera de Navidad, mientras caminábamos por Canal Street, me paré en seco, extasiado ante un objeto mágico que vi en el escaparate de una gran tienda de juguetes. Era la maqueta de un avión lo bastante grande como para sentarse dentro y pedalear como en una bicicleta. Era verde y tenía una hélice roja. Estaba convencido de que, si pedaleaba con la suficiente energía, ¡el avión despegaría y levantaría el vuelo! ¡Habría sido fantástico! Ya podía ver a mis primos allí abajo mientras yo volaba por entre las nubes. ¡Ver para creer! Reí; reí y reí. Fue la primera vez que mi padre pareció sentirse a gusto conmigo, aunque no sabía qué me había parecido tan divertido.

Aquella noche recé para que Papá Noel me trajera el avión.

Mi padre había comprado ya un árbol de Navidad, y estuvimos un montón de tiempo en un supermercado eligiendo cosas para adornarlo. Entonces cometí un error. Coloqué un retrato de mi madre bajo el árbol. En el momento en que mi padre lo vio, se puso pálido y empezó a temblar. Yo no sabía qué hacer. Pero él sí. Fue hacia un armario y sacó de él una botella y un vaso largo. Reconocí la botella porque todos mis tíos de Alabama tenían muchas exactamente iguales. ¡Puro Moonshine, licor destilado ilegalmente durante la Prohibición! Llenó el vaso y se lo bebió de un trago. Hecho esto, fue como si el retrato se hubiera desvanecido.

Esperé, pues, la Nochebuena y el siempre excitante advenimiento del orondo Papá Noel. Por supuesto, jamás había visto ese pesado y ruidoso gigante con la panza hinchada dejarse caer por la chimenea y exhibir alegremente su generosidad bajo un árbol de Navidad. Mi primo Billy Bob, que era un miserable enanito, pero que tenía un cerebro como un puño de hierro, afirmaba que todo eso era una tontería, que no existía semejante criatura.

—¡Vaya! –dijo–. Creer que un Papá Noel existe es como creer que una mula es un caballo.

Esta disputa tenía lugar en la plaza del pequeño juzgado. Le contesté:

—*Existe un Papá Noel porque lo que hace es voluntad del Señor, y todo lo que es voluntad del Señor es verdad.*

Y, escupiendo en el suelo, Billy Bob se alejó:

—¡Bueno, al parecer, tenemos a otro predicador entre nosotros!

Siempre me hacía a mí mismo la promesa de no dormir en Nochebuena, quería oír el baile saltarín del reno en el tejado y quedarme allí, al pie de la chimenea, esperando a Papá Noel para saludarle. Y, en aquella Nochebuena en particular, nada me parecía más fácil que permanecer despierto.

La casa de mi padre tenía tres pisos y siete habitaciones, algunas espaciosas, sobre todo las tres que daban al jardín del patio: el salón, el comedor y una sala de música para los que querían bailar, tocar música y jugar a las cartas. Los dos pisos superiores estaban adornados con balcones de hierro forjado, cuyos intrincados barrotes verde oscuro se hallaban delicadamente entrelazados con buganvilia y rizadas guirnaldas de orquídeas, planta ésta que parece un lagarto chasqueando su lengua roja. Era el tipo de casa ostentosa con suelos encerados, algún mimbre por aquí y algún terciopelo por allá. Podría haber sido confundida con la casa de un rico; era más bien la casa de un hombre con pretensiones de elegancia. Para un pobre (pero feliz) chico descalzo de Alabama, era todo un misterio el modo en que se las arreglaba para satisfacer esta aspiración.

No había en cambio misterio alguno en lo que se refiere a mi madre, quien, tras graduarse en la universidad, se esforzaba por ejercer todos sus encantos mientras luchaba por encontrar en Nueva York al novio adecuado que pudiera permitirse vivir en pisos de Sutton Place y adquirir abrigos de marta cebellina. No, los recursos de mi padre le eran de sobra conocidos, aunque nunca mencionara el asunto hasta años después, cuando ya había podido comprarse collares de perlas que colgaban de su cuello envuelto en pieles.

Había ido a visitarme a uno de esos internados esnobs de Nueva Inglaterra (donde mi enseñanza era costeada por su rico y generoso marido), cuando algo que comenté la enfureció; gritó:

–¡Conque no sabes por qué vive tan bien! Yates y cruceros por las islas griegas. ¡Pues por sus *mujeres!* Piensa en esa larga lista. Todas viudas. Todas ricas. *Muy* ricas. Y todas mucho mayores que él. Demasiado viejas para que cualquier joven sensato se case con ellas. Es por lo que eres su único hijo. Y ésta es la razón por la que jamás volveré a tener otro; yo era demasiado joven para tener hijos, pero él era una bestia, acabó conmigo, me estropeó.

Just a gigolo, everywhere I go, people stop and stare... Moon, moon over Miami... This is my first affair, so please be kind... Hey, mister, can you spare a dime?... Just a gigolo, everywhere I go, people stop and stare...[1]

Mientras estuvo hablando (yo intentaba no escuchar, porque, al decirme que mi nacimiento había acabado con ella, estaba *ella* acabando conmigo), estas melodías, u otras semejantes, rondaban por mi cabeza. Me ayudaban a no escucharla, y me recordaban la extraña e inolvidable fiesta que dio mi padre en Nueva Orleans aquella Nochebuena.

1. Célebre canción ligera de la época. (*N. de la T.*)

Iluminaron el patio de velas, al igual que las tres habitaciones que daban a él. La mayoría de los invitados estaba reunida en el salón, donde un pálido fuego en la chimenea arrancaba destellos al árbol de Navidad; otros muchos bailaban en la sala de música y en el patio a los acordes de un gramófono. Tras haber sido presentado a los invitados y agasajado por todos, me enviaron arriba; pero, desde la terraza, detrás de la contraventana francesa de la puerta de mi habitación, podía ver toda la fiesta, observar a las parejas mientras bailaban. Vi a mi padre bailando un vals con una mujer elegante alrededor del estanque que rodeaba la fuente de la sirena. Era realmente elegante, y llevaba un ligero vestido plateado que relucía a la luz de las velas; pero era mayor, como mínimo diez años mayor que mi padre, quien, en aquella época, tenía treinta y cinco.

De pronto me di cuenta de que mi padre era, con mucho, el más joven de su fiesta. Ninguna de las mujeres, por encantadoras que fueran, era más joven que la esbelta bailadora de vals con el ondulante traje plateado. Lo mismo ocurría con los hombres, quienes, en su mayoría, fumaban aromáticos puros habanos; más de la mitad eran lo suficientemente viejos como para ser padres de mi padre.

Vi entonces algo que me hizo parpadear. Mi padre y su ágil acompañante se habían desplazado sin dejar de bailar hasta un lugar semioculto por las orquídeas; se abrazaban y se besaban. Me quedé tan sobrecogido, tan *furioso,* que corrí a mi habitación, salté dentro de la cama y me tapé la cabeza con las sábanas. ¿Qué podía querer mi joven y apuesto padre de una vieja como aquélla? ¿Y por qué toda esa gente ahí abajo no se iba de una vez para que Papá Noel pudiera entrar? Permanecí despierto durante horas oyendo cómo se marchaban los invitados y, cuando mi padre dio las buenas noches por última vez, oí cómo subía las escaleras y abría la puerta de mi dormitorio para echar un vistazo; pero me hice el dormido.

Muchas cosas ocurrieron que me mantuvieron despierto toda la noche. Primero, las pisadas, el ruido de mi padre subiendo y bajando las escaleras, respirando con dificultad. Tenía que ver qué hacía. De modo que me escondí en el balcón, entre la buganvilia. Desde allí tenía una visión completa del salón, del árbol de Navidad y de la chimenea, donde todavía ardían pálidas llamas. Además, podía ver a mi padre. Caminaba a gatas por debajo del árbol disponiendo una pirámide de paquetes. Envueltos en papel púrpura, y rojo y dorado, y azul y blanco, crujían levemente cuando él los movía. Me sentía aturdido, ya que lo que veía me obligaba a reconsiderarlo todo. Si se suponía que estos regalos eran para mí, obviamente no habían sido enviados por el Señor ni repartidos por Papá Noel; no, eran regalos comprados y envueltos por mi padre. Lo que significaba que mi detestable primito Billy Bob, y otros tan detestables como él, no mentían cuando se burlaban de mí y me decían que no existía Papá Noel. El peor pensamiento era: ¿sabía Sook la verdad y me había mentido? No, Sook nunca me habría mentido. Ella *creía*. Eso era, aunque tuviera sesenta y tantos años, de alguna manera era al menos tan niña como yo.

Estuve observando hasta que mi padre terminó su tarea y apagó las pocas velas que aún quedaban encendidas. Esperé hasta asegurarme de que estaba en la cama y dormía. Entonces me deslicé hasta el salón, que todavía olía a gardenias y a puros habanos.

Me senté allí a pensar: Ahora seré yo quien tenga que decirle la verdad a Sook. Una ira, un extraño rencor, crecía en mi interior: no iba dirigido a mi padre, aunque acabara siendo él la víctima.

Al amanecer, examiné las tarjetas colgadas en cada uno de los paquetes. Todas decían: «Para Buddy.» Todas, excepto una que rezaba: «Para Evangeline.» Evangeline era una negra ya mayor que bebía Coca-Cola todo el día y que pesaba ciento cincuenta kilos; era el ama de llaves de mi padre –también lo había criado ella–. Decidí abrir los paquetes: era la mañana de Navidad, estaba despierto, ¿por qué no? No me tomaré la molestia de describir lo que había dentro: sólo camisas, jerséis y tonterías por el estilo. Lo único que me gustó fue una soberbia pistola de pistones. Sin saber por qué, se me ocurrió que sería

divertido despertar a mi padre con un tiro. Y lo hice. *Bang.*
Bang. Bang.

Se precipitó fuera de la habitación, con los ojos de par en
par.

Bang. Bang. Bang.

—Buddy, ¿qué diablos crees que estás haciendo?

Bang. Bang. Bang.

—¡Para eso de una vez!

Me reí.

—Mira, papá. Mira cuántas cosas maravillosas me ha traído
Papá Noel.

Más calmado, entró en el salón y me abrazó.

—¿Te gusta lo que te ha traído Papá Noel?

Le sonreí. Él me sonrió. Fue un largo momento de ternura
que se rompió cuando dije:

—Sí, papá, pero ¿qué me vas a regalar *tú*?

Su sonrisa se esfumó. Sus ojos se entrecerraron con suspicacia; podía leerse en su cara la sospecha de que yo le había
tendido una trampa. Pero entonces se sonrojó, como si se aver-
gonzara de pensar en lo que estaba pensando. Palmeó mi cabeza, carraspeó y dijo:

—Bueno, había pensado que era mejor esperar y dejar que
eligieras algo que desearas realmente. ¿Hay algo que quieras
muy particularmente?

Le recordé el avión que habíamos visto en la tienda de juguetes de Canal Street. Su rostro asintió. Oh, sí, recordaba el
avión y cuán caro era. La cuestión es que, al día siguiente, yo
ya estaba sentado en el avión, soñando que me elevaba hacia el
cielo, mientras mi padre rellenaba un talón para el feliz vendedor. Habíamos hablado de cómo se transportaría el avión hasta
Alabama, pero me mostré firme, insistí en que tenía que ir conmigo en el autobús que tomaba a las dos de aquella misma tarde. El vendedor lo solucionó llamando a la compañía de autobuses, que dijo que podrían arreglarlo con facilidad.

Pero todavía no me había librado de Nueva Orleans. El
problema ahora era una gran petaca de Moonshine; puede que

fuera por mi partida, pero el hecho es que mi padre había estado dándole al trago todo el día y, camino de la estación, me asustó al cogerme de las muñecas y susurrarme con amargura:

—No voy a dejar que te vayas. No puedo dejar que vuelvas con esa familia de locos a ese viejo caserón de locos. Hay que ver lo que han hecho contigo. ¡Un niño de seis años, casi siete, hablando de Papá Noel! Todo es culpa suya, de esas viejas solteronas agriadas, con sus Biblias y sus calcetas, de esos tíos tuyos, todos borrachos. *Escúchame*, Buddy. ¡Dios no existe! *No existe* ningún Papá Noel.

Me apretaba las muñecas con tanta fuerza que me hacía daño.

—A veces, santo cielo, pienso que tu madre y yo, los dos, deberíamos pegarnos un tiro por haber permitido que esto ocurriera.

(Él nunca se quitó la vida, pero mi madre sí: tomó la vía del Seconal hace treinta años.)

—Dame un beso. Por favor. Por favor. Dame un beso. Dile a tu papá que le quieres.

Pero yo no podía hablar. Estaba aterrado de perder el autobús. Y me preocupaba el avión, atado con correas a la baca del taxi.

—Dilo: «Te quiero.» Dilo. Por favor. Buddy. Dilo.

Por suerte para mí, el taxista era un hombre de buen corazón. Si no hubiera sido por su ayuda, la de unos mozos eficaces y la de un amable policía, no sé qué hubiera ocurrido al llegar a la estación. Mi padre se tambaleaba tanto que apenas podía andar, pero el policía habló con él, le serenó, le ayudó a mantenerse derecho, y el taxista prometió devolverlo a casa sano y salvo. Sin embargo, mi padre no se iría hasta ver cómo los mozos me acomodaban en el autobús.

Una vez dentro, me acurruqué en el asiento y cerré los ojos. Sentía un extraño malestar. Un dolor agobiante que me hería por todas partes. Pensé que, si me sacaba los pesados zapatos de ciudad, auténticos monstruos torturadores, aquella agonía remitiría. Me los quité, pero el misterioso dolor no me abandonó. En cierto modo, nunca más me abandonó; nunca más lo hará.

Doce horas más tarde estaba en casa, en la cama. La habitación estaba a oscuras. Sook, sentada a mi lado, se balanceaba en una mecedora; un sonido tan sedante como el de las olas en el océano. Había intentado contarle todo lo que había ocurrido, y tan sólo me detuve cuando me quedé tan ronco como un perro aullador. Me pasó los dedos por el pelo y dijo:

–Por supuesto que existe Papá Noel. Sólo que es imposible que una sola persona haga todo lo que hace él. Por eso el Señor ha distribuido el trabajo entre todos nosotros. Por eso todo el mundo es Papá Noel. Yo lo soy. Tú lo eres. Incluso tu primo Billy Bob. Ahora ponte a dormir. Cuenta estrellas. Piensa en la cosa más apacible. Como la nieve. Siento que no llegaras a verla. Pero ahora la nieve cae por entre las estrellas.

Las estrellas destellaban, la nieve se arremolinaba dentro de mi cabeza; la última cosa que recordé fue la voz serena del Señor encomendándome algo que hacer. Y, al día siguiente, lo hice. Fui con Sook a la oficina de correos y compré una postal de un penique. Hoy, todavía existe esa postal. Fue hallada en la caja de caudales de mi padre cuando murió, el año pasado. Esto es lo que le había escrito: «Hola papá espero que estés bien como yo y estoy aprendiendo a pedalear muy rápido en mi avión estaré pronto en el cielo así que mantén los ojos abiertos y sí te quiero Buddy.»

[Traducido por Paula Brines]

ÍNDICE